BASTEI
LÜBBE

Von Boris von Smercek sind bei Bastei Lübbe Taschenbücher lieferbar:

14936 Tod im Regenwald
15149 Das Matthäus-Projekt
15378 Der zweite Gral
15595 R_EVOLUTION

Über den Autor:

Boris von Smercek, geb. 1968, schreibt Thriller, Jugend-Abenteuerromane und Business-Fabeln (z. B. Das Dschungel-Seminar). Außerdem arbeitet er als Leiter des Vorstandsreferats bei einer Bank in Süddeutschland. Er lebt mit seiner Frau und seinem Sohn in der Nähe von Stuttgart.

Boris von Smercek

INCOGNITA

THRILLER

BASTEI LÜBBE

BASTEI LÜBBE TASCHENBUCH
Band 15 780

1. Auflage: Dezember 2007

Bastei Lübbe Taschenbücher in der Verlagsgruppe Lübbe

Originalausgabe

Dieses Werk wurde vermittelt durch die
Literarische Agentur Thomas Schlück GmbH, 30827 Garbsen
Lektorat: Andrea Kalbe
Titelillustration: getty images/Ingine, Josh Westrich/Zefa/Corbo
Umschlaggestaltung: Gisela Kullowatz
Satz: hanseatenSatz-bremen, Bremen
Druck und Verarbeitung: GGP Media GmbH, Pößneck
Printed in Germany
ISBN 978-3-404-15780-8

Kapitel 1

John Callum McNeills Magen knurrte wie seit Ewigkeiten nicht mehr. Bereits tagelang ernährte er sich hauptsächlich von dem, was der Wald ihm bot, im Wesentlichen waren das wilde Beeren, Bucheckern und ein paar Eicheln. Gelegentlich hatte er sich auf den angrenzenden Obstwiesen ein paar Äpfel und Pflaumen gepflückt, und einmal hatte er es sogar gewagt, aus einer Bauernkate ein Stück Brot und einen alten Schinken zu stehlen. Auf diese Weise hielt er sich über Wasser, dennoch begleitete ihn der Hunger auf Schritt und Tritt.

Auch äußerlich zeigten sich bei John bereits deutliche Anzeichen von Armut – zwei Wochen im Wald hatten den einstigen Burgherrn in einen Bettler verwandelt. Seine einstmals strahlend blaue Tunika war ebenso verdreckt und zerschlissen wie seine Beinlinge und das Leinenhemd. Eine dicke Kruste aus getrocknetem Schlamm überzog seine Lederstiefel. In seinem Gesicht klebte ebenfalls Erde. Sein dichtes, braunes Haar fühlte sich verfilzt an, und sein Bart, obwohl erst vierzehn Tage alt, juckte unerträglich. Was hätte er für eine anständige Rasur und ein wohltuendes heißes Bad gegeben! Vermutlich bevölkerte inzwischen eine ganze Armee von Insekten seinen Körper, aber darüber wollte er lieber nicht so genau nachdenken.

Heute Morgen, als er sich über eine Pfütze gebeugt hatte, um zu trinken, war er beim Anblick seines eigenen Spiegelbildes erschrocken. Was ihm da entgegenstarrte, war nicht der John

McNeill, den er kannte. Nicht der stolze, gepflegte Neununddreißigjährige, der jeder Lebenslage gewachsen schien, sondern ein abgehalfterter Vagabund ohne Zukunft. Seine Wangen wirkten hohl, seine Frisur verwahrlost, seine Miene stumpf. Nie hätte er sich träumen lassen, dass das Leben im Wald ihm dermaßen zusetzen würde.

Wieder meldete sich das Hungergefühl – so intensiv, dass John beinahe schlecht wurde. Vor seinem geistigen Auge nahm ein saftiger Braten Gestalt an, der über einem offenen Feuer brutzelte und einen herrlichen Duft verströmte. Es kam ihm so vor, als habe er schon seit Monaten kein Fleisch mehr gegessen, dabei war der letzte Festschmaus erst zwei Wochen her.

Hätte er sich aufs Fallenstellen verstanden, wäre seine Situation vielleicht erträglicher gewesen, aber bislang hatte dafür nie die Notwendigkeit bestanden. In der vergangenen Woche hatte er mehrmals versucht, Kaninchenschlingen zu legen – vergeblich. Die ersehnte Beute war nicht einmal in die Nähe der Fallen gekommen. Und mit seinem improvisierten Speer – einem angespitzten Ulmenast – hatte er auch kein Glück gehabt. Schließlich hatte John McNeill einsehen müssen, dass er mit seinen unbeholfenen Jagdmethoden nur Kraft vergeudete, und sich aufs Sammeln von Beeren und Früchten verlegt.

Nicht einmal ein Dach über dem Kopf hatte er. Er hauste in einer kleinen, zugigen Felsenhöhle, die als Schlafplatz gerade groß genug war und die er sich mit allerlei Ungeziefer und Kleingetier teilen musste. Eine wärmende Decke oder gar ein Bett, so wie er es gewohnt war, gab es hier nicht. Sein Lager bestand aus zusammengescharrtem Laub, das kaum dazu angetan war, die Nachtkälte fernzuhalten.

Aber wenn man einer Intrige zum Opfer gefallen war und aus der Burg verstoßen wurde, konnte man es sich nicht leisten, wählerisch zu sein. Die Höhle war immerhin besser als gar nichts. Zumindest bot sie ihm Schutz vor dem Regen, der in letzter Zeit reichlich fiel.

Seinem Magen entrang sich ein laut vernehmbares Knurren. So kann es nicht weitergehen, dachte John. Ich muss mir etwas zu Essen besorgen. Etwas Vernünftiges – ein Stück Fleisch, ein paar Würstchen, etwas in der Art. Ich muss in die Burg. Bei der Gelegenheit kann ich vielleicht auch ein bisschen die Lage auskundschaften. Wäre doch gelacht, wenn ich mir meinen Besitz nicht irgendwie zurückholen könnte. Ich werde Augen und Ohren offenhalten, vielleicht kommt mir dann eine zündende Idee. Kurzentschlossen machte er sich auf den Weg.

Am Waldrand blieb er stehen, um einen Moment lang zu verschnaufen. Währenddessen schweifte sein Blick über die weite Senke, die sich vor ihm auftat – ein Mosaik aus saftig grünen Wiesen, Obstbaumbeständen und bewirtschafteten, goldgelben Ackerflächen, auf denen Weizen, Gerste, Hafer und Mais wuchsen. Dieses Land war so fruchtbar! Doch trotz des Überflusses gab es weit und breit nichts, was Johns verwöhnten Gaumen reizte. Er konnte keine Äpfel und Pflaumen mehr sehen, und wie man aus Getreide Brot herstellte, wusste er nicht. Eine Schweinshaxe oder eine große, fettige Bratwurst – das und nichts anderes schwebte ihm vor.

Johns Blick wanderte weiter. Hier und da waren Bauern mit der Feldarbeit beschäftigt. Ein paar von ihnen brachten die Ernte ein, andere trieben ihre Ochsengespanne an, um den Boden für die neue Aussaat zu pflügen. Ihre Häuser – schmucklose Bretterhütten, kaum luxuriöser als John McNeills Waldhöhle – reihten sich entlang der Felder am gegenüberliegenden Rand der Senke. Dahinter ragte eine langgezogene, felsige Hügelkuppe aus dem Boden, die größte Erhebung weit und breit. Und dort oben, am höchsten Punkt, reckte Caldwell Castle seine trutzigen Zinnen in den Himmel.

Von Weitem wirkte die Burg nicht besonders imposant, und verglichen mit den meisten anderen Befestigungsanlagen Englands war Caldwell Castle auch ziemlich klein. Noch dazu befanden sich Teile davon im Wiederaufbau – der Ostturm zum Beispiel und ein Großteil des daran angrenzenden Außenwalls. Dort, wo künftig festes Mauerwerk stehen sollte, befanden sich im Moment nur Holzgerüste für die Arbeiter. Alles in allem machte die Anlage einen unfertigen und eher bemitleidenswerten Eindruck. In ihrem momentanen Zustand hätte sie einem feindlichen Angriff keinen Tag lang standgehalten. Dennoch wurde John beim Anblick von Caldwell Castle warm ums Herz.

Ich werde mir mein Eigentum zurückholen!, schwor er sich. Voller Zuversicht machte er sich auf den Weg. Die morgendlichen Regenwolken hatten sich mittlerweile verzogen. Über den strahlend blauen Himmel verteilten sich nur noch vereinzelt weiße Tupfen. Lediglich entlang des Horizonts zog sich noch das stahlgraue Band der Regenfront.

Gemächlich schlenderte John über eine blühende Wiese mit kniehohem Gras den Abhang hinab. Von überall her hörte er das Zwitschern der Vögel und das Zirpen der Insekten, vermischt mit den Liedern der Bauern, die von den Feldern zu ihm herüberdrangen. Auch das gedämpfte Rauschen des Meeres drang an sein Ohr – die Küste war nicht weit entfernt.

John ließ seinen Blick schweifen und nahm einen tiefen Atemzug. Zarter Blütenduft verband sich mit dem würzigen Aroma von Salzwasser. Gott, wie er dieses Land liebte! Trotz der widrigen Umstände, in denen er sich befand, genoss er das Gefühl der Freiheit und des Abenteuers.

John wusste, dass er sich verkleiden musste, um in die Burg

eingelassen zu werden. Ein Mann in feinen Kleidern, jedoch verdreckt von Kopf bis Fuß – allein der Anblick musste Argwohn erregen. Darüber hinaus war John als Besitzer von Caldwell Castle beinahe jedem in dieser Gegend bekannt. Und selbst wenn die Nachricht von seiner Verbannung noch nicht bis zum letzten Bauern vorgedrungen sein mochte – die Burgwachen wussten garantiert Bescheid. Falls sie ihn erwischten, würden sie nicht zögern, ihn festzunehmen und ihn Guiltmore vorzustellen. *Sir* Guiltmore, wie er sich jetzt nannte. Der Mann, der John McNeill gestürzt und aus der Burg vertrieben hatte.

In einer leer stehenden Bauernhütte fand John eine zerlumpte Regenkutte aus derbem Leinen. Da sie auch mit einer Kapuze ausgestattet war, ähnelte sie einem Mönchsgewand – genau das, was John brauchte. Damit konnte er nicht nur seine Kleidung kaschieren, sondern auch sein Gesicht. Die perfekte Tarnung.

Der Aufstieg zur Burg führte links um den Hügel herum, ganz nach bewährter Verteidigungsmanier: Angreifer trugen ihr Schwert meist zur Rechten, während sie den Wappenschild links führten. Daher konnten die Verteidiger auf der Burg sie bei einem linksläufigen Weg leichter attackieren.

Gemeinsam mit den Bauern und Händlern, die ebenfalls zur Burg hinaufwollten, setzte er seinen Marsch fort. Um seine Identität nicht preiszugeben, mied John das Gespräch mit ihnen. Er zog sich seine Kapuze tief ins Gesicht und trottete unauffällig neben ihnen her.

Oben, vor der Burg, herrschte reges Treiben, denn eine Gruppe Gaukler gab Kunststücke zum Besten. Umringt von Schaulustigen, musizierten, tanzten und jonglierten sie. Auch ein Feuerspucker war unter ihnen.

John McNeill schenkte ihnen jedoch kaum Beachtung. Ihn zog es wie viele andere direkt in die Burg, denn heute war Markttag. Bauern und Händler strömten auf das Haupttor zu. Nur wenige besaßen einen eigenen Ochsenkarren, mit dem sie ihre Waren transportieren konnten. Die meisten von ihnen trugen prall gefüllte Säcke und Bündel auf ihren Rücken, andere hatten ihre Lasten in geflochtenen Körben untergebracht. Die Schinderei war ihnen deutlich anzusehen, doch niemand beklagte sich.

John folgte dem Pulk und passierte das aus massiven Eichenbohlen bestehende Burgtor. Sein Blick fiel auf die Pechnase über ihm – ein Erker, von dem aus im Angriffsfall heißes Öl, Wasser oder eben Pech ausgeschüttet werden konnte. In Zeiten des Friedens diente sie lediglich dazu, dass die Wache in der Nacht mit Außenstehenden sprechen konnte.

Er schritt unter dem Fallgitter hindurch, durchquerte das Turmhaus und den Vorhof und betrat endlich die eigentliche Burg. Unmittelbar vor ihm tat sich ein einziger, weiter Platz mit quadratischem Grundriss auf, auf dem es von Menschen nur so wimmelte. Einige von ihnen arbeiteten an dem unfertigen Ostturm und der daran angrenzenden Mauer. Sie mischten Mörtel an, bearbeiteten Steinquader mit Hammer und Meißel oder zimmerten Balken für Wehrgänge und Hurden – hölzerne, mit Schießscharten versehene Vorbauten vor den Burgzinnen. Obwohl die Handwerker mit Fleiß bei der Sache waren, wunderte sich John, wie langsam die Arbeiten voranschritten. Seit er die Burg vor zwei Wochen verlassen hatte, schien sich kaum etwas getan zu haben.

Er seufzte. Wann würde Caldwell Castle – *seine Burg* – endlich fertiggestellt sein?

Johns Blick wanderte den Bergfried hinauf, der ebenfalls noch längst nicht komplett errichtet war. Dort, wo später einmal die oberen zwei Stockwerke und das Dach sein sollten, befand sich momentan nur ein Holzgerüst. Aber wenigstens erhielt man dadurch einen Eindruck von der geplanten Höhe des massiven Turms.

Massiv – das war er in der Tat. So massiv, dass man von draußen kaum die Schreie der Gefangenen hören konnte, die im Kellerverlies saßen, angekettet an die Wand oder an den derben Holzpflock in der Mitte des dunklen Kellers. John kannte das Verlies nur zu gut. Bevor er verbannt worden war, hatte man ihn einen Tag lang dort unten eingesperrt. Durch die winzigen vergitterten Fensteröffnungen drang kaum Licht, geschweige denn Frischluft. Der Boden war feucht und trotz Strohschicht eisig kalt. Einziger Zugang war das sogenannte Angstloch – eine kleine Luke im untersten Stockwerk des Bergfrieds. Durch sie wurden die Gefangenen ins Verlies gebracht. Die Versorgung mit Wasser und Brot wurde ebenfalls durchs Angstloch vorgenommen, indem man einen Nahrungskorb an einem Seil herabließ.

John schüttelte die unangenehme Erinnerung ab und konzentrierte sich wieder auf sein eigentliches Vorhaben. Er war hierhergekommen, um die Lage auszukundschaften und um etwas Essen aufzutreiben. Das Essen hatte Vorrang.

Der Markt befand sich im hinteren Teil des Burghofs. Bauern boten ihre Feldfrüchte auf ausgelegten Decken an, Krämer verkauften von ihren Zugkarren Werkzeuge, Töpfe und andere Gebrauchsgüter. Die reicheren Händler verfügten gar über eigene Holzstände, an denen sie Gewürze, Duftöle und Stoffe in den unterschiedlichsten Qualitäten und Farben anboten. Aber John Callum McNeill interessierte all das nicht. Ihn zog es zu einem ganz bestimmten Punkt: dem Tisch, an dem Bertrand Folsey, der Metzger, seine Waren ausliegen hatte.

Beim Anblick der perlenkettenartig aufgereihten Würste und der saftigen, roten Fleischstücke lief John das Wasser im Mund zusammen. Es kam ihm so vor, als sähe er einen Schatz vor sich, den er sein ganzes Leben lang begehrt, doch nie bekommen hatte. Da er kein Geld besaß, blieb ihm nur eine Wahl: Diebstahl. Dabei war allerdings Vorsicht geboten, denn einen zweiten Aufenthalt im Kerker wollte er unter allen Umständen vermeiden.

Es schien eine halbe Ewigkeit zu dauern, bis John endlich seine Chance bekam: Die Frau des Stallknechts, unter deren Gewand sich mächtige Körperformen abzeichneten, verwickelte den Metzger in ein Gespräch. Sie redete in derartigem Tempo auf Folsey ein, dass dieser gar nicht wusste, wie ihm geschah. Er lächelte unsicher, sagte immer wieder »Ja ... gewiss« und war im Übrigen völlig überfordert.

Für John McNeill die perfekte Gelegenheit.

Er schlenderte scheinbar ziellos an den Metzgerstand heran und vergewisserte sich mit einem Seitenblick, dass Folsey noch immer abgelenkt war. Auch sonst schien niemand von John Notiz zu nehmen.

Jetzt oder nie!, dachte er aufgeregt.

In einer einzigen geschmeidigen Bewegung – so, als habe er sein ganzes Leben lang nichts anderes gemacht – ließ er eine Reihe Schweinswürstchen unter seinem Umhang verschwinden. Bei der Vorstellung, wie er sich später den Bauch damit vollschlagen würde, bekam er einen unbändigen Appetit. Er hatte es tatsächlich geschafft! Er hatte zum ersten Mal in seinem Leben etwas gestohlen!

Ein erneuter Seitenblick zeigte ihm, dass der Metzger tatsächlich nichts bemerkt hatte. Doch erleichtert durchzuatmen wäre verfrüht gewesen, denn die Augen der dicken Stallknechtsgattin richteten sich geradewegs auf ihn. Gleichzeitig lief ihr Gesicht puterrot an, während ihre rosigen Wangen gefährlich zu zittern begannen. Schon begann sie, wie am Spieß zu schreien. »Dieb!«, krakeelte sie. »Gemeiner Dieb!«

Die Schrecksekunde lähmte John. Die Aussicht, wieder ins Verlies geworfen zu werden, ließ ihn schaudern. Vielleicht würde Guiltmore sich für ihn sogar eine noch härtere Strafe ausdenken, immerhin ging es nicht nur um ein paar Würste, sondern auch darum, dass er die Verbannung missachtet hatte und nach Caldwell Castle zurückgekehrt war. Eher zufällig fiel Johns Blick auf den Richtbock, der im Zentrum des Burghofs, zwischen Brunnen und Bergfried stand. Das Henkersbeil steckte tief im Holz, der Schaft der Waffe ragte schräg in die Höhe. John schluckte. Zwar wusste er, dass Guiltmore ihm weder den Kopf noch ein anderes Körperteil abschlagen lassen würde, dennoch bereitete ihm die pure Vorstellung Unbehagen.

Die kreischende Frau riss ihn aus seinen Gedanken. »Dieb! Halunke! Schurke!«, rief sie und deutete mit dem Finger auf ihn. »Der da! Der in der Kutte! Lasst ihn nicht entkommen!« John spürte, wie sich sämtliche Augen auf ihn richteten. Er musste sich beeilen, wenn er Guiltmore nicht in die Hände fallen wollte.

Hastig sah er sich um. Folsey und die anderen Umstehenden wirkten unentschlossen, möglicherweise waren sie auch eingeschüchtert von Johns Körpergröße. Jedenfalls schien von ihnen keine Gefahr auszugehen. Doch von den Stallungen her rannten bereits ein paar Burgwachen herbei. Unter ihren blauen, mit goldenen Adlern verzierten Tuniken – dem Wappen von Caldwell Castle – trugen sie knielange Kettenhemden, die bei jedem Schritt gefährlich rasselten. An ihren Hüften baumelten lange Schwerter, und ihre Gesichter waren zu grimmigen Grimassen verzogen – John konnte sie unter den offenen Helmen deutlich erkennen.

Dennoch wirkten die Wachen erstaunlich harmlos. Einem von ihnen rutschte ständig das Visier über die Augen, ein anderer mühte sich vergeblich, sein eingeklemmtes Schwert aus der Scheide zu ziehen. Als er mit Gewalt daran riss, geriet er ins Wanken und stürzte. Das unbeholfene Schauspiel brachte John beinahe zum Lachen.

Die drei Wachen, die soeben vom Nordturm heruntereilten, gaben kein besseres Bild ab. Sie wirkten so schmächtig, als würden sie jeden Augenblick unter der Last ihrer Kettenhemden zusammenbrechen. Selbst die mit Pfeil und Bogen ausgestatteten Wachen auf dem Wehrgang konnten John nicht schrecken. Sie handhabten ihre Waffen so ungeschickt, als hätten sie noch nie auch nur eine Zielscheibe getroffen.

Für die meisten von ihnen stimmt das sogar, dachte John. Noch bis vor wenigen Wochen haben sie ganz gewöhnliche Berufe ausgeübt. Wie sollen sie da plötzlich mit Schwertern und Pfeil und Bogen umgehen können?

Er gestattete sich ein Lächeln. Die Unbeholfenheit der Burgwachen gab ihm Zuversicht. Obwohl er ausgehungert und geschwächt war, musste es schon mit dem Teufel zugehen, wenn er nicht mit den ergatterten Würsten entkommen würde.

Plötzlich spürte er einen derben Schlag im Rücken, taumelte nach vorne und drohte zu stürzen. Er konnte sich gerade noch rechtzeitig fangen und fuhr herum. Vor ihm stand ein junger Bursche, vielleicht sechzehn oder siebzehn Jahre alt. Als er John McNeills Gesicht unter der Kapuze erkannte, erschrak er sichtlich und wich, eine Entschuldigung murmelnd, zurück.

»Ich wusste nicht … es tut mir leid.«

Johns Rücken schmerzte. Drohend hob er den Zeigefinger. »Künftig nicht mehr so grob, mein Junge!«, brummte er. »Sonst lasse ich dich von der Insel werfen, haben wir uns verstanden?«

Der Bursche nickte betroffen. »Ja, Sir.«

»Gut – und jetzt Schwamm drüber.«

Die klirrenden Kettenhemden kamen näher. John erkannte, dass die Wachen versuchten, ihn von mehreren Seiten einzukesseln. Ganz so unbeholfen, wie sie auf den ersten Blick schienen, waren sie also doch nicht!

Vermutlich hat Guiltmore während meiner Verbannung mit ihnen geübt, dachte John. Jetzt aber nichts wie weg!

Da der Zugang zum Vorhof bereits versperrt war, schied der direkte Rückzug aus. Also musste er auf Umwegen eine Fluchtmöglichkeit aus der Burg finden. Ihm kam eine Idee: Wenn es ihm gelänge, ins Hauptgebäude einzudringen, könnte er seine Verfolger gewiss abschütteln. Niemand kannte sich besser in dem großen Haus aus als er. Ganz unten befanden sich die Lagerräume und der Weinkeller, darüber die Küche und das Bad und darüber wiederum der Rittersaal, in dem tagsüber wichtige Geschäfte besprochen oder Urteile gefällt und abends die ausgelassensten Feste gefeiert wurden. Über dem Rittersaal war die Kemenate, der einzige beheizbare Wohnraum, daneben das Schlafgemach mit einem herrlich bequemen Himmelbett, in dem er bis vor zwei Wochen die Nächte verbracht hatte. Unmittelbar unter dem Dach befand sich die Trockenbühne. Es gab so viele Zimmer mit so vielen Nischen und Winkeln und anderen Versteckmöglichkeiten – der perfekte Zufluchtsort! Das einzige Problem bestand darin, dass im Rittersaal vermutlich Guiltmore mitsamt seiner Anhängerschaft tagte. Im Hauptgebäude Unterschlupf zu suchen hieß also gleichzeitig, sich in die Höhle des Löwen zu begeben. Aber im Augenblick fiel John nichts Besseres ein. Wenn es ihm irgendwie gelänge, die zweite Etage zu erreichen, konnte er von dort aus über den Wehrgang zum Burgtor gelangen.

Er rannte los, die Schweinswürstchen fest an den Körper gepresst, um sie auch ja nicht zu verlieren. Hinter ihm raunte die Menge, die dicke Frau schrie noch immer, und nun erschallte auch die kräftige Stimme des Metzgers quer über den Burghof: »Haltet den Bastard! Er hat mich bestohlen!«

John rannte weiter, um den Bergfried herum auf das Haupthaus zu. Brunnen und Richtbock hinter sich lassend, stürmte er geradewegs auf die Treppe zu, die zum Eingang des Hauptgebäudes führte.

Nur noch ein paar Meter, dachte John erleichtert. Das schaffe ich!

Er hatte gerade seinen Fuß auf die unterste Steinstufe gesetzt, als er mitten in der Bewegung erstarrte: Über ihm wurde die eisenbeschlagene Eichentür mit lautem Poltern aufgestoßen, und heraus trat kein Geringerer als Brian Guiltmore in Person. Er war ein kräftiger, hochgewachsener Mann mit den scharfen Gesichtszügen eines Habichts. Sein eingekerbtes Kinn und die stechenden Augen verliehen seinem Äußeren zusätzliche Autorität. Auch er trug ein Kettenhemd und darüber die blaue Tunika von Caldwell Castle, doch im Gegensatz zu den Wachen wirkte er darin alles andere als lächerlich.

»Was soll der Krach auf meiner Burg?«, dröhnte er über den Burghof, als sei es völlig selbstverständlich, dass dies *seine* Burg war. Erst jetzt erkannte er John am Treppensockel. Sofort schnellte seine Hand zum Schwertschaft. »Hierher!«, brüllte er seinen Leuten zu. »Zu mir! Es ist McNeill!«

John versuchte, die Lage zu erfassen. Seinen Plan, die Verfolger im Haupthaus abzuhängen, musste er verwerfen, denn Guiltmore versperrte die Tür, und einen anderen Eingang gab es nicht. Die Kelleröffnungen schieden aus, weil sie vergittert waren. Die Fenster lagen zu hoch – unerreichbar, wenn man nicht gerade ein Kletterkünstler war. John drehte sich um. Mehrere Wachposten eilten in kleinen Grüppchen auf ihn zu.

In seinem Kopf arbeitete es fieberhaft. Wenn ich versuche, zwischen ihnen hindurchzuschlüpfen, werden sie mich mit Sicherheit schnappen, dachte er. Zwar fehlt es ihnen an Kampferfahrung, aber sie sind in der Überzahl. Außerdem bin ich völlig unbewaffnet.

Ein ächzendes Geräusch erregte seine Aufmerksamkeit. Sein Blick fiel auf die Bauarbeiten rund um den Ostturm, wo ein schwerer Steinquader an einer Seilwinde emporgezogen wurde. Die Bauarbeiten! Das war die rettende Idee! Dort gab es ein Holzgerüst, das beinahe ebenso gut zum Klettern geeignet schien wie eine Leiter.

Ohne weiter darüber nachzudenken, spurtete John drauflos. Hinter ihm brüllte Guiltmore Befehle. Wieder klirrten Kettenhemden und Schwerter, doch diesmal war John sicher, die Flucht zu schaffen. In seiner Kutte war er viel beweglicher als die Wachen. Behindert wurde er nur durch die Schweinswürstchen, die er auch beim Klettern nicht verlieren wollte.

Er erreichte die Baustelle, schwang sich auf die unterste Ebene des Baugerüsts, kam auf die Beine und rannte weiter. Unter seinen Stiefeln polterten die Bretter, von weiter oben rieselte ihm Staub ins Gesicht. John musste husten, zwang sich jedoch weiterzulaufen. Bereits nach wenigen Schritten hatte er den Ostturm umrundet. Hier führte das Gerüst an der unfertigen Mauer entlang, die an manchen Stellen erst knappe drei Meter hoch war. Dort hinauf zog es John. Von der Mauerkrone aus wollte er nach einer geeigneten Stelle für einen Sprung ins Freie suchen.

Hinter ihm ertönten aufgebrachte Schreie. Er warf einen Blick über die Schulter und sah, dass zwei der Wachen bereits das Gerüst erreicht hatten. Ihre Bewegungen wirkten schwerfällig, dennoch erklommen sie das Gerüst ohne nennenswerte Probleme. Mit erhobenen Schwertern kamen sie auf ihn zugelaufen.

John wollte seinen Weg fortsetzen, musste jedoch erkennen, dass ein weiterer Wachposten unmittelbar vor ihm stand. Gott allein wusste, woher der auf einmal gekommen war. Auch er hatte sein Schwert drohend erhoben – an ihm war kein Vorbeikommen.

Ich muss weiter nach oben, dachte John. So schnell wie möglich hinauf auf die Mauer!

Kurzerhand hielt er sich an einem Pfahl fest und hüpfte auf eine Querstrebe. Da er die zweite Hand benötigte, um die Würste festzuhalten, geriet seine Artistennummer zum Balanceakt. Dann fand er jedoch sein Gleichgewicht wieder, drückte sich ab und schwang sich auf die nächsthöhere Ebene. Er staunte über sich selbst, wie leicht ihm das Klettern fiel.

Gut zweieinhalb Meter über der Erde wirkte das Gerüst nicht mehr ganz so stabil wie von unten. Die Bretter knarzten verdächtig, und bei jedem von Johns Schritten wackelte die Konstruktion bedenklich. Nur die Burgmauer zu seiner Linken gab ihm ein gewisses Gefühl der Sicherheit. Auf dieser Seite konnte er wenigstens nicht herunterfallen.

Einer der Wachposten versuchte, John hinterherzuklettern. Ein anderer stieß von unten sein Schwert durch die Lücken zwischen den Bodenbrettern. Die Klinge war so stumpf, dass man damit nicht einmal ein Stück Butter hätte durchtrennen können, aber als Stolperfalle eignete sie sich allemal. John hüpfte mit einem großen Satz über die zuckende Schwertspitze und rannte weiter. Jetzt war es nicht mehr weit bis zu der Stelle, die er für seine Flucht ausgewählt hatte.

Rasch kletterte er noch eine Ebene höher, sodass er sich jetzt ganz oben auf dem Gerüst befand. Fürs Erste bin ich in Sicherheit, dachte er.

Weit und breit sah er keine Wache, nur ein paar Maurer hielten sich hier auf. Abgelenkt durch den Tumult, hatten sie ihre Arbeit eingestellt. Nun beäugten sie John wie ein Kuriosum. »Hier herumzuklettern ist gefährlich!«, rief einer. »Das Gerüst ist nicht für Raufereien gemacht!«

Da hatten sie wohl recht, aber John war nun einmal nicht in der Situation, sich seinen Fluchtweg aussuchen zu können.

»Ihr Maurer, haltet den Mann!« Die donnernde Stimme kam von unten. Natürlich Guiltmore, wer sonst? »Im Namen des Herrn! Haltet den Mann, sonst werdet ihr euch im Kerker wiederfinden!«

Die deutlichen Worte zeigten Wirkung. Die Arbeiter – drei an der Zahl – postierten sich wie eine Wand vor John. Mehr noch, sie bewegten sich auf ihn zu! Und diese Kerle sahen ziemlich kräftig aus.

John machte kehrt, um in die andere Richtung zu rennen, stellte jedoch fest, dass das Gerüst in dieser Richtung an der Wand des Ostturms endete. Er befand sich in einer Sackgasse. Wieder drehte er sich um. Die drei Maurer kamen immer näher.

John warf einen raschen Blick nach oben, aber von hier aus konnte er die Mauer unmöglich überwinden. Viel zu hoch! Er hatte nur noch eine Chance: bluffen.

Aus voller Kehle schreiend rannte er auf die Maurer zu. Dabei fuchtelte er mit seiner freien Hand, als habe er einen Dolch umklammert. Tatsächlich gelang es ihm, die drei Arbeiter zu verunsichern. Sie blieben stehen und hoben die Fäuste, um den Angriff abzuwehren. Doch noch bevor John die Männer erreichte, hielt er abrupt inne, stieß sich von dem Gerüst ab und krallte sich mit beiden Händen an der oberen, noch unfertigen Mauerkante fest.

Sein Brustkorb schlug hart gegen den Steinwall – dieses Manöver würde ihm gewiss einige blaue Flecken bescheren. Mehr noch als der Aufprall schmerzte ihn jedoch der Verlust seines Abendessens, denn während er sich keuchend und strampelnd zur Mauerkrone emporarbeitete, fühlte er, wie die so hart erkämpften Würste unter seiner Kutte an ihm herabrutschten und zwischen Mauer und Gerüst auf die Erde fielen.

Alles umsonst! Es war zum Verzweifeln.

Aber ihm blieb keine Zeit, den Verlust zu betrauern, denn schon waren die drei Arbeiter bei ihm. Mit erhobenen Händen grapschten sie nach seinen Beinen, um ihn zu fassen zu bekommen und wieder aufs Gerüst zu ziehen. Doch John war zu schnell für sie. Er hüpfte von der Mauer, ohne das wilde Brombeergebüsch zu streifen, und landete mit erstaunlicher Leichtfüßigkeit auf dem harten Fels. Er konnte es selbst kaum glauben, wie einfach das gewesen war. Allerdings machte er sich nichts vor: Seine Flucht war längst nicht vorbei. Nie und nimmer würde Guiltmore so leicht aufgeben!

John sah sich um. Caldwell Castle stand auf einem mehr oder weniger kahlen Hügel. Erst viel weiter unten, in der Senke, gab es Versteckmöglichkeiten – in einer Bauernkate, auf einem der Felder, im Wald. Doch bis dahin musste John erst einmal kommen.

Während er überlegte, wie es nun weitergehen sollte, wanderte sein Blick vom Waldrand hinüber zum Meer. Ein dunkler, flirrender Fleck am Horizont erregte seine Aufmerksamkeit. Im Dunst über dem Wasser war es kaum mehr als eine schemenhafte Silhouette – groß, undefinierbar und irgendwie unpassend in einer Welt der Burgen und Schwerter. Doch noch bevor John sich weitere Gedanken darüber machen konnte, hörte er aus dem Innenhof Guiltmores Stimme: »Oxley, Hubbard, Chapman, Murdock – ihr umrundet die Burgmauer! Oxley und Hubbard rechts herum, Chapman und Murdock links herum! Bringt mir McNeill zurück! Er darf nicht entkommen!«

Da John nicht warten wollte, bis die Wachen ihn in der Zange hatten, begann er mit dem Abstieg. Um es den Verfolgern so schwer wie möglich zu machen, wählte er den direkten Weg nach unten, denn im unwegsamen Gelände hatte er mit seiner leichten Kutte noch immer einen Vorteil gegenüber den schwerfälligeren Wachen. Außerdem behinderten ihn jetzt die Würstchen nicht mehr.

Der grobe Fels bot viel Halt, John kam schnell vorwärts. Irgendwo über sich hörte er die Wachen schreien, wohl weil sie ihn entdeckt hatten. Aber sein Vorsprung war mittlerweile so groß, dass er sich einigermaßen sicher fühlte.

Als er am Fuß des Hügels ankam, hielt er einen Moment inne, um durchzuatmen. Mit seiner Kondition war es nicht mehr allzu weit her. Er beugte sich vornüber, schnappte nach Luft.

Plötzlich vernahm er ein leises, beinahe bedrohlich wirkendes Knattern – nicht von der Burg, sondern vom Meer her. Er sah in Richtung Steilküste und erkannte, dass der dunkle Fleck über dem Meeresspiegel jetzt deutlich größer war als zuvor. Offensichtlich kam er geradewegs auf die Insel zugeflogen, doch noch immer konnte John in der dunstigen Luft über dem Ozean keine exakten Umrisse erkennen.

Zum Knattern der flirrenden Silhouette gesellte sich ein anderes Geräusch, das John ablenkte: Hufschlag. John warf einen Blick über die Schulter. Guiltmore und ein paar seiner Ritter verfolgten ihn zu Pferde. Sie hatten das Burgtor längst hinter sich gelassen und preschten in vollem Galopp den Hügel hinab. Da die Pferde den Spiralweg nehmen mussten, blieb John ein deutlicher Vorsprung, aber er wusste, dass er keine Sekunde mehr zögern durfte, wenn er sich in Sicherheit bringen wollte.

Die Reiter verschwanden hinter dem Hügel, sodass John sie vorübergehend aus den Augen verlor. Er überlegte. Die nächstgelegenen Verstecke waren die Bauernhäuser. Wenn die Verfolger ihn dort jedoch fanden, saß er in der Falle. Der Wald war zwar sicherer, allerdings zwei Kilometer entfernt – viel zu weit, wenn man eine Horde Reiter im Genick hatte. Dann fiel John ein, dass sich ganz in der Nähe ein See befand. Im dichten Schilf, das dort mannshoch wucherte, konnte er Unterschlupf finden, bis Guiltmore und seine Mannen die Suche aufgaben.

Er rannte los. Die Anstrengung trieb ihm den Schweiß aus allen Poren, und er fühlte das Herz in seiner Brust hämmern. Mit jedem Schritt hörte er sein eigenes Keuchen lauter. Während seine Beine träger wurden und ihm das Atmen immer schwerer fiel, wurde ihm mit einem Mal bewusst, wie schwach und ausgelaugt er tatsächlich war. Der Nahrungsmangel der letzten zwei Wochen forderte seinen Tribut. John trieb sich dazu an, schneller zu laufen, doch sein Körper gehorchte nicht länger seinem Willen. Plötzlich wusste er, dass er es nie und nimmer rechtzeitig bis zum See schaffen würde. Nur noch zweihundert Meter – so nah und dennoch unerreichbar weit weg!

Er blieb stehen, um zu verschnaufen, und schaute sich um. Die Verfolger – keine unbeholfenen Wachsoldaten, sondern erfahrene Reiter – preschten über die saftig grüne Wiese heran. Ihre blank polierten Helme und Brustpanzer, ja sogar die Klingen ihrer Waffen blinkten und blitzten im Sonnenlicht. Die mächtigen Leiber der Schlachtrösser hoben und senkten sich im Galopp, die Erde erzitterte unter ihren Hufen. Es waren acht

Männer – an der Spitze Brian Guiltmore, dahinter sieben Ritter –, und sie verströmten eine geradezu unheimliche Aura.

John nahm seinen Lauf wieder auf. Seine Füße fühlten sich an, als seien sie aus Blei, sein Herz raste. Er bekam kaum noch Luft zum Atmen.

Und dann – nach seinem Empfinden viel zu früh – spürte er einen Stiefeltritt im Rücken, der ihn jäh von den Beinen riss. Hilflos stürzte er zu Boden und überschlug sich. Einen Moment lang schienen die Naturgesetze nicht mehr zu existieren, es gab weder oben noch unten. Die ganze geordnete Welt schien aus den Fugen geraten zu sein. Ein wildes, sich drehendes Chaos.

Bis John seine Sinne wiederfand, hatten ihn seine Verfolger umstellt. Die sieben Ritter thronten nach wie vor auf ihren Rössern, nur Guiltmore war abgesessen. Mit schweren Schritten kam er auf John zu. Auf seinem Gesicht lag das selbstgefällige Lächeln des Siegers.

Du kommst dir wohl mächtig toll vor, Brian, dachte John. Acht Bewaffnete gegen einen wehrlosen Mann, der seit zwei Wochen kaum etwas gegessen hat. Glänzende Leistung!

Die ungleichen Voraussetzungen schienen Guiltmores Triumphgefühl jedoch nicht zu beeinträchtigen. Noch immer grinsend zog er sein Schwert und zielte damit auf Johns Adamsapfel. Beinahe genießerisch sagte er: »Seid gewiss, John McNeill, dass ich Euch beim geringsten Versuch der Gegenwehr den Kopf vom Leibe …«

Weiter kam er nicht, denn in diesem Moment unterbrach ihn eine kleine, blechern klingende Melodie: die ersten Takte von Mozarts kleiner Nachtmusik. Dann eine kurze Pause und noch mal die Melodie.

John stöhnte hörbar auf und schob die auf seinen Hals gerichtete Schwertspitze beiseite. »Verdammt noch mal, Brian! Du hast doch wohl nicht dein Handy dabei? Du weißt ganz genau, dass das auf dieser Insel verboten ist!«

Guiltmore verdrehte die Augen, ging aber nicht darauf ein, sondern eilte zu seinem Pferd. Während die Melodie ein drittes Mal ertönte, fand er sein Gerät und nahm das Gespräch an.

Seufzend stand John auf. Nicht einmal hier war man sicher vor dem Diktat der modernen Technik. Dabei war genau das der Sinn von Caldwell Island: Luxus und Überfluss des einundzwanzigsten Jahrhunderts hinter sich zu lassen, um das mittelalterliche Leben so realistisch wie möglich kennenzulernen.

»Ja, Stacy«, sagte Guiltmore gerade. Mit Tunika, Kettenhemd und Mobiltelefon wirkte er irgendwie lächerlich, fand John. »Mach ich. Ich geb ihn dir – obwohl Telefonate auf dieser Insel eigentlich verboten sind.«

Guiltmore hielt John das Gerät hin. »Für dich«, sagte er schmunzelnd. »Es ist Stacy.«

John bemühte sich, Guiltmores Grinsen zu ignorieren, und nahm das Handy entgegen. Stacy arbeitete seit über acht Jahren für ihn als Sekretärin. Sie wusste, dass ihm der Aufenthalt auf Caldwell Island weit mehr bedeutete als ein gewöhnlicher Urlaub. Caldwell Island war für ihn wie eine Flucht in eine andere Welt. Wenn sie ihn dennoch hier anrief, musste es dafür einen triftigen Grund geben.

»Was gibt's, Stacy?«, fragte er. Ihre Antwort bekam er aber nicht mehr mit, denn in diesem Moment ertönte vom Meer her das gewaltige Dröhnen eines Motors, und hinter dem sichelförmigen Rand der Steilküste erschien der mächtige, dunkle Fleck, den John zuvor gesehen hatte, jetzt jedoch mit klaren Konturen: ein bulliger Hubschrauber, der tief über der Erde flog. Das Stakkato der Turbinen war ohrenbetäubend laut. Unter den Luftverwirbelungen der Rotorblätter erzitterten Wiesen, Felder und

Sträucher. Die Kronen der Eichen und Buchen zuckten wie von Geisterhand geschüttelt hin und her. Als der Hubschrauber über John und die anderen hinwegratterte, wurden die Pferde so nervös, dass sie sich aufbäumten. Eins warf sogar seinen Reiter ab und preschte in Panik davon.

Verdammt noch mal, was soll das?, dachte John aufgebracht. Er sah der stählernen Libelle hinterher, die direkt auf Caldwell Castle zuflog. Als der Pilot erkannte, dass es weder im Burghof noch vor dem Tor genug Platz für eine Landung gab, ließ er die Maschine am Fuß des Hügels zur Erde herabsinken. Sanft setzte das dröhnende Ungeheuer im weichen Gras auf, unweit der Bauernhütten. Dann wurde der Motor abgestellt, und während die Rotorblätter sich allmählich ausdrehten, erstarb auch der infernalische Lärm.

»Stacy, sind Sie noch dran?«, fragte John, das Handy ans Ohr gepresst.

»Ja, Sir. Ich dachte nur, dass etwas mit der Leitung nicht stimmt.«

»Mit der Leitung ist alles in Ordnung. Wir haben nur eben Besuch bekommen. Irgendein Idiot konnte es sich nicht verkneifen, mit dem Hubschrauber hierherzukommen.«

»Genau deshalb wollte ich mit Ihnen sprechen, Sir! Ihr Besuch – das sind Sergej und Anatoli Ljuganow.«

»Die Ljuganow-Brüder? Aber die wollten doch erst am kommenden Montag vorbeischauen!«

»Heute *ist* der kommende Montag, Sir.«

John zog die Augenbrauen hoch. Er staunte immer wieder darüber, wie schnell er auf dieser Insel die Zeit vergaß. Wehmütig wurde ihm bewusst, dass heute sein letzter Urlaubstag war. Das Eintreffen der Ljuganows war für ihn gleichbedeutend mit seiner Rückkehr in die reale Welt. Er kam sich vor, als sei er soeben mit einem Kübel Eiswasser aus einem süßen Traum gerissen worden.

Hinter dem Feld, am Fuß des Burghügels, kamen die Rotorblätter des Hubschraubers nun vollends zum Stillstand. Gleichzeitig schwang die Cockpit-Tür auf, und zwei Männer in dunklen Anzügen stiegen aus.

John klappte das Mobiltelefon zusammen und gab es seinem Besitzer zurück. »Danke, Brian«, sagte er.

»Keine Ursache.«

»Kann ich dein Pferd haben?«

»Nimm es – immerhin gehört es dir.«

John nickte. Ja, das Pferd gehörte ihm – wie beinahe alles auf dieser Insel. Die Burg, die Häuser, die Bäume, die Felder, die Tiere. Die Frage war nur: Wie lange noch? Die Zukunft von Caldwell Island hing in entscheidendem Maße von den Ljuganows ab.

John atmete tief durch. Dann saß er auf, trat seinem Pferd in die Flanken und ritt in gestrecktem Galopp auf den Hubschrauber zu.

Kapitel 2

Sergej und Anatoli Ljuganow waren Vertreter der neuesten russischen Investoren-Generation. Nach dem Zerfall des Sowjet-Imperiums und dem Einzug der Marktwirtschaft mit all ihren Möglichkeiten hatten sie rasch die boomende Freizeit- und Unterhaltungsbranche für sich entdeckt. Mit einer Spielhalle in Moskau fing alles an – Flipper, Billard, einarmige Banditen. Später kamen die ersten Computerkonsolen dazu – Autorennen, Flugsimulationen, Prügel- und Ballerspiele. Der Erfolg ließ nicht lange auf sich warten, schon bald eröffneten die Ljuganows eine zweite Halle, dann eine dritte. Schließlich verkauften sie alle drei mit ordentlichem Profit und steckten ihr gesamtes Vermögen in die Entwicklung von Unterhaltungselektronik, vornehmlich in jegliche Art von Computer- und Videospieltechnologie. Mittlerweile gehörten sie zu den wohlhabendsten Geschäftsleuten ihres Landes.

In letzter Zeit investierten sie ihr Geld jedoch zunehmend auch in andere Sparten der Unterhaltungsindustrie. Zum Beispiel wusste John, dass die Ljuganows für beträchtliche Summen Eurodisney-Aktien gekauft hatten. Ein befreundeter Makler in London hatte ihm diesen Insider-Tipp gegeben. Auch in andere europäische Freizeitparks hatten die beiden Russen Geld investiert. Daher hoffte John, sie auch zu einer Finanzspritze für Caldwell Island überreden zu können.

Dass die Ljuganows Brüder waren, stach sofort ins Auge. Beide waren Mitte vierzig, schlank, blond und derart hellhäutig, als hätten sie schon seit Jahren kein Sonnenlicht mehr abbekommen. Ihre Seidenkrawatten waren dezent, aber teuer, ebenso wie ihre goldenen Armbanduhren. In ihren schwarzen Anzügen wirkten sie unnahbar und ernst, ein wenig wie Mitglieder einer Trauergesellschaft. Ihre ausdruckslosen Mienen verstärkten diesen Eindruck noch.

John hatte von Anfang an kein gutes Gefühl bei den beiden. Als er sie am Hubschrauber begrüßte, ihnen die Hände schüttelte und versuchte, locker mit Ihnen ins Gespräch zu kommen, signalisierte ihm sein Bauch sofort, dass es verdammt schwer, wenn nicht gar unmöglich sein würde, die Ljuganows zu einer Investition zu bewegen. Aber als Geschäftsmann wollte er keine Chance ungenutzt lassen. Er brauchte Geld, um Caldwell Island nach seinen Vorstellungen auszubauen – dringend! Also wollte er sich alle Mühe geben, sein Mittelalter-Projekt als lohnende Investition darzustellen. Zur Not würde er es den beiden russischen Trauerweiden als Paradies auf Erden verkaufen.

Während des Aufstiegs zur Burg führte John sein Pferd an den Zügeln. Die Ljuganows gingen neben ihm, sprachen aber nur wenig. John fiel auf, dass sie rasch außer Atem gerieten und zu schwitzen begannen. Den meisten Besuchern – zum Großteil Geschäftsleute, die den ganzen Tag im Büro verbrachten – ging es am Anfang so. Wer körperliche Anstrengung nicht gewohnt war, tat sich zunächst schwer. Erst nach ein paar Tagen waren Kurzatmigkeit und Muskelkater verschwunden. Von da an konnte man das mittelalterliche Flair der Insel so richtig genießen.

Oben angekommen führte John seine Gäste über die Zugbrücke in die Burg. Ob der Anblick des erhabenen Gemäuers die Russen beeindruckte, vermochte er nicht zu sagen, ihre Gesichter spiegelten keinerlei Gemütsregung wider. Die beiden hätten hervorragende Pokerspieler abgegeben.

Im Burghof bemerkte John die vielen interessierten Blicke, die sie begleiteten. Zwei Männer im Anzug, noch dazu mit einem Hubschrauber unterwegs – so etwas gab es auf Caldwell Island normalerweise nicht. Entsprechend groß war die Neugier.

John gab sein Pferd beim Stallmeister ab und ging voraus zum Herrenhaus. An der Treppe standen zwei der Wachsoldaten, vor denen John zuvor geflüchtet war. Einen Moment lang schienen sie unsicher, wie sie sich verhalten sollten, aber angesichts der beiden Geschäftsmänner, die John im Schlepptau hatte, schätzten sie die Lage schließlich richtig ein und verzichteten auf eine Fortsetzung der Verfolgungsjagd.

John stemmte die schwere Eichenbohlentür auf, ließ den Russen den Vortritt und folgte ihnen ins Innere. Sie schritten einen mächtigen steinernen Gang entlang, der eine angenehme Kühle verströmte. Durch eine Reihe kleiner Fenster, die an Schießscharten erinnerten, fielen von rechts die Sonnenstrahlen herein. Aus den Türen zur Linken konnte man gedämpfte Stimmen, Gelächter und das Klappern von Töpfen und Pfannen vernehmen.

»Die Küche«, kommentierte John.

Sergej Ljuganow nickte. »Dürfen wir einen Blick hineinwerfen?«, fragte er in nahezu akzentfreiem Englisch. Dem Aussehen nach war er ein paar Jahre älter als sein Bruder.

»Selbstverständlich«, sagte John. »Sie dürfen sich *alles* ansehen. Fühlen Sie sich wie zu Hause.« Immerhin ging es um eine Menge Geld, das John sich von den Russen erhoffte. Da war es nur zu verständlich, wenn sie sich zuvor ein genaues Bild von Caldwell Castle machen wollten.

Sergej Ljuganow öffnete die Tür und trat in die Küche, gefolgt von seinem Bruder und John. Männer und Frauen in Schürzen schwatzten und tratschten, ohne von ihren Arbeiten aufzusehen. Sie kneteten Teig, rührten in Töpfen, drehten einen Spanferkelspieß über einem offenen Feuer. Entsprechend durchmischt waren die Gerüche. In den würzigen Duft von Gebratenem schlich sich das herrliche Aroma von frisch gebackenem Brot. John lief augenblicklich das Wasser im Mund zusammen. Es kostete ihn einige Selbstbeherrschung, nicht augenblicklich über den Fleischspieß herzufallen oder wenigstens über eins der Brote. Doch welchen Eindruck hätte das auf die Ljuganows gemacht? Er beschloss, sich noch ein wenig zu gedulden.

Die Russen schienen genug gesehen zu haben. Sie verließen die Küche wieder, und John führte sie weiter durch den Gang. Noch bevor sie die Wendeltreppe erreichten, hörten sie plötzlich das Kreischen einer Frau, dann eine dunkle Männerstimme. Jetzt wieder die Frau – diesmal ging das Kreischen in Gackern und Lachen über. Kurz darauf wurde unmittelbar vor Anatoli Ljuganow eine Tür aufgerissen, und die Frau rannte heraus, noch immer lachend und gackernd – und mit nichts bekleidet außer einem weißen Seidenschal, den sie sich notdürftig vor den nackten Körper hielt.

»Kommt schon, mein Täubchen!«, tönte es aus dem Zimmer. »Nicht so schüchtern, ich werde Euch schon nicht auffressen!« Mit schweren Schritten trat ein feister Mann mit rosigen Wangen und grauem Haar aus der Tür. Er war splitterfasernackt, seine Haut glänzte nass, und er roch nach Kräutern. Als die beiden merkten, dass sie nicht allein im Gang waren, sahen sie sich an, gaben ein glucksendes Lachen von sich und verschwanden wieder im Zimmer.

»Das Bad«, bemerkte John knapp. Er bedauerte diesen Zwischenfall außerordentlich, konnte er sich doch vorstellen, was in den Köpfen der beiden spröden Russen vor sich ging. Ein älterer Herr und eine junge Frau, die sich nackt auf einer Burg verfolgten … Er unterdrückte ein Seufzen.

Zu seinem großen Erstaunen zeigte sich in den Mienen der Russen jedoch erstmals eine menschliche Regung, als ihnen die Badezimmertür vor der Nase zugeschlagen wurde und von drinnen wieder ausgelassenes Gekicher zu hören war. Sie tauschten ein vieldeutiges Grinsen aus, murmelten sich in ihrer Landessprache etwas zu, dann sagte Sergej: »Ihr Projekt beginnt uns zu gefallen, Mister McNeill.«

»Dann lassen Sie uns nach oben gehen, damit ich Ihnen alles erläutern kann«, erwiderte John und wies mit der Hand zur Wendeltreppe.

Im Rittersaal herrschte buntes Treiben, obwohl es erst Nachmittag war. Die allabendlichen Feste begannen meist recht früh – vielleicht einer der Gründe, weshalb Johns Mittelalter-Projekt so regen Zulauf fand. Fein herausgeputzte Herren saßen an einer langen Tafel mit allerlei Leckereien: Pasteten, Schweinekeulen, Wurstplatten, aber auch süßem Gebäck und kleinen, appetitlichen Törtchen. Musiker spielten auf Fiedeln, Harfen, Flöten und Zimbeln. Zu den für moderne Ohren seltsam traurig klingenden Melodien tanzten in der Mitte des Raums ein paar Frauen in wallenden Gewändern. Im Hintergrund schliefen zwei Dobermänner unter einem Gerüst, auf dem ein beachtliches Weinfass ruhte.

John klatschte ein paarmal laut in die Hände. Alle Blicke richteten sich auf ihn – sogar die der Hunde.

»Es tut mir leid, dass ich die Feier unterbreche«, sagte er mit erhobener Stimme, »aber ich muss Sie für einige Zeit nach draußen bitten. Es ist wichtig. Vielen Dank für Ihr Verständnis!«

Enttäuschtes Raunen ging durch die Menge, doch der Raum leerte sich rasch. Als auch die weinseligsten Gäste den Weg nach draußen gefunden hatten, schloss John die Tür. Jetzt gehörte der Rittersaal ganz allein ihm und den Ljuganows.

»Darf ich Ihnen etwas zu trinken anbieten?«, fragte John. »Unser Wein ist leider ziemlich sauer – ganz wie es früher üblich war. Aber ich kann Ihnen reinstes Quellwasser anbieten, und unser Bier ist auch nicht zu verachten.«

Die Russen lehnten dankend ab, waren aber offenbar beeindruckt von dem prächtig ausstaffierten Saal.

»Tun Sie sich keinen Zwang an«, sagte John. »Sehen Sie sich in Ruhe um. Sie werden feststellen, dass alles, was sich in diesem Raum befindet, dem Stil des dreizehnten Jahrhunderts nachempfunden ist – von den Möbeln über die Wandbehänge bis hin zu den Trinkbechern. Auf Authentizität lege ich größten Wert. Wir wollen unseren Besuchern das Gefühl vermitteln, sich tatsächlich im Mittelalter zu befinden. Wir bieten Ihnen eine perfekte Illusion.«

Genau genommen stimmte das nicht. Es gab eine ganze Reihe von Dingen, die nicht authentisch waren, aber das musste er den Russen ja nicht unbedingt auf die Nase binden. Wenn erst wieder genug Geld in der Kasse war, konnten solche Unzulänglichkeiten leicht bereinigt werden.

Während die Ljuganows Johns Angebot nachkamen und ihre Blicke durch den Rittersaal schweifen ließen, konnte John nicht länger widerstehen. Er griff nach einer Schweinekeule, die auf der Festtafel zurückgeblieben war und biss herzhaft hinein. Köstlich! Er hatte gar nicht mehr gewusst, wie gut Fleisch schmeckte! Rasch biss er noch einmal ab. Warmes Fett rann ihm an Kinn und Fingern herab. Bevor die Russen es jedoch bemerkten, wischte er es sich rasch mit dem Ärmel seiner Kutte ab.

Gemächlichen Schrittes ging er zum anderen Ende des Raums, wo ein wuchtiger Tisch stand, bedeckt von einer noch wuchtigeren Tischdecke. John bedeutete den Ljuganows, auf den massiven Eichenholzstühlen Platz zu nehmen. Er selbst setzte sich ebenfalls.

»Ich habe Sie heute eingeladen, damit Sie sich mit eigenen Augen ein Bild von Caldwell Island machen können. Ich weiß, Sie hatten vorab um etliche Unterlagen gebeten, die ich Ihnen noch schuldig bin. Offen gestanden habe ich sie absichtlich zurückgehalten. Ich wollte, dass Sie nicht urteilen, bevor sie mein Projekt wirklich kennengelernt haben. Bitte entschuldigen Sie, wenn ich Ihnen damit Unannehmlichkeiten bereitet habe.« Er machte eine kurze Pause, bevor er fortfuhr. »Wie Sie wissen, möchte ich Sie als Investoren gewinnen. Ich bin davon überzeugt, dass eine finanzielle Beteiligung Ihrerseits zu unserem gegenseitigen Vorteil sein wird. Bevor wir zum geschäftlichen Teil kommen, lassen Sie mich Ihnen erst einmal zeigen, wie die Zukunft von Caldwell Island aussehen soll.« Erneut machte er eine Kunstpause. Dann stand er auf und zog wie ein Magier die dicke, mit Stickereien verzierte Decke vom Tisch. »Meine Herren – das ist Caldwell Island in spätestens zehn Jahren!«, sagte er betont feierlich.

Die Russen erhoben sich nun ebenfalls wieder von ihren Plätzen, um besser sehen zu können. Die Tischplatte bestand nicht aus Holz, sondern aus Glas. Darunter befand sich ein Miniaturmodell der gesamten Insel, exakt so, wie John sie gestalten wollte.

»Bevor Sie mich darauf ansprechen – dieser Tisch ist selbstverständlich nicht stilecht«, gab John zu. »Normalerweise steht er auch nicht in Caldwell Castle, sondern in meinem Londoner Büro. Ich habe ihn für Sie herbringen lassen, weil ich denke, dass dieses Modell Ihnen eine sehr viel genauere Vorstellung meiner Ideen vermittelt, als Skizzen, Baupläne oder Worte es könnten.«

Die Pappmaché-Insel war maßstabsgetreu ausmodelliert und so detailgetreu wie irgend möglich gestaltet worden. Der Grundriss erinnerte an ein Oval. Im Osten und Norden befand sich die Steilküste. Von dort aus kippte das Gelände in Richtung Südwest, wo es als flacher Kiesstrand ins Meer mündete.

»Caldwell Island umfasst rund achttausend Hektar Land«, erklärte John. »Wie Sie sehen, ist die komplette Osthälfte bewaldet. Im Westen schließen sich ausgedehnte Wiesen und Felder an, die in diese Senke münden. Danach steigt das Gelände wieder an. Am Fuß der Senke erhebt sich dieser Hügel« – er deutete auf die entsprechende Stelle –, »auf dem wiederum Caldwell Castle steht. Die Burg wurde in der zweiten Hälfte des dreizehnten Jahrhunderts errichtet, brannte aber nach einem Blitzeinschlag nieder. Sie wurde danach nicht weiter benutzt und verfiel zusehends. Wir haben die Ruine wieder instand gesetzt, zumindest den Großteil. Die Arbeiten rund um den Ostturm werden noch ein paar Monate in Anspruch nehmen, weil wir vorwiegend traditionelle Bautechniken anwenden. Wir arbeiten mit Seilwinden, mechanischen Kränen und Holzgerüsten. Und natürlich mit Muskelkraft. Das kostet zwar viel Zeit, aber dafür ist Caldwell Castle der einzige Ort auf der Welt, an dem man sich wirklich wie im Mittelalter fühlen kann.« Dabei betonte er *der einzige Ort auf der Welt* besonders, um den Ljuganows die Einmaligkeit dieses Vorhabens zu verdeutlichen. Andere Mittelalter-Projekte waren längst nicht so ambitioniert. Im französischen Guédelon beispielsweise versuchte man ebenfalls, das Mittelalter wieder auferstehen zu lassen, aber die Besucher waren lediglich Zuschauer, keine aktiven Teilnehmer. Die volle Integration der Gäste ins mittelalterliche Leben machte Caldwell Island so besonders.

»Abgesehen von der Festung existiert auf der Insel heute nur noch dieses kleine Bauerndorf am Fuß des Burghügels«, sagte John und deutete auf die entsprechende Stelle des Modells. »Wie Sie sehen, soll das aber nicht mehr lange so bleiben. Ich habe vor, einen kompletten mittelalterlichen Landstrich auf dieser Insel nachzubauen – eine Stadt mit Handwerkerläden und einer Kathedrale, mit einer Rüstungsschmiede, einer Gerberei, einer Schenke. Ich möchte regelmäßig Ritterturniere veranstalten. Wer hier seinen Urlaub bucht, soll in einer komplett anderen Welt versinken.«

Wie immer, wenn er über Caldwell Island sprach, fühlte er sich wie ein kleiner Junge an Weihnachten. Ihm wurde warm ums Herz, und seine Augen begannen zu funkeln. Dieses Projekt war sein Ein und Alles. Sein Traum. Mit etwas Glück würde es sein Lebenswerk werden.

Wie in Trance erzählte John weiter: Auf Caldwell Castle war alles, was nicht ins dreizehnte Jahrhundert gehörte, strikt verboten. Modern ausgestattet war lediglich die Krankenstation, das einzige Zimmer auf der Burg, das über eine Solarstation mit Elektrizität versorgt wurde und mit allem ausgestattet war, was für eine etwaige Notfallbehandlung gebraucht wurde. Autos, Telefone, Armbanduhren, Fernseher und tausend weitere vermeintlich unverzichtbare Dinge der fortschrittlichen Überflussgesellschaft gab es auf Caldwell Island nicht. Interessanterweise schienen die Urlauber, die hierherkamen, genau das zu suchen: die schlichte Lebensart einer längst vergangenen Zeit.

»Ich habe gehört, dass Ihre Gäste eine Erklärung unterschreiben müssen, bevor sie hierherkommen dürfen«, bemerkte Sergej Ljuganow. »Eine Erklärung, die sie in ihrer persönlichen Freiheit einschränkt. Widerspricht das nicht dem englischen Gesetz?«

»Caldwell Island steht mit dem Gesetz in keinerlei Konflikt«, versicherte John. »In der von Ihnen angesprochenen Erklärung willigen meine Gäste ein, gewisse Spielregeln einzuhalten, die wir auf dieser Insel aufgestellt haben. Dazu gehört beispielsweise, dass die Urlauber keine persönlichen Gegenstände mitnehmen dürfen – abgesehen von wenigen Ausnahmen wie Medikamenten. Zudem muss jeder auf der Insel ein stilechtes Kostüm tragen – wir haben eine umfangreiche Garderobe, die wir den Gästen zur Verfügung stellen. Auch gewisse Umgangsformen sind von unseren Besuchern zu beachten. Beispielsweise duzen oder siezen wir uns auf Caldwell Island nicht, sondern wir sprechen uns mit *Ihr* und *Euch* an. Kurz gesagt: Die Urlauber verpflichten sich dazu, ihre Rolle nach bestem Wissen und Gewissen zu spielen.«

»Ihre Rolle? Wie meinen Sie das?«, hakte Anatoli Ljuganow nach.

»Wer hierherkommt, übernimmt für die Dauer seines Aufenthalts sozusagen die Aufgabe eines Laiendarstellers. Er schlüpft in eine Rolle. Wer mag, darf auch mehrere Rollen ausprobieren, um das mittelalterliche Leben aus verschiedenen Perspektiven kennenzulernen. Man kann ein paar Tage als Bauer verbringen, als Wachsoldat, als Ritter, als Adliger – je nachdem, was man ausgeben möchte und wonach einem der Sinn steht. Allerdings ist jeder Gast verpflichtet, seiner Rolle so gut wie möglich nachzukommen. Wir haben ausgebildetes Personal, das die Urlauber dabei unterstützt und dafür sorgt, dass die Spielregeln eingehalten werden. Wer diese Regeln verletzt, muss einen Aufpreis zahlen. Bei mehrmaligen gravierenden Verstößen würden wir die Buchung stornieren und den Störenfried wieder aufs Festland bringen, aber das ist bislang nie vorgekommen. Wer hierherkommt, *will* sich wie ein Mensch im Mittelalter verhalten.«

Die Russen tauschten einen Blick. Auch wenn ihre Gesichter

ausdruckslos blieben, war John klar, dass ihnen das strenge Regelwerk auf Caldwell Island missfiel. »Soll das hier nicht eine Vergnügungsinsel sein?«, fragte Sergej Ljuganow.

»Mehr als das«, entgegnete John. »Wie ich bereits sagte: eine perfekte Illusion. Und um diese Illusion aufrechtzuerhalten, ist es nun einmal notwendig, dass alle gewisse Rahmenbedingungen einhalten.« Lächelnd fügte er hinzu: »Bisher hat sich übrigens noch niemand darüber beschwert.«

Ob die Ljuganows ihm das abnahmen, konnte er ihren Mienen nicht entnehmen. Dennoch mahnte sich John, seine Antworten künftig besser abzuwägen, um nicht die Kontrolle über das Gespräch zu verlieren.

Anatoli Ljuganow betrachtete nachdenklich das Modell unter der gläsernen Tischplatte. »Wir haben Erkundigungen über Sie eingezogen, Mister McNeill«, sagte er schließlich. »Sie haben von Ihrem Vater einen sehr profitablen Chemie- und Pharmakonzern geerbt. Die Bilanzstruktur ihres Unternehmensverbunds ist gesund, Sie schöpfen große Gewinne ab. Rein finanziell müssten Sie sich diese Insel hier problemlos leisten können. Gestatten Sie uns daher die Frage: Weshalb sucht ein Mann wie Sie Geschäftspartner für Caldwell Island?«

John war nicht überrascht, dass die Russen Erkundigungen über ihn eingezogen hatten. Es erstaunte ihn höchstens, dass sie dabei nicht sorgfältiger vorgegangen waren, sonst hätten sie die Antwort auf ihre Frage längst gefunden. Aber vielleicht kannten sie die Wahrheit auch schon und wollten ihm nur auf den Zahn fühlen, um zu prüfen, ob er ihnen gegenüber mit offenen Karten spielte.

»Sie haben recht«, sagte John. »Ich habe von meinem Vater ein kleines Imperium geerbt. Allerdings stehe ich nur *pro forma* an der Spitze der McNeill Group. *De facto* liegt die Kontrolle über den Konzern in den Händen einer Treuhändergruppe. Mein Vater hat vor seinem Tod entsprechende Verfügungen erlassen. Ohne die Einwilligung der Treuhänder kann ich kein Konzernvermögen veräußern, um mir Geld zu beschaffen. Und vom Konzerngewinn fällt nur ein gewisser Bruchteil für mich ab. Ich gebe zu, dass dieser Bruchteil mir ein angenehmes Leben beschert, aber er reicht bei Weitem nicht aus, um meine Vision von Caldwell Island in absehbarer Zeit verwirklichen zu können. Deshalb habe ich beschlossen, Kapitalgeber einzubinden.«

»Sie behaupten ernsthaft, dass Sie keine Möglichkeit haben, den Aufbau von Caldwell Island *selbst* zu finanzieren?« Die Frage kam von Anatoli Ljuganow und klang, als bezichtige er John offen der Lüge.

»Ob Sie es glauben oder nicht – genau so ist es. Mein Vater und ich standen uns nie sehr nahe. Auch waren unsere Auffassungen darüber, wie ein modernes Unternehmen zu führen ist, sehr unterschiedlich. Daher schien es ihm vernünftiger, ein Treuhandgremium einzusetzen, anstatt die Geschäftsleitung seinem Sohn zu übertragen.« John wusste, dass seine Worte verbittert klangen. Es war nicht gespielt. Charles Anthony McNeill, sein Vater, hatte ihn mit seinem Letzten Willen zwar finanziell gut versorgt, ihn in der Firma jedoch zum Gespött gemacht.

Nicht, dass John etwas daran gelegen wäre, die Geschäftsleitung faktisch auszuüben. Wenn er ehrlich zu sich selbst war, musste er sogar zugeben, dass er sich nie sonderlich für die Belange der Firma interessiert hatte. Er hatte nicht etwa Betriebswirtschaftslehre oder Chemie studiert, sondern Geschichte. Später war er dann zwar von seinem Vater zu einer Junior-Geschäftsführerschaft überredet worden, doch John hatte nur aus familiärer Loyalität heraus zugesagt. In Wahrheit fand er keinen

Gefallen daran. Weder verstand er das Netz der komplizierten ökonomischen Zusammenhänge, in die der Konzern verflochten war, noch brachte er die Energie auf, sich in die Materie einzuarbeiten. Viel lieber widmete er sich seinen exzentrischen Freizeitaktivitäten – Sportarten oder Urlaube, die die meisten Leute als gefährlich eingestuft hätten: Drachenfliegen am Ayers Rock, Tauchgänge mit Haifisch-Fütterung auf den Bahamas, Offshore-Rennen mit der *Antigone*, einem 2000 PS starken Schnellboot, das er sich zum dreißigsten Geburtstag geleistet hatte. Auch ein Überlebenstraining in der sibirischen Taiga hatte er bereits absolviert. Andere Leute mit Geld in der Tasche flogen samstags zum Shoppen nach Nizza oder Paris. Er selbst liebte hingegen das Abenteuer und den damit verbundenen Nervenkitzel.

Doch was er auch tat – nichts faszinierte ihn auf Dauer so sehr wie die Vorstellung, in einem anderen Zeitalter zu leben, zumindest vorübergehend. Bereits zu Studienzeiten hatte er gemeinsam mit seinem Freund Gordon Cox die wildesten Visionen entwickelt. Vor allem zwei historische Themen hatten es ihnen angetan: die Entdeckung Amerikas und das Mittelalter. Aus Letzterem hatte sich irgendwann die Idee eines mittelalterlichen Freizeitparks entwickelt.

Lange Zeit hatte Charles Anthony McNeill geglaubt, Caldwell Island sei für seinen Sohn lediglich eine vorübergehende Leidenschaft. Er hatte gehofft, John werde die Lust daran verlieren, sobald die ersten Realisierungsprobleme aufträten. Er hatte sich getäuscht. Je größer die Schwierigkeiten wurden, desto mehr strengte John sich an, und je weiter Johns Projekt voranschritt, desto ablehnender reagierte sein Vater. Er hielt Caldwell Island für eine fixe Idee und obendrein für eine glatte Fehlinvestition. Er warf John mangelnden Geschäftssinn vor und änderte letztlich sogar sein Testament, in dem er John lediglich die Rolle eines gut bezahlten Repräsentanten ohne Entscheidungsbefugnisse übertrug.

»Von welcher Summe sprechen wir überhaupt?«, fragte Sergej Ljuganow. »Ich meine – wie viel Kapital benötigen Sie, um Ihre Vision zu verwirklichen?«

John öffnete eine Tischschublade und holte zwei Mappen hervor, die er den Ljuganows reichte. Sofort begannen die beiden darin zu blättern. »In diesen Unterlagen finden Sie alle Zahlen über Caldwell Island«, erläuterte John. »Baukosten- und Investitionsrechnungen, Kapitalpläne, Wirtschaftlichkeitsprognosen und so weiter. Um die Insel so zu gestalten, wie Sie sie hier sehen« – er deutete auf das Modell unter der Glasplatte –, »benötige ich rund zwanzig Millionen Pfund.«

Die Russen nahmen die Zahl kommentarlos entgegen. »Wie sieht es mit den Einnahmen aus?«, fragte Anatoli Ljuganow. »Mit welchen Umsätzen rechnen Sie?«

»Meine Experten haben Hochrechnungen für die nächsten zehn Jahre erstellt. Sie finden sie in Ihren Mappen ab Seite 35.« John wartete, bis die Russen die richtige Stelle aufgeschlagen hatten, dann fuhr er fort: »Wir haben drei Szenarien mit unterschiedlichen wirtschaftspolitischen Rahmendaten durchgerechnet: ein optimistisches Szenario auf der Basis eines stetigen, gesamteuropäischen Wirtschaftswachstums, ein pessimistisches, das von stagnierenden, teils sogar rückläufigen Zahlen ausgeht, und ein neutrales. Unsere Marktumfragen haben ergeben, dass die Leute sich in Zeiten der Hochkonjunktur geradezu auf diese neue Art des Abenteuerurlaubs stürzen werden. Ein Urlaub, der einer Zeitreise gleichkommt, wird Massen von Menschen anlocken.«

Er dachte an Filme wie *Westworld* oder *Futureworld*, die sich mit demselben Thema befasst hatten: Urlaubsparadiese, die ein anderes Zeitalter simulierten. Doch auf Caldwell Island würde es nicht zu einer Katastrophe kommen, weil es keine Yul-Brynner-Roboter gab, die Amok laufen konnten.

Er ließ von dem Gedanken ab und nahm das Gespräch wieder auf: »Bei boomender Wirtschaft können wir einen Tagessatz von 200 Pfund pro Person verlangen. Die Insel wird Platz für etwa 1000 Gäste bieten. Bei einem Auslastungsgrad von durchschnittlich 70 Prozent ergibt sich daraus ein Jahresumsatz von rund 50 Millionen Pfund. Wenn wir die laufenden Kosten – Personal- und Instandhaltungskosten, Kosten für den Pendelverkehr zwischen dem Festland und der Insel, Abgaben an Reiseunternehmen, Werbung, Marketing und so weiter – berücksichtigen, verbleibt ein voraussichtlicher Jahresgewinn von 4 Millionen Pfund. Bei 20 Millionen Pfund Einsatz amortisiert sich die Investition also nach rund 5 Jahren.«

»Wie lange dauert es beim pessimistischen Szenario?«, fragte Anatoli Ljuganow.

»Etwa doppelt solange. Aber danach werden die Renditen phantastisch sein.« Wieder versuchte John vergeblich, aus den Gesichtern der Russen schlau zu werden. Falls er überhaupt etwas darin erkennen konnte, dann allenfalls Skepsis. Er seufzte innerlich auf, versuchte aber, es sich nicht anmerken zu lassen. Er fand einfach keinen Draht zu den beiden Russen.

Noch über eine Stunde lang ging John mit ihnen die Präsentationsunterlagen durch, Seite für Seite, Zahl für Zahl. Doch je mehr sie ins Detail gingen, desto zurückhaltender schienen die Ljuganows zu werden. Immer wieder tauschten sie sich in ihrer Heimatsprache aus, sodass John sie nicht verstehen konnte. Er hatte kein gutes Gefühl dabei. Seine innere Stimme sagte ihm, dass er bereits verloren hatte – was ihn allerdings nur noch mehr anspornte, um seine Chance zu kämpfen.

Am Horizont versank die Sonne bereits im Meer, als die Ljuganows Caldwell Castle verließen. John begleitete sie zum Fuß des Burghügels, wo noch immer der Hubschrauber stand, ein stählernes Monster neben einer Handvoll mittelalterlicher Bauernkaten.

Die Ljuganows stiegen ins Cockpit. Während der Pilot die Instrumente checkte, wagte John einen letzten Vorstoß. »Der Fairness halber möchte ich Ihnen noch sagen, dass ich mit einer Reihe weiterer Investoren im Gespräch bin.« Es war eine glatte Lüge, um künstlichen Zeitdruck zu erzeugen. »Bis wann kann ich mit Ihrer Entscheidung rechnen, meine Herren?«

»Caldwell Island ist ein sehr interessantes Projekt«, antwortete Anatoli Ljuganow. »Aber zwanzig Millionen Pfund sind eine Menge Geld. Bevor wir eine Entscheidung treffen, werden wir Ihre Unterlagen von unseren Finanzexperten prüfen lassen. Dafür haben Sie gewiss Verständnis. Abgesehen davon stehen auch wir mit anderen potenziellen Geschäftspartnern in Kontakt. Wenn wir alle Angebote gegeneinander abgewogen haben, melden wir uns wieder bei Ihnen.« Er schenkte John das glatte Lächeln eines Geschäftsmannes, der es gewohnt war, sich sämtliche Optionen bis zum Schluss offenzuhalten.

John zwang sich ebenfalls zu einem Lächeln. »Ich bin sicher, Sie werden die richtige Entscheidung treffen«, sagte er betont zuversichtlich. Er wollte noch einmal die Einzigartigkeit seines Projekts hervorheben – ein Vorteil, den Caldwell Island gegenüber anderen Freizeitparks hatte –, doch in diesem Moment startete der Pilot den Motor. Das Röhren der anlaufenden Maschine wurde schlagartig so laut, dass John hätte schreien müssen. Er zog den Kopf ein, verabschiedete sich mit einem Handzeichen von seinen Gästen und entfernte sich geduckt vom Hubschrauber.

Neben einer klapprigen Scheune blieb er stehen. Orkanartige Luftwirbel zerrten an seinem Haar und an seiner Kutte, als der Pilot die Turbinen vollends hochfuhr, und die Kufen der Stahllibelle sich unter ohrenbetäubendem Lärm vom Boden lösten. Hinter John erzitterte die Scheune wie von einem Erdbeben erfasst. Einen Moment lang fürchtete John, sie könnte zusammenklappen oder gar weggeblasen werden. Doch dann neigte der Hubschrauber seine Nase nach vorn und brauste mit brüllendem Motor davon, über die Senke hinweg in Richtung Steilküste, dorthin, woher er gekommen war.

»Du siehst nicht besonders zuversichtlich aus«, sagte eine Stimme.

John blickte über die Schulter. Hinter ihm stand Brian Guiltmore, noch immer im Kostüm eines mittelalterlichen Edelmanns. John hatte ihn wegen des Motorenlärms gar nicht kommen gehört.

»Wollen die beiden ihr Geld nicht bei uns investieren?«, fragte Guiltmore.

John zuckte mit den Schultern. »Sieht nicht so aus.« Er wusste, dass er nicht mehr dazu sagen musste. Guiltmore war sein Vertrauter, seine rechte Hand. Er kannte Johns Situation ganz genau, wusste, dass es weder Banken noch andere Investoren gab, die zum momentanen Zeitpunkt bereit waren, Geld für den Ausbau von Caldwell Island zur Verfügung zu stellen. Alle, mit denen John in den letzten Monaten verhandelt hatte, hatten abgesagt. Nicht einmal Joint-Venture-Kapital hatte er für sein Projekt auftreiben können. Wenn die Ljuganows absprangen, musste John seine Vision vorläufig auf Eis legen. Allein der Gedanke ließ ihn die Fäuste ballen.

Er spürte, wie sein Kampfgeist sich regte, und mit ihm kehrte der Optimismus zurück. Noch ist nicht alles verloren, dachte er.

Während der Hubschrauber immer kleiner wurde und das Knattern des Motors sich allmählich in der sanften Meeresbrise verlor, die allabendlich über die Insel strich, kam John eine Idee. Wenn er irgendwie in Erfahrung bringen konnte, wer mit ihm um das Geld der Ljuganow-Brüder konkurrierte, hatte er einen Ansatzpunkt. Dann konnte er die Schwächen der anderen herausfinden und die Stärken von Caldwell Island noch deutlicher herausstellen. So lange die Russen sich noch nicht endgültig entschieden hatten, bestand Hoffnung.

»Hast du noch dein Handy bei dir?«, fragte er, ohne den Blick vom Hubschrauber abzuwenden, der inzwischen den offenen Ozean erreicht hatte.

»Ich dachte, Telefonieren ist auf Caldwell Island verboten!«

»Ich wusste, dass du das sagen würdest. Und jetzt gib her!«

Er nahm das Gerät und tippte eine Nummer ein.

»Wen rufst du an?«, wollte Guiltmore wissen.

»Unsere gute Seele im Büro. Stacy.«

»Und was willst du von ihr?«

John grinste. »Eine Verbindung zu Floyd Decker. Wenn uns irgendjemand helfen kann, dann er.«

Kapitel 3

Einen Tag später

Die geräumige Luxuslimousine – eine nagelneue dunkelblaue S-Klasse – rollte bei strömendem Regen durch die nächtlichen Straßen Londons. Dicke, schwarze Wolken ballten sich über den Dächern der Stadt, und in kurzer Abfolge zuckten die bizarrsten Blitzformationen zur Erde nieder. Donnerschläge, laut wie Bombendetonationen, ließen ganz London erzittern.

Das Unwetter tobte nun schon seit Stunden, das schlimmste der letzten zehn Jahre. John musste zugeben, dass er jetzt nicht mit den Urlaubern auf Caldwell Island tauschen mochte, die in ihren windigen Burgzimmern, ihren kargen Hütten oder gar unter freiem Himmel schlafen mussten. In Situationen wie dieser konnte Caldwell Island einem durchaus seine Grenzen aufzeigen.

Er hielt an einer Ampel und zupfte an seiner schwarzen Seidenfliege. Sie beengte ihn, ebenso wie der Smoking, den er trug. Nach seinem Aufenthalt auf Caldwell Island kam ihm seine teure Abendgarderobe steif und unbequem vor. Aber als Erbe des McNeill-Konzerns gehörte es zu seinen Pflichten, an bestimmten Empfängen teilzunehmen und die dazugehörenden gesellschaftlichen Zwänge zu akzeptieren.

Andererseits musste er zugeben, dass er sich – abgesehen von dem Gefühl, durch seine Fliege erdrosselt zu werden – auf den heutigen Abend freute. Die Einweihung der Sonderausstellung im National Historical Museum versprach überaus interessant zu werden.

Ein gewaltiger Donnerschlag riss ihn aus seinen Gedanken und ließ ihn zusammenzucken. John bemerkte, dass Laura, seine Frau, auf dem Beifahrersitz ebenfalls erschrak. Er warf ihr einen Seitenblick zu, aber sie nahm keine Notiz davon.

In ihrem eleganten bordeauxroten Kleid sah sie umwerfend aus, es betonte ihre hochgewachsene Gestalt. In den letzten Jahren hatte sie ein wenig zugelegt, aber, wie John fand, genau an den richtigen Stellen. Sie war noch immer schlank, nur hier und da ein wenig üppiger geworden. Das lange, kastanienbraune Haar hatte sie heute aufgesteckt – die perfekte Frisur, um die Perlenkette von Gucci und die dazu passenden Ohrringe gebührend zur Geltung zu bringen. Laura sah aus wie ein Model – heute allerdings wie ein ziemlich unnahbares, denn sie trug ihr Kinn hoch erhoben, wie immer, wenn sie beleidigt war und John das auch spüren lassen wollte.

Sein Blick fiel aufs Armaturenbrett – 19:25 Uhr. Nicht mal halb acht, und es war finster wie in der Hölle. Noch dazu dieser sintflutartige Regen, der den gesamten Verkehr zum Erliegen gebracht hatte. Er spürte, wie er sich zu ärgern begann, obwohl er wusste, dass es keinen Sinn hatte. Sein Ärger würde das Wetter nicht besser machen. Dennoch hätte er am liebsten laut geflucht. Er unterließ es nur, um Laura nicht noch mehr zu provozieren.

Seit seiner Rückkehr von Caldwell Island am gestrigen Abend war Laura nicht gut auf ihn zu sprechen. Das war durchaus nicht ungewöhnlich. Jedes Mal, wenn er von seiner Insel zurückkehrte, machte sie ihm auf die eine oder andere Art deutlich, wie wenig Verständnis sie für sein Projekt aufbringen konnte. Manchmal sprach sie es offen an, manchmal ließ sie nur spitze Bemerkungen fallen. Und manchmal ignorierte sie ihn einfach eine Zeitlang mit einer Miene, die ihn zum Büßer abstempelte – so wie diesmal. John kannte ihre Meinung zu Caldwell Island:

Sie fand es albern, ja geradezu kindisch, dass ein erwachsener Mann sich kostümierte und für eine Weile so tat, als lebe er in einer anderen Welt. Sie selbst hatte es noch nie versucht. John glaubte nicht, sie jemals dazu überreden zu können.

»Grün!«, sagte Laura gerade.

»Wie bitte?«

»Die Ampel – sie ist grün.« Sie sprach wie zu einem Idioten. John spürte, wie sein Ärger weiter anschwoll, doch er zwang sich zur Ruhe.

»Findest du nicht, dass es an der Zeit wäre, die Friedenspfeife zu rauchen?«, fragte er, während er Gas gab und in die New Kent Road einbog. »Ich weiß, dass du meine Begeisterung für Caldwell Castle nicht teilst …«

»Ganz und gar nicht.«

»Ja – aber müssen wir uns deswegen tagelang streiten?«

»Dass *du* dafür keinen Grund siehst, ist mir klar«, sagte Laura. »*Du* hast deinen Willen ja wieder mal bekommen. *Du* warst auf deiner Insel – während *ich* hierbleiben und die Zeit totschlagen musste!«

Natürlich stimmte das nicht. Laura war eine äußerst selbstständige und viel beschäftigte Frau. Zeit totzuschlagen – so etwas gab es für sie gar nicht. Vermutlich hatte sie irrsinnig viel gearbeitet – sie war Anwältin in der angesehenen Londoner Kanzlei Gormans, Helltrop & Bells –, außerdem nutzte sie Johns Aufenthalte auf Caldwell Island gewöhnlich dazu, sich mit ihren Freundinnen zu treffen, mit denen sie dann bis spät in die Nacht Frauengespräche führte – was immer das bedeuten mochte. Aber *die Zeit totgeschlagen* hatte sie ganz sicher nicht! Das sagte sie nur, um John ein schlechtes Gewissen einzureden.

»Du weißt, dass du mich hättest begleiten können«, sagte John.

»Und du weißt, dass ich dieses Rittergehabe albern finde!«

Rittergehabe! John biss die Zähne zusammen. »Wenn du es nur wenigstens einmal versuchen würdest …«

Sie schwieg – auch eine Antwort.

Das Handy klingelte. John war beinahe froh, die Diskussion mit Laura auf diese Weise beenden zu können, wenigstens für den Moment. Er drückte einen Knopf am Steuer und nannte seinen Namen.

»Hier Floyd Decker«, meldete sich eine heisere Stimme über die Freisprechanlage.

»Floyd! Schön, von Ihnen zu hören. Haben Sie schon irgendwelche Informationen für mich?«

Decker war der Mann, der herausfinden sollte, mit welchen alternativen Investitionen sich die Ljuganow-Brüder befassten. John hatte in der Vergangenheit schon mehrmals Deckers Dienste in Anspruch genommen. Er führte eine Detektei in Soho und verfügte über einen ausgezeichneten Ruf. Er arbeitete schnell, diskret und zuverlässig. Allerdings verlangte er auch den horrenden Tagessatz von zweitausend Pfund. Spesen, Benzinkosten und Schmiergelder für Informationsbeschaffung gingen extra.

»Ich habe einen Namen für Sie, Sir.«

»Nur einen?«

»Ja.«

»Ich bin enttäuscht, Floyd. Für das Geld, das Sie verlangen, erwarte ich schon etwas mehr.«

»Sie missverstehen mich, Sir«, sagte Decker mit der Ruhe eines Mannes, der weiß, dass er auf seinem Gebiet Spitzenleistungen erbringt. »Die Russen haben geblufft. Außer Ihnen gibt es nur noch eine einzige Person, mit der sie in Verbindung stehen.«

John verkniff sich ein Grinsen. Was Decker da sagte, klang wie Musik in seinen Ohren. Sich gegen mehrere Konkurrenten zu behaupten wäre schwierig geworden. Aber *einen* Nebenbuhler in die Knie zu zwingen schien machbar.

John setzte den Blinker und überholte einen Bus, der am Straßenrand gehalten hatte. »Wie viel kostet mich der Name, den Sie herausgefunden haben?«

»Viertausendfünfhundert Pfund.«

John pfiff durch die Zähne. »Eine hübsche Summe.«

»Dafür ist jeder Irrtum ausgeschlossen. Sie wissen, dass ich mir keine Fehler erlaube.«

»Also gut. Ich schicke Ihnen wie üblich einen Scheck. Und jetzt heraus damit: Wer ist mein Konkurrent?«

»Ein gewisser Thorwald. Hakan Thorwald.«

»Nie gehört. Wer ist der Kerl?«

»Genau an dieser Stelle beginnt die Sache interessant zu werden.« Deckers heisere Stimme klang jetzt beinahe tonlos. »Mehrere meiner Quellen haben unabhängig voneinander angegeben, Thorwald betreibe eine Computerfirma hier in London. Genaueres wusste allerdings keiner. Also habe ich ein wenig recherchiert. Aber meinen Nachforschungen zufolge gibt es keine einzige namhafte Computerfirma im Umkreis von fünfzig Kilometern, die von einem Hakan Thorwald geführt wird. Und dass die Russen ihre Millionen in eine kleine Klitsche stecken, kann ich mir nicht vorstellen.«

John glaubte das ebenfalls nicht. Es ergab keinen Sinn. Andererseits – was Decker herausgefunden hatte, ergab ohnehin nicht allzu viel Sinn. Aus zuverlässigen Kreisen wusste John, dass die Ljuganow-Brüder ein Standbein *außerhalb* der Computer- und Videospiele-Branche suchten. Eben deshalb hatte John sich ja so große Chancen auf das Geld der Russen ausgerechnet. Hatten sie ihre Meinung geändert? Zogen sie es womöglich gar nicht mehr ernsthaft in Erwägung, in einen Freizeitpark zu investieren? Aber weshalb hatten sie John dann auf Caldwell Island besucht?

Er hasste es, wenn er seine Geschäftspartner nicht einschätzen konnte. »Vielleicht ist dieser Thorwald kein Geschäftsführer, sondern ein anderer leitender Angestellter«, mutmaßte John.

»Hakan Thorwald ist nicht gerade ein üblicher Name in London«, antwortete Decker. »Bei keiner der größeren Computerfirmen arbeitet ein Mann mit diesem Namen – weder als Geschäftsführer noch als Prokurist oder als anderer leitender Angestellter. Nicht mal als Programmierer oder als Nachtwächter. Ich habe mich auch beim Einwohnermeldeamt erkundigt. Dort ist ebenfalls niemand auf diesen Namen eingetragen. Auch im Telefonverzeichnis – Fehlanzeige. Verstehen Sie, Sir? Dieser Mann gibt sich große Mühe, incognito zu bleiben. Es ist, als würde er gar nicht existieren.«

»Mit dem Namen allein kann ich nicht viel anfangen, Floyd«, sagte John. »Setzen Sie Ihre Recherchen weiter fort. Aber bringen Sie mich nicht gleich an den Bettelstab, in Ordnung? Hören Sie sich noch ein bisschen in der Branche um, und halten Sie mich auf dem Laufenden.«

John beendete das Gespräch. Er musste zugeben, dass die Sache merkwürdig schien. Wie hatte Decker sich ausgedrückt? *Es ist, als würde dieser Mann gar nicht existieren.* So etwas war John bislang noch nicht untergekommen.

Eine halbe Stunde später fuhr John seinen Mercedes auf den eigens für ihn reservierten Parkplatz unmittelbar vor dem Haupteingang des National Historical Museums in Kensington. Ein Museumsangestellter mit übergroßem Regenschirm eilte herbei, um ihn und Laura trockenen Fußes ins Gebäude zu geleiten.

Sie passierten das Vestibül und betraten eine große Halle, die den Charme der Grand Central Station in New York verströmte. Massive, kühl wirkende Steinwände, gefliester Boden, steinerne Treppenaufgänge und schmale Fenster, die weit hinaufragten, bis dicht unters Dach. Der Kerker von Caldwell Castle war nur unwesentlich abweisender. Allein das gigantische Saurierskelett in der Mitte der Halle – unverwechselbar das Gerippe eines Tyrannosaurus Rex – verlieh dem düsteren Gemäuer Museumscharme.

Rings um den T-Rex hatten sich bereits etliche Gäste versammelt, mindestens achtzig, schätzte John. Die meisten von ihnen bevorzugten die unmittelbare Nähe des Büfetts, an dem Kanapees, Säfte und auch alkoholische Getränke gereicht wurden. Auf den ersten Blick erkannte John mehrere Mitglieder des Stadtrats, außerdem den Bürgermeister nebst Gattin sowie mindestens zwei Dutzend weitere Personen des öffentlichen Lebens. Auch einige Pressevertreter waren anwesend. Sie fotografierten, machten Notizen, sprachen in Diktafone. Alles in allem herrschte durchaus reges Treiben, dennoch wirkte die Halle viel zu groß für den kleinen Besucherkreis.

John und Laura gesellten sich zu den anderen. »Möchtest du etwas zu trinken, Darling?«, fragte John in der Hoffnung, Lauras Stimmung werde sich bei einem Glas Champagner bessern. Sie lehnte ab.

Während John die ersten Hände zu schütteln begann und in belanglosen Small Talk verfiel, löste sich eine Gestalt aus der Gruppe und kam auf ihn zu – Andrew Lewelin, der Museumsdirektor. Er war hochgewachsen und hager und trug einen Anzug, den selbst Johns Großvater als altmodisch bezeichnet hätte. Seine eingefallenen Wangen schmückte ein ebenfalls längst aus der Mode gekommener Kaiser-Wilhelm-Bart. Jeder Quadratzentimeter dieses Mannes wirkte veraltet und angestaubt, gleichzeitig aber so ehrwürdig, wie ein Museumsdirektor es nur sein konnte.

»John! Schön, dass Sie hier sind. Ich befürchtete schon, Sie würden mich im Stich lassen.« Er klopfte ihm väterlich auf den Rücken.

»Verzeihen Sie die Verspätung, Andrew«, sagte John. »Das Unwetter hat uns aufgehalten. Kennen Sie schon meine Frau?«

Lewelins kleine, verquollene Äuglein huschten zu Laura hinüber. »Ich bin sicher, dass ich mich an Sie erinnern würde, Mrs. McNeill«, sagte er.

John machte die beiden miteinander bekannt, und Lewelin ließ es sich nicht nehmen, Laura einen Kuss auf den Handrücken zu hauchen. Er war durch und durch ein Vertreter der alten Schule.

»Kommen Sie mit«, sagte Lewelin. »Ich möchte Sie mit ein paar Gästen bekannt machen.«

»Gerne«, log John. Obwohl ihn das Thema der Veranstaltung brennend interessierte, widerstrebte ihm die damit verbundene gesellschaftliche Verpflichtung – um so mehr, als er heute im Rampenlicht stehen würde. Er verkniff es sich, noch einmal an seiner Fliege zu zupfen, ließ seiner Frau den Vortritt und folgte Lewelin ins Getümmel.

Eine Dreiviertelstunde später saß John mit allen anderen Gästen in einem eigens für diesen Abend hergerichteten Nebenraum. Von der Decke hingen dicke Stoffbahnen mit der Aufschrift *Sonderausstellung – Die Entdeckung des Amazonas* herab. Zahlreiche Urwaldbilder – Fotos, Aquarelle, Ölgemälde – zierten die Wände. In einer Vitrine waren traditionelle Holzschnitzereien ausgestellt, in einer anderen Blasrohre, Macheten und weitere Waffen der Region. Das Rednerpult, an dem Andrew Lewelin soeben seine Eröffnungsworte ans Auditorium richtete, war flankiert von zwei mannshohen Indio-Figuren in Kriegerpose. Sie trugen hoch erhobene Schlagstöcke und auf dem Kopf imposanten Federschmuck. Hinter Lewelin stand eine gewaltige Stellwand mit der Darstellung einer alten Landkarte. Genau genommen handelte es sich um die Vergrößerung eines prächtig illustrierten Kupferstichs aus dem Jahr 1567, wie Andrew Lewelin erläuterte, also aus einer Zeit, in der der südamerikanische Kontinent aus europäischer Sicht noch nahezu unerforscht war. Das galt vor allem für das riesige Urwaldgebiet des Amazonas-Beckens. Nicht umsonst hatte der Zeichner dieser wundervollen Karte das Zentrum des Kontinents unbearbeitet gelassen und anstatt erfundener Flussläufe, Seen und Berge einfach nur zwei Worte niedergeschrieben: Terra incognita. Unbekanntes Land.

»Und nun, meine Damen und Herren«, sagte Lewelin gerade, »will ich Ihnen einen Mann vorstellen, ohne den diese Ausstellung niemals zustande gekommen wäre. Durch seine großzügigen Spenden hat er die finanzielle Basis dafür geschaffen, all die Exponate zusammenzutragen, die wir Ihnen heute Abend – und ab morgen auch der Öffentlichkeit – präsentieren können. Bitte begrüßen Sie mit mir ganz herzlich John McNeill!«

Lewelin gab den Zuhörern Zeit für einen Zwischenapplaus, was John ein wenig peinlich war. Angesichts der Summen, die Caldwell Castle verschlang, nahm sich der Spendenbetrag für das Museum eher bescheiden aus. Dass Lewelin Johns Großzügigkeit so sehr betonte, zeigte lediglich, wie stark das Museum auf Zuschüsse von außen angewiesen war.

Der Applaus verebbte. »Nicht nur des Geldes wegen ist John McNeill heute Abend unser Ehrengast«, fuhr Andrew Lewelin fort. »Er ist auch ein ausgezeichneter Historiker. Viele von Ihnen kennen ihn lediglich aus den Wirtschaftsnachrichten, als Vorsitzenden des McNeill-Konzerns. Wer die Boulevardpresse verfolgt, kennt ihn vielleicht auch als Abenteurer oder als Betreiber eines mittelalterlichen Freizeitparks. Die wenigsten wissen, dass John Geschichte studiert und in diesem Fach sogar promoviert hat. Das Thema seiner Doktorarbeit lautet – Sie ahnen es bereits –: Die Entdeckung des Amazonas-Beckens von 1500 bis heute. Wer könnte also geeigneter sein, diese Ausstellung zu eröffnen, als John Callum McNeill? John – darf ich Sie ans Mikrofon bitten?« Lewelin begann wieder zu klatschen. Die Zuhörer folgten seinem Beispiel. John erhob sich aus der ersten Reihe, ging auf Lewelin zu und schüttelte ihm die Hand. Während der Museumsdirektor sich setzte, nahm John hinter dem Rednerpult Aufstellung.

»Vielen Dank, Andrew«, sagte er, nachdem wieder Ruhe im Saal eingekehrt war. »Vielen Dank für die netten Begrüßungsworte. Vielen Dank für diese prachtvolle Ausstellung. Vor allem aber vielen Dank dafür, dass Sie nicht aus meiner Doktorarbeit zitiert haben – denn genau das, Ladys und Gentlemen, hatte er ursprünglich vor. Glauben Sie mir, für keinen von uns wäre das besonders vergnüglich gewesen.« Er sah in die Runde und stellte zufrieden fest, dass seine lockere Art bei den Besuchern ankam. Während sein Blick durch die Reihen schweifte, bemerkte er, dass am anderen Ende des Saals ein verspäteter Besucher durch die Tür trat. Ganz automatisch nickte John ihm einen Gruß zu, doch er erstarrte noch in der Bewegung, als er den Neuankömmling erkannte. Es war kein anderer als Gordon Cox, einer der wenigen Menschen auf diesem Planeten, mit denen John lieber nichts mehr zu tun haben wollte. Doch im Moment blieb ihm wohl nichts anderes übrig, als die Situation zu akzeptieren.

»Eine der spannendsten Geschichtsepochen ist für mich die Konquista. Mein Interesse dafür lässt sich zweifellos auf meine Mutter zurückführen. Sie stammte aus Ecuador, ich selbst verbrachte die ersten sechs Jahre meines Lebens dort, genauer gesagt in Quito. Meine Mutter erzählte mir damals in den schillerndsten Farben von den Abenteuern der spanischen Eroberer, von Pizarro, Cortés und Bilbao. Vieles davon war frei erfunden, wie ich später feststellte. Aber meine Mutter verstand es, in mir das Verlangen zu wecken, mehr über die damalige Zeit zu erfahren.«

Wieder fiel sein Blick auf Gordon Cox. Eine Museumsangestellte flüsterte ihm etwas zu und deutete auf die hintere Stuhlreihe – scheinbar bot sie ihm einen Sitzplatz an. Doch Cox lehnte ab und zog es offenbar vor, stehen zu bleiben. Betont lässig lehnte er sich an die Wand. Er trug ein legeres Sakko, darunter ein Hemd mit offenem Kragen. Keine Fliege, nicht einmal eine Krawatte. Seine durchdringenden Augen waren starr auf John gerichtet, sein Lächeln schien ihn zu verhöhnen. Alles an Gordon Cox war eine Provokation. Das Schlimmste war, dass diese Provokation auf John wirkte.

Konzentrier dich auf deine Rede, verdammt noch mal!, ermahnte er sich. Mit Gordon kannst du dich später noch auseinandersetzen.

»Durch ihre Erzählungen weckte meine Mutter in mir also das Interesse für die damalige Zeit«, fuhr er fort. »Mehr noch – sie weckte in mir eine Abenteuerlust, die bis heute anhält. Es ist mir ein Anliegen, diese Leidenschaft zu teilen, sie anderen Menschen weiterzuvermitteln. Aus diesem Grund habe ich vor einigen Jahren eine Insel vor der britischen Küste erworben und daraus, wie Andrew Lewelin es nannte, einen mittelalterlichen Freizeitpark gemacht.«

Für alle, denen Caldwell Island kein Begriff war, erläuterte er kurz sein Projekt, auch wenn es absolut nichts mit der Museumsausstellung zu tun hatte. Im Beisein von Pressevertretern war es immer von Vorteil, ein wenig die Werbetrommel zu rühren.

»Meine Insel soll den Besuchern ein Stück Geschichte näherbringen – sie erlebbar machen. Das ist mein Ziel. Aus denselben Beweggründen unterstütze ich dieses Museum. Geschichte darf keine trockene Theorie sein, niedergeschrieben in angestaubten Büchern. Geschichte soll ein *Erlebnis* sein. Ich denke, genau das wird Ihnen der heutige Abend vermitteln. Andrew Lewelin gewährte mir in der Vorbereitungsphase für diese Ausstellung bereits einige Einblicke – wohl weil er wusste, dass er dadurch leichtes Spiel haben würde, mir weitere Spendengelder abzuluchsen.« Einige Zuhörer schmunzelten, andere lachten sogar auf. Johns Blick fiel auf Gordon Cox, der noch immer an der hinteren Wand lehnte und ihn anstarrte, als könne er ihn durch pure Willenskraft lähmen. Doch mittlerweile hatte John seine Selbstsicherheit wiedergewonnen. Gordon würde ihm diesen Abend nicht verderben.

»Ich kann voller Überzeugung sagen, dass Andrew eine wahre Meisterleistung vollbracht hat. Nie zuvor wurde eine Museumsausstellung so konsequent als Erlebnis inszeniert. Diese Jungs hier« – er deutete auf die beiden Kriegerfiguren, die das Rednerpult flankierten – »sind nur ein Vorgeschmack. Ladys und Gentlemen, Sie werden heute Abend so nah an der geschichtlichen Realität sein, wie es in einem Museum nur möglich ist. Sie werden auf eindrucksvolle Weise andere Völker und Kulturen kennenlernen, vor allem aber eine andere Epoche. Lassen Sie sich gemeinsam mit mir auf das Abenteuer ein, in jene Phase der menschlichen Geschichte einzutauchen, in der das Amazonas-Gebiet noch völlig unerforscht war. Versuchen Sie, sich in die Lage der spanischen Eroberer zu versetzen. Sehen Sie die heutige Ausstellung mit deren Augen. Keiner von ihnen wusste, worauf er sich einließ.« Er drehte sich um, deutete auf die Landkarten-Stellwand hinter sich und richtete sich wieder an seine Zuhörer. »Wo gibt es heute noch eine Terra incognita auf unserem Planeten? Wo gibt es noch Landstriche, die man nicht wenigstens aus Büchern, aus dem Fernsehen oder aus dem Internet kennt? Wohin Sie auch reisen, Sie werden fast nirgends mehr auf unbekanntes Terrain stoßen. Wenn Sie heute den südamerikanischen Dschungel durchqueren, wissen Sie ziemlich genau, welchen Gefahren Sie sich aussetzen. Anfang des sechzehnten Jahrhunderts war die Lage völlig anders. Die Durchquerung des Amazonas-Beckens war für die Konquistadoren eine Reise ins Ungewisse. Deshalb noch einmal: Versuchen Sie, diese Ausstellung mit den Augen eines Menschen von damals zu betrachten. Versuchen Sie sich vorzustellen, in eine neue, Ihnen völlig unbekannte Welt entführt zu werden. Versuchen Sie nachzuempfinden, wie die ersten Europäer sich gefühlt haben müssen, als sie all das zum ersten Mal sahen. Ich wünsche Ihnen einen spannenden Abend.«

Die Zuhörer klatschten Beifall. Andrew Lewelin erhob sich von seinem Platz und schüttelte John die Hände, während die Pressevertreter ihre Fotos schossen und den Raum in ein Blitzlichtgewitter verwandelten. John strahlte in die Objektive. Insgeheim sehnte er sich jedoch danach, endlich seinen steifen Smoking und die mörderische Fliege loszuwerden.

In mehreren Grüppchen führten Lewelin und seine Helfer die Gäste durch die Ausstellung. Tatsächlich erinnerte der Rundgang weniger an eine Museumsbesichtigung als vielmehr an eine Fußwanderung durch den Amazonas-Regenwald. Gewiss gab es hier und da Bilder an den Wänden und Vitrinen, in denen seltene Exponate zur Schau gestellt wurden, aber ein Großteil der Räume glich einem botanischen Garten, dessen klare Intention es war, Dschungelatmosphäre zu schaffen. An unzähligen Stellen hatte das Museum Indianer- und Tierfiguren aufgestellt. Manche Arrangements zeigten Ausschnitte aus dem Dorfleben diverser Eingeborenenstämme, andere gaben kriegerische Auseinandersetzungen oder Szenen einer Jagd wieder. Wohin man auch sah, überall gab es etwas zu entdecken. Sogar für eine authentische Geräuschkulisse hatte Lewelins Team gesorgt. Aus verborgenen Lautsprechern klang das Zirpen und Summen von Insekten, außerdem exotisches Vogelgezwitscher und Affengebrüll. Das Ganze war unterlegt mit dem sanften Plätschern eines imaginären Wasserlaufs.

»Wie gefällt Ihnen die Ausstellung, Gnädigste?«, erkundigte sich Bürgermeister Loomis bei Laura. Bevor sie jedoch antworten konnte, ertönte von der Spitze der Gruppe ein gellender Aufschrei. Laura zuckte zusammen, Loomis ebenfalls. Selbst John erschrak, obwohl Lewelin ihn vorgewarnt hatte, dass es in dieser Ausstellung ein paar echte Überraschungen gab.

»Edna!«, rief der Bürgermeister seiner Frau zu. »Liebste, was ist passiert?« Er eilte nach vorne, wo Edna Loomis sich eine Hand vor die Brust hielt und mit vor Entsetzen weit aufgerissenen Augen ins Gebüsch starrte. John, der dem Bürgermeister gefolgt war, erkannte im Schatten eines Farns einen großen haarigen Körper. Im Gegensatz zu den vielen starren Skulpturen der Ausstellung war dieser Körper jedoch in Bewegung: Er stellte sich auf die Hinterbeine, begann zu hüpfen und trommelte dabei wild mit den Armen auf den Boden. Dabei stieß er – typisch für diese Affenart – langgedehnte Klagelaute aus.

»Ein Brüllaffe«, kommentierte Andrew Lewelin. »Wenn Sie

genau hinsehen, Mrs. Loomis, erkennen Sie das Käfiggitter. Der Affe ist eingesperrt.«

Die Frau des Bürgermeisters rang nach Atem. »Meine Güte – wer hätte auch damit gerechnet! Ein lebendiger Affe in einem Museum! Im ersten Moment dachte ich, er will sich auf mich stürzen!« Sie sah in die Runde wie jemand, der gerade einer Todesgefahr entronnen war. Zu John sagte sie: »Ich bin sicher, jetzt wird es mir leichter fallen, diese Ausstellung als Abenteuer zu betrachten.« Sie wirkte bereits etwas gefasster, dennoch ließ sie den Arm ihres Mannes bis zum Ende der Führung nicht mehr los.

Johns Armbanduhr zeigte kurz nach halb elf, als auch die letzte Gruppe die Führung beendete. Alle Gäste versammelten sich in der großen Haupthalle neben dem T-Rex-Skelett, wo erneut ein Büfett aufgebaut worden war. Hier stieß John auch wieder auf Gordon Cox.

»Hallo, John«, sagte Gordon, während er nach einem Martiniglas griff. Er versuchte noch immer, lässig zu wirken, machte jedoch, aus der Nähe betrachtet, einen angespannten Eindruck. »Lange nichts mehr voneinander gehört.«

»Was mich betrifft, nicht lange genug«, zischte John so leise, dass kein anderer Gast es hören konnte.

»Noch immer beleidigt? Ich finde, wir sollten das Kriegsbeil begraben.«

John musste seine ganze Kraft aufbringen, um nicht die Beherrschung zu verlieren. Alte Erinnerungen kamen hoch, liefen wie ein Film vor seinem geistigen Auge ab. Im Zeitraffer sah er Gordon und sich während des Studiums. Obwohl Gordon Physik studierte, teilte er Johns Begeisterung für Geschichte. Aus dieser Gemeinsamkeit heraus entstand irgendwann die Idee, einen mittelalterlichen Urlaubspark aufzubauen. Gordon und er waren mehr als Freunde gewesen. Eher so etwas wie Brüder. Seelenverwandte. Und dann hatte ein einziger Tag all das mit einem Schlag zunichtegemacht.

Gordon nippte an seinem Martini, betont cool, als sei er James Bond. »Ich bin nicht hierhergekommen, um mit dir zu streiten, John«, sagte er.

»Dann wärst du wohl besser zu Hause geblieben.«

»John, ich will endlich Frieden schließen. Wie oft muss ich dir noch sagen, dass es mir leidtut?«

Es tat Gordon also leid! Großer Gott, wie oft hatte John diese Phrase schon gehört. Schade nur, dass Gordons Reue die Dinge nicht rückgängig machen konnte. Tiefe Wunden heilten nun einmal nicht so schnell, jedenfalls nicht bei John.

»Müssen wir denn auf ewig verfeindet bleiben?«, fuhr Gordon geduldig fort. »Ich dachte, wir können irgendwann wie Erwachsene darüber sprechen und uns wieder in die Augen sehen!« Er legte John eine Hand auf die Schulter, was wohl so viel bedeuten sollte wie: *Komm schon, gib dir endlich einen Ruck! So schlimm war die Sache auch wieder nicht!* Aber genau das war das Problem: Die Sache *war* schlimm!

Ich hätte große Lust, ihm sein Zahnpastalächeln aus dem Gesicht zu prügeln, dachte John. Das hätte ich schon viel früher tun sollen. Vielleicht würde ich mich danach besser fühlen.

Während er sein Versäumnis in Gedanken nachholte, gesellte sich die Frau des Bürgermeisters zu ihnen. Dankbar, in ein Gespräch verwickelt zu werden, hörte John sich gerne noch einmal an, wie sehr ihr die Begegnung mit dem Brüllaffen zugesetzt hatte. Gordon hingegen verschwand vom Büfett und tauchte in der Menge unter.

Fünf Minuten später wandte Edna Loomis sich einem rotgesichtigen Mitglied des Stadtrats zu, das ihre Geschichte offenbar noch nicht kannte, aber schon beim ersten Stichwort reges Interesse bekundete. John, nun allein gelassen, beschloss, Laura zu suchen. Er fühlte sich auf einmal müde und wollte nur noch ins Bett.

Seine Müdigkeit verflog, als er Laura erspähte, die in eine Unterhaltung vertieft war – ausgerechnet mit Gordon Cox. Die beiden befanden sich etwas abseits der Menge an einem Stehtisch, jeder mit einem Glas in der Hand. Sie wirkten so ausgelassen, dass es John beinahe schlecht wurde. Gordon hatte sich zu Laura herübergebeugt und raunte ihr etwas ins Ohr. Laura lachte und entgegnete etwas, sie schien bester Laune zu sein. Als ihr Blick auf John fiel, wurde sie augenblicklich ernst.

John zwang sich zur Ruhe, konnte aber nicht verhindern, dass die Eifersucht weiter in ihm hochkochte, genau wie damals, als er die beiden sozusagen *in flagranti* erwischt hatte. John war früher als erwartet von einer Geschäftsreise zurückgekehrt und hatte Laura und Gordon auf der Wohnzimmercouch ertappt – beide mit kaum mehr als ihrer Unterwäsche bekleidet. Für John stand außer Frage, was passiert wäre, hätte er seine Geschäftsreise nicht vorzeitig abgebrochen.

An diesem Tag war es zum Bruch mit Gordon gekommen. Er hatte ihn hochkant aus der Wohnung geworfen und ihm klargemacht, dass er ihn nie wieder zu Gesicht bekommen wolle. Ein paar Wochen lang hatte Gordon versucht, sich zu entschuldigen, aber Verzeihen gehörte nicht unbedingt zu Johns Stärken. Schließlich hatte Gordon aufgegeben und war in der Versenkung verschwunden. Das war jetzt acht Jahre her.

Auch mit Laura wäre es damals beinahe auseinandergegangen, doch am Ende hatte die Liebe gesiegt. Laura hatte John tausendmal versichert, dass dies ihr erster Ausrutscher gewesen war, und John hatte ihr irgendwann geglaubt. Er hatte ihr glauben *wollen*, es sogar müssen, sonst hätte es ihm das Herz zerrissen. So abenteuerlustig und abgebrüht er sich nach außen gab, so verletzlich war er, wenn es um Lauras Liebe ging – eine Schwäche, der er bis heute machtlos ausgeliefert war. Er war nicht nur ihrer Schönheit verfallen, sondern auch ihrer Persönlichkeit, ihrem Wesen. Sie verfügte über einen starken Willen, ein gewinnendes Lachen und eine tiefe innere Wärme – etwas, das John immer wieder berührte. In ihrer Gegenwart hatte er das Gefühl, ein besserer Mensch zu sein.

Jetzt allerdings hätte er Gordon am liebsten erwürgt. Die Vertrautheit, mit der er mit Laura sprach, verunsicherte ihn. Die beiden gaben sich wie verliebte Turteltäubchen, und das in aller Öffentlichkeit. Die Frage, ob Laura und Gordon sich in den letzten Jahren womöglich öfter gesehen hatten, senkte sich auf John herab wie eine schwarze Wolke.

Er bemerkte, dass Laura ihn noch immer ansah und ihn jetzt sogar zu sich herüberwinkte. Ihre Miene war noch immer ernst, gleichzeitig ging von ihren Augen jedoch etwas Versöhnliches aus. Den ganzen Abend lang war sie auf John sauer gewesen. Jetzt wirkte sie wie jemand, der sich genug gestritten hatte und sich wieder vertragen wollte.

John seufzte, weil er spürte, wie seine Eifersucht gegen seinen Willen verflog. Laura verstand es wie kein anderer, ihn zu besänftigen, wenn er wütend war. Ein Blick von ihr genügte oft, um ihn selbst der tiefsten Übellaunigkeit zu entreißen, so wie jetzt.

Wie schafft sie das nur?, fragte sich John. Er wusste darauf keine Antwort. Er wusste nur, dass es irgendwie funktionierte. Sie war wie ein Engel, der in ihm die besten Seiten zum Vorschein brachte. Er gab sich einen Ruck und ging zu Laura und Gordon hinüber.

Zu dritt standen sie eine Zeitlang um den Tisch. Laura bemühte sich, eine Unterhaltung in Gang zu bringen, aber obwohl Gordon nach Kräften mithalf, wurde John nicht so recht locker. Er konnte nicht über die Späße der beiden lachen, und schon gar nicht wollte er über die alten Zeiten plaudern. Außerdem war er irritiert von der Art, wie Laura und Gordon immer wieder kurze Blicke austauschten, so als würden sie in einer nur ihnen vertrauten nonverbalen Sprache miteinander kommunizieren. Die Frage war nur, worüber? In John keimte der Verdacht auf, dass dieses Gespräch einen ganz bestimmten Zweck verfolgte. Irgendetwas führten die beiden im Schilde.

Endlich schien Laura zu begreifen, dass John auf Small Talk nicht ansprang. Nach einer kurzen Pause, die deutlich machte, dass das Gespräch einen Wendepunkt nahm, kam sie direkt auf den Punkt. »Gordon ist heute nicht meinetwegen hier, John, sondern deinetwegen«, sagte sie. »Er will dir einen Vorschlag machen. Geschäftlich.«

»Ich kann mir nicht vorstellen, dass wir gemeinsame Geschäftsinteressen haben.«

»Hör dir doch erst mal an, was er zu sagen hat.«

John seufzte und wandte sich Gordon zu. »In dieser Halle befinden sich Dutzende von Geschäftsleuten aus allen möglichen Branchen. Weshalb kommst du ausgerechnet auf mich zu?«

»Wenn du wüsstest, worum es geht, wärst du nicht so abweisend.«

»Das beantwortet nicht meine Frage. Warum ich?«

»Weil es niemanden gibt, der meine Auffassung von Geschichte so sehr teilt wie du«, sagte Gordon. Es klang aufrichtig. »Die Vergangenheit *erlebbar* machen – das ist der Gedanke, der uns beide verbindet. Du tust es, indem du diesem Museum Geld stiftest und indem du Caldwell Island erschaffen hast. Ich habe einen anderen Weg eingeschlagen. Übrigens einen besseren.«

John fühlte sich schon wieder provoziert. »Eine authentischere Vergangenheitserfahrung als auf Caldwell Island wirst du nirgends auf der Welt geboten bekommen«, antwortete er. »Wer zu mir kommt, lebt für eine Weile wie vor tausend Jahren. Meine Besucher schwitzen, spüren ihre Muskeln und leiden Hunger. Sie tragen Ritterrüstungen, um zu erfahren, was es bedeutet, mit dreißig Kilo Stahl am Körper zu kämpfen. Sie bauen Getreide an, mit Hacken und Ochsenpflügen. Sie sind Wind und Wetter ausgesetzt. Die meisten von ihnen sagen hinterher, dass sie erst jetzt wissen, was das Wort *Mittelalter* wirklich bedeutet.«

»Ich gebe zu, dass Caldwell Island Charme hat. Ich bin selbst dort gewesen. Im April. Es ist eine völlig neue Art von Urlaub. Es bietet auch gewisse Einblicke in eine andere Zeit. Aber nimm es mir nicht übel, John – *authentisch* ist es nicht!«

»Ach nein? Weshalb nicht?«

»Weil ein zentrales Element fehlt: die Gefahr. Auf Caldwell Island muss niemand befürchten, zu verhungern oder in einem Schwertkampf einen Arm abgeschlagen zu bekommen. Wer erwischt wird, wenn er ein Huhn klaut, wird höchstens einen Tag lang in den Kerker geworfen. Niemand wird gefoltert, verstümmelt oder gehängt. Die höchste Strafe, die jemand zu erwarten hat, ist, dass er die Insel vorzeitig verlassen muss, weil er seinen MP3-Player heimlich eingeschleust hat. Den Nervenkitzel des wahren Lebens zu vermitteln, das schafft kein Buch, kein Museum und kein Caldwell Island. Das schafft nur modernste Technologie!«

»Und da kommst du wohl ins Spiel?« Es sollte geringschätzig klingen, aber Gordon ging nicht darauf ein.

»In den vergangenen Jahren habe ich ebenfalls an einem Projekt gearbeitet«, erläuterte er. »Allerdings nur im Verborgenen.

Ich wollte nicht, dass die Öffentlichkeit etwas darüber erfährt, bevor ich nicht einen ersten echten Erfolg vorweisen konnte. Inzwischen bin ich jedoch soweit, es fehlen nur noch ein paar abschließende Tests. Genau das ist der Grund, weswegen ich mit dir sprechen wollte. Ich brauche Geld.«

John lachte freudlos auf. »Geld? Ich fürchte, da bist du an den Falschen geraten. Wenn du wüsstest, wie lange ich schon nach Investoren für meine Insel suche, hättest du dir den Weg heute sparen können!«

»Ich meine es ernst, John.«

»Ich auch.« Er hatte keine Lust, weitere Erklärungen zu seinem eigenen finanziellen Dilemma abzugeben. Deshalb fragte er nur: »Weshalb nimmst du keinen Kredit auf?«

»Das habe ich bereits versucht. Aber Banken wollen Sicherheiten, und die kann ich ihnen nicht bieten. Nicht im notwendigen Maß. Ich brauche rund fünfzehn Millionen Pfund. Meine Sicherheiten reichen nicht mal für die Hälfte.«

John pfiff durch die Zähne. Fünfzehn Millionen Pfund! Er selbst benötigte zwanzig Millionen für den Ausbau von Caldwell Island. Gordons Situation war der seinen erstaunlich ähnlich. »Selbst wenn ich wollte, könnte ich dir zurzeit nicht mal eine Million geben«, sagte er. »Du wirst dich nach einem anderen Partner umsehen müssen. Es tut mir leid.« Das tat es natürlich überhaupt nicht. John verspürte sogar eine gewisse Genugtuung angesichts Gordons finanzieller Nöte. Nur weil er sich auf ein Gespräch mit ihm eingelassen hatte, machte sie das noch lange nicht wieder zu den guten Freunden von einst. Gordon hatte sich an Laura herangemacht. Wenn er jetzt in einer Geldkrise steckte, geschah ihm das nur recht.

John bemerkte, dass seine Frau ihn ansah – ungewöhnlich streng, wie er fand. »Ich denke, du solltest dir Gordons Unternehmen zuerst ansehen und *dann* darüber urteilen, ob du bei ihm investieren willst«, sagte sie.

»Es ist keine Frage des Wollens. Es ist eine Frage des *Habens*. Ich *habe* das Geld nicht.«

»Du besitzt einen Konzern, John!«

»Der von einer Treuhändergruppe geführt wird.«

»Du könntest versuchen, sie zu einer Investition in Gordons Firma zu bewegen.«

John war sprachlos über die Deutlichkeit, mit der Laura für Gordon Partei ergriff. Natürlich hatte sie recht. In der nächsten Geschäftsführerbesprechung hätte er Gordons Projekt vorstellen und beantragen können, ihm fünfzehn Millionen Pfund als Joint-Venture-Kapital zur Verfügung zu stellen. Aber weshalb um alles in der Welt erwartete sie von ihm, sich ausgerechnet für Gordon einzusetzen, noch dazu vor einem Gremium, das ihm selbst keinerlei finanzielle Unterstützung für Caldwell Island gewährte?

Gordon ahnte wohl, dass er John an diesem Abend zu nichts überreden konnte. »Tu mir den Gefallen, und denke wenigstens darüber nach«, sagte er und reichte John eine Visitenkarte. »Du kannst meine Firma jederzeit besichtigen. Ruf mich einfach an, dann werde ich dir persönlich alles zeigen. Ich bin sicher, du würdest es nicht bereuen.« Er wandte sich Laura zu und hauchte ihr einen Kuss auf die Wange. »War schön, dich wiedergesehen zu haben.« Dann drehte er sich um und bahnte sich seinen Weg am Saurierskelett vorbei zum Foyer.

John sah ihm wortlos hinterher. Besaß dieser Mistkerl doch tatsächlich die Unverfrorenheit, Laura vor seinen Augen zu küssen.

Aber damit, mein lieber Gordon, hast du dich ins eigene Fleisch geschnitten, dachte John grimmig. Wofür immer du dieses Geld benötigst – von mir bekommst du es auf gar keinen Fall.

Auf der Heimfahrt gab Laura sich wieder schweigsam, womit sie John zweifellos klarmachen wollte, wie sehr ihr die Art missfiel, wie er mit Gordon umgesprungen war. Die unterkühlte Stimmung wurde auch nicht besser, als sie in ihrem Penthouse in Westminster ankamen.

Regen und Gewitter hatten mittlerweile aufgehört, doch die schwarze Wolkendecke, die dicht über der Stadt hing, wirkte dadurch sogar noch bedrohlicher. Wie eine brodelnde Masse, die mitten in der Bewegung erstarrt war, zog sie dahin. Weltuntergangsstimmung so weit das Auge reichte.

John parkte den Mercedes in der Tiefgarage, dann ging es mit dem Aufzug hinauf in die oberste Etage. Laura schwieg noch immer beharrlich. Erst als sie die Wohnung betraten, ergriff sie unvermittelt das Wort. »Ich wünschte, du hättest etwas mehr Vertrauen zu mir.« Es klang eindeutig vorwurfsvoll.

John seufzte. »Ich vertraue dir ja, Darling. Aber wenn ich Gordons Lippen an deiner Wange sehe, dann …«

»Ich spreche nicht von diesem harmlosen Abschiedskuss! Ich spreche vom Geschäft. Davon, dass du dir Gordons Geschäftsidee wenigstens hättest anhören können. Davon, dass ich versucht habe, dir eine Brücke zu bauen.«

»Eine Brücke?«

»Tu nicht so begriffsstutzig! Du weißt genau, was ich meine! Gordon wusste, dass du niemals freiwillig mit ihm sprechen würdest. Deshalb hat er sich an mich gewandt, damit ich den Kontakt zwischen euch beiden wiederherstelle. Aber du hältst es noch nicht mal für nötig, dir anzuhören, was er zu sagen hat, du sturer Esel! Und das, obwohl er an einem Geheimprojekt arbeitet.«

Geheimprojekt – wie lächerlich das klang. Wie aus einem billigen Agentenfilm. »So geheim kann es nun auch wieder nicht sein«, entgegnete John. »Immerhin ist er damit schon bei den Banken hausieren gegangen.«

»Ist er eben nicht! Das hat er dir nur erzählt, weil ich es ihm empfohlen habe. Ich dachte, wenn er den Eindruck erweckt, auf dich angewiesen zu sein und nach all den Jahren als Bittsteller angekrochen kommt, würdest du ihm am ehesten zuhören. Bevor sein Projekt nicht hundertprozentig ausgereift ist, will er den Kreis der Eingeweihten so klein wie möglich halten. Und er befürchtet, seine Arbeit nicht länger geheim halten zu können, wenn er erst ein Dutzend Bankangestellte durch seine Firma geführt hat.«

John ließ sich den Gedanken durch den Kopf gehen. Falls Gordons Projekt tatsächlich geheim war, ergab das natürlich Sinn, zumal es um eine Summe ging, bei der er jeder Bank bis ins Detail würde erklären müssen, was er vorhatte. Und die Konkurrenz schlief nicht. Gegen ein angemessenes Bestechungsgeld würde ein unterbezahlter Kreditsachbearbeiter gewiss ein paar vertrauliche Informationen weitergeben. Gordons Vorsicht mochte also berechtigt sein.

Gegen seinen Willen wurde John neugierig. »Weshalb hat er mir das nicht gesagt?«, fragte er.

»Du hast ihn ja kaum zu Wort kommen lassen!«

Das konnte John in der Tat nicht leugnen. »Weißt du, woran Gordon arbeitet?«, fragte er.

»Das wollte er mir nicht verraten.«

»Hat er keine Andeutungen gemacht?«

Laura schüttelte den Kopf. »Aber er hat von einem Quantensprung in der Menschheitsgeschichte gesprochen.«

John verkniff sich einen Kommentar. Ein *Geheimprojekt.* Und jetzt auch noch ein *Quantensprung in der Menschheitsgeschichte.* Gordon geizte wahrlich nicht mit großen Worten. Die Frage war nur: Was steckte tatsächlich dahinter? John fiel ein, was Gordon im Museum gesagt hatte: *Den Nervenkitzel des wahren Lebens zu vermitteln, das schafft kein Buch, kein Museum und kein Caldwell Island. Das schafft nur modernste Technologie!* Was hatte er damit gemeint?

»Jedenfalls finde ich es merkwürdig, dass er nach so langer Zeit ausgerechnet zu mir kommt, um mich um Geld zu bitten.«

»Immerhin wart ihr früher die engsten Freunde. Ihr habt einen Traum geteilt, John.«

»Das ist lange her.«

»Ich glaube, er wollte Frieden mit dir schließen.« Lauras Stimme klang plötzlich melancholisch und weich. »In den letzten Jahren hat Gordon irgendetwas Phänomenales geschaffen, und er wollte dich daran teilhaben lassen – um der alten Zeiten willen.«

John zuckte leichthin mit den Schultern. So recht daran glauben mochte er nicht. Gordon war kein Wohltäter, sondern Geschäftsmann, genau wie er selbst. Allerdings musste das nicht zwangsläufig heißen, dass er unlautere Absichten verfolgte. Vielleicht wollte Gordon tatsächlich zwei Fliegen mit einer Klappe schlagen, indem er John als Investor gewann und die alte Freundschaft wieder aufleben ließ.

Geheimprojekt.

Quantensprung in der Menschheitsgeschichte.

Es klang so übertrieben, dass es schon beinahe wieder wahr sein musste. Dennoch fehlte John der letzte Anstoß, um die alte Feindschaft mit Gordon zu überwinden.

Als könne Laura Gedanken lesen, sagte sie: »Falls du in Erwägung ziehst, Gordon anzurufen, um mit ihm einen Termin auszumachen, würde ich an deiner Stelle nicht mehr allzu lange warten. Denn er hat mir ein Detail anvertraut, das du wissen solltest.«

»Ach wirklich? Jetzt auf einmal?«

»Die Trümpfe hebt man sich immer bis zum Schluss auf. Ich bin Anwältin – schon vergessen?« Laura grinste ihn spitzbübisch an. Sie wusste genau, dass sie auf dem besten Weg war zu erreichen, was sie sich in den Kopf gesetzt hatte: John und Gordon wieder zusammenzubringen.

John ging auf das Spiel ein. »Was für ein Trumpf ist das?«

Die Zufriedenheit darüber, dass sie ihn in der Hand hatte, stand ihr ins Gesicht geschrieben. Den ganzen Abend über hatte sie ihn in der Hand gehabt, darüber war John sich im Klaren. Falls tatsächlich ein Geschäft mit Gordon zustande kam – und dazu womöglich noch die Beilegung eines jahrelangen Streits –, hatte er das ganz allein seiner Frau zu verdanken. Sie war nicht nur die personifizierte Schönheit, sondern auch noch ausgesprochen klug. Sie besaß die für eine Anwältin vermutlich unverzichtbare Gabe, in jeder Situation einen kühlen Kopf zu bewahren. John hingegen war ein Emotionsmensch – eine Schwäche, die ihn schon mehr als nur ein lukratives Geschäft gekostet hatte. Vielleicht hatte sein Vater tatsächlich gut daran getan, ihm *nicht* die Leitung des Konzerns zu überlassen.

Er seufzte. »Nun, was ist? Verrätst du mir, was du weißt, oder willst du mich noch ein bisschen zappeln lassen?«

Sie tat, als träfe sie eine schwierige Entscheidung. »Ich lasse dich lieber noch ein bisschen zappeln«, sagte sie schließlich. »Erstens, weil du eine Strafe verdienst: Du hast drei Wochen auf Caldwell Island verbracht und mich dadurch vernachlässigt.«

»Und zweitens?«

»Weil du mich noch mehr vernachlässigen würdest, wenn ich dir jetzt mein kleines Geheimnis anvertraue. Du würdest dir den Kopf zerbrechen oder sofort zum Telefon rennen, um ein paar Anrufe zu erledigen. Und das kann ich unmöglich zulassen. Denn heute Nacht möchte ich deine ungeteilte Aufmerksamkeit.« Mit diesen Worten öffnete sie den Reißverschluss ihres Kleides und streifte sich die Träger von den Schultern. Der bordeauxrote Stoff glitt in einer einzigen geschmeidigen Bewegung zu Boden. Laura sah atemberaubend aus. Sie trug knappe, schwarze Spitzenunterwäsche und dazu passende Seidenstrümpfe, die ihre wohlgeformten, langen Beine ideal zur Geltung brachten. Die Perlenkette an ihrem Hals und die dazu passenden Ohrringe betonten ihre Sinnlichkeit.

Plötzlich spürte John, wie erregt er war. »Du willst also meine ungeteilte Aufmerksamkeit?«, murmelte er. »Ich versichere dir, du hast sie.« Er trat einen Schritt auf sie zu, zog sie sanft an sich und küsste sie. Ihre Lippen fühlten sich weich an und schmeckten leicht salzig. Laura erwiderte seinen Kuss zuerst zögernd, dann leidenschaftlich, presste sich fester an ihn und erregte ihn dadurch umso mehr. Seine Finger strichen über ihren Rücken, tiefer und tiefer, schoben sich unter den Saum ihres Slips und begannen, ihren Po zu massieren. Laura stöhnte auf.

»Komm mit ins Bett«, hauchte John ihr ins Ohr.

»Lass es uns heute lieber hier tun«, flüsterte sie zurück. »Auf dem Fußboden. Sul tappeto. Regalami il cielo, amore!«

Laura stammte aus einem kleinen Dorf in der Nähe Venedigs. Allerdings sprach sie so gut wie nie Italienisch. Nur in Situationen wie dieser kamen ihr regelmäßig einige Worte über die Lippen – oft Vokabeln, deren Sinn John nur erahnen konnte. Vielleicht machte genau das den Reiz aus: Nicht zu verstehen, sondern nur zu erahnen. Vielleicht lag es auch an der Art, wie Laura die Worte aussprach – dahingehaucht und dennoch vibrierend, fordernd, elektrisierend. Gleichermaßen schüchtern wie lasziv. Auf jeden Fall regte ihr Italienisch Johns Fantasie an, und es war fester Bestandteil ihres Liebesspiels.

Er kniete vor ihr nieder, zog ihr den Slip aus. Sie ließ es geschehen, auch als er seinen Mund gegen ihren Bauch drückte und seine Zunge an ihrer nackten Haut herabwandern ließ, bis er endlich, quälend langsam, ihr Muttermal erreichte, einen kleinen, herzförmigen Fleck oberhalb des Schamhaaransatzes. Lauras einziger Schönheitsfehler – aber um nichts in der Welt hätte John darauf verzichten wollen.

»*Baciami*, John, *baciami più forte.*«, stöhnte sie. »Ja, küss mich! *Fammi sognare.* Raub mir die Sinne!«

Dann, nach einer Weile, in der ihr Stöhnen lauter wurde und ihr Körper bereits zu glühen schien, kniete sie sich zu John auf den Boden, wo sie sich wild und gierig über ihn hermachte wie ein ausgehungertes Tier.

Als John aufwachte, war es noch immer Nacht. Durchs Fenster sah er, dass die Wolken sich verzogen hatten und den Blick nun auf eine sternenklare Nacht freigaben. Im Halbschatten erkannte er die Zeiger der Wanduhr. Es war Viertel vor drei.

Er registrierte, dass er auf der Couch lag, vollkommen nackt. Die Erinnerung, wie er sich mit Laura in einem Rausch aus Lust und Liebe bis hierher vorgearbeitet hatte, zauberte ihm ein Lächeln auf die Lippen. Er fühlte sich abgekämpft, aber rundum zufrieden. Und erstaunlich fit dafür, dass er nicht einmal zwei Stunden geschlafen hatte.

Neben ihm räkelte sich Laura, mit nichts bekleidet außer ihren Seidenstrümpfen. In John stieg erneut das Verlangen auf. Die dreiwöchige Enthaltsamkeit auf Caldwell Island machte sich jetzt bemerkbar. Er legte seiner Frau die Hand auf den Bauch, und begann, sie zu streicheln.

»Oh John, kriegst du denn nie genug?«, murmelte sie. »Ich bin todmüde.«

»Das ist unfair – so verführerisch auszusehen und gleichzeitig todmüde zu sein.« Seine Hand wanderte weiter über ihren nackten Körper.

»Bitte, John, lass uns morgen weitermachen.«

Er unternahm noch zwei, drei weitere Versuche, doch sie blieb hartnäckig. »Dann sag mir wenigstens, was du mir vorhin nicht verraten wolltest«, drängte er. »Das kleine Geheimnis, das Gordon dir anvertraut hat.«

Im Halbschlaf verzog sie das Gesicht. »Oh John, können wir nicht später darüber sprechen?« Es klang gequält. »Wenn ich es dir jetzt erzähle, ist es aus mit der Ruhe – und das will ich nicht. Ich will jetzt schlafen.« Sie drehte sich demonstrativ von ihm weg, wobei sie ihm ihren Po allerdings so reizvoll entgegenreckte, dass er nicht anders konnte, als sich von hinten an sie zu schmiegen.

Laura gab einen unwilligen Laut von sich. »Hör endlich auf damit, John«, knurrte sie genervt. »Ich sag dir ja, was du wissen willst. Aber versprich mir, dass du danach Ruhe gibst. Du bleibst bei mir liegen, legst deinen Arm um mich und versuchst, wieder einzuschlafen. Ohne Annäherungsversuche und ohne aufzuspringen, um mitten in der Nacht ein paar dringende Telefonate zu führen. Einverstanden?«

»Einverstanden.« Er küsste sie sanft auf die Schulter. »Was hat Gordon dir also erzählt?«

Noch immer halb im Schlaf, dauerte es einen Moment, bis sie sich gesammelt hatte. »Er sagte, dass du nicht der Einzige bist, den er um Geld gebeten hat«, murmelte sie schließlich. Ihre Augen blieben dabei geschlossen. »Es gibt noch jemand anderen. Zwei private Investoren. Genauer gesagt zwei Russen. Und weil Gordon ein solches Geheimnis aus seinem Projekt macht, hat er mit ihnen unter falschem Namen Kontakt aufgenommen. Mehr hat er mir nicht verraten, aber ich denke, den Rest kannst du dir zusammenreimen. Ich wette eins zu einer Million, dass er dieser ominöse Hakan Thorwald ist.« Sie machte eine Pause und fügte hinzu: »Denk daran, was du mir versprochen hast! Keine Telefonate. Kein Sex. Einfach nur schlafen.« Sie grub ihren Kopf in ein Couchkissen und erinnerte John daran, dass sie in den Arm genommen werden wollte. John tat es. Kurz darauf ging ihr Atem gleichmäßig und ruhig wie der eines schlummernden Babys.

John hingegen konnte lange nicht einschlafen. Wenn die Ljuganow-Brüder ihr Geld Gordon anvertrauten, würde er selbst leer ausgehen, so viel stand fest. Die Russen hatten keinen Zweifel daran gelassen, dass sie in Europa vorläufig nur eine Investition tätigen wollten und sich dafür natürlich die lohnendste heraussuchen würden. John seufzte. Im Grunde war er voll und ganz davon überzeugt, dass Caldwell Island Zukunft hatte. Aber sahen die Ljuganows das genauso?

Erst als die aufgehende Sonne das Zimmer mit zartem orangefarbenem Licht zu erfüllen begann, wurde John müde. Dicht an Laura geschmiegt schlief er endlich ein.

Kapitel 4

Irgendwo in weiter Ferne hörte John ein Geräusch wie aus einer anderen Welt. Ein Summen – unangenehm, bohrend, geradezu penetrant. Er öffnete die Augen und benötigte einen Moment, um sich bewusst zu werden, dass er sich nicht in seinem Bett, sondern auf der Wohnzimmercouch befand. Laura lag noch immer neben ihm. Sie schnarchte leise, offenbar unbeeindruckt von dem Summen, das nun abermals ertönte: die Türklingel.

Vorsichtig, um Laura nicht zu wecken, stand John auf. Über diverse, ungleichmäßig über den Teppich verteilte Kleidungsstücke hinweg bahnte er sich seinen Weg ins Bad, wo er seinen Morgenmantel überstreifte. Er fühlte sich verspannt und verkatert, obwohl er am Vorabend kaum etwas getrunken hatte. Die Couch war offenbar nicht ganz so erholsam wie das Bett. Andererseits – was waren schon ein paar verspannte Muskeln im Vergleich zu der Liebesnacht mit Laura?

Es klingelte erneut.

»Ich komm ja schon«, murmelte John und ging ohne übertriebene Eile zur Tür.

Draußen stand Gordon Cox. Er trug ein grellgelbes Polohemd, eine khakifarbene Stoffhose und dazu passende Slipper aus Wildleder. An seinem Handgelenk prangte eine Uhr, die so klobig war, als wolle er damit irgendetwas beweisen. Oder kompensieren. John verkniff sich einen Kommentar. Vielleicht war es tatsächlich an der Zeit, das Kriegsbeil zu begraben.

»Guten Morgen«, sagte John.

»Guten Morgen? Es ist schon nach elf. Manche Leute arbeiten bereits seit Stunden.«

»Sprichst du etwa von dir?«

»Natürlich *nicht.*« Gordon grinste. »Kann ich reinkommen?«

»Laura schläft noch.«

»Stört mich nicht.«

»Sie schläft auf der Wohnzimmercouch. Nackt.«

»Stört mich auch nicht.«

Trotz aller guten Vorsätze war es offenbar an der Zeit, Gordons Vorwitzigkeit einen Riegel vorzuschieben. »Ich glaube nicht, dass ich bei dir investiere, wenn ich mir deine schlüpfrigen Sprüche anhören muss«, sagte er.

Gordon grinste noch immer – nach Johns Empfinden erstaunlich arrogant für einen Mann in Bittstellerposition. »Ich bekomme dein Geld«, sagte er. »Da bin ich mir absolut sicher.« Sein Arm mit der klobigen Uhr verschwand hinter seinem Rücken. Obwohl er die Bewegung beiläufig ausführte, wirkte sie auf John aus irgendeinem Grund bedrohlich, insbesondere in Zusammenhang mit diesem unerschütterlichen Grinsen. John spürte, wie es ihm heiß und kalt über den Rücken lief. Er hatte das Bedürfnis, die Tür zuzuschlagen oder wegzurennen. Sich in Sicherheit zu bringen. Gleichzeitig mahnte ihn seine Vernunft, sich nicht lächerlich zu machen.

Gordon will mit mir ein Geschäft besprechen, dachte er. Nur deshalb ist er gekommen. Er hat gestern Abend einen Köder ausgeworfen und will jetzt wissen, ob ich angebissen habe.

John wusste selbst nicht, weshalb er so panisch reagierte.

»Hey, Schatz, was ist los mit dir?«, fragte plötzlich eine Stimme hinter ihm. »Du zitterst ja!«

John drehte sich zu Laura um. Sie war noch immer nur mit

ihren Seidenstrümpfen bekleidet, was sie jedoch nicht zu stören schien.

»Zieh dir etwas an!«, fuhr John sie an. Er konnte regelrecht spüren, wie Gordon Lauras nackten Körper begaffte.

»Aber warum denn, Schatz?«, gab Laura zurück. Ihre Stimme klang jetzt eigenartig kalt. »Es ist nicht das erste Mal, dass Gordon mich so sieht. Außerdem werde ich ohnehin gleich mit ihm schlafen. Gordon – tu es! Worauf wartest du noch?«

Ihr Blick wanderte über Johns Schulter. Ihre Augen wirkten auf einmal wie die eines Raubtiers. »Tu es, Gordon! Stech ihn ab, das verfluchte Schwein!«

John begriff viel zu langsam. Noch während er sich fragte, was all das zu bedeuten hatte, spürte er plötzlich einen Schmerz im Rücken, der ihn zusammenfahren ließ. Er stöhnte auf, fuhr herum und sah Gordon vor sich, dessen Hände ein riesiges Messer umklammerten. Nein, kein Messer, vielmehr ein Metzgerbeil, die Klinge blutverschmiert. Gordon hob die Waffe über den Kopf, ließ sie dort eine endlose Sekunde verweilen und schlug dann zum zweiten Mal zu. John riss schützend die Hände nach oben. Gleich darauf hörte er Knochen splittern, und ein Blutschwall spritzte ihm ins Gesicht, als die Klinge sich in seinen rechten Unterarm schnitt. John begann zu schreien, so laut wie nie zuvor in seinem Leben …

… Er schreckte zusammen und schlug die Augen auf. Einen Moment lang wusste er nicht, was geschehen war. Laura lag neben ihm auf der Couch, ihr Atem ging ruhig und gleichmäßig. Er selbst spürte sein Herz jedoch wie einen Hammer in seiner Brust schlagen. Unendliche Erleichterung überkam ihn, als er feststellte, dass er unversehrt war. Er hatte nur geträumt.

John strich sich mit der Hand übers Gesicht. Obwohl es im

Zimmer angenehm warm war, fühlte sich seine Stirn feucht und kalt an. Er atmete tief durch. Es summte wie in seinem Traum.

Irgendjemand hat also tatsächlich an der Tür geklingelt, dachte John. Deshalb bin ich aufgewacht.

Er stand auf, streifte sich im Badezimmer seinen Morgenmantel über und ging zur Tür. Beinahe erwartete er Gordon Cox im grellgelben Polohemd, aber es war nur ein Fahrer von FedEx mit einer in Packpapier eingewickelten Lieferung. John unterschrieb die Empfangsbestätigung und trug das Paket ins Wohnzimmer. Laura war inzwischen aufgewacht und blinzelte gegen die Helligkeit im Raum an.

»Guten Morgen«, murmelte sie verschlafen. »Was ist das?«

»Keine Ahnung. Aber wir werden es gleich wissen.«

Er riss die dick gepolsterte Verpackung auf. Zum Vorschein kam ein gerahmtes Bild, etwa 40 x 50 Zentimeter, besser gesagt ein alter Kupferstich, der einen Ausschnitt des südamerikanischen Kontinents zeigte. Bei näherer Betrachtung stellte John fest, dass es sich um dasselbe Bild handelte, das bei der Eröffnung der Museumsausstellung als vergrößerte Reproduktion hinter dem Rednerpult gestanden hatte. Über dem weiten Landstrich des Amazonas-Beckens stand in kalligraphischen Buchstaben *Terra incognita.*

Als John das Bild mit beiden Händen anhob, um es genauer zu betrachten, fiel eine Karte zu Boden, die lose mitverpackt worden war. John hob sie auf und las:

Als Dank für die großzügige Unterstützung unseres Museums. Ein Original aus dem 16. Jahrhundert. Ich hoffe, es trifft Ihren Geschmack.
Andrew Lewelin

PS: Keine Sorge, das Bild stammt aus unserem Fundus und wurde nicht mit Ihrem eigenen Geld erworben.

»Ein Geschenk von Andrew«, sagte John ehrlich überrascht und betrachtete das Bild genauer. Es war mit einer in Latein verfassten Überschrift versehen, die John jedoch mühelos übersetzen konnte: *Kolonien des spanischen Königreichs in der Neuen Welt.* Darunter stand, in welchem Jahr die Karte angefertigt worden war: MDLXVII A. D. – 1567 Anno Domini, also kurz nach der ersten Durchquerung des Amazonas-Beckens durch die spanischen Konquistadoren.

Der Künstler hatte sich größte Mühe gegeben, die Karte lebendig zu gestalten. Sie zeigte nicht nur die geografischen Gegebenheiten, soweit sie zum damaligen Zeitpunkt bekannt gewesen waren, sondern auch viele liebevoll gestaltete Illustrationen: Pflanzen und Tiere bestimmter Regionen oder Eingeborene, die an den Ufern des Amazonas siedelten und sich je nach Stammeszugehörigkeit deutlich voneinander unterschieden. Aber auch Legenden und Mythen hatten in die Karte Eingang gefunden, ganz, wie es zur damaligen Zeit üblich gewesen war. Im Mündungsbecken des Amazonas erkannte John ein Meeresungeheuer mit gefletschten Zähnen, eine Art Seeschlange, weiter flussaufwärts zwei halbnackte Kriegerinnen mit Pfeil und Bogen, die sagenumwobenen Amazonen. Je weiter sein Blick ins Zentrum der Karte wanderte, desto abenteuerlicher wurden die kleinen Bildchen: gnomenhafte Gestalten und märchenhafte Tierfiguren in Landstrichen, die es so gar nicht gab.

John schmunzelte. Auf diesem Bild vermischten sich Realität und Fantasie, genau wie in seinem Traum. Aber letztlich waren es eben diese fantasievollen Darstellungen, die alte Landkarten so faszinierend machten und einem modernen Menschen wenigstens ansatzweise aufzeigten, wie man sich früher die Welt vorstellte. Denn eines durfte man nicht vergessen: Damals *glaubte* man an all diese Dinge, auch wenn das aus heutiger Sicht lächerlich schien.

John hörte, wie im Bad der Fön anging. Er stellte das Bild beiseite und beschloss, eine ausgiebige heiße Dusche zu nehmen. Danach verspürte er Lust auf ein gemütliches Frühstück mit Laura, doch dafür war sie bereits zu spät dran. Sie hatte sich zum Mittagessen mit einem Mandanten in der Stadt verabredet, um seinen Fall mit ihm zu besprechen. John selbst hatte sich für den Rest der Woche noch frei genommen. Also frühstückte er allein. Zwischendurch hängte er den Kupferstich auf, weil er darauf brannte zu sehen, wie sich das Kunstwerk im Wohnzimmer machen würde. Er wählte den Platz direkt neben der Schrankwand, wo sich bislang ein Ölgemälde von Jackson Pollock befand – aber zu den Antiquitäten auf dem Sideboard hatte es nie gepasst. Die alte Landkarte fügte sich hingegen hervorragend ins Gesamtarrangement. Eine größere Freude hätte Lewelin John kaum bereiten können.

Er ging in die Küche zurück und goss sich Kaffee nach. Fast zwangsläufig beschäftigte er sich wieder mit der Frage, an welchem Projekt Gordon Cox arbeitete und weshalb die Ljuganow-Brüder sich dafür interessierten. Ein Freizeitpark konnte es nicht sein – so etwas hätte Gordon niemals geheim halten können. Was also dann? Er beschloss, der Sache auf den Grund zu gehen.

In seiner Smoking-Tasche fand er die Visitenkarte, die Gordon ihm in die Hand gedrückt hatte. Gestern hatte John ihr keine große Beachtung geschenkt, jetzt betrachtete er sie erstmals genauer. Die Adresse kam ihm völlig unbekannt vor. Er ging zum Telefon und wählte die Nummer.

Am anderen Ende der Leitung meldete sich eine Frauenstimme. »Ja, bitte?« Kein Name, keine Firmenbezeichnung. Unhöflich. Oder seltsam. Oder beides.

»Mein Name ist McNeill. John McNeill. Ich möchte bitte mit Mister Cox sprechen.«

»Einen Augenblick, ich verbinde.«

Es knackte in der Leitung. Kurz darauf meldete sich Gordon. »John – was für eine Überraschung! Ich hatte nicht damit gerechnet, dass du dich wirklich bei mir meldest. Jedenfalls nicht so schnell.«

»Tut mir leid, wenn ich gestern abweisend war«, sagte John. »Aber ich habe mir dein Angebot noch mal überlegt.«

»Fabelhaft! Du wirst es nicht bereuen!«

»Ich habe noch nicht versprochen, dass ich dir Geld gebe. Mach dir also keine übertriebenen Hoffnungen. Aber ich würde mir dein Projekt gerne mal anschauen. Danach sehen wir weiter.«

»Natürlich. Niemand will die Katze im Sack kaufen. Ich freue mich, dass ich wenigstens deine Neugier wecken konnte. Wann passt es dir?«

»Wie wäre es noch heute?«

»Ausgezeichnet. Wir haben für den Nachmittag ohnehin einen Versuch geplant. Wenn du willst, kannst du daran teilnehmen. Dann bekommst du gleich mit, wie wir hier arbeiten. Ich verspreche dir, das wird dir gefallen. Sagen wir um vierzehn Uhr?«

»Einverstanden. Dann bis später.«

John beendete das Gespräch. Er fragte sich, was Gordon damit meinte – dass sie einen *Versuch* geplant hatten. Er war gespannt darauf, aber eines wusste er genau: Er selbst würde sich nicht aktiv daran beteiligen, sondern lediglich dabei zusehen.

John nahm ein Taxi. Pünktlich um zwei Uhr nachmittags erreichte er die auf der Visitenkarte angegebene Adresse in Spitalfields.

Eigenartigerweise handelte es sich um ein scheinbar gewöhnliches Reiheneckhaus in einer gutbürgerlichen Wohngegend. John hatte eher ein Büro- oder Industriegebäude erwartet. Er fragte sich, ob Gordon seine Experimente heimlich im Keller durchführte.

Er passierte das schmiedeeiserne Gartentor, ging die wenigen Schritte durch den kleinen Vorgarten und klingelte an der Tür. Eine junge Frau in schwarzem Rock und weißer Bluse öffnete ihm und ließ ihn herein. Sie stellte sich als Lorraine vor – kein Nachname –, führte ihn in ein kleines Zimmer und sagte ihm, er solle hier warten. Minuten verstrichen.

Endlich kehrte Lorraine zurück. »Der Fahrer ist soeben angekommen«, sagte sie. »Er wird Sie zu Mister Cox bringen. Wenn Sie mir bitte folgen wollen.«

»Heißt das, ich werde Mister Cox gar nicht hier treffen?«

»Nein, Sir.«

»Wo dann?«

Lorraine lächelte schüchtern. »Tut mir leid, Sir, das weiß ich nicht«, sagte sie. »Aber ich bin sicher, Dwight kann Ihnen weiterhelfen.«

Sie führte John durch den Flur zu einer Tür, die unmittelbar in die Garage mündete. Dort parkte eine geräumige Limousine, ein 7er BMW. Daneben stand ein muskulöser Schwarzer in T-Shirt und Jeans, im Mundwinkel eine glimmende Zigarette.

Lorraine schloss die Tür von außen und ließ die beiden Männer allein.

»Sind Sie Dwight?«, fragte John.

Der Schwarze nickte stumm. Dabei musterte er John, als zöge er in Erwägung, ihn auszurauben.

»Sie werden mich zu Gordon Cox bringen?«

Wieder nickte der Schwarze. »Vorausgesetzt, Sie legen keinen allzu großen Wert auf Komfort.« Er schob seinen massigen Körper an John vorbei, blieb hinter dem Wagen stehen und öffnete den Kofferraum.

John begriff, und er begann sich zu fragen, ob es eine gute Idee gewesen war, hierherzukommen. »Sie glauben doch nicht im Ernst, dass ich mich dort hineinlegen werde!«

»Mister Cox will den Standort seines Labors geheim halten«, erklärte Dwight. »Angst vor Industriespionage, verstehen Sie? Ich versichere Ihnen, Sie sind nicht der Erste, der auf diesem Weg ins Labor befördert wird.«

»Wie wäre es, wenn Sie mir einfach die Augen verbinden?«

»Keine Chance, Sir. Strikte Anweisung vom Chef.«

John schüttelte fassungslos den Kopf. Was bildet Gordon sich eigentlich ein?, fragte er sich. Er will, dass ich fünfzehn Millionen Pfund bei ihm investiere und lässt mich in einem Kofferraum zu seinem Labor bringen! Wie macht er das mit den Ljuganows? Müssen die sich zu zweit dort hineinzwängen?

Aus irgendeinem Grund erinnerte er sich plötzlich an seinen Albtraum von heute Morgen. Vielleicht wollte Gordon gar nicht sein Geld, sondern sein Leben? Vielleicht hatte er Dwight angewiesen, den Wagen auf irgendeinem Bahngleis abzustellen, ihn in der Themse zu versenken oder ihn mit Benzin zu übergießen und in Brand zu stecken? Der offene Kofferraum wirkte auf ihn plötzlich wie ein riesiges aufgerissenes Maul.

Dann gewann wieder die Vernunft Oberhand. Aus welchem Grund sollte Gordon mich umbringen wollen?, dachte John. Gewiss gab es zwischen uns Meinungsverschiedenheiten, aber das ist Jahre her. Außerdem hat *er* sich an *meine* Frau herangemacht und nicht umgekehrt. Wenn also jemand Rachegefühle haben darf, dann bin ich das – nicht er.

Missmutig kletterte John in den Kofferraum, wo er sich wie ein Embryo zusammenkauern musste.

»Die Fahrt dauert nicht lange«, sagte Dwight. »Schließen Sie die Augen, und versuchen Sie, sich zu entspannen.«

Der Kofferraumdeckel klappte zu, und John wurde von Finsternis umfangen. Er fragte sich, wie es nun weitergehen würde, und musste zugeben, dass er sich trotz aller Selbstberuhigungsversuche unbehaglich fühlte. Er hatte sich Gordon freiwillig ausgeliefert. Es gab nichts, was er jetzt noch tun konnte, außer abzuwarten und zu hoffen, dass dieser Kofferraumdeckel sich irgendwann wieder öffnen würde.

Er kam sich vor wie lebendig begraben.

Kapitel 5

In seinem unbequemen Gefängnis wurde es rasch warm und stickig. Schon bald fiel John das Atmen schwer. Außerdem wurde er durch das ständige Anfahren und Abbremsen und die vielen unvorhersehbaren Kurven so kräftig durchgeschüttelt, dass sein Magen zu rebellieren drohte. Hatte er anfangs noch versucht, den Straßenverlauf im Geist nachzuvollziehen, um zumindest ungefähr zu erahnen, wo Gordons Labor lag, musste er sich jetzt voll darauf konzentrieren, seine Übelkeit niederzukämpfen.

Er aktivierte die Beleuchtung seiner Armbanduhr. Er war erst seit neun Minuten in diesem Kofferraum eingesperrt, aber es kam ihm vor wie eine Ewigkeit. Das matte Licht machte ihm erst richtig klar, wie klaustrophobisch eng es in seinem Gefängnis war. Schweißperlen traten ihm auf die Stirn, sein Hals fühlte sich staubtrocken an. Der Drang, sich endlich wieder frei bewegen zu können, Arme und Beine auszustrecken und den Körper zu dehnen, wurde übermächtig. Er musste sich zusammenreißen, um nicht mit Fäusten gegen den Kofferraumdeckel zu hämmern und laut um Hilfe zu rufen.

Halte durch!, befahl er sich. Du wolltest unbedingt wissen, was Gordon so treibt. Jetzt musst du auch die Konsequenzen tragen! Er nahm ein paar tiefe Atemzüge, und es gelang ihm, sich ein wenig zu entspannen. Er hoffte nur, dass Gordons Projekt diesen Höllentrip rechtfertigte.

Nach etwa einer halben Stunde Fahrzeit spürte John, wie der BMW sanft nach vorne kippte und in einer engen Schleife bergab fuhr. Gleich darauf erstarb das gedämpfte Geräusch des Straßenverkehrs, das ihn die ganze Fahrt über begleitet hatte. John kam sich plötzlich eigenartig isoliert vor.

Dann blieb der Wagen stehen, und der Motor wurde abgestellt. Als der Kofferraumdeckel sich öffnete, grinste Dwights schwarzes Gesicht ihn fröhlich an.

»Wir sind da«, sagte er. »Haben Sie die Fahrt gut überstanden?«

»Natürlich. Bestens«, log John und ließ sich von Dwight aus dem Wagen helfen. Er dehnte sich und ging ein paar Schritte. Es tat gut, wieder festen Boden unter den Füßen zu spüren, auch wenn er sich noch ein wenig unbehaglich und steif vorkam.

Er befand sich in einer geräumigen Tiefgarage. Es gab keine Fenster, der Raum wurde allein durch eine Reihe von Neonröhren erhellt, deren bläulich schimmerndes Licht kalt und steril wirkte.

»Hier entlang«, sagte Dwight und führte John zu einem Aufzug, der sie ein Stockwerk weiter ins Erdinnere beförderte. Unten tat sich vor ihnen ein schmaler, weiß gestrichener Gang auf. Wieder strahlte von den Decken bläuliches Neonlicht herab. John stieg der scharfe Geruch von Desinfektionsmitteln in die Nase.

Der Korridor zweigte nach links ab. Nach einigen Metern erreichten sie eine Stahltür. Dwight betätigte einen Summer, danach konnten sie passieren.

Drinnen erwartete John eine komplett andere Welt – eine Mischung aus Rechenzentrum und medizinischem Labor, wie es schien. Links, entlang der Wand, standen Stahlschränke, durch deren durchsichtige Plexiglastüren er eine ganze Batterie hochmoderner Computer entdeckte. Sie waren ordentlich miteinander verkabelt, irgendeinem höheren Muster folgend, das John als Laie nicht nachvollziehen konnte. In einem anderen Schrank blinkten rote, grüne und gelbe Lämpchen. Und auf mindestens zwei Dutzend Digitalanzeigen waren Zahlenreihen zu erkennen, die nur Eingeweihten etwas sagten.

Johns Blick wanderte weiter. In der Mitte des Raums saßen zwei Männer über ein Schaltpult gebeugt. Sie hatten John den Rücken zugekehrt und gingen, wie es schien, irgendeine Checkliste durch. Weiter rechts standen drei weitere Männer beisammen, offenbar in ein Gespräch vertieft. Einer von ihnen hob die Hand zur Begrüßung – Gordon Cox.

»John, da bist du ja!«, rief er erfreut. »Gerade rechtzeitig, wie ich meine. Willkommen in meinem Reich!« Er kam herüber und klopfte John freundschaftlich auf die Schulter, als habe es nie einen Streit zwischen ihnen gegeben. »Wir haben alle Vorbereitungen getroffen. Ich schwöre dir, was wir dir heute zeigen, hast du noch nie gesehen!«

»Das will ich schwer hoffen«, entgegnete John. »Immerhin musste ich mich für diese Überraschung in einem Kofferraum durch halb London kutschieren lassen.« Eine kleine Übertreibung. Sollte Gordon ruhig wissen, dass ihm der Auftakt zu diesem Treffen nicht gefallen hatte.

Gordon grinste. »Glaub mir, alter Junge, in ein paar Minuten hast du den Kofferraum meines BMW vergessen. Du wirst mir dafür danken, dass ich dich eingeladen habe. Und du wirst mich auf Knien anbetteln, dein Geld bei mir investieren zu dürfen.«

Obwohl Gordons Begeisterung in jedem seiner Worte spürbar war, hielten sich Johns Erwartungen eher in Grenzen. Gordon war schon immer ein Träumer gewesen. Und er neigte zur Übertreibung, wenn es seinen Zielen diente.

»Ich sehe, du glaubst mir noch nicht so recht.«

»In der Tat.«

»Warum nicht?«

»Weil die meisten deiner Fantastereien wie Seifenblasen sind, die beim ersten Windhauch zerplatzen.«

Gordon nickte und fixierte John. »Das mag *früher* so gewesen sein, aber diesmal, mein Freund, diesmal nicht. Du wirst es sehen!«

Er packte John am Oberarm und führte ihn in die Mitte des Raums hinter das Schaltpult. Dort befand sich eine halbrunde Wand aus verdunkeltem Glas. John glaubte zuerst, dass dahinter weitere Computer verstaut waren, erkannte jetzt jedoch die Umrisse einer gewaltigen Maschine.

»Öffne die Kabine, Phil!«, sagte Gordon zu einem der Männer am Schaltpult. Der Angesprochene drückte einen Knopf, woraufhin sich die verdunkelte Glaswand mit leisem Zischen auseinanderschob. Gordon und John betraten den abgetrennten Raum, hinter ihnen schlossen sich die Türen wieder. Plötzlich war es beklemmend still, als befänden sie sich tief im Innern einer unterirdischen Höhle.

»Schallisoliert«, kommentierte Gordon. »Es dringt absolut kein Laut hier herein. Und von außen können die Sichtfenster dicht gemacht werden, dann kommt man sich hier drinnen vor wie im absoluten Nichts. Diese Kabine ist wie ein Kokon.«

Momentan drang durch die getönten Scheiben jedoch genügend Licht, damit John die Maschine in Augenschein nehmen konnte. Sie stand in der Mitte des Raums und sah etwa so aus, wie John sich einen Computertomographen vorstellte: eine waagerechte, zylindrische Röhre, umgeben von einem Chromgehäuse, das fast bis zur Decke reichte. Aus der Röhre ragte eine Art gepolsterter Schlitten – eindeutig eine Liegefläche. Links und rechts am Schlitten waren Verschalungen angebracht, aus denen Dutzende von Elektroden ragten.

»Was ist das?«, wollte John wissen.

»Das, mein Freund, ist der Grund, weshalb ich dich eingeladen habe. Dieser Apparat wird unser aller Leben revolutionieren, in einem Maß, wie wir es bislang nur aus Science-Fiction-Filmen kennen. Dieser Apparat ist unsere Vergangenheit und unsere Zukunft!«

»Könntest du wohl etwas konkreter werden?«, fragte John ungeduldig, doch im selben Moment begriff er auch schon, was Gordon ihm hier präsentierte. Ein unterirdisches Labor, all die Computer, Gordons an Verfolgungswahn grenzende Geheimniskrämerei und dann noch dieser seltsame Apparat – war es tatsächlich möglich, dass Gordon den Traum wahrgemacht hatte, über den sie so viele Male während des Studiums diskutiert hatten? Den Traum, über dessen Realisierbarkeit sich die genialsten Köpfe der Wissenschaft stritten?

Hatte Gordon das älteste Rätsel des Universums gelöst?

John deutete fassungslos auf die Chromkonstruktion. »Du willst doch nicht allen Ernstes behaupten, dieses *Ding* ist eine …«

»Doch«, unterbrach ihn Gordon. »Genau das will ich. Dieses *Ding* ist eine Zeitmaschine.«

In Johns Kopf rasten die Gedanken. Alles in ihm weigerte sich zu glauben, dass ausgerechnet Gordon ein solcher Coup gelungen war. »Während des Studiums warst du nicht gerade das größte Physik-Genie!«, platzte er heraus.

Gordon zuckte leichthin mit den Schultern. »Wenn schon. Ich habe einige der besten Leute für mich gewinnen können. Koryphäen auf den Gebieten der Computertechnik und Quantenmechanik. Ich selbst bin nur derjenige, der ihnen die Möglichkeit gibt, ihrem kreativen Geist freien Lauf zu lassen.«

John war noch immer nicht überzeugt. »Wir haben früher schon tausend Mal darüber gesprochen«, sagte er. »Und wir kamen stets zum selben Ergebnis, nämlich, dass Zeitreisen nicht durchführbar sind – einmal abgesehen von der theoretischen Möglichkeit, die ein schwarzes Loch bietet.«

»Wir haben uns getäuscht, John«, sagte Gordon beinahe verschwörerisch. »Alle haben sich getäuscht – Einstein, Hawking, Davies und wie sie alle heißen. Sie haben sich *getäuscht!* Es gibt einen Weg. Keinen theoretischen, sondern einen praktischen. Und ich habe ihn gefunden.«

Gordons Begeisterung ging allmählich auf John über. Dennoch fiel es ihm schwer einzusehen, weshalb all die Argumente, die gegen die Durchführbarkeit von Zeitreisen sprachen, nun plötzlich ihre Gültigkeit verloren haben sollten. Eines der gängigsten lautete: Wenn Zeitreisen grundsätzlich möglich waren und in – naher oder ferner – Zukunft tatsächlich durchgeführt werden konnten, weshalb gab es dann keine Zeitreise-Touristen? Menschen, die sich dafür interessierten, wie die Welt zu Beginn des einundzwanzigsten Jahrhunderts aussah? Vor allem aber historisch bedeutende Momente, zum Beispiel die Kreuzigung Jesu Christi oder die Kaiserkrönung Karls des Großen, hätten doch Heerscharen von Interessierten anlocken müssen. Doch die Geschichtsbücher erwähnten davon nichts.

Auch die viel zitierten Zeit-Paradoxa sprachen offenkundig gegen Zeitreisen. Das vielleicht bekannteste Beispiel: Jemand kehrt in die Vergangenheit zurück, um seine noch im Kindesalter befindliche Mutter zu ermorden. Gelänge ihm das, hätte er selbst niemals geboren werden können. Damit hätte er natürlich auch nicht in die Vergangenheit reisen und seine Mutter umbringen können. Ein unauflösbarer Widerspruch.

»Man sieht dir deine Bedenken an«, bemerkte Gordon schmunzelnd. »Der beste Weg, diese Bedenken zu beseitigen ist, es einmal auszuprobieren.«

»Vergiss es! Du glaubst doch nicht ernsthaft, dass ich mich da reinlege!«

»Aber natürlich! Deshalb habe ich dich ja eingeladen. Sämtliche Vorkehrungen sind getroffen. Wir brauchen nur noch ein paar Minuten, um dich für den großen Sprung zu präparieren, dann kann es losgehen.«

Johns Magen regte sich wieder. Noch vor zwei Minuten hatte er von der Existenz dieser Maschine nichts gewusst, und jetzt forderte Gordon ihn bereits auf, sich einer Zeitreise zu unterziehen! Das ging ihm alles viel zu schnell.

»Ich werde heute lieber nur zusehen«, sagte er.

Gordon schüttelte vehement den Kopf. »Unsinn! Hast du schon vergessen, dass ich fünfzehn Millionen Pfund von dir will? Du solltest diese Sache am eigenen Leib erfahren, um zu wissen, woran wir hier arbeiten. Ich garantiere dir, du wirst es nicht bereuen. Du erfährst aus allererster Hand Dinge, die andere nur aus Geschichtsbüchern kennen. Glaub mir, das wird eine völlig neue Erfahrung sein.«

John zögerte noch immer. Zugegeben – Zeitreise-Pionier zu sein, war eine reizvolle Vorstellung. Aber wie sicher mochte Gordons Maschine sein? Und welchen Gefahren setzte man sich aus, wenn man sich in ein anderes Zeitalter mit völlig anderen Sitten und Gebräuchen begab?

»Ich selbst habe schon mehr als ein Dutzend Zeitsprünge hinter mir«, sagte Gordon. »Jeder meiner Wissenschaftler ebenfalls. Wir haben die Maschine über hundert Mal getestet. Nie gab es irgendwelche Zwischenfälle.«

Gordons Worte klangen beruhigend, aber Johns Nervosität hielt sich hartnäckig. »Erzähl mir zuerst, wie die Sache funktioniert«, verlangte er. »Vielleicht – aber auch nur *vielleicht* – lege ich mich dann in diesen Apparat.«

Gordon warf einen raschen Blick auf seine Armbanduhr. »Wir haben nicht mehr viel Zeit, John«, sagte er.

»Weshalb? Wenn uns die Zeit davonläuft, lassen wir uns einfach wieder ein paar Minuten zurückversetzen und starten von Neuem.«

Gordon lachte auf. »Ganz so einfach, wie du es dir vorstellst, ist das leider nicht. Auch mit dieser faszinierenden Maschine und all den Computern, an denen sie angeschlossen ist, schaffen wir es bislang nur, ein paar wenige Zeitpunkte in der Vergangenheit anzupeilen. Frag mich nicht, weshalb. Es ist einfach so. Wir stehen selbst noch vor vielen Rätseln. Vielleicht können wir in ein paar Jahren Reiseziele nach Belieben ansteuern. Für den Moment müssen wir uns jedoch mit dem begnügen, was wir haben.«

Allmählich begann John zu begreifen, wofür Gordon fünfzehn Millionen Pfund benötigte. Seine Technik steckte noch in den Kinderschuhen. Um sie wissenschaftlich und später auch kommerziell zu nutzen, stand noch viel Arbeit bevor. Arbeit, die Geld kostete.

»Welche Ziele stehen zur Auswahl?«, fragte John. »Ich meine, *falls* ich mich zu einem Zeitsprung entschließe.«

»Das alte Ägypten, etwa im Jahr 3000 vor Christus – genau konnten wir das noch nicht herausfinden. Dann die Französische Revolution, die ich dir aber nicht empfehlen würde. Kaum bist du dort, fliegen dir auch schon die Kugeln um die Ohren. Und dann wäre da noch eine Zeitreise in die Berge.«

John gab sich Mühe, seine Enttäuschung zu verbergen. Nichts davon erschien ihm sonderlich attraktiv. Das änderte sich allerdings, als Gordon das dritte Ziel näher erläuterte.

»Ich spreche nicht von *irgendwelchen* Bergen, John«, sagte er lachend. »Ich spreche von den Anden. Genau genommen von einer Reise, die im Jahr 1541 in Quito beginnt und dich quer durch den Amazonas-Regenwald führen wird. Dämmert's?«

»Die Pizarro-Expedition?«

»Bingo!«

John traute seinen Ohren kaum. Was Gordon ihm anbot, war wohl das Beste, was er sich vorstellen konnte, vielleicht einmal abgesehen von einer Reise ins Mittelalter – aber das stand nicht zur Auswahl. John ertappte sich, wie er im Geiste bereits an der Seite von Gonzalo Pizarro und Francisco de Orellana durch den südamerikanischen Dschungel streifte, so wie er es als Kind immer getan hatte, angeregt durch die glorifizierenden Erzählungen seiner Mutter.

»Wieso ausgerechnet die erste Amazonas-Expedition?«, fragte er, obwohl er die Antwort bereits ahnte.

»Weil mich diese Geschichtsepoche besonders fasziniert. Das alte Ägypten und die Französische Revolution waren die Favoriten meiner Teamkollegen. Deshalb haben wir diese Ziele als erste ins Auge gefasst. Sobald wir neues Geld haben, werden wir uns kommerzielleren Reisezielen widmen.«

John betrachtete die Maschine neben sich, diesmal mit anderen Augen. Zum ersten Mal zog er ernsthaft in Erwägung, sich dort hineinzubegeben, um das Hier und Jetzt zu verlassen und quer durch Zeit und Raum zu reisen. Doch bevor er das tat, wollte er noch einmal auf die Technik zu sprechen kommen. »Du hast mir noch immer nicht erklärt, wie die ganze Sache funktioniert«, sagte er.

Gordon warf einen weiteren Blick auf seine Armbanduhr. »Okay, in aller Kürze: Wir haben einen Weg gefunden, uns Wheelers Theorie des Raumzeitschaums zunutze zu machen. Oder des

Quantenschaums, wie andere es nennen. Durch extreme Energiezufuhr schaffen wir es, dass in diesem Quantenschaum Wurmlöcher entstehen. Natürlich nur auf winzigster Ebene. Aber mit Hilfe dieses Apparats können wir die Wurmlöcher auf ein solches Niveau vergrößern, dass ein Mensch hindurchpasst.«

Quantenschaum. Wurmlöcher. Wie oft hatten John und Gordon zu Studienzeiten über diese Dinge diskutiert? Wie viele Abhandlungen hatten sie gelesen, wie viele Denkmodelle entwickelt? Und wie oft waren sie zu dem Schluss gelangt, dass Zeitreisen in der Praxis nicht durchführbar waren, zumindest nicht in den nächsten fünftausend Jahren?

Aber jetzt stand Gordon vor ihm und erklärte ihm die Technik seiner Maschine, als sei es das Simpelste auf der Welt. John fragte sich, weshalb diese Erfindung dann so lange auf sich hatte warten lassen. Gleichzeitig ahnte er die kommerziellen Möglichkeiten dieser neuartigen Technologie. Hier ging es nicht nur um Millionengewinne, sondern um ein paar Zehnerpotenzen mehr. Man musste kein Finanzgenie sein, um das zu begreifen.

Gordon erwähnte gerade ein paar technische Details, die es ermöglichten, das Wurmloch für einen Menschen passierbar zu machen, aber John hatte ihm einen Moment lang nicht zugehört und bereits den Faden verloren. Er seufzte. Im Grunde hatte er seine Entscheidung bereits getroffen. Ein Teil von ihm fragte sich zwar, ob er denn nun vollends den Verstand verloren habe, doch der weitaus größere Teil begeisterte sich für die Vorstellung, als einer der ersten Menschen die Zeit zu durchqueren. Neugier und Abenteuerlust überwogen sämtliche Bedenken.

Gordon fuhr unbeirrt mit seinen Erklärungen fort. Er erzählte etwas von Gravitationsfeldern, Planck-Zeiten und dem Casimir-Effekt – alles Dinge, mit denen John sich lange nicht mehr befasst hatte. Und obwohl er diesen Ausführungen nicht mehr folgen konnte, räumten sie doch seine letzten Bedenken beiseite. Sein alter Freund Gordon schien genau zu wissen, wovon er sprach. Ein beruhigendes Gefühl.

John hob die Hand. »Hör endlich mit deinem Fachchinesisch auf«, sagte er. »Du hast mich ja schon überzeugt.«

Gordon verstummte mitten im Satz. »Heißt das, du wirst meine Maschine ausprobieren?« Es klang, als handle es sich lediglich um eine Spritztour auf einem neuen Motorrad.

John zog abwägend die Mundwinkel nach unten. »Ich muss völlig übergeschnappt sein«, sagte er. »Aber ja – ich werde deine Maschine ausprobieren.«

Die restlichen Vorbereitungen waren nach Johns Empfinden erstaunlich schnell erledigt. Es erschien ihm unlogisch, dass für einen Raketenstart ins All – heute schon beinahe Routine – eine ganze Armee von Wissenschaftlern monatelang Berechnungen durchführen musste, während die bevorstehende Zeitreise ohne größeren Aufwand vonstatten zu gehen schien. Andererseits war es natürlich besser so. Ein allzu langwieriger Start-Check hätte ihn seinen kühnen Entschluss womöglich noch einmal überdenken lassen.

Er musste sein Hemd aufknöpfen, und ein Mann im weißen Kittel heftete ihm eine Reihe von Elektroden an die Brust. Auch an Stirn und Schläfen wurden Elektroden angebracht. Sämtliche Kabel verschwanden irgendwo im Innenleben der Zeitmaschine. Auf einem Rollwagen, den ein Techniker hereinschob, stand eine Konsole mit Monitoren, die eine Vielzahl von Messwerten anzeigten. John konnte damit kaum etwas anfangen. Auf einem der Bildschirme hüpfte ein grüner Bildpunkt wie ein Flummi von links nach rechts, begleitet von einem penetranten *Pling* bei jedem Ausschlag. Zweifellos Johns Puls. Er kam sich vor wie in einem Krankenhaus. Verstärkt wurde dieser Eindruck noch, als der Weißkittel mit einer Kanüle auf John zukam und ihn bat, seinen linken Ärmel hochzukrempeln.

»Was ist das?«, wollte John wissen.

»Damit wird Doktor Rawlings dir ein Betäubungsmittel verabreichen«, erklärte Gordon, der neben ihm stand und die Vorbereitungen im Auge behielt. »Es lindert die Schmerzen.«

»Schmerzen? Davon hast du mir vorhin aber nichts gesagt!«

»Es wird ja auch keine Schmerzen geben – eben weil du vorher betäubt wirst. Also leg dich hin, entspann dich und lass alles andere ganz einfach geschehen, okay?«

Doktor Rawlings desinfizierte eine Stelle an Johns Armbeuge, stach ihm die Kanüle unter die Haut und bat ihn, sich auf die Liege zurückzulegen. John tat es. Rawlings justierte die Kanüle mit Pflasterverband und schloss sie an einen dünnen Schlauch an, der aus einer Seitenkonsole neben dem Liegeschlitten kam. Zuletzt schnallte er mit Hilfe dreier Klett-Manschetten Johns Arm auf der Konsole fest.

Das alles ging zügig und professionell vonstatten. Dennoch drängten sich John plötzlich ein paar Fragen auf, die er unter den ganzen ersten Eindrücken vergessen hatte zu stellen. »Gordon, wird mich jemand auf der Reise begleiten? Du oder einer deiner Leute?«

»Das geht leider nicht. Wir können nie mehr als eine Person in die Vergangenheit schicken. Die Beschaffenheit des Wurmlochs lässt das nicht zu.«

Nicht gerade das, was John zu hören gehofft hatte, aber an den Tatsachen ließ sich nun mal nichts ändern. »Wie komme ich wieder in die Gegenwart zurück?«

»Gedulde dich noch einen Moment, das erkläre ich dir gleich. Aber ich verspreche dir, wir haben an alles gedacht.«

»Und was ist mit meinen Klamotten?«

Gordon hob die Brauen. »Was soll damit sein?«

»So, wie ich aussehe, werde ich im fünfzehnten Jahrhundert total auffallen, oder etwa nicht?«

Gordon lachte. »Keine Sorge! Deine Kleidung spielt absolut keine Rolle. Sie wird nämlich nicht mit auf die Reise gehen.« Er drückte einen Knopf, woraufhin eine durchsichtige Flüssigkeit durch den Schlauch in Johns Arm gepumpt wurde. Beinahe augenblicklich wurden seine Finger taub.

»Soll das heißen, dass ich *nackt* im Jahr 1541 ankomme?«

»Keineswegs.«

»Wie dann?«

»Vertrau mir einfach, ja?«

»Wie dann?«, insistierte John, dem auffiel, wie sehr Gordon es genoss, mit ihm zu spielen. Er spürte schon den kompletten linken Arm nicht mehr.

»Es ist absolut irrelevant, was du anhast oder nicht«, sagte Gordon. »Denn für die Dauer deines Aufenthalts wirst du in einen anderen Körper schlüpfen.«

John wollte protestieren, doch er spürte, wie seine Willenskraft mit jeder Sekunde schwächer wurde. Sein ganzer Körper war nunmehr von beängstigender Taubheit erfüllt, und der letzte Rest seines Verstandes, der sich bis zum Schluss dagegen wehrte, gab bald ebenfalls den Widerstand auf. Alles um John herum verschwamm – Doktor Rawlings weißer Kittel, Gordons Gesicht und auch die anderen Wissenschaftler, die um die Maschine herumstanden und irgendwelche Feinjustierungen daran vornahmen.

John kämpfte vergebens mit der lähmenden Müdigkeit. Einen Moment lang kehrte eine erschreckend klare Erinnerung scheinbar aus der Unendlichkeit zu ihm zurück: Gordon, der mit einem grellgelben Polohemd bekleidet vor Johns Wohnungstür stand, ein Metzgerbeil hinter seinem Rücken hervorzauberte und damit wie ein Irrer auf John einhackte. Doch dann verflog dieser Albtraum wie ein Atemhauch im Wind, und zurück blieb nichts als gähnende, tiefschwarze Leere.

Das Erste, was John wieder wahrnahm, waren Geräusche. Stimmen, die miteinander redeten. Schritte. Dazu eine Fülle weiterer Laute, die verzerrt an sein Ohr drangen und die sein benebelter Verstand nicht einordnen konnte. Dumpf erinnerte er sich daran, was geschehen war. Dass er verrückt genug gewesen war, sich auf eine Zeitreise einzulassen. Allein die Vorstellung – aberwitzig.

Vorsichtig öffnete er die Augen. Dämmerung. Verschwommene Umrisse, undeutliche Bewegungen um ihn herum. Unheimliche Schatten, die ihn umtanzten wie Dämonen aus der Unterwelt.

John wurde bewusst, dass er noch immer flach dalag. Obwohl seine Wahrnehmung mindestens ebenso eingeschränkt war wie bei einem Vollrausch, versuchte er sich aufzurichten. Es gelang ihm nicht.

»John!« Es klang dumpf und verzerrt, als befände er sich unter Wasser. »John! Wie geht es dir? Kannst du mich hören?«

Aus der Dämmerung beugte sich eines der Schattenwesen zu ihm herab. Das Gesicht war undeutlich – verzerrt, kantig und grob, als fehlten ihm sämtliche Details. Dennoch kam es John entfernt vertraut vor.

»Komm zu dir, John!«

Er spürte eine Berührung am Arm, was ihm half, die Müdigkeit abzuschütteln und aus der Scheinwelt seiner Betäubung in die Realität zurückzukehren. Er blinzelte ein paarmal, bemühte sich, wieder einen klaren Kopf zu bekommen. Wie von Geisterhand nahm das undeutliche Gesicht über ihm jetzt konkretere Konturen an.

»Gordon?«, murmelte er.

»Was dachtest du denn?«

»Dass ich im fünfzehnten Jahrhundert bin. Bei Pizarro und Orellana.« Er räusperte sich. Sein Hals fühlte sich trocken an, vermutlich aufgrund des Betäubungsmittels.

»Noch nicht ganz, alter Junge«, sagte Gordon. »Wir haben dich nur für ein paar Minuten in Tiefschlaf versetzt, um die letzten Vorbereitungen zu treffen.«

John bemerkte Doktor Rawlings im Zimmer, außerdem zwei Techniker, die irgendwelche Einstellungen an der Zeitmaschine vorzunehmen schienen.

Gordon ergriff Johns rechten Arm – der linke war noch immer auf der Seitenkonsole festgeschnallt. »Hier – sieh dir das an. Das ist wichtig!«, sagte er.

John hob schwerfällig den Kopf und betrachtete seinen Unterarm. Auf der Innenseite, ziemlich genau in der Mitte zwischen Handgelenk und Ellbogen, befand sich ein kleiner Schnitt, etwa ein Zentimeter lang und mit einer Art Sprühverband versiegelt. Darunter, dicht unter der Haut, erkannte John eine dunkle, kreisrunde Stelle, etwa so groß wie ein Daumennagel, die auf den ersten Blick wie ein Muttermal aussah.

»Wir haben dir einen Mikrochip implantiert«, sagte Gordon. »Für die Dauer deines Aufenthalts wird dieses kleine Ding die einzige Verbindung zwischen dir und uns darstellen. Es wird deinen Puls messen, deine Blutwerte überprüfen – kurz: Es wird alle wichtigen Körperfunktionen überwachen und die Daten laufend an uns senden, damit wir immer wissen, wie es dir geht. Eine reine Vorsichtsmaßnahme. Bei unseren ersten Versuchen trugen wir nur Elektroden auf der Haut, aber die Gefahr, sie zu verlieren, ist zu groß.«

John hätte sich gewünscht, zuerst um Erlaubnis gefragt zu werden, bevor man einen – wenn auch winzigen – chirurgischen Eingriff an ihm vornahm. Aber da er zugeben musste, dass ihm seine Sicherheit diesen Eingriff wert war, hätte er sich ohnehin einverstanden erklärt, weshalb er auf eine entsprechende Bemerkung verzichtete. Allerdings kam ihm die Sache mit dem Chip dennoch eigenartig vor. »Hast du nicht gesagt, dass ich während meiner Zeitreise in einen anderen Körper schlüpfe?«, fragte er. »Wozu dann dieses Implantat?«

»Wir haben den Chip so konstruiert, dass er mitwandert«, erklärte John. »Ebenso diese Kette.« Er hielt John ein unscheinbares Schmuckstück mit einem messingfarbenen Kruzifix-Anhänger vors Gesicht. Nichts an dieser Kette wirkte auffällig.

»Sie ist für den Notfall gedacht und enthält – ebenso wie der Chip – einen Sender«, erklärte Gordon. »Wenn du die Querstrebe des Kreuzes fest zusammendrückst, wird er aktiviert. Sobald unsere Computer das Signal empfangen, wirst du unverzüglich in die Gegenwart zurückgeholt.«

John war hin- und hergerissen. Er wusste, dass Gordon ihn nur beruhigen wollte, doch allein der Gedanke, dass irgendetwas schiefgehen könnte, löste bei ihm einen unangenehmen Druck in der Magengegend aus. Vielleicht sollte ich die ganze Sache doch lieber abblasen, dachte er.

Gordon setzte sich neben ihn und legte ihm die Kette um den Hals. »Nun hör endlich auf, dir Sorgen zu machen«, sagte er. »Falls es wirklich brenzlig wird, benutzt du einfach das Messingkreuz. Selbst für den Fall, dass du die Kette verlierst oder das Kruzifix aus irgendeinem Grund nicht aktivieren kannst, haben wir vorgesorgt: Der Mikrochip in deinem Arm löst ebenfalls deine automatische Rückkehr aus, sobald die Messdaten bestimmte Grenzwerte erreichen. Erhöht sich beispielsweise dein Adrenalinausstoß in einer Gefahrensituation, holt unsere Maschine dich binnen einer Sekunde wieder hierher. Dasselbe gilt, falls du verletzt wirst. Du siehst, wir haben an alles gedacht.«

John nickte. Vielleicht, dachte er, sollte ich mir wirklich nicht so viele Gedanken darüber machen, was alles schiefgehen könnte. Habe ich nicht erst gestern, bei meiner Rede im Museum bemängelt, dass es heutzutage keine echten Abenteuer mehr gibt? Jetzt habe ich die Chance dazu!

Gordon wandte sich an die beiden Techniker, die am Rand von Johns Gesichtsfeld an der Zeitmaschine herumhantierten. »Vincent, Tom – wie weit seid ihr?«

»Nur noch ein paar Minuten, Sir«, antwortete einer der beiden, ein schlaksiger Typ in einem Arbeitsoverall. »Wir müssen nur noch das Gravitationsfeld kalibrieren und die Ausrichtung der Imploder-Spirale überprüfen, dann kann's losgehen.«

»In Ordnung.« Gordon richtete seinen Blick wieder auf John. »Noch ein paar letzte Anmerkungen: Wenn alles nach Plan läuft, wird dein Aufenthalt in der Vergangenheit etwa zwölf Stunden dauern«, sagte er. »Allerdings in vier verschiedenen Etappen. Warum das so ist, haben wir noch nicht herausgefunden. Das Wurmloch gibt uns diese Zeitstruktur fest vor. Jeweils nach etwa drei Stunden wirst du unweigerlich in die nächste Etappe befördert. Am Ende der vierten Etappe kommst du wieder hier an. Besser gesagt: Deine Seele kehrt in deinen Körper zurück. Danach bist du wieder ganz der Alte. Während du durch die Vergangenheit reist, vergehen bei uns hier übrigens nur wenige Minuten. Du brauchst also keine Angst zu haben, dass du während deines Ausflugs etwas verpasst.«

John gingen eine Menge Gedanken durch den Kopf. Zwölf

Stunden – das klang nach unglaublich wenig und gleichzeitig unheimlich viel. Wenig, weil man in dieser Zeitspanne allenfalls einen ersten Eindruck vom Leben der spanischen Konquistadoren bekam, und viel, weil John sich in eine fremde, feindselige Welt begab, die zwölf Stunden in eine quälende Ewigkeit verwandeln konnte. Die Pizarro-Expedition war geprägt von zahlreichen Entbehrungen und unsagbar viel Leid. Es grenzte beinahe an ein Wunder, dass Gordon und dessen Team bereits über hundert Zeitreisen ohne nennenswerte Zwischenfälle überstanden hatten – was wiederum für die Sicherheitsmaßnahmen sprach.

»Wie fühlt sich das an?«, fragte John. »Ich meine, wenn die eigene Seele in einem anderen Körper steckt?«

Gordon zuckte mit den Schultern. »Nicht wesentlich anders als sonst, würde ich sagen. Am Anfang kommt es dir vielleicht ungewöhnlich vor, wenn du größer oder kleiner bist – oder so fett, dass du beim Pinkeln dein bestes Stück nicht mehr siehst.« Er grinste über das ganze Gesicht. »Aber das ist nebensächlich, weil du weißt, dass du nur für einen begrenzten Zeitraum in diesem Körper steckst.«

Die beiden Techniker meldeten, dass sie sämtliche Vorbereitungen getroffen hatten und verließen das Zimmer.

»Bist du so weit?«, fragte Gordon.

»Ich denke schon. Jedenfalls steht mein Entschluss fest.«

»Beim ersten Mal ist es immer am schwersten. Aber ich garantiere dir: Was du heute erlebst, wirst du niemals vergessen.« Gordon erhob sich und ging zu einem an der Zeitmaschine angebrachten Schaltpult. Er betätigte ein paar Knöpfe, woraufhin sich der Liegeschlitten zu bewegen begann. Surrend wurde John mit dem Kopf voran in den Zylinder eingezogen, Zentimeter für Zentimeter. Drinnen empfing ihn glänzendes Chrom, nackt und abweisend. Die Röhre verströmte eine unheimliche Kälte.

»Es ist nicht viel gemütlicher als im Kofferraum deines Wagens«, bemerkte John.

Falls Gordon etwas erwiderte, ging es in dem dumpfen Dröhnen unter, das in diesem Augenblick einsetzte, nicht unangenehm, sondern eher beruhigend. Es hörte sich an wie die leiernden Klänge eines Didgeridoos. John versuchte sich zu entspannen.

Dann spürte er eine Veränderung. Seine Haut prickelte plötzlich wie elektrostatisch aufgeladen, und ihn überfiel ein Schauder. Obwohl es um ihn herum keine festen Formen gab, erkannte John, dass der Chromzylinder vibrierte. Gleichzeitig schwoll das Dröhnen an, wurde lauter und lauter, und änderte seinen Charakter. Es klang jetzt nicht mehr wie ein Didgeridoo, sondern wie ein heranrasender D-Zug.

In dem Moment, als John es nicht mehr auszuhalten glaubte, änderte sich die Farbe der Röhre. Sie nahm einen orangeroten Ton an, als würde sie zu glühen beginnen. Tatsächlich verschwand die Kälte von einer Sekunde zur nächsten, und John kam sich plötzlich vor wie in einem Backofen. Sengende Hitze strömte von allen Seiten auf ihn ein, immer heißer und heißer, bis er glaubte, in Flammen zu stehen. Ein Teil von ihm fragte sich, weshalb Doktor Rawlings ihm keine höhere Dosis des Betäubungsmittels gegeben hatte. Der andere Teil von ihm wollte nur noch vor Schmerzen schreien.

Dann zuckte mit einem Mal ein gleißender Lichtblitz auf, und statt Schmerz empfand John nur noch wohltuende, körperlose Leichtigkeit.

Kapitel 6

»Hey, Ortega! Wach auf, du faules Schwein! *Levántate!* Könnte dir wohl so gefallen, deinen Rausch auszuschlafen, während alle anderen sich abschuften!«

John hörte die Worte, reagierte aber nicht darauf. Er brachte sie gar nicht mit sich in Verbindung. Erst ein Tritt in die Seite riss ihn aus seinem schwarzen Niemandsland. Er öffnete die Augen und bemerkte, dass er an einer grob gezimmerten Bretterwand hockte. Holzsplitter drückten ihm von hinten in den Nacken. Aus dem festgestampften Lehmboden drangen Feuchtigkeit und Kälte empor. Sein ganzer Körper fühlte sich ausgekühlt und steif an. John blinzelte in die Sonne, die keinerlei Wärme abzustrahlen schien. Über sich erkannte er eine grimmige Gestalt.

»Hörst du nicht, was ich sage, Ortega? Hoch mit dir, sonst ramme ich dir meine Stiefelspitze in den Arsch, dass dir Hören und Sehen vergeht!« Der Mann packte ihn grob am Arm und zerrte ihn auf die Beine. »Du denkst wohl, du bist was Besseres, Amigo, nur weil Orellana dich geschickt hat? Du denkst, wir erledigen die Drecksarbeit alleine, während du dich hinter die Häuser verdrücken kannst? Aber da hast du dich geschnitten! Du unterstehst hier meinem Befehl. Und wenn ich dich noch einmal beim Faulenzen erwische, wirst du dir wünschen, nie geboren worden zu sein!«

John stand einem breitschultrigen Mann mit dem Gesicht einer Bulldogge gegenüber. Die eng beieinanderliegenden Augen fixierten ihn mit starrem Blick und gaben ihm das Aussehen eines Idioten. Der vorstehende, mächtig geformte Unterkiefer unterstrich den ersten Eindruck noch. Obwohl der Mann mindestens einen halben Kopf kleiner als John war, zeigte er ihm gegenüber nicht den geringsten Respekt. Zweifellos war er es gewohnt, Befehle zu erteilen, und die mehrfach gebrochene, krumme Nase verriet, dass er keiner Handgreiflichkeit aus dem Weg ging, um diesen Befehlen Nachdruck zu verleihen.

Der Mann stieß John von sich. John taumelte zwei Schritte zurück, was ihm Gelegenheit gab, den anderen nun von Kopf bis Fuß zu mustern. Über dem gelbschwarzen Hemd trug er einen glänzenden Brustharnisch. Seinen Konquistadorenhelm hatte er unter den Arm geklemmt. An seiner Hüfte baumelte ein beachtliches Schwert, auf dessen Knauf seine linke Hand ruhte. John fiel auf, dass dem Mann die ersten beiden Glieder seines Mittelfingers fehlten. Sein Blick wanderte wieder hinauf zum Bulldoggengesicht, das auffallend grob und kantig war. Es wirkte beinahe unfertig, so, als fehlten jene entscheidenden Details, die aus einer bloßen Maske ein menschliches Antlitz machten.

»Was glotzt du so blöd?«, fuhr der Mann ihn an. »Wenn du Ärger suchst – bei mir kannst du ihn kriegen!«

»Tut mir leid«, murmelte John betont unterwürfig. Das Letzte, was er brauchen konnte, war eine Schlägerei. Er wollte nichts weiter, als ein paar Stunden lang Zuschauer spielen, und dann wieder in die Gegenwart zurückkehren – und zwar möglichst unbeschadet.

»Steh hier nicht länger unnütz herum, sondern hilf Colvedo und den anderen, die Lamas zu bepacken!«

John nickte und beeilte sich, seinem hartgesottenen Gegenüber aus den Augen zu treten. Kein guter Anfang, dachte er. Ich bin erst seit ein paar Sekunden hier und hätte schon beinahe eine Tracht Prügel kassiert! Ich muss auf der Hut sein, damit dieser Ausflug kein Desaster wird.

Am Ende der Bretterwand bog er um die Ecke, wo er um ein Haar mit einem kleinen, drahtigen Soldaten zusammenstieß, dessen fettiges Haar ihm strähnig bis zu den Schultern herabreichte. Sein Gesicht wirkte wie das des anderen Spaniers irgendwie grob und detailarm. Vielleicht lag es am fahlen Sonnenlicht, vielleicht an den Nachwirkungen der Zeitreise, vielleicht auch daran, dass Johns Wirtskörper eine Sehschwäche hatte. Es gab eine Menge möglicher Erklärungen. Im Moment musste John diesen Zustand einfach hinnehmen.

Die Pupillen seines Gegenübers tanzten unruhig hin und her. Den schmallippigen Mund hatte er zu einem schlüpfrigen Grinsen verzogen, das eine Reihe schlechter Zähne offenbarte. Das spitze, von feinen Bartstoppeln übersäte Gesicht erinnerte John unweigerlich an ein Wiesel.

»Hat Teixeiro Euch beim Nickerchen erwischt, hä?« Bei jedem Wort bildeten sich in der kalten Luft Dampfwolken vor dem Mund des Mannes. Sein Atem roch sauer und faulig. »Ich habe Euch ja gewarnt, aber Ihr wolltet nicht auf mich hören. Er ist ein Bastard! Stets auf der Suche nach Streit. Besser, Ihr legt Euch nicht mit ihm an. Loco ist unberechenbar.«

»Loco?«

»Wisst Ihr das nicht? Wir nennen ihn *Loco* – den Verrückten. Denn genau das ist er. Cristobal *Loco* Teixeiro, der wildeste Schläger in unserer Einheit. Abgesehen natürlich von Jorge La Roqua, an den sich schon allein wegen seiner Körpergröße niemand heranwagt.«

John setzte eine wissende Miene auf – in Wahrheit verstand er nichts. Er hatte dieser Expedition mehrere Kapitel seiner Doktorarbeit gewidmet, aber im Moment konnte er sich nicht einmal an die Namen der Männer erinnern, die diesen Zug begleiteten. Natürlich waren ihm Gonzalo Pizarro und Francisco de Orellana, die beiden Anführer, noch im Gedächtnis. Aber Teixeiro und La Roqua? Die Namen kamen ihm völlig unbekannt vor. Vielleicht kehrten die Erinnerungen zurück, wenn er erst einmal eine Weile hier verbracht hatte.

»Wie heißt Ihr?«, wollte John wissen. Er bereute seine Frage jedoch sofort, als er das verwunderte Gesicht seines Gegenübers sah.

»Ihr enttäuscht mich!«, sagte das Wiesel, die Gekränktheit in seiner Stimme wirkte allerdings gespielt. »Wie lange haben wir uns gestern unterhalten, bei Wein und Chicha?«

Chicha war ein alkoholisches Getränk aus Yuka, Maniok oder Mais, das durch Zuführung von Speichel zum Gären gebracht wurde. John fragte sich, ob der andere das wusste. Ihm selbst bereitete allein der Gedanke daran Übelkeit.

»Den ganzen Abend lang!«, fuhr das Wiesel in einem Ton fort, der vermuten ließ, dass in seinem Blut auch jetzt noch reichlich Wein und Chicha flossen. »Den ganzen Abend lang haben wir uns unterhalten, und da erinnert Ihr Euch nicht mehr an Euren Freund Félipe Fuentes?« Er schlug John kräftig, aber kumpelhaft auf die Schulter und begann zu lachen. »Amigo, lasst Euch gesagt sein: Ihr vertragt das Saufen nicht!«

John lachte mit. Nicht, weil er Félipe Fuentes besonders witzig fand, sondern um dessen Vertrauen zu gewinnen. Offenbar kannte der Mann sich hier bestens aus, und er war bereit, sein Wissen mit ihm zu teilen.

Tatsächlich gelang es John, das Wiesel in ein Gespräch zu verwickeln und ihm einige Informationen zu entlocken. Zwar blieb danach immer noch vieles unklar, aber immerhin verstand John so viel: Es war der 18. Februar des Jahres 1541, und er befand sich in Quito, also im Altiplano, dem Anden-Hochland. Gestern war er als Vorbote Francisco de Orellanas hier eingetroffen, mit der Nachricht, dass Orellanas Truppe in Guayaquil festsaß und sich verspäten würde. Gonzalo Pizarro – Orellanas Cousin und Stadthalter von Quito – hatte die Nachricht alles andere als positiv aufgenommen. Seine Vorbereitungen für die Durchquerung des südamerikanischen Kontinents waren beendet, und ihm widerstrebte der Gedanke, noch wochenlang untätig herumzusitzen, bis die Verstärkung eintraf.

Das war die aktuelle Situation.

John hätte Fuentes gerne noch weiter ausgefragt, aber er wollte keinen Argwohn erwecken. Wie hätte er seine eklatanten Gedächtnislücken begründen sollen? Der gestrige Rausch erklärte schließlich nicht alles.

Er versuchte, sich an den Namen des Soldaten zu erinnern, dem er beim Packen helfen sollte. Vergeblich. Also fragte er Fuentes: »Wo finde ich die Lamas?«

»Am anderen Ende der Stadt, am Südtor.« Fuentes deutete in die entsprechende Richtung und machte ein mitleidiges Gesicht. »Immer dem Gestank nach. Die Lamas befinden sich unmittelbar neben den Schweinen.«

Während John sich den Weg durch den Ort bahnte, stellte sich bei ihm erstmals das Gefühl der Erleichterung ein. Bislang hatte er gar keine Gelegenheit gefunden, sich darüber klar zu werden, dass seine Zeitreise reibungslos geklappt hatte. Er war noch ein wenig träge und benebelt und hatte mit einer leichten Sehschwäche zu kämpfen, abgesehen davon erfüllte ihn jedoch eine prickelnde Vorfreude, wie er sie zuletzt als Kind in den letzten Stunden vor der Weihnachtsbescherung erlebt hatte.

Weitere Kindheitserinnerungen tauchten vor seinem geistigen Auge auf. Damals hatte er hier gelebt – seine Mutter stammte aus Quito. Von ihr hatte er auch Spanisch gelernt. Allerdings hätte er nicht gedacht, dass er die Sprache noch gut genug beherrschte, um sich problemlos mit den Konquistadoren zu verständigen. Im Grunde fand er das sogar merkwürdig. Zum einen veränderte sich eine Sprache im Lauf der Jahrhunderte – davon hatte er bislang aber kaum etwas bemerkt. Zum anderen sprach er seit seinem sechsten Geburtstag kaum noch Spanisch. Die wenigen Gelegenheiten im Urlaub waren daher recht holprig verlaufen. Jetzt kam es ihm vor, als habe er nie damit aufgehört. Er fragte sich, wie Gordon und seine Wissenschaftler diese Hürde bewältigt hatten. Hatte jeder von ihnen zuvor einen Sprachkurs belegt? Oder wurde das Problem allein dadurch behoben, dass der Wirtskörper eine Art Dolmetscherfunktion übernahm? John beschloss, Gordon später danach zu fragen. Im Moment wollte er sich lieber auf das Hier und Jetzt konzentrieren.

Er durchstreifte die armselige Ansammlung von Hütten, die vorwiegend aus luftgetrockneten Lehmziegeln errichtet worden waren, dem Baustoff, der in dieser baumkargen Gegend am einfachsten herzustellen war. Bei aller Schlichtheit wirkten die Unterkünfte recht neu, und sie waren in jenem klaren Schachbrettmuster angeordnet, das sich bis ins heutige Quito erhalten hatte. Während John durch die Gassen schlenderte, erinnerte er sich an das, was seine Mutter ihm über die Geschichte der Stadt erzählt hatte: Nach der Ermordung des letzten Inka-Königs Atahualpa hatte der spanische Konquistador Sebastián de Belalcázar Quito dem Erdboden gleichmachen lassen, um es von Grund auf neu zu errichten. Das war 1534 gewesen, also vor gerade mal sieben Jahren. Wenn man die Kürze der Zeit berücksichtigte, hatte Belalcázar ein kleines Wunder vollbracht.

Der Boden war matschig, die Luft empfindlich kalt. Bei jedem Atemzug bildete sich vor Johns Gesicht eine feine Kondenswolke. Noch war es früher Morgen, und die Temperatur lag bei knapp über null Grad. Erst im Lauf des Tages würde die Sonne sich durchsetzen und für das angenehm frühlingshafte Klima sorgen, das sich in dieser Region, nur zwanzig Kilometer südlich des Äquators, das ganze Jahr über hielt.

John verspürte ein leichtes Unwohlsein – vermutlich durch die Höhenluft. Er hielt einen Moment inne, um zu verschnaufen. Vornübergebeugt, die Hände auf die Knie gestützt, wartete er ab, bis der Schwindelanfall sich wieder legte. Während er so dastand, fiel ihm zum ersten Mal auf, dass er dieselbe Kleidung trug wie alle anderen spanischen Soldaten: ein Hemd mit gelbschwarzen Puffärmeln, gelbe, eng anliegende Beinlinge und darüber die Panzerung – Brustharnisch und Stiefelkappen. Ergänzt wurde die Montur durch einen offenen Helm und ein Schwert, das an seiner Hüfte baumelte. Das Metall schien die Kälte des Morgens wie ein Schwamm in sich aufzusaugen. Johns Glieder fühlten sich steif an, seine Füße waren wie Eisklötze.

Er formte die Hände zu einem Hohlraum, um ihnen Wärme einzuhauchen, erschrak jedoch über den Anblick, der sich ihm bot. Er entfaltete seine Hände wieder und betrachtete sie von allen Seiten. Diese kräftigen Finger mit der rauen, ledrigen Haut waren ihm fremd, als gehörten sie gar nicht zu ihm. Die Bestürzung verflog, als er sich noch einmal in Erinnerung rief, dass der Zeitsprung körperlos vonstatten gegangen war. Sein Geist steckte nun in einer anderen Person – eine gewöhnungsbedürftige neue Konstellation.

Unwillkürlich fragte er sich, wie sein neues Gesicht wohl aussah. In Ermangelung eines Spiegels beugte er sich über die nächstgelegene Pfütze. Er schien ein paar Jahre älter zu sein als im wirklichen Leben, etwa Mitte vierzig. Sein dunkelblondes, knapp schulterlanges Haar wirkte etwas zerzaust und vagabundenhaft. Zwei dunkle, eher sanftmütig dreinblickende Augen, eine gerade Nase und ein stoppeliger Vollbart entlang der markanten Kiefer- und Kinnpartie ergänzten das Bild. Keine auffälligen Narben, keine Geschwüre, keine sonstigen Entstellungen. Er war nicht gerade ein Schönling, aber es hätte auch schlimmer kommen können.

Er ging weiter durch die rechtwinklig angelegten Gassen und versuchte, sich zu orientieren – alles andere als einfach, da dieser Ort kaum etwas mit der Millionenmetropole der Gegenwart gemein hatte. Doch glücklicherweise war die Umgebung seit Jahrhunderten unverändert geblieben, sodass John sich dennoch rasch zurechtfand. Die Stadt lag eingebettet in ein fünftausend Meter hohes Bergmassiv wie eine Perle in einer hohlen Hand. In unmittelbarer Nähe erhoben sich sanfte, von störrischem Steppengras bewachsene Hügelkuppen. Dahinter türmten sich nach allen Himmelsrichtungen schneebedeckte Vulkane auf: im Norden das riesige Massiv des Cayambe, im Westen der Illiniza, im Osten der eisige Antizana und im Süden der perfekt geformte Kegel des Cotopaxi. Obwohl diese Vulkane kilometerweit entfernt lagen, schienen sie zum Greifen nah.

John hielt sich weiter in Richtung Südtor. Er bog in eine schmale Gasse ein, folgte dem schnurgeraden Weg zwischen zwei Häuserzeilen hindurch – und traf auf ein Bild der Armut. Auch in diesem Viertel waren die Lehmziegelhütten mit spanischer Präzision errichtet worden, dennoch war auf den ersten Blick klar, dass hier die niedrigste soziale Schicht wie im Slum einer Großstadt hauste. Zwei Indio-Kinder spielten, in dicke Ponchos gehüllt, auf dem feuchtkalten Boden mit einem Lederknäuel, das mehr an eine Kartoffel als an einen Ball erinnerte. Dabei riefen sie sich immer wieder Worte auf Quichua zu, der Sprache der Hochland-Indios. Eine Greisin bereitete an einer

Feuerstelle ein karges Mahl – *choclos*, gekochte Maiskolben, und ein paar Bohnen. Ein dreibeiniger Hund humpelte um die Alte herum. Aus vielen Behausungen drang das Geplärr von ewig hungrigen Babys. Das Spiegelbild des Elends.

Je näher John seinem Ziel kam, desto deutlicher hörte er nun Stimmen und Lärm. Auch der Gestank von Urin und Exkrementen wurde mit jedem Schritt intensiver.

John passierte das von zwei trutzigen Türmen flankierte Südtor und trat hinaus ins Freie. Schweine und Lamas tummelten sich hier massenhaft in provisorischen Pferchen, ihr Quieken und Blöken erfüllte den Altiplano mit ohrenbetäubendem Lärm. Noch dazu dieser Gestank! John hatte große Lust, sich vor der bevorstehenden Arbeit zu drücken, wollte aber kein Risiko eingehen. Wenn Loco – der Verrückte – Wind davon bekam, konnte er sich gewaltigen Ärger einhandeln. Genau das wollte er vermeiden.

Er ließ die Szenerie weiter auf sich wirken. Ein gutes Stück abseits der Nutztierpferche wurden die Jagdhunde gehalten, angebunden an langen Leinen. Einige von ihnen lagen faul auf dem Boden, die meisten kläfften und jaulten jedoch wie wild, womit sie die Pferde scheu machten, die weiter hinten festgemacht worden waren.

Die Tiere waren natürlich nicht allein, überall wimmelte es von Menschen: Spanier in gepanzerten Uniformen und Indios in dicken Alpaka-Ponchos, die von bunten, gewebten Gürtelbändern, sogenannten *fajas*, zusammengehalten wurden. Außerdem trugen sie wollene Mützen oder Filzhüte, teilweise auch Schals. Nur ihre Füße waren durch die geflochtenen, aus Agavenfasern hergestellten Sandalen kaum vor der Kälte geschützt.

Es herrschte emsiges Treiben, jeder schien einer genau festgelegten Aufgabe nachzukommen, irgendeinem höheren System folgend. Die Schweine wurden für die lange Reise angeleint, Pferde gesattelt, Ausrüstungsgegenstände in Tücher geschlagen sowie Lamas und Träger bepackt. Weiter hinten, jenseits des wilden Getümmels, schmiegte sich ein beeindruckendes Lager aus unzähligen Zelten an den sanften Anstieg des Pichincha, Quitos »Hausberg«, einem noch immer aktiven Vulkan mit anmutigen 4897 Metern Höhe. Auch dort herrschte rege Betriebsamkeit. Alles in allem handelte es sich, wie John wusste, um mehrere Tausend Tiere und Menschen. Sie alle zu koordinieren und für das große Wagnis, die Durchquerung des südamerikanischen Kontinents, vorzubereiten, war eine logistische Meisterleistung.

John fiel der Name des Mannes wieder ein, bei dem er sich melden sollte: Colvedo. So ähnlich jedenfalls. Den Gestank ignorierend, marschierte er zu den Lamas, wo er den Gesuchten rasch fand.

Pedro Colvedo war ungefähr in Johns Alter, schlank und trug sein schulterlanges, haselnussbraunes Haar als Zopf. Sein Helm thronte auf einem in den Boden geschlagenen Holzpflock – dem Eckpfeiler eines Pferchs. Abgesehen davon war Colvedo in voller Soldaten-Montur.

»Luiz Ortega! Schön, Euch zu sehen. Ich befürchtete schon, der Berg habe Euch verschluckt. Wir bepacken schon seit Stunden die Tiere. Wir sind beinahe fertig, wie Ihr seht.« Demonstrativ wuchtete er zwei zusammengebundene, prall gefüllte Säcke auf den Rücken eines Lamas. »Wer die Arbeit scheut, macht sich hier keine Freunde, ob Ihr nun ein Kurier Orellanas seid oder nicht.« Er sagte es nicht nur abweisend, sondern geradezu feindselig. Zum zweiten Mal wurde John klar, dass er hier keinen Sonderstatus genoss. Sich aufs bloße Zusehen zu konzentrieren würde nicht funktionieren. Für die Dauer seines Aufenthalts musste er in die Rolle eines Konquistadoren schlüpfen und kräftig mit anpacken. Er stammelte eine Entschuldigung und versicherte Colvedo, dass er von nun an voll und ganz über ihn verfügen könne.

Colvedo gab einen abschätzigen Knurrlaut von sich und teilte John eine Aufgabe zu. Ab sofort war er dafür verantwortlich, dass sämtliche Ausrüstungsgegenstände, die sich noch im Zeltlager befanden – Töpfe, Pfannen, Schalen, aber auch Werkzeuge wie Äxte und Hämmer –, eingesammelt, in Bündel verpackt und hierher geschafft wurden, damit sie auf die Lasttiere und Träger verteilt werden konnten.

»Sucht Euch ein paar Eingeborene, die nichts zu tun haben. Sie sollen Euch helfen«, sagte Colvedo. »Die verdammten Plattgesichter sind faul wie die Schweine. Noch fauler als Ihr sogar. Wenn sie nicht spuren, dann lasst sie das Leder spüren.« Er nahm einen Ochsenziemer, der an einem Holzpflock hing, und reichte ihn John. »Davor haben diese verfluchten Heiden ordentlichen Respekt. Meistens genügt schon die Androhung. Aber schlagt ruhig kräftig zu, wenn Euch danach ist. Bis zur Mittagsstunde muss alles gepackt sein.«

Colvedo drehte sich um und pfiff durch die Finger. Daraufhin eilte ein kleiner Indio-Mann herbei, der der Morgenkälte begegnete, indem er gleich mehrere Ponchos übereinandertrug. Dadurch wirkte er wie ein ungelenker, pummeliger Zwerg.

»Das ist Mariano«, sagte Colvedo und klopfte dem Kleinen auf die Schulter, etwa so, wie man ein Schoßtier tätschelt. »Aber wir nennen ihn alle nur Poncho. Er ist einer unserer Übersetzer. Er wird Euch helfen, Euch mit den Plattgesichtern zu verständigen. Nicht wahr, Poncho, das tust du?«

Der Mann nickte eifrig. Ob er die Bezeichnung *Plattgesichter* demütigend fand, ließ er sich nicht anmerken. »Si, Señor! Si!

Ich werde für Euch übersetzen. Ich spreche alle Indio-Dialekte. Ich erweise Euch gute Dienste – Ihr werdet sehen.«

Hinter Ponchos anbiedernder Art steckte pure Angst, wie John vermutete. Er konnte das gut nachvollziehen. Pizarros Konquistadoren waren derbe Rüpel, zumindest die meisten von ihnen. Grobschlächtige Hitzköpfe, die Streit suchten und jedem mit Herablassung begegneten, der nicht zu ihrem Kreis gehörte. Die Eingeborenen hatten darunter gewiss noch viel mehr zu leiden als John.

Mit Poncho im Schlepptau steuerte er auf das Lager zu. Je weiter er sich von der Stadt entfernte, desto kälter wurde es, denn vom Rucu Pichincha wehte eine eisige Brise herab. Die Zeltplanen flatterten im Wind, Johns Augen begannen zu tränen.

Am Rand des Lagers stand eine Gruppe von Indios um eine Feuerstelle, fünf Männer, die augenscheinlich geschäftig wirken wollten, es aber nicht wirklich waren. Noch bevor John etwas sagen konnte, stürzte Poncho wild gestikulierend auf sie zu und begann, ihnen etwas in einer Sprache zuzurufen, die er nicht verstand. Offenbar jagte er ihnen ordentlich Angst ein, denn die Männer wirkten sichtlich betreten. Mit gesenkten Häuptern ließen sie die Worttirade des Übersetzers über sich ergehen, anschließend verschwanden sie im Eiltempo zwischen den Zelten.

»Was hast du ihnen gesagt?«, wollte John wissen.

»Dass sie die Ausrüstung im Lager zusammensuchen sollen, Herr.«

»Ist das alles?«

»Ich sagte noch, dass Ihr jedem von ihnen eine Hand abschlagen werdet, wenn sie sich nicht beeilen – so wie Don Pizarro es letzte Woche angeordnet hat. Das hat offensichtlich geholfen.«

John seufzte. »Offensichtlich«, wiederholte er und marschierte den Hang hinauf.

Er durchstreifte das Lager, ohne selbst allzu viel zu arbeiten. Die fünf Indios erledigten das für ihn, angetrieben von Poncho, der keinen von ihnen aus den Augen ließ und sofort eingriff, wenn einer sich ausruhte. Im Grunde kam John sich dabei schäbig vor. Es widerstrebte ihm, seine Machtposition auszunutzen und sich als Unterdrücker aufzuspielen. Aber er wusste, dass er sich zumindest dem Anschein nach den Gepflogenheiten seiner Landsleute anpassen musste, um nicht aus der Rolle zu fallen. Als Kurier von Francisco de Orellana, der erst gestern hier angekommen war, wurde er von Pizarros Männern ohnehin schon als Außenseiter betrachtet. Wenn er die Indios zu sehr schonte, würde ihn das nur weiter isolieren. Man würde es ihm als Schwäche auslegen, und Schwächlinge – daran hatte er nicht den geringsten Zweifel – wurden in dieser rauen Zeit allzu schnell selbst zu Opfern. Darauf wollte er es nicht ankommen lassen.

Während John den Indios beim Arbeiten zusah, kroch ihm die Kälte immer tiefer unter die Haut, aber obwohl er am ganzen Körper zitterte, fühlte er sich innerlich warm. Gordon hatte recht gehabt: Das hier war besser als jeder Urlaub auf Caldwell Island. Prickelnder, spannender, intensiver – weil es unberechenbarer war. John schätzte, dass er sich mittlerweile eine Stunde in dieser neuen Welt aufhielt, und das Gefühl, jeden Augenblick könne etwas Unvorhergesehenes, vielleicht sogar Gefährliches passieren, verfolgte ihn auf Schritt und Tritt. Caldwell Island war eine Inszenierung, ein Spiel. Das hiesige Leben war jedoch echt!

Nicht nur auf John lastete eine gewisse Nervosität, auch auf den Spaniern und Indios. Über dem gesamten Lager lag eine Atmosphäre konzentrierter Anspannung. Jeder schien sich des bevorstehenden Abenteuers bewusst zu sein. Sogar die Tiere waren aufgeregt, das konnte man deutlich spüren.

John glaubte, einen Schrei zu hören – nur kurz und unterdrückt, deshalb war er sich nicht sicher. Er ließ seinen Blick über die Zeltdächer wandern, aber soweit er es beurteilen konnte, ging alles seinen gewohnten Gang. Poncho trieb die Indios zur Eile, hier und da klapperte jemand mit Geschirr, und am Rand des Zeltlagers wurden nach wie vor die Tiere für die Reise vorbereitet.

Vielleicht habe ich mich getäuscht, dachte John. Oder es war nur das Quieken eines Schweins.

Seine Gedanken kehrten zu der bevorstehenden Expedition zurück, zu dem Mut all jener, die – freiwillig oder gezwungenermaßen – daran teilnahmen, ohne zu wissen, dass sie blindlings ins Verderben rannten. Die Tiere und Indios hatten natürlich keine Wahl, sie mussten sich dem Diktat der Spanier beugen. Diese waren die Einzigen, die die bevorstehende Katastrophe hätten verhindern können, doch sie unterschätzten die Risiken der Expedition. Oder sie ignorierten sie, angetrieben von der Hoffnung auf Reichtum und Ruhm. Hier, in Südamerika, wurde Eldorado vermutet, das legendäre Goldland, ebenso La Canela, eine Ebene, dicht bewachsen mit Zimtbäumen. Gewürze waren in jenen Zeiten beinahe ebenso begehrt wie Gold – teils wegen des Geschmacks, vor allem aber aufgrund ihrer medizinischen Wirkung. Nicht umsonst war Christoph Kolumbus seinerzeit aufgebrochen, um die Zimtstraße zu entdecken. Als Entkeimungsmittel und zur Anregung von Verdauung und Atmung herrschte im sechzehnten Jahrhundert eine gewaltige Nachfrage nach Zimt, was wiederum gewaltige Preise garantierte und damit gewaltige Gewinne. La Canela war daher ein durchaus lohnenswertes Ziel. Dass bereits Jahre zuvor drei deutsche Agenten des Bankhauses Welser in Diensten Kaiser Karls V. die Suche nach Zimt erfolglos hatten abbrechen müssen, konnte die Spanier nicht entmutigen.

Wieder hörte John einen unterdrückten Schrei, diesmal ohne den geringsten Zweifel, und zwar aus unmittelbarer Nähe, also aus einem der Zelte. Der Schrei verstummte abrupt. Stattdessen waren jetzt Geräusche zu hören, als würden zwei Raufbolde sich auf dem Boden wälzen.

John überlegte, ob er der Sache nachgehen solle, rief sich aber noch einmal ins Bewusstsein, dass er sich auf die Rolle des neutralen Beobachters beschränken musste, um den Verlauf der Geschichte nicht zu beeinflussen. Außerdem wollte er nicht in irgendeinen Streit hineingeraten. Dass er in seinem fremden Körper nicht nur Kälte, sondern auch Schmerzen empfinden konnte, wusste er durch die Fußtritte von Cristobal Loco Teixeiro. Die Rippen taten ihm noch immer weh.

Um jede Gefahr zu vermeiden, ging John rasch ein paar Schritte weiter. Dennoch ließ ihn die Neugier immer wieder zurückblicken. Eine ganze Weile geschah nichts. Dann sah er an der Stelle, wo er den Schrei vernommen hatte, einen spanischen Soldaten aus einem Zelt treten, einen muskulösen Riesen. Er hatte John den Rücken gekehrt und schlenderte nun gemächlich und leichten Fußes durch die Zeltreihen in Richtung der Viehpferche. Er machte einen äußerst ausgelassenen, entspannten, ja geradezu fröhlichen Eindruck.

Kurz darauf trat eine weitere Person aus dem Zelt, eine Indio-Frau, höchstens zwanzig Jahre alt. Sie war so schön, dass es John beinahe den Atem verschlug. Ihr glänzendes, schwarz-blaues Haar fiel wie ein seidener Vorhang über ihre Schultern. Obwohl sie einen Poncho und darunter ein langes Winterkleid trug, war ihre grazile Gestalt unverkennbar. Ihre mandelförmigen Augen verströmten Würde und Stolz und hätten ebensogut einem Engel gehören können.

Doch auf den zweiten Blick erkannte John, dass mit dieser

Frau etwas nicht stimmte. Über ihrem rechten Auge prangte eine blutverkrustete Platzwunde, außerdem verunstalteten die geschwollenen Wangenknochen ihr Engelsgesicht. Und als sie sich wegdrehte, um irgendwo zwischen den Zeltreihen zu verschwinden, presste sie ihre Hände gegen den Unterleib.

Obwohl John wusste, dass er sich nicht hatte einmischen dürfen, fühlte er sich schuldig.

Kapitel 7

Die Vorbereitungen für die große Expedition waren erstaunlich schnell beendet. Der Zug, der sich vor den Toren Quitos formiert hatte, glich einem gigantischen Bandwurm aus Menschen und Tieren, angeführt von 340 spanischen Soldaten in schwerer Rüstung, davon 200 zu Pferd, der Rest zu Fuß. Sie waren Hidalgos, Angehörige des spanischen Adels, ausgerüstet mit Schwert und Rundschild, Pfeil und Bogen oder mit Armbrüsten. Feuerwaffen, zu dieser Zeit noch unhandlich und umständlich zu bedienen, sah John nur vereinzelt.

Hinter den Konquistadoren kamen die Hunde, 2000 an der Zahl, allesamt darauf abgerichtet, Hals und Kehle des Opfers anzugreifen. Ihr Kläffen und Jaulen hallte von den Bergen wider und hörte sich furchterregend an. Den Hunden folgten rund 4000 indianische Träger, in wollene Ponchos gehüllt und mit dicken, auf den Rücken geschnürten Bündeln beladen. Das Ende des Zugs bildeten 2000 Lamas, ebenfalls schwer bepackt, und 2000 Schweine als Nahrungsvorrat.

John war zur Eskorte eingeteilt worden und stand daher ein wenig außerhalb des Trosses, um dafür zu sorgen, dass alle anderen in Reih und Glied blieben. Insbesondere die indianischen Träger sollten gar nicht erst auf den Gedanken kommen, den Zug vorzeitig zu verlassen und sich in der Stadt zu verstecken. Die Eskorte war von Gonzalo Pizarros engstem Vertrauten Jorge La Roqua angewiesen worden, jeden Fluchtversuch mit äußerster Strenge zu ahnden. La Roqua hatte diesbezüglich keinen

Zweifel gelassen: »Wir müssen diesen Wilden von vornherein Gehorsam beibringen!«, so seine Worte. »Wenn wir Schwäche zeigen, werden sie es ausnutzen. Irgendeiner wird den Anfang machen, und wenn einer es wagt, dann wagen es bald alle. Deshalb geht unnachgiebig mit ihnen um. Wer sich nicht fügen will, wird so hart bestraft, dass es allen anderen als Warnung dient. Denkt daran: Sie sind in der Überzahl. Auf jeden Spanier kommen mehr als zehn Plattgesichter. Wenn sie glauben, uns überwältigen zu können, werden sie es versuchen. Dazu dürfen wir ihnen keine Gelegenheit geben!«

La Roqua war ein Löwe von einem Mann. Sein blondes, strähniges Haar wirkte wie eine Mähne, seine Augen funkelten kampfbereit, seine Stimme klang wie kehliges Knurren. Noch dazu überragte er die meisten seiner Männer um mindestens eine halbe Kopflänge. In seinem neuen Körper – der wohl der durchschnittlichen Statur eines spanischen Soldaten entsprach – musste auch John zu ihm aufschauen. Er gestand sich ein, dass La Roqua ihm Respekt einflößte.

Außerdem erregte der Spanier seinen Widerwillen. Er war jener Kerl gewesen, der sich an der jungen Frau vergangen hatte.

Diese Indio-Frau …

Auf geheimnisvolle Weise hatte sie es John angetan. Ihre natürliche Schönheit, die Wildheit in ihrem Antlitz, ihre geschmeidige Gestalt – das alles wirkte auf ihn wie ein betörender Zauber. Natürlich vergaß er darüber nicht, dass er verheiratet war. Er liebte Laura und würde seine Ehe niemals gefährden. Ein Seitensprung während einer Zeitreise – allein der Gedanke war absurd. Dennoch verspürte er beim Anblick der Indio-Frau ein elektrisierendes Kribbeln auf der Haut. Sie hatte etwas von einem ungezähmten Tier, etwas Scheues und Stolzes gleichermaßen. Etwas, das Johns tiefstes Inneres ebenso ansprach wie –

das musste er zu seiner Schande gestehen – seine triebhaften Instinkte. Halb Mädchen, halb Frau verkörperte sie die perfekte, jugendhafte Schönheit.

Auch jetzt ruhte Johns Blick auf ihr – sie stand nicht weit von ihm entfernt, am Rand der Viererkette, die die Indios bildeten. Allerdings beachtete sie ihn nicht. Ihre Aufmerksamkeit richtete sich auf etwas, das weiter vorne im Zug zu sein schien, und es war nicht Gonzalo Pizarro, der in diesem Moment die Reihen seiner Soldaten abritt, um zu ihnen zu sprechen.

Worauf konzentriert sie sich?, wollte John wissen. So sehr, dass sie nicht einmal das Gewicht des Bündels auf ihrem Rücken wahrzunehmen scheint?

Aufkommendes Freudengeheul der spanischen Soldaten riss ihn aus seinen Gedanken: Gouverneur Pizarro hatte mit seinem Ross Position bezogen und ließ sich bejubeln, noch bevor er einen Ton gesagt hatte. Er war ein hagerer Mann mit dunklem, kurz geschnittenem Haar. Obwohl er, wie John wusste, erst um die dreißig Jahre alt war, wirkte er wie Mitte vierzig. Sein schmales Gesicht wurde durch den gepflegten, aber buschigen Vollbart, der ihm bis zum Schlüsselbein reichte, zusätzlich in die Länge gezogen. Die blank polierte Rüstung mit den goldenen Zierbeschlägen funkelte und glitzerte im Sonnenlicht wie ein geschliffener Diamant.

Um die Männer auf die bevorstehende Reise einzustimmen, hielt er eine flammende Rede. Er sprach von Ehre, von Abenteuer und natürlich von Reichtum. Er ließ auch nicht unerwähnt, dass in der Geschichte Südamerikas noch nie eine solch gewaltige Expedition unternommen worden war. Und sobald sein Cousin Francisco de Orellana aus Guayaquil zu ihnen stieß, würde sich der Zug sogar noch verstärken. Jedes seiner Worte verströmte Zuversicht und Entschlossenheit.

Während die Spanier ihm regelrecht an den Lippen klebten und immer wieder in zustimmendes Gejohle ausbrachen, hörte John ihm nur mit halbem Ohr zu. Er fragte sich, wie lange er nun schon hier sein mochte, besser gesagt, wie lange es noch bis zur zweiten Etappe seiner Reise dauern würde. Nach seiner Schätzung waren seit seiner Ankunft in Quito etwa drei Stunden vergangen. Mindestens. Der nächste Zeitsprung konnte demnach nicht mehr lange auf sich warten lassen.

Gonzalo Pizarro beendete seine Ansprache mit einem euphorischen »Möge der Herr uns den Weg zu den unermesslichen Schätzen dieses Kontinents leiten«, und ein letztes Mal brachen die spanischen Soldaten in Jubelgeschrei aus. Er setzte seinen Kopfschutz auf, den er bis dahin unter dem Arm getragen hatte, einen zu seiner Prunkrüstung passenden offenen Helm mit buschigen Zierfedern, die unruhig in der ablandigen Brise flatterten. Dann gab er seinem schwarzen Hengst die Sporen und preschte wie der geborene Anführer an die Spitze des Zugs.

John sah ihm nach, ohne jedoch die Bewunderung der Konquistadoren für ihn zu teilen. Noch ahnte Pizarro nicht, dass ihm diese Expedition zum Verhängnis würde, dass er mit nur achtzig Soldaten hierher zurückkehren würde, ohne einen einzigen Indianer, ohne ein Pferd und ohne einen Hund. Wenige Jahre später würde man ihn des Landesverrats bezichtigen und in Cusco dem Henker überantworten. Das Schicksal eines Besessenen.

Die Marschformation setzte sich in Bewegung – zuerst die Reiter, dann die Fußsoldaten und so weiter, bis zuletzt auch die Lamas und Schweine nachzogen. Wie eine gigantische Schlange fraß sich der Zug durch den feuchten Matsch. Wer nicht zu den Expeditionsteilnehmern gehörte, hatte sich als Zuschauer vor den Mauern Quitos eingefunden: Soldaten, die während Pizarros Abwesenheit für Recht und Ordnung in der Stadt sorgen sollten, spanische Händler und Geistliche, die sich hier angesiedelt hatten, außerdem die verbleibenden indianischen Einwohner, vorwiegend Alte, Kranke und Kinder. Während die Spanier ausgelassen miteinander redeten oder die Konquistadoren im Zug mit patriotischen Zurufen anspornten, standen die Indios wie Delinquenten da, stumm, mit gesenkten Häuptern und niedergeschlagenen Mienen. Viele von ihnen waren in Tränen aufgelöst.

Kein Wunder, dachte John beim Anblick dieser seelengepeinigten Gestalten. Hier wurden Familien und Freunde erbarmungslos auseinandergerissen. Wer kräftig und gesund war, den hatten die Spanier für die Reise eingeteilt. Der untaugliche Rest musste zurückbleiben, im Ungewissen darüber, ob der heutige Tag einen Abschied für immer bedeutete.

Vom Rucu Pichincha wehte an diesem außergewöhnlich kalten Tag ein eisiger Wind herab, wie ein Vorbote für all die Unbequemlichkeiten, denen die Expedition in den nächsten Monaten ausgesetzt sein würde. John fröstelte. Er blieb einen Moment lang stehen, hauchte sich an die klammen Finger und sah sich um. Ganz automatisch suchten seine Augen die Reihen der Indios nach der jungen Frau ab. Tatsächlich dauerte es nicht lange, bis er sie erspähte. Sie war ein gutes Stück hinter ihm und kam nun auf ihn zu, den Blick geradewegs auf ihn gerichtet. Zumindest bildete John sich das ein, bevor er erkannte, dass sie ihn gar nicht ansah, sondern viel eher durch ihn hindurchschaute, gerade so, als bestehe er aus Luft. Er begriff, dass sie ihre Aufmerksamkeit auf etwas gerichtet hatte, das hinter ihm war, und drehte sich um.

Ein Pulk von Eingeborenen stand unweit des Osttors, eng zusammengedrängt in offensichtlicher Trauer. Im ersten Moment war an diesem Bild nichts Ungewöhnliches zu erkennen: ein paar Greise, ein paar Frauen, ein paar weinende Kinder.

Doch dann stach John inmitten der Menge ein junger Mann ins Auge, kaum älter als zwanzig. Das allein war schon auffällig genug. Was ihn darüber hinaus jedoch von den anderen in der Gruppe unterschied, war sein Gesichtsausdruck. Darin lag nicht nur Trauer, Wehmut und Abschiedsschmerz, sondern vor allem unverhohlener Hass. Als John den blutverkrusteten Verband um den Stumpf seines linken Unterarms sah, ahnte er auch den Grund dafür: Dieser junge Mann war eines der Opfer, das Gonzalo Pizarro hatte verstümmeln lassen. Die andere Hand ruhte indessen auf den Schultern eines etwa fünfjährigen Jungen, der vor ihm stand – offenbar sein Sohn –, mit schmutzigem Gesicht, vor Kälte schlotternd, oder vielleicht auch vor Trauer. Dicke Tränen kullerten aus den weit aufgerissenen Augen, seine Nase war rotzverschmiert, und sein Kinn zitterte bei jedem Schluchzer.

Auf einmal änderte sich die Miene des Jungen. Von einer Sekunde auf die andere schien er das Weinen zu vergessen. Sein kleines, pausbäckiges Gesicht verzog sich zu einem freudigen Lächeln, und er stieß einen spitzen Schrei aus. Dann schüttelte er die Hand seines Vaters von der Schulter und rannte los.

Er kam geradewegs auf John zu, machte im letzten Moment einen Bogen um ihn und landete schließlich, nur drei Meter weiter, in den Armen der Indio-Frau. Sie kniete sich auf den Boden, drückte den Kleinen so fest sie konnte an sich und küsste ihn – Mutter und Kind, ein letztes Mal glücklich vereint, bevor der Tross die Stadtmauern Quitos endgültig hinter sich lassen würde.

Dann gesellte sich auch noch der verstümmelte junge Mann zu ihnen. Mit der Rechten griff er in das schwarze, samtige Haar der Frau und drückte sie an sich. Der verbundene linke Arm umschlang gleichzeitig den kleinen Körper seines Sohns. Die drei waren eine Familie, zerrissen von den Eroberungsplänen der spanischen Unterdrücker.

Der Anblick berührte Johns tiefstes Inneres, zumal er den Ausgang der Expedition kannte. Die junge Frau würde niemals zu ihren Liebsten zurückkehren – kein einziger Indio würde das. Das Kind in ihren Armen war schon jetzt eine Waise, der Mann Witwer, nur wussten sie es noch nicht.

John war so sehr in den schmerzlichen Anblick versunken, dass er den nahenden Hufschlag zu spät bemerkte. Erst, als der Boden unter seinen Füßen zu vibrieren begann und jemand in der Zuschauermenge laut aufschrie, fuhr er herum. Ein massiges Schlachtross preschte auf ihn zu. Die Muskeln und Sehnen bewegten sich bei jedem Galoppsprung wie die Kolben einer Lokomotive. Auf dem Rücken des Tieres saß Jorge La Roquas gebieterische Gestalt, die Verkörperung von roher Gewalt und totaler Gefühlsarmut. Noch bevor John begriff, was der Spanier mit seinem hoch erhobenen Schwert vorhatte, traf ihn dessen Stiefelspitze gegen die Brust, und er wurde jäh zu Boden geschleudert. Einen Moment lang fühlte er sich benommen, wie ein Schwergewichtler nach einem Aufwärtshaken, doch seine Rüstung dämpfte den Sturz. Er wälzte sich auf die Seite und kam wieder auf die Beine.

Was nun folgte, spielte sich wie in Zeitlupe vor Johns Augen ab: Jorge La Roqua riss so stark an den Zügeln seines Rosses, dass es abrupt stehen blieb und sich aufbäumte. Die Vorderhufe zappelten wie Schlagkeulen in der Luft, so dicht am Kopf des Indio-Kindes, dass es um ein Haar getroffen worden wäre. Der Vater des Jungen reagierte blitzschnell, indem er sich schützend zwischen den Kleinen und das Pferd stellte. Gleichzeitig fuchtelte er wie wild mit den Armen und stieß einen lauten Schrei aus, um das Tier zu erschrecken und es auf diese Weise zurückzudrängen. Doch entweder deutete La Roqua dieses Verhalten als Angriff, oder er *wollte* es als solchen deuten. Jedenfalls zögerte er keinen Moment, mit dem Schwert auf den Indio-Mann einzuschlagen, um ihm mit nur einem einzigen Hieb den Kopf vom Leib zu trennen. Der enthauptete Körper sackte in die Knie, verweilte einen Moment in dieser Position, als würde er ein letztes Gebet sprechen, und fiel dann schlaff auf die Seite.

Die nächsten Sekunden waren die längsten in Johns Leben. Niemand sprach ein Wort. Allen, die dem brutalen Zwischenfall beigewohnt hatten, stand das blanke Entsetzen ins Gesicht geschrieben.

John spürte, dass sein Magen zu rebellieren begann. Er starrte wie hypnotisiert auf den abgetrennten Kopf mit den weit aufgerissenen, leeren Augen, dann auf die riesige klaffende Wunde an dem Halsstumpf, aus der sich Unmengen von Blut über den feuchten Lehmboden ergossen. Nichts hatte ihn auf diesen Anblick vorbereitet. Mit keinem Wort hatte Gordon ihn davor gewarnt, dass er einen Menschen sterben sehen würde, noch dazu auf diese bestialische Weise. John war angewidert, seine Beine fühlten sich an, als seien sie aus Wachs. Die anfängliche Begeisterung für diese Zeitreise hatte sich mit La Roquas unvermittelter und völlig unnötiger Brutalität ins krasse Gegenteil verkehrt.

Ein Schrei zerriss die Stille, ausgestoßen von der Frau des Getöteten. Sie fiel auf die Knie und starrte mit weit aufgerissenen Augen auf den Leichnam. Mit einer Hand hielt sie ihren Sohn fest, den der Schock in einen Zustand willenloser Apathie versetzt hatte. Die andere Hand hob sie zitternd zum Himmel, als wolle sie ihre Götter anflehen, dieses schreckliche Verbrechen ungeschehen zu machen.

Jetzt löste sich die Stille auch bei den anderen Indios – den Zuschauern an der Stadtmauer und den Trägern im Zug. Wie eine Welle gingen die Entsetzensschreie durch die Reihen, gefolgt von weinerlichem Klagen und fassungslosem Gezeter. Manche schlugen erschüttert die Hände vors Gesicht, andere wandten vor Ekel den Blick ab. Die Älteren pressten die Kinder schützend an sich, um ihnen das grausame Bild zu ersparen. Aber John zweifelte nicht daran: Wer diese Szene gesehen hatte, würde sie ein Leben lang nicht mehr vergessen.

Das Gejammer der Indios wurde lauter. Viele von ihnen bedachten La Roqua mit zornigen Mienen oder ballten gar die Fäuste. John spürte, dass dies ein entscheidender Moment war. Würden die aufgebrachten Eingeborenen sich auf den Spanier stürzen, bräche die offene Revolte aus. Unterließen sie es, manifestierten sie damit einmal mehr ihre Rolle als besiegtes Volk.

Da John noch nie etwas von einer Revolte zu Beginn der Amazonas-Expedition gehört hatte – weder von seiner Mutter noch im Rahmen seiner Doktorarbeit –, stand der Ausgang dieses Intermezzos von vornherein für ihn fest. Tatsächlich wagte niemand, den spanischen Hauptmann anzugreifen, der erhobenen Hauptes im Sattel saß und seinen grimmigen Blick furchtlos durch die Reihen wandern ließ.

Sie fügen sich in ihr Schicksal, dachte John. Selbst unter diesen Umständen akzeptieren sie ihre Situation. Sie sind Lämmer, die die Herrschaft der Wölfe anerkennen.

Die Indio-Schönheit, die bis dahin neben der Leiche ihres Mannes gekniet hatte, kam auf die Beine. Mit tränennassen Wangen und schriller Stimme bedachte sie La Roqua in ihrer Sprache mit einer wahren Tirade. John verstand keinen Ton, war aber sicher, dass es sich um die schlimmsten Verwünschungen handelte, die ein Mensch ersinnen konnte. Umso erstaunlicher, dass La Roqua es mit unbewegter Miene über sich ergehen ließ. Erst, als die Stimme der Frau in Tränen erstickte, verzogen sich seine Mundwinkel zu einem boshaften Grinsen. Er beugte sich zu ihr hinab, sodass sein Gesicht nur noch eine Armlänge von ihrem entfernt war, und sagte gerade laut genug, dass John es mitbekam: »Ab jetzt gehörst du mir, schönes Kind. Hörst du? Mir ganz allein!«

Die Frau sah auf und funkelte ihn mit ihren wilden, smaragdgrünen Augen an. Ihre Miene, ihre Körperhaltung, ja ihre gesamte Erscheinung schienen auszudrücken: Du kannst zwar meinen Körper nehmen, doch dadurch besitzt du noch lange nicht mich! Sie spitzte die Lippen, als wolle sie genau das auch sagen, doch plötzlich wusste John, dass sie etwas anderes vorhatte: Sie wollte La Roqua anspucken!

Der Spanier ahnte es wohl ebenfalls. »Bevor du das tust«, zischte er, »denk an deinen Sohn! Du willst ihn doch nicht auch noch verlieren!«

John spürte, wie die Entschlossenheit der Frau nachließ. Trotz allen Kummers war sie vernünftig genug, nicht auch noch das Leben ihres Kindes zu riskieren. Nach einem endlos langen Augenblick senkte sie schließlich die Lider, um wieder ihr Gepäck aufzunehmen, das während des Zwischenfalls zu Boden gegangen war. Dann kniete sie sich zu ihrem Jungen, drückte ihn an sich und flüsterte ihm mit brüchiger Stimme ein letztes Lebewohl zu.

Ein Greis trat aus der Menge, nahm den Jungen bei der Hand und zog ihn mit sich. Das Kind stand noch immer unter Schock und leistete keinen Widerstand. Es weinte nicht einmal. Wie ein kleiner, ungelenker Roboter stolperte es dem Alten hinterher, willenlos und geistesabwesend. Vermutlich würde es erst im Lauf der Zeit die Ereignisse des heutigen Tages begreifen. Begreifen, dass sein Vater tot war und seine Mutter es hatte verlassen müssen. Begreifen, dass es nun allein auf der Welt war.

Die indianischen Träger stellten sich wieder in Reih und Glied auf. Die Zuschauermenge drängte sich noch dichter als vorher an die Stadtmauer, als könne sie ihr Schutz vor weiteren Gräueltaten bieten. Um den enthaupteten Leichnam kümmerte sich niemand mehr.

La Roqua trat seinem Pferd in die Flanken, riss an den Zügeln und vollführte eine halbe Drehung. Jetzt war sein Blick auf John gerichtet, ebenso wie seine blutige Schwertspitze. Johns Magen verkrampfte sich.

»Ich dachte, ich hätte mich klar ausgedrückt, Ortega!«, bellte der Spanier. »Es ist Eure Aufgabe, für Ordnung in diesem Haufen zu sorgen! Ihr werdet keine weiteren Disziplinlosigkeiten durchgehen lassen, ist das klar?« Er ließ seine Worte einen Moment lang wirken, wartete die Antwort aber gar nicht mehr ab, sondern gab seinem Pferd die Sporen und galoppierte davon.

Während John ihm nachsah, wurde ihm bewusst, wie verkrampft er war. Zuerst der Mord an dem Indio, dann die Drohung gegen ihn selbst. Einen Moment lang hatte er tatsächlich um sein Leben gefürchtet. Er machte sich nichts vor: Eine derart brenzlige Situation hatte er noch nie erlebt.

Ihm fiel die Kette ein, die er um den Hals trug, und er zog einen Moment lang ernsthaft in Erwägung, seinen hiesigen Aufenthalt schon jetzt abzubrechen. Aber die Neugier auf die kommenden Zeitsprünge, auf die nächsten drei Etappen seiner Reise, überwog das Unbehagen, zumindest im Moment noch.

Angetrieben von Jorge La Roqua setzten die Träger sich wieder in Bewegung und schlossen zum vorderen Teil des Zugs auf, der – von der Bluttat unbeeindruckt – weitermarschiert war. Während John gedankenverloren neben den Indios durch den lehmigen Matsch stapfte, löste sich der Tross von den Stadtmauern Quitos und schlug den Weg in Richtung Osten ein. Das

Hochplateau der Anden präsentierte sich im orangegelben Licht der Nachmittagssonne als perfekte Gebirgslandschaft – weite, saftig grüne Ebenen, umsäumt von den schneebedeckten Kegeln unzähliger Berg- und Vulkangipfel.

Während der Zug sich mit zäher Langsamkeit durch die karge, schier unendliche Weite kämpfte, befiel John ein Gefühl tiefer innerer Leere. Wie lange mochte die erste Etappe seiner Reise noch andauern? Die Fülle der neuen Eindrücke während dieser ersten paar Stunden war so überwältigend gewesen, dass er jetzt, aufgrund der Monotonie des Marsches, erstmals Gelegenheit fand, über alles nachzudenken. Sein vorläufiges Fazit war zwiespältig. Gewiss war diese Art von Abenteuer spannender als alles, was er bis dahin erlebt hatte. Doch in Anbetracht der Grausamkeiten, deren Zeuge er geworden war – die Vergewaltigung der Indio-Frau und die kaltblütige Ermordung ihres Mannes –, war er nicht mehr sicher, ob er diese Art von Abenteuer überhaupt noch wollte.

Hoch oben am Himmel zog ein Kondor seine Kreise. Die Sonne im Rücken stapfte John weiter. Noch während er den nächsten Zeitsprung herbeisehnte, begannen die Konturen der Berge vor ihm zu verschwimmen. Er spürte plötzlich, wie er trotz Wind und Kälte von einer schier unerträglichen inneren Hitze ergriffen wurde. In diesem Moment wusste er, dass die nächste Etappe bereits auf ihn wartete.

Kapitel 8

Feiner Nieselregen benetzte John von Kopf bis Fuß und drang ihm bis tief unter die Haut. Selbst jene Stellen seines Körpers, die durch seine Rüstung geschützt waren, fühlten sich unangenehm feucht an. Die durchweichten Ärmel seiner Uniform klebten kalt auf seiner Haut, in seinen Stiefeln stand das Wasser. Er fror, obwohl längst nicht mehr dieselbe Eiseskälte herrschte wie beim Abmarsch aus Quito. Es gab auch nicht mehr dieselbe glasklare Luft, durch die man das weitläufige Panorama der Anden über Dutzende von Kilometern hinweg in sich aufsaugen konnte, sondern nur noch dichten, grauen Nebel, der die Sicht auf das unmittelbare Umfeld begrenzte. Wie ein träger Wasserfall aus Dampf waberte er von der steilen Bergwand herab, umhüllte John und sog ihm den letzten Rest Wärme aus den Knochen, um anschließend über den schroffen, klippenartigen Fels weiter talabwärts zu kriechen. Der nackte, regennasse Steinboden war glitschig, als habe jemand Seifenwasser darauf ausgeschüttet. Noch schlimmer waren die Stellen, an denen sich loses Geröll angesammelt hatte, denn es hatte die Eigenschaft, immer dann unter Johns Sohlen nachzugeben, wenn er am wenigsten damit rechnete. Mehr als einmal verlor er den Halt und landete auf dem Hosenboden. Es grenzte an ein Wunder, dass er sich nicht die Knochen brach.

Er blieb einen Moment stehen, um zu verschnaufen. Obwohl er durch den Zeitsprung de facto nur einen Bruchteil der bisherigen Reise miterlebt hatte, spürte er die Erschöpfung in jedem

Knochen. In seiner Erinnerung waren die letzten Tage und Wochen nichts weiter als ein schwarzes Loch, doch sein Wirtskörper litt offenbar schwer unter den Strapazen des Marsches. Er hatte Blasen an den Füßen. Sein Schwert hing wie eine Zentnerlast an seiner Hüfte, außerdem scheuerte es bei jeder Bewegung auf der Haut. Sein Brustharnisch drückte an unzähligen Stellen. Und ihn schmerzten Muskeln, die ihm bislang völlig unbekannt gewesen waren. Kurzum, ihm tat alles weh, vom Scheitel bis zur Sohle.

Aber ich habe dieser Zeitreise ja unbedingt zustimmen müssen!

Neben ihm zog der Tross weiter. Noch immer befand John sich an der Seite der Indios, aber wie hatte sich ihr Anblick seit dem Aufbruch aus Quito verändert! Die Wollponchos schienen jegliche Farbe verloren zu haben, ebenso die Mützen und Schals. Durch den Nebel sah alles an ihnen grau und trist aus. Selbst ihre Schritte wirkten heute müder als damals, schleppend und schwankend. Und natürlich sprach wieder niemand ein Wort. Ein Totenzug auf dem Weg ins Nirgendwo.

John wischte sich die Nässe aus dem Gesicht. Sein Haar reichte ihm in zottigen Fransen bis zu den Schultern herab. Außerdem fühlte sich sein Vollbart zwar nicht mehr stoppelig, aber dennoch störrisch an. Er musste sich schon seit mindestens zwei oder drei Wochen nicht mehr rasiert haben. Je weiter sie sich von Quito entfernten, desto mehr schien er zu verwildern.

»Müde, Amigo?«

John drehte den Kopf zur Seite. Neben ihm stand Félipe Fuentes, der eine traurige Figur abgab: Er sah nicht mehr aus wie ein Wiesel, sondern wie eine alte Katze nach einer unfreiwilligen Dusche. Das Haar klebte ihm nass am Kopf, der anhaltende Regen schien in unzähligen kleinen Bächen an ihm herabzufließen. Der beeindruckende Brustharnisch wirkte in Anbetracht der schmächtigen Gestalt seines Trägers geradezu grotesk. Fuentes sah aus wie eine Schildkröte in einem zu groß geratenen Panzer.

Noch etwas fiel John an dem Spanier auf: Sein Gesicht war längst nicht mehr so derb und unfertig wie in Quito, sondern viel detailreicher. John konnte jeden einzelnen Wassentropfen auf der Haut erkennen, jede einzelne Stirnfalte und jedes einzelne Barthaar. Wie er bald feststellen sollte, galt dies nicht nur für Fuentes. *Alle* Expeditionsteilnehmer erschienen ihm jetzt viel nuancierter. Offenbar hatte er die Sehschwäche der ersten Etappe überwunden.

Das Wiesel kramte aus seiner umgehängten Vorratstasche ein paar kleine grau-grüne Kügelchen, die er John in der offenen Hand hinhielt. »Nehmt ein paar davon. Das wird Euch guttun.«

»Was ist das?«

»Die Indios stellen sie aus den Blättern eines Strauchs her, den sie Koka nennen. Sie zerstoßen die Blätter, geben etwas Pflanzenasche, Kalk und Wasser dazu und formen daraus diese Bällchen. Schmecken wie Pferdedung, aber sie lindern Durst und Hunger, und sie wecken die Lebensgeister. Zwei von diesen Wunderkügelchen, und ihr fühlt Euch wie neugeboren.«

John nahm erst einmal eines. Vorsichtig schob er es in den Mund – es schmeckte in der Tat scheußlich. Doch schon nach kürzester Zeit setzte eine belebende, ja geradezu berauschende Wirkung ein. Genau das, was sein müder Körper gebraucht hatte.

»Nicht übel«, murmelte er.

»Nicht übel? Das ist alles, was Ihr dazu zu sagen habt? Nicht übel? Ich wette, wenn man diese Dinger nach Europa verschiffen und dort verkaufen würde, würde man ein Vermögen verdienen!«

»Vorausgesetzt allerdings, es gelänge, diesen Kügelchen eine angenehmere Geschmacksnote zu verleihen«, ergänzte John. Beide lachten.

Während er ein zweites Koka-Bällchen in den Mund schob und darauf herumzukauen begann, fiel ihm wieder die Indio-Frau auf, die in Quito ihren Mann verloren hatte. Umringt von anderen Eingeborenen kam sie den kaum zwei Meter breiten Pfad herunter, den Blick starr auf den Boden gerichtet, um nicht versehentlich auszurutschen. Das Bündel auf ihrem Rücken – ein mit dicker Schnur festgezurrter Leinensack von der Größe eines ausgewachsenen Schweins – bildete ein zusätzliches Handicap. John konnte nicht erkennen, was sich darin befand, aber so, wie die Frau unter der körperlichen Anstrengung keuchte, ahnte er, wie schwer sie unter der Last zu tragen hatte.

Sie war schmaler, als John sie in Erinnerung hatte. Ihr Gesicht wirkte mager, beinahe dürr, doch das tat ihrer Schönheit kaum einen Abbruch. Die ebenmäßige Nase, die vollen, geschwungenen Lippen, der trotzige Stolz in ihrer Miene – das alles war nach wie vor da. Was John jedoch vermisste, war das Leuchten ihrer smaragdgrünen Augen, der bronzefarbene Teint ihrer Haut und das glänzende, seidige Schwarzblau, in das das Sonnenlicht ihr Haar verwandelte. Verdammter Nebel!

»Am besten, Ihr schlagt sie Euch aus dem Kopf, mein Freund!«, sagte Fuentes.

»Sieht man mir meine Gedanken so deutlich an?«

»Es fehlt nur noch, dass Ihr auf Knien hinter ihr herkriecht und zu sabbern anfangt.« Das Wiesel grinste ihn schief an.

John fühlte sich irgendwie ertappt. Er spürte, wie ihm die Röte ins Gesicht stieg.

»Sie ist natürlich nett, die Kleine«, fuhr Fuentes fort. »Sehr nett sogar. Aber genau das ist das Problem, Amigo. Ihr seid nicht der Einzige, dem sie die Sinne betört hat. Also noch mal:

Schlagt sie Euch aus Eurem verfluchten Dickschädel, wenn Ihr ihn noch eine Weile auf dem Hals tragen möchtet. Mit La Roqua ist in solchen Dingen nicht zu spaßen. Er sieht dann rot, versteht Ihr? Er hat gute Männer schon aus geringerem Anlass als Eifersucht getötet.«

Dass der spanische Hauptmann ein Auge auf das Indio-Mädchen geworfen hatte, war John bereits in Quito aufgefallen. Er hatte sie vergewaltigt. Allerdings hatte John dahinter keine ernsthaften Gefühle vermutet, sondern lediglich das Anspruchsdenken des typischen Eroberers gegenüber den hübschen Töchtern der Unterdrückten.

»Hat La Roqua deshalb auch ihren Mann umgebracht?«, fragte er.

Wieder legte sich ein schiefes Lächeln auf das Gesicht des Wiesels. »Aus Eifersucht? Natürlich. Aber auch aus Rache. Dieser Mann hat La Roqua überrascht, als der sich zum ersten Mal über seine Frau hermachte. Also tat er das, was vermutlich jeder in seiner Situation getan hätte: Er griff La Roqua an. Mit einem Schürhaken. Schlug ihm damit ein paar Mal kräftig gegen den Rücken, bevor La Roqua von seinem Weib abließ und ihn überwältigte. Nicht, dass La Roqua ernsthaft verletzt wurde – er trug nur ein paar Striemen und blaue Flecke davon. Aber sein Stolz war angekratzt. Ein Wilder hatte es gewagt, ihn anzugreifen. Wäre die Auseinandersetzung unbemerkt geblieben, hätte er gewiss gleich kurzen Prozess mit dem Mann gemacht. Aber ein paar Wachleute waren durch den Lärm aufmerksam geworden und hatten eingegriffen. Sie nahmen den Indio gefangen und steckten ihn ein paar Tage lang in den Kerker. Schließlich fällte Don Pizarro das Urteil. Zur Strafe, dass der Indio einen Spanier angegriffen hatte, ließ er ihm und einigen anderen, die auf ähnliche Weise auffällig geworden waren, eine Hand abschlagen.«

»Was La Roqua offenbar noch nicht genügte«, sagte John, der sich den Rest der Geschichte ausmalen konnte. »Deshalb kam ihm die Abschiedsszene in Quito gerade recht, um seinen verletzten Stolz zu sühnen.«

»Und um dafür zu sorgen, dass ihm künftig niemand mehr in die Quere kommen kann«, ergänzte Fuentes, dessen Lächeln inzwischen verschwunden war. »Daher würde ich mich an Eurer Stelle zurückhalten. Sonst rollt Euer Kopf womöglich als nächster.«

John nickte, sagte aber nichts. Er musste zugeben, dass die Schönheit der Indio-Frau ihn überwältigte, aber er hatte immer noch nicht vor, sich ihr zu nähern. Sein Blick wanderte den steilen Pfad bergauf, von wo wie aus dem Nichts weitere Träger aus dem dichten Nebel auftauchten. Die Lamas und Schweine, die sich noch weiter oben befanden, waren in der trüben Suppe nicht einmal zu erahnen.

John fiel auf, dass viele Träger mit notdürftigen Verbänden versehen waren – blutverkrustete Stofffetzen, die sie um alle möglichen Körperteile geschlungen hatten. »Was ist mit ihnen geschehen?«, murmelte er.

Wie gedankenlos die Äußerung gewesen war, bemerkte er erst an Fuentes' ungläubiger Miene. Das Wiesel sah ihn an, als halte er ihn für einen Außerirdischen. »Ist Euch nicht gut, Amigo?«, fragte er. »Oder hat der Fels Euch den Helm derart zurechtgerückt, dass die Erinnerung Euch im Stich lässt?«

»Der Fels?«

Fuentes nickte ihm aufmunternd zu. Als John jedoch mit den Schultern zuckte, erzählte der Spanier ihm, was geschehen war: Vor drei Tagen hatte einer der Vulkane, die das Hochplateau der Kordilleren durchzogen, begonnen, Feuer zu speien. Nur wenige Augenblicke später habe die Erde zu beben und zu zittern begonnen, als stünde sie kurz vor dem Zerbersten. In dem daraufhin einsetzenden Chaos hatte es bedauerlicherweise viele Verletzte und sogar ein paar Tote gegeben – die ersten Verluste der noch jungen Expedition.

John erinnerte sich, im Rahmen seiner Doktorarbeit von dem Erdbeben gelesen zu haben. Er war froh, dass ihm diese Etappe erspart geblieben war.

Fuentes erzählte weiter, dass John durch die heftigen Bodenerschütterungen das Gleichgewicht verloren hatte und mit dem Helm gegen einen kantigen Felsen geschlagen war. »Dabei hat es Euch offenbar die Sinne durcheinandergewirbelt«, schloss er. »Erinnert Ihr Euch denn an gar nichts mehr?«

»Doch. Jetzt, da Ihr mir den Vorgang schildert, kehren die Bilder allmählich zurück«, log John. »Ich bin sicher, dass mein Gedächtnis sich bald vollständig erholt haben wird.«

»Das will ich für Euch hoffen«, sagte Fuentes. Er klopfte John kameradschaftlich auf die Schulter, schob sich noch ein Koka-Kügelchen in den Mund und setzte seinen Marsch schmatzend fort. John sah ihm nach, bis seine Silhouette im Nebel verschwand.

Er selbst blieb noch eine Weile stehen, um weiter zu Kräften zu kommen. Allmählich ließ der vom Berghang nachrückende Strom an Trägern nach, und es kamen die ersten Lamas in Sicht. Je ein Indio führte eine Gruppe von mehreren aneinandergeleinten Tieren den schmalen Pfad hinab. Unter den voluminösen Lasten schienen die Lamas fast zusammenzubrechen, und auch sie hatten mit den Tücken des Abstiegs – dem losen Geröll, dem Matsch und dem regennassen Stein – zu kämpfen.

John schloss sich der ersten Lama-Gruppe an. Der Abstieg durch Regen, Nebel und klamme Kälte schien sich ewig hinzuziehen. Da die Sicht auf einen Radius von wenigen Metern begrenzt war, stellte sich bei John rasch Langeweile ein. Stets hatte er dasselbe Bild vor Augen: den schmalen Geröllpfad, der sich wie ein Zufallsprodukt der Natur in unzähligen Windungen gegen den Steilhang presste. Dieser Abschnitt der Reise bestand aus nichts als Eintönigkeit. Schon bald sehnte er sich nach dem nächsten Zeitsprung.

Dann riss die Nebeldecke jedoch plötzlich auf, und der dichte Vorhang aus milchigem Dunst öffnete sich einen Spalt breit, als hätten die Berggötter ein Einsehen gehabt. Von einem Moment auf den anderen spürte John die Kraft der Sonne im Gesicht, wohltuend, wärmend, belebend.

Die sich ihm bietende Aussicht war atemberaubend: Die Steilwand im Rücken stand John am Rand einer Felsenklippe. Vor ihm tat sich ein Abgrund von geschätzten hundert Metern und mit einem halsbrecherischen Gefälle auf. Außer ein paar Gräsern und Büschen gab es nichts, woran man sich hätte festhalten können. Weiter unten, in der Talsohle, lag der Bergnebelwald in stiller Erhabenheit, unberührt und urtümlich. Im kräftigen Licht der Mittagssonne erstrahlten die Blätter der Farne, Büsche und Baumkronen in saftigem Grün. Ein Meer von exotischen Blüten leuchtete in den herrlichsten Farben. Jetzt, da die Nebelwand sich geöffnet hatte, bildete John sich sogar ein, ihren zarten Duft einatmen zu können. Außerdem drangen die Geräusche des Waldes nun an sein Ohr, als hätte der Nebel sie zuvor gefiltert – Vogelgezwitscher, das Klopfen der Spechte, vereinzeltes Affengeschrei und das Zirpen von Insekten. Von hier oben wirkte all das wie das reinste Paradies. Weiter im Osten, für John noch nicht sichtbar, mussten die Hügelkuppen des Bergnebelwalds schließlich in die Ebene des Amazonas-Beckens übergehen, eine schier unendliche Fläche aus immergrünem tropischem Bewuchs, die sich quer über den gesamten Kontinent erstreckte, bevor sie schließlich die Atlantikküste erreichte. Ganze dreitausend Kilometer maß der Dschungel von einem Ende zum anderen, ein gigantisches Labyrinth aus Pflanzen, Sümpfen und Flüssen. Genau diesem Labyrinth wollte Gonzalo Pizarro seine Schätze abringen.

Ein Schrei riss John aus seinen Gedanken, gellend und schrill. Als er bergauf blickte, um in der langen Schlange aus Menschen und Tieren die Ursache zu erkunden, konnte er nichts Außergewöhnliches feststellen. Im Gänsemarsch trottete der Zug den Pfad entlang. Dann jedoch sah er es: Weiter hinten, nur zweihundert Meter entfernt, dort, wo die Sonnenstrahlen noch immer gegen die Nebelmassen ankämpften, waren zwei Lamas aus dem Tritt geraten, und mit ihnen ihr Führer. Er war es auch, der geschrien hatte. Mit ausladenden Armbewegungen versuchte er, die Balance wiederzuerlangen, doch John erkannte sofort, dass ihm das nicht gelingen würde. Der Indio kippte zappelnd zur Seite. Der Versuch, sich an der Führleine festzuhalten, bewirkte lediglich, dass die beiden Lamas, die ebenfalls ins Wanken geraten waren, nun vollends das Gleichgewicht verloren. Wie in Zeitlupe neigten sich die voluminösen Lasten auf ihren Rücken über den Abgrund. Dann folgte eine Kettenreaktion, bei der jede Hilfe zu spät kam. Das erste Tier stürzte hysterisch blökend über den Klippenrand. Es riss das zweite mit sich, welches wiederum das dritte in die Tiefe zog und so weiter, bis sich auch das letzte Lama an der Leine im Sturz befand. Der Indio besaß zwar genug Reaktionsvermögen, das Seil loszulassen und nach einem anderen festen Halt Ausschau zu halten, aber seine Hände griffen ins Leere. Er rutschte mit den Lamas über die schroffe, fast senkrechte Steilwand nach unten, zunächst träge, dann immer schneller. Schließlich sah es aus, als würde ein einziges großes Knäuel aus Mensch und Tier der Talsohle entgegenrollen. Eine unaufhaltsame Lawine auf dem Weg bergab.

Dann der Aufprall, dumpf und hart. Die Gestürzten waren nicht in den Farnen und Büschen gelandet, sondern auf einem vorstehenden Felsvorsprung, rund fünfzig Meter unterhalb des Pfads. Nur das lose Gestein rutschte weiter, bis es schließlich raschelnd in den Blätterwald am Ende des Hangs eintauchte.

Auf der Klippe bildeten die Indios rasch eine Menschentraube, genau dort, wo der Lama-Führer aus dem Gleichgewicht geraten war. Ihnen stand der Schreck deutlich ins Gesicht geschrieben. Sie hoben die Hände gen Himmel, begannen zu weinen oder lauthals zu klagen, oder sie riefen ihre Götter an. Was immer ihre Worte bedeuten mochten – sie litten. Wieder einmal hatten sie einen aus ihrer Mitte verloren.

John eilte zur Unglücksstelle zurück, von dort hatte er bessere Sicht. Vorsichtig, um nicht selbst in den Abgrund zu stürzen, lugte er über die Klippe. Was er unten auf dem Felsvorsprung sah, ließ ihn vor Entsetzen schaudern. Zerschmetterte Tierköpfe, gebrochene Gliedmaßen. Rippen und Knochen, die aus der Haut ragten. Geschundene Leiber mit blutigem Fell. Und inmitten des grässlichen Totenbündels der verdrehte Körper des Lama-Führers.

Dennoch regte sich dort unten etwas. Beinahe traute John seinen Augen nicht. Entgegen aller Wahrscheinlichkeit und offensichtlich unter größten Schmerzen hob der Indio seinen Arm. Er lebte! Die Lamas hatten seinen Aufprall abgefedert und ihn so vor dem Tod bewahrt.

»Wir müssen ihn heraufholen«, murmelte John mehr zu sich selbst als zu jemand anderem. Rasch sah er sich um. Laut sagte er: »Hat jemand ein Seil?« Keiner der Indios antwortete. Verstanden sie ihn nicht, oder standen sie noch zu sehr unter Schock?

John probierte es noch einmal: »Hört ihr nicht? Wir brauchen ein Seil! Schnell!«

Ein junger Bursche, etwa sechzehn Jahre alt, löste sich aus der Gruppe und rannte ein Stück bergauf, wo er sich an einem der Packlamas zu schaffen machte. John verlor ihn allerdings rasch aus den Augen, da von oben und unten immer mehr Neugierige nachrückten und einen schier undurchdringbaren Pulk bildeten. Jeder wollte wissen, was passiert war.

Plötzlich, wie aus heiterem Himmel, brach die Indio-Schönheit durch die Menschenmenge. Trotz ihrer zierlichen Gestalt hatte sie es irgendwie geschafft, sich bis nach vorne durchzukämpfen. Für John hatte sie keine Augen, ihr Blick richtete sich einzig und allein in den Abgrund. Was sie sah, schien sie noch mehr zu treffen als alle anderen. John beobachtete sie genau. Im ersten Moment schien sie nur erschreckt über den grauenvollen Anblick, dann aber legte sich so etwas wie Erkenntnis über ihre Miene, gefolgt von einem Ausdruck grenzenlosen Schmerzes. Ihre weit aufgerissenen Augen begannen, nass zu glänzen. Mit zitternden Fingern berührte sie ihre offenen Lippen, ihrer Kehle entrang sich ein langgezogener Klagelaut. Im selben Moment sanken ihre Schultern nach unten, als wäre sie mit einem Mal all ihrer Kraft beraubt. Sie machte den Eindruck, als würde sie jeden Moment einen Schwächeanfall erleiden und zusammenbrechen.

John berührte sie vorsichtig am Arm. »Wir werden den Mann bergen«, sagte er in der Hoffnung, die Frau könne ihn verstehen. Um seine Worte zu unterstreichen, deutete er den Hang hinab und machte eine entsprechende Geste.

Die tränennassen Augen der Frau richteten sich auf ihn. Sie sagte etwas in ihrer Sprache, das John nicht verstand, aber es klang so flehend, dass er sie am liebsten umarmt und an sich gedrückt hätte. Es erstaunte ihn selbst, wie sehr er mit ihr litt. Wie sehr er sich wünschte, sie von ihrem Kummer erlösen zu können.

Sie schien zu begreifen, dass er sie nicht verstand. »Ich bitte Euch, Herr, helft ihm«, wisperte sie schließlich. »Helft ihm, er ist mein Bruder.«

John schluckte. Das Schicksal meinte es wahrlich nicht gut mit diesem engelsgleichen Wesen. Zuerst hatte sie ihren Mann verloren und ihr Kind in Quito zurücklassen müssen. Jetzt lag ihr Bruder schwer verletzt dort unten.

John legte ihr die Hände auf die Schultern. »Sieh mich an«, sagte er mit fester Stimme und wartete, bis sie seiner Aufforderung nachkam. »Wir werden ihn bergen. Ich verspreche es. Dein Bruder wird dort unten nicht sterben.«

Die Frau nickte tapfer.

John wusste nicht, was ihn mehr motivierte: der Wunsch, einem Verletzten zu helfen, oder die Gelegenheit, die junge Frau für sich einzunehmen. Vermutlich beides. Jedenfalls fühlte er sich von unstillbarem Tatendrang erfasst.

»Wo bleibt das Seil?«, rief er über die Köpfe der Umstehenden hinweg.

»Hier, Herr! Hier ist es!« Die Stimme kam von irgendwo weiter hinten im Pulk.

John vollführte eine ungeduldige Handbewegung, als wolle er die Menschenmenge kraft seines puren Willens teilen. »Macht Platz für meinen Helfer!«, rief er. »Beeilung! Lasst ihn endlich durch! Na macht schon!« Tatsächlich befolgten die Leute seinen Befehl. Inmitten des Pulks bildete sich eine schmale Gasse, durch die der Bursche schlüpfte, der das Seil geholt hatte.

Beobachtet von unzähligen Augenpaaren, befestigte John den Strick an einem vorstehenden Felsen. Als er das lose Ende schnappte, um es über die Klippe zu werfen, wurde ihm klar, dass die Länge des Seils niemals für den erforderlichen Fünfzig-Meter-Abstieg ausreichen würde.

»Wir brauchen mehr davon!«, rief er. »Mehr Seile, noch mindestens zwei oder drei!« Der Verletzte musste schließlich auch sicher verknotet werden.

Angestachelt von Johns Optimismus, bahnten sich einige Indios den Weg zu ihren Lamas. Gleich darauf waren sie wieder zurück und machten sich daran, die Seile miteinander zu verbinden. Zu aufgeregt, um tatenlos zuzusehen, packte John ebenfalls mit an. Sie hatten ihre Arbeit noch nicht zu Ende gebracht, als eine resolute Stimme ertönte: »Halt! Ich befehle Euch, auf der Stelle damit aufzuhören!« Auf seinem pechschwarzen Hengst bahnte Jorge La Roqua sich rücksichtslos seinen Weg durch die Menschenmenge.

John stand auf. Als der spanische Hauptmann bei ihm anlangte, fühlte er sich plötzlich wie ein Zwerg neben einem Riesen. La Roqua war ein Goliath. Der geborene Kämpfer. Seine grimmige Miene, seine muskulöse Statur, sein gebieterischer Auftritt und nicht zuletzt seine Skrupellosigkeit machten ihn zu einer Autorität, deren Befehle man besser nicht missachtete.

John zwang sich, dem Spanier geradewegs in die Augen zu sehen. »Ein Lama-Führer ist den Abhang hinabgestürzt. Die Tiere scheinen tot zu sein, er selbst lebt aber noch. Wir wollen ihn bergen, damit seine Wunden versorgt werden können«, erklärte er.

La Roquas Augen hafteten starr auf ihm, sie schienen ihn regelrecht zu durchdringen. *Was fällt dir ein, eigenmächtig eine solche Entscheidung zu treffen?*, sagte dieser Blick. *Der Einzige, der hier Befehle erteilt, bin ich!*

John hatte den Eindruck, sich rechtfertigen zu müssen. »Der Mann dort unten braucht Hilfe«, insistierte er. »Wenn wir ihn nicht heraufholen, wird er sterben!« Er spürte, dass das Argument nicht ausreichte, um La Roqua zu überzeugen. »Der Verletzte ist ihr Bruder«, sagte er und griff nach dem Arm der Indio-Frau in der Hoffnung, La Roquas Zuneigung zu ihr würde ihn empfänglich für ihre Belange machen. Selbst wenn nicht, so mochte der Spanier zumindest Menschlichkeit vortäuschen, um die Frau für sich zu gewinnen. Doch als John die eisige Miene La Roquas sah, wusste er, dass er einen fatalen Fehler begangen hatte.

»Wer immer diesen Abgrund hinuntergestürzt ist – wir ziehen weiter!« Die Stimme des Hauptmanns hallte kalt von den Bergwänden wider. »Durch das Erdbeben haben wir schon genug Zeit verloren. Wir können uns keine weiteren Verzögerungen leisten! Außerdem« – er blickte vom Sattel aus in die Tiefe – »werden wir diesen Mann ohnehin nicht retten können. Er ist so gut wie tot. Jeder Versuch, ihn zu bergen, würde sein Leiden nur hinauszögern.«

Ich hätte es wissen müssen, dachte John. La Roqua duldet keinen potenziellen Beschützer an der Seite dieser Frau. Zuerst hat er ihren Mann getötet, jetzt stellt er die Weichen so, dass sie auch noch ihren Bruder verliert. La Roqua will sie nicht durch Sanftmut gewinnen, er will ihren Willen brechen.

Tatsächlich schien dieser Moment bereits gekommen. Die Indio-Frau stieß einen schrillen Laut der Verzweiflung aus. Tränenüberströmt umfasste sie Jorge La Roquas Stiefel, die in dreckverkrusteten Steigbügeln steckten, und presste ihr Gesicht daran. Mit flehendem Blick und brüchiger Stimme sah sie zu dem Riesen im Sattel auf. »Bitte, Herr, tut mit mir, was Ihr wollt, aber verschont das Leben meines Bruders! Ich weiß, Ihr könnt ein guter Mensch sein, wenn Ihr es nur wollt. Lasst nicht zu, dass er dort unten einsam und allein sterben muss!«

Jorge La Roquas Miene blieb unbewegt. »Ich kann nicht den kompletten Zug wegen eines Mannes aufhalten, dessen Leben ohnehin nicht mehr zu retten ist, mag er nun dein Bruder sein oder nicht.«

Die Frau klammerte sich fester an seine Stiefel. »Bitte, Herr, habt Erbarmen ... Erbarmen, ich flehe Euch an ...« Der Rest ging in einem flehenden Weinkrampf unter.

La Roqua, hoch zu Ross, ließ sich davon nicht beeindrucken. »Genug jetzt!«, fuhr er die Frau an. Zwei spanischen Fußsoldaten, die sich ebenfalls in der Menschentraube befanden, bellte er zu: »Ihr sorgt dafür, dass der Zug sich wieder in Bewegung setzt! Verstanden? Sonst seid ihr die nächsten, die diesen Abhang hinunterstürzen!«

Den wimmernden Aufschrei der Indio-Frau ignorierend, riss er an den Zügeln seines Pferdes. Um ihn herum bildete sich ein Kreis – niemand wollte unter die Hufe des Tieres geraten oder auch nur den Zorn La Roquas auf sich ziehen. Er bedachte die Frau mit einem letzten triumphierenden Blick und gab seinem Hengst die Sporen.

In diesem Moment platzte John der Kragen.

Obwohl er wusste, dass er in dieser Welt nur Gast war und es gegen jegliche Vernunft verstieß, als solcher aktiv ins Geschehen einzugreifen, war der Drang, etwas zu tun, übermächtig. Wenn er nichts unternahm, würde der verletzte Indio am Fuß des Abgrunds einen grausamen Tod sterben und die Frau ihren Bruder verlieren. John *musste* einfach einschreiten. Er packte das Pferd am Zaumzeug und brachte es mit einem heftigen Ruck zum Stehen.

»Ortega, was soll das?«, zischte La Roqua. »Lasst auf der Stelle das Pferd los, sonst schlage ich Euch eigenhändig den Arm ab!«

John wusste, dass er sich jetzt endgültig entscheiden musste, und er befand sich in einer verdammten Zwickmühle. La Roquas Drohung war zweifellos ernst gemeint, es war also die gesündere Alternative, seinem Befehl zu gehorchen und ihm für den Rest der Reise möglichst nicht mehr in die Quere zu kommen. Andererseits konnte John nicht länger wegsehen, wie der spanische Hauptmann seine Machtstellung missbrauchte und willkürlich über Wohl und Weh der Indios bestimmte.

»Ich sage es kein zweites Mal, Ortega!«, knurrte La Roqua, während er seine Hand gleichzeitig zum Schwert an der Hüfte führte. Langsam, als gewähre er John eine allerletzte Chance, zog er es aus der mit Leder überzogenen und zahllosen Edelsteinen besetzten Scheide. Das Geräusch, das dabei entstand, hörte sich an, als würde er seine Klinge an einem Wetzstein schleifen.

John hielt das Pferd noch immer fest – weniger, weil er sich bewusst dafür entschieden hatte, als vielmehr aus Angst. Er fühlte sich wie gelähmt. Ihm wurde ganz flau im Magen, sein Herz hämmerte wild in seiner Brust, und seine Kehle fühlte sich staubtrocken an. Für den Bruchteil einer Sekunde fragte er sich, wie weit sich seine Körperwerte noch verändern mussten, bis der Mikrochip in seinem Unterarm Alarm schlug und Gordons Zeitmaschine ihn in die Gegenwart zurückholte. Sein Pulsschlag musste weit jenseits der Normalität liegen, und in seinen Adern floss garantiert mehr Adrenalin als Blut. Nur half ihm das im Augenblick nicht weiter.

La Roquas Geduld war offenbar erschöpft. Ohne ein weiteres Wort hob er sein Schwert über den Kopf und ließ es schwungvoll niederfahren. Johns Starre fiel gerade noch rechtzeitig von ihm ab, um in die Hocke gehen und dem Hieb ausweichen zu können. Dicht über ihm schlug die Klinge ins Leere. Doch ihm blieb keine Zeit zum Aufatmen, denn in diesem Moment ließ La Roqua sein Pferd aufsteigen. John wollte ausweichen, fiel aber rücklings auf den Fels. Panisch blickte er auf. Von unten wirkte alles noch viel bedrohlicher. La Roqua – in einer Hand die Zügel, in der anderen das Schwert – kam ihm vor wie ein Reiter der Apokalypse. Geschickt dirigierte er sein auf den Hinterbeinen tänzelndes Ross, um es im geeigneten Augenblick auf John niederfahren zu lassen. Unter dem Einfluss dieses Irren wurde der Hengst zu einer lebensgefährlichen Waffe.

Instinktiv rollte John sich zur Seite. Die Vorderhufe des Hengstes donnerten so dicht neben seinem linken Ohr auf den Boden, dass er glaubte, ihm platze das Trommelfell. Er ignorierte es, wollte sich weiterrollen, doch irgendetwas hielt ihn plötzlich zurück, ein Widerstand am Hals, der an ihm zerrte. Von blanker Hysterie ergriffen, riss John sich davon los – keine Sekunde zu früh, wie er feststellte, denn genau an der Stelle, an der eben noch sein Kopf gelegen hatte, trommelten jetzt Pferdehufe gegen den Fels.

Endlich schaffte John es, wieder auf die Füße zu kommen. Als La Roqua zum zweiten Mal mit dem Schwert nach ihm schlug, tauchte er unter dem schwarzen Schädel des Hengstes hindurch auf die andere Seite. Dabei erkannte er im Augenwinkel, was ihn zuvor am Wegrollen gehindert hatte: Auf dem Boden lag die Kette mit dem Kruzifix, die Gordon ihm mit auf den Weg gegeben hatte. Johns Lebensversicherung für den Notfall. Er musste die Kette unter allen Umständen wieder an sich bringen.

La Roqua holte zu einem dritten Schlag mit seinem Schwert aus, doch diesmal war John besser vorbereitet. Er duckte sich und ließ den Schlag ins Leere laufen, während er erneut nach dem Zaumzeug des Hengstes griff. Irgendwo hatte er einmal gehört, das Maul eines Pferdes sei eine seiner empfindlichsten Stellen. Diesen Umstand wollte er sich jetzt zunutze machen. Mit aller Gewalt riss er an der Trense. Das Tier wieherte auf –

es klang beinahe wie der Schrei eines Menschen –, wankte zur Seite und geriet ins Stolpern. Für Jorge La Roqua kam der Richtungswechsel so überraschend, dass er das Gleichgewicht verlor. Hilflos ruderte er mit seinem Schwert in der Luft, vergeblich! Er stürzte unaufhaltsam aus dem Sattel.

Doch selbst im Sturz verlor er sein Ziel nicht aus den Augen. Erstaunlich behände stieß er sich von den Steigbügeln ab und kam in hohem Bogen angeflogen. John, der mit diesem Angriff überhaupt nicht mehr rechnete, wurde von der Wucht des Aufpralls einfach weggefegt. Er hatte das Gefühl, unter einer Lawine begraben zu werden, das Gewicht La Roquas raubte ihm den Atem. Für einen Moment versank alles um ihn herum in schwarzem Nebel. Als er wieder einen klaren Gedanken fassen konnte, sah er nur noch eine riesige Faust in Lederhandschuhen auf sein Gesicht zurasen. Dann wurde es schon wieder dunkel um ihn herum. Diesmal für länger.

Kapitel 9

John schlug die Augen auf, aber es blieb dunkel, was ihn verwirrte. Rasch kehrte die Erinnerung an die Auseinandersetzung mit Jorge La Roqua zurück. Ihm war, als habe der Kampf erst vor wenigen Minuten stattgefunden. Dennoch fehlte der wichtigste Teil: Was genau war geschehen? Weshalb konnte er nichts mehr sehen? Was hatte La Roqua mit ihm angestellt? Ein Schauder überfiel ihn und ließ ihn frösteln.

Er wurde sich darüber bewusst, dass er mit dem Rücken auf dem Boden lag, aber der Untergrund war nicht mehr felsig, sondern angenehm weich. Mit den Händen tastete John seine Umgebung ab. Er lag auf einer mit Laub gepolsterten Decke, daher seine bequeme Lage. Seine Finger wanderten weiter über den Deckenrand hinweg, bekamen jetzt feuchte Erde zu spüren. Ein paar Zentimeter weiter stieß er gegen ein festes Gebilde mit rauer Oberfläche und langgezogener Form – eine mächtige Wurzel, wie John feststellte. Also befand er sich im Dschungel. Dies war der Beginn seiner dritten Etappe. Der letzte Zeitsprung hatte ihn mitten im Kampf mit Jorge La Roqua ereilt. Genau dieser Umstand hatte ihn wohl gerettet, denn John zweifelte nicht daran, dass der spanische Hauptmann ihn andernfalls getötet hätte. John war kein Kämpfer. Er hatte sich erst ein einziges Mal in seinem Leben richtig geprügelt – mit Gordon, natürlich aus Eifersucht. Das war acht Jahre her. Und die spielerischen Raufereien und Schwertduelle auf Caldwell Island hatten ihn nur unzureichend auf das erbitterte Zusammentreffen mit Jorge La Roqua vorbereitet. Luiz Ortega hingegen war offenbar in der Lage gewesen, sich zu verteidigen, nachdem Johns Seele ihn wieder sich selbst überlassen hatte.

Allerdings beunruhigte John allmählich, dass er nach wie vor nichts sehen konnte. Was hatte La Roqua ihm angetan? Ihm die Augen ausgestochen? Ihn geblendet?

Ich muss verrückt gewesen sein, mich gegen ihn aufzulehnen, dachte John. Natürlich hatte er aus gutem Grund so gehandelt. Dennoch war es rückblickend betrachtet Wahnsinn gewesen.

Irgendetwas krabbelte ihm über die Hand, beinahe ebenso schwer wie ein Golfball. Was war das? Ein Insekt? Eine Spinne? Ein Tausendfüßler? Als John sich klarmachte, wie groß das Tier sein musste, um ein solches Gewicht auf die Waage zu bringen, bekam er eine Gänsehaut. Vor seinem geistigen Auge nahm ein gewaltiger Käfer mit langen, borstigen Beinen und mächtigen Kieferwerkzeugen Gestalt an. Mit einer raschen Handbewegung schleuderte er das Insekt von sich. Die Gänsehaut hielt aber noch eine ganze Weile an.

Während er einfach nur dalag und darauf hoffte, keine weiteren Bekanntschaften mit Rieseninsekten zu machen, begann die Finsternis um ihn herum allmählich Konturen anzunehmen. Irgendwo, scheinbar in weiter Ferne, zeichneten sich winzige Lichter im Meer der Dunkelheit ab. Erstaunlich langsam begriff John, dass es sich dabei um Sterne handelte. Es war Nacht. Er lag mitten im Dschungel unter einem dichten Baldachin aus Blättern und Zweigen. Nur wenig Licht durchdrang die Kronen der Bäume, daher hatte er vorher nur Schwärze gesehen. Erleichtert atmete er auf.

Er stand auf und reckte die steifen Gliedmaßen. Sein Nacken war verspannt, sein Rücken ebenso. Er kam sich vor, als bestünden seine Knochen aus Pudding. Außerdem fror er, obwohl es längst nicht mehr so kalt wie im Gebirge war. Doch selbst die Decke, die John als Unterlage benutzte, hatte die Feuchtigkeit des Urwaldbodens nicht abhalten können. Seine Kleidung war klamm und klebte auf der Haut. Der Brustpanzer, den er selbst während des Schlafs nicht ausgezogen hatte, kühlte ihn zusätzlich aus. Er sehnte sich nach einer heißen Dusche und einer dampfenden Tasse Kaffee.

Er ließ seinen Blick durch die Nacht schweifen. Irgendwo, verborgen hinter unzähligen Baumstämmen, Büschen und Farnen, schien ein Feuer zu brennen. Der schwache, orangerote Schimmer war mehr zu erahnen als tatsächlich zu erkennen, schon gar nicht vermochte er, Johns Umgebung zu erhellen.

Er fragte sich, wie viel Zeit seit dem Anden-Abstieg wohl vergangen war, wo genau die Expedition sich befand und wie viele Verluste sie inzwischen hatte hinnehmen müssen. Ganz automatisch kam John auch die Frage in den Sinn, ob die namenlose Indio-Frau noch am Leben war und wie es ihr wohl erging.

Ein gutes Stück hinter ihm raschelte etwas. Er fuhr herum, versuchte, den Wald mit Blicken zu durchdringen, konnte jedoch nichts erkennen. In dieser Richtung war der Dschungel nur eine pechschwarze Wand, hinter der sich buchstäblich alles verbergen konnte.

Wieder das Rascheln, diesmal näher, höchstens zehn Meter entfernt. John hielt instinktiv den Atem an, rührte sich nicht. War das ein Mensch? Ein Teilnehmer der Expedition, der aufgewacht war und seine Blase entleeren musste? Oder hatte sich ein Tier hierher verirrt?

»Pst! Wer ist da?« Obwohl er flüsterte, kam ihm seine Stimme unpassend laut vor. Er lauschte in die Nacht, erhielt aber keine Antwort. Allmählich begann er, nervös zu werden. Seine Hand tastete nach seinem Schwertknauf, und obwohl er nicht besonders viel Übung im Umgang mit der Waffe hatte, geschweige denn ein Ziel erkennen konnte, durchströmte ihn ein beruhigendes Gefühl.

Noch bevor er das Schwert ziehen konnte, hörte er das Rascheln jedoch erneut, diesmal unmittelbar hinter sich. Im selben Moment packten ihn zwei derbe Pranken am Hals und rissen ihn von den Beinen. Er fiel rückwärts durch die Finsternis, prallte hart gegen den Boden, rang nach Luft. Etwas Großes, Schweres wälzte sich auf ihn und schlug ihm gegen das Kinn, so hart, dass hinter Johns Augäpfeln bunte Ringe zu tanzen begannen. Benommen versuchte er, die Zentnerlast von sich zu stemmen – erfolglos. Nasses, nach Moder riechendes Haar berührte sein Gesicht, und der Gestank sauren Atems stieg ihm in die Nase. »Ich habe es Euch schon einmal gesagt«, zischte eine Stimme. »Ich dulde es nicht, dass jemand während seiner Wache schläft. Das Leben zu vieler Menschen steht auf dem Spiel.« Ein weiterer Schlag ins Gesicht. »Lasst Euch das eine Lehre sein, Ortega! Das nächste Mal kommt Ihr nicht mehr so ungeschoren davon! Und jetzt seht zu, dass Ihr das Feuer wieder in Gang bekommt!«

Die Dunkelheit ließ es nicht zu, ein Gesicht zu erkennen, aber es war unverkennbar Jorge La Roqua. John wollte etwas erwidern, brachte jedoch vor Schmerz keinen Ton heraus.

Der Spanier wälzte sich von ihm und verschwand wieder in der Nacht. Gott allein wusste, wie er sich in der Finsternis orientieren konnte. Das Rascheln des Laubs wurde zusehends leiser und verstummte schließlich ganz.

Johns Unterkiefer glühte. Er betastete die schmerzende Stelle, aber sie blutete nicht. Soweit er es beurteilen konnte, war auch nichts gebrochen. Jorge La Roqua hatte ihm offenbar nur Angst einjagen wollen.

Der Morgen dämmerte. Vor dem grauen, wolkenverhangenen Himmel zeichneten sich die Kronen der Bäume als filigrane Muster ab – der Wald nahm allmählich Gestalt an. Was zuvor vom Mantel der Nacht umhüllt gewesen war, gewann jetzt an Kontur. Urwaldriesen mit ausladenden Brettwurzeln ragten weit in die Höhe, kleinere Bäume füllten die freien Plätze zwischen ihnen und ließen den Wald zu einem einzigen gigantischen Blättergeflecht verschmelzen. Schlingpflanzen rankten sich an den Stämmen empor. Lianen, dick wie Schiffstaue, hingen lose zwischen den Ästen, dicht überwuchert von fetzenartigen Moosteppichen. Und inmitten dieser urtümlichen, märchenhaften Landschaft standen die Nebelschwaden, schwerelos, wie Skulpturen aus weißer Seide. Ein Bild wie vor Millionen von Jahren – kraftvoll und erhaben, aber auch mystisch und unheimlich.

John saß auf einem umgefallenen Baumstamm und versuchte, die Müdigkeit zu ignorieren, die ihm in jedem Knochen steckte. Gegen die kriechende Kälte der Nacht hatte er sich zwei Pferdedecken über die Schultern gelegt. Neben ihm kokelte das heruntergebrannte Feuer. Wie lange er schon hier saß und Wache hielt, konnte er nicht sagen. Jorge La Roquas Drohung zum Trotz war er beim Wacheschieben mehrmals eingenickt.

Ein heiseres Kichern ließ ihn vollends aufwachen, es klang wie das Lachen eines Irren. John schreckte auf und sah sich um. Dicht hinter ihm stand Félipe Fuentes, das Wiesel, der es sich offenbar zur Aufgabe gemacht hatte, stets in seiner Nähe zu bleiben. Auch wenn er ein komischer Kauz war, hatte John nichts dagegen. Er empfand es sogar als beruhigend, denn Fuentes schien es gut mit ihm zu meinen. In dieser fremdartigen Welt so etwas wie einen Freund an der Seite zu wissen, gab John das Gefühl von Sicherheit.

»La Roqua hat Euch letzte Nacht ganz schön rangenommen, was?«, kicherte Fuentes, während er ungeniert gegen einen Baum pinkelte. Scheinbar hatte er die Auseinandersetzung mitbekommen. »Aber im Grunde ist seine Reaktion nicht allzu verwunderlich, wenn man bedenkt, wie Ihr ihn gedemütigt habt.«

»Gedemütigt?«

»Oh süße Eitelkeit! Spielt nicht das Unschuldslamm! Ihr wisst genau, wovon ich rede. Als Ihr ihn am Bergabhang aus dem Sattel holtet – das war mehr, als unser Hauptmann vertragen kann. Ich bin sicher, er hätte Euch längst umgebracht, wenn Don Pizarro es ihm nicht ausdrücklich untersagt hätte. Ihr könnt von Glück sagen, dass Ihr keiner von unseren Leuten seid, sondern ein Abgesandter Orellanas. Pizarro will es sich mit seinem Cousin wohl nicht verscherzen, weshalb Ihr unter seiner besonderen Obhut steht – zumindest so lange, bis Orellana endlich zu uns stößt. Falls er das überhaupt jemals tut.«

Dass Francisco de Orellana die Expedition noch nicht eingeholt hatte, gab John eine ungefähre Vorstellung davon, wo sie sich momentan befanden: irgendwo zwischen dem Fuß der Anden im Westen und dem Lauf des Rio Coca im Osten. Also hatten sie den Dschungel gerade erst betreten. Der Zwischenfall mit Jorge La Roqua konnte nicht länger als ein paar Tage zurückliegen.

»Was ist mit dem verletzten Lama-Führer geschehen?«, fragte John.

»Na, was wohl?«

»Er ist tot?«

»Das will ich für ihn hoffen, sonst würde er noch immer am Berg dahinvegetieren.« Fuentes sah John lange und eindringlich an. »Um Euch mache ich mir allerdings weit ernsthaftere Sorgen«, fuhr er schließlich fort. »Mit Eurem Gedächtnis scheint es noch immer nicht besser geworden zu sein. Tut mir einen Gefallen, und lasst Euch den Kopf untersuchen, wenn wir wieder in Quito sind.«

John erwiderte darauf nichts.

Mit der anbrechenden Morgendämmerung erwachte auch der Rest des Zuges allmählich zum Leben. Indios und Spanier erhoben sich von ihren Schlafstätten, vertraten sich die Beine und verstauten ihre wenigen Habseligkeiten für die weitere Reise. Die Feuerstellen wurden gelöscht, die Lasttiere neu bepackt und die Pferde gesattelt. Binnen kürzester Zeit waren sämtliche Vorbereitungen für den Abmarsch getroffen. John staunte nicht wenig, wie reibungslos alle Mitglieder des Trosses Hand in Hand arbeiteten. Er selbst kam sich in dem emsigen Treiben seltsam überflüssig vor, weil er nicht wusste, wo er mit anfassen sollte. Also versuchte er wenigstens, den Schein zu wahren, und tat so, als sei er äußerst beschäftigt. Niemandem fiel auf, dass er sich kaum nützlich machte.

Noch bevor die Morgensonne den Frühnebel vertrieben hatte, setzte sich der Zug in Bewegung. Still lag der Wald vor ihnen, als habe er sich in der Nacht auf ewig zur Ruhe gebettet. Ein schlafendes Stück Natur, unberührt und kraftvoll in seiner natürlichen Pracht wie zu Anbeginn der Zeit. Vereinzelt war das wehklagende Seufzen der Brüllaffen zu hören.

Mit Beilen und Macheten schlug der Tross sich eine Schneise durch den Wald. Die strenge Marschordnung von Quito galt längst nicht mehr. Reiter, Fußsoldaten und indianische Träger hatten sich zu kleinen Grüppchen formiert und reihten sich in zufälliger Abfolge aneinander wie unterschiedliche Perlen an einer Schnur. Das Ganze wirkte wesentlich disziplinloser als vorher, aber auch weitaus sympathischer. Der Urwald ließ die Menschen näher zusammenrücken, machte sie, wenn schon nicht gleich, so doch wenigstens ein kleines bisschen gleicher. Nur die Schweine und Lamas bildeten nach wie vor das Schlusslicht, weil sie eine breite Spur aus Fäkalien hinter sich herzogen, die niemand durchwaten wollte.

Je tiefer sie in den Urwald eindrangen, desto mehr überkam John das Gefühl, in eine fremde, andersartige Welt vorzustoßen. Vor Jahren hatte er einen Abenteuerurlaub im südamerikanischen Regenwald verbracht, im Manu-Nationalpark, doch heute präsentierte sich ihm ein komplett anderes Bild. Bäume, Sträucher und Farne – alles sah viel derber aus als in seiner Erinnerung, als habe jemand ein Bild mit einem zu dicken Pinsel gemalt. Die Blätter und Blüten der zahlreichen Bromelien und Orchideen wirkten weniger filigran, ihr Farbenspiel nicht ganz so leuchtend. Wohin John auch blickte, dieser Wald war rudimentärer, detailärmer. Archaischer. Und dadurch umso faszinierender. Diese Reise zog ihn stärker in ihren Bann, als er es je für möglich gehalten hätte. Sie verdiente die Bezeichnung Abenteuer mehr als jede andere von Johns Urlaubsaktivitäten. Vom Reichtum verwöhnt, doch vom Leben gelangweilt, hatte er jahrelang die waghalsigsten Herausforderungen gesucht, aber im Vergleich zu dieser Zeitreise versanken sie in der absoluten Bedeutungslosigkeit. Selbst Caldwell Island wirkte daneben beinahe fade, wie ein bemühter, aber billiger Abklatsch des echten Lebens.

Während er weiter über die Möglichkeiten nachdachte, die Gordons Zeitmaschine bot, folgte er dem Tross immer tiefer in den Wald hinein, in eine Welt, die nie zuvor ein Europäer gesehen hatte. Eine Welt, um die sich unzählige Legenden rankten. Eine Welt voller Überraschungen.

Der Dschungel veränderte sich, je weiter der Tross nach Osten vorstieß. Es war erstaunlich, ja geradezu unheimlich, wie schnell das Antlitz des Waldes sich wandelte. Beinahe im Minutentakt entdeckte John etwas Neues. Hätte er es nicht besser gewusst, hätte er vermutet, dass irgendeine höhere Macht, die es darauf anlegte, ihn gleichermaßen zu verwirren wie zu beeindrucken, ihre Finger im Spiel hatte. Falls die anderen Teilnehmer des Zuges ähnlich dachten, ließen sie es sich zumindest nicht anmerken.

Nicht nur die Art des Pflanzenbewuchses änderte sich, auch Leuchtkraft und Facettenreichtum der Blüten und Blätter nahmen deutlich zu. Was beim morgendlichen Abmarsch noch grobflächig und derb gewirkt hatte, gewann zunehmend an Farbe, Struktur und Kontrast. John kam es vor, als käme er dem Garten Eden mit jedem Schritt ein wenig näher.

Allerdings wurde das paradiesische Flair schon bald wieder von Sorgen vertrieben, denn je weiter sie in den Wald vorstießen, desto klarer wurde John, dass seine dritte Etappe längst hätte beendet sein müssen. Zunächst mahnte er sich zur Geduld. Die ersten zwei Etappen hatten seinem Gefühl nach ebenfalls länger als drei Stunden gedauert, aber beide Male hatte der Zeitsprung schließlich stattgefunden. In dieser fremdartigen Umgebung schien die Zeit einfach viel langsamer zu verstreichen, vermutlich, weil alles neu und ungewohnt war. Doch als der Zug anhielt, um Mittagsrast zu machen, gab es keinen Zweifel mehr: Auf dieser dritten Etappe lief tatsächlich etwas schief!

Die Beunruhigung nahm zu, als John instinktiv nach seiner Halskette tastete und feststellte, dass er sie nicht mehr um den Hals trug. Die Erinnerung durchzuckte ihn wie ein Blitzschlag: Beim Kampf mit Jorge La Roqua hatte er die Kette verloren! Jetzt lag das rettende Kruzifix irgendwo am Abhang der Kordilleren.

John bildete sich ein, normalerweise nicht der Typ Mensch zu sein, der schnell in Panik geriet, doch diese Situation war nicht normal. Der nächste Zeitsprung ließ aus unbekanntem Grund auf sich warten – wie lange, war völlig offen. Der Computerchip in seinem Unterarm half ihm nicht weiter, denn der reagierte nur auf extreme Veränderungen der Körperwerte – falls er überhaupt funktionierte, denn nach seinem Kampf mit Jorge La Roqua am Berghang war John sich da nicht mehr so sicher. Und durch den Verlust der Kette hatte er nun keine Möglichkeit mehr, seine Heimkehr willentlich herbeizuführen.

Er war ein Gefangener der Zeit!

Die Ungewissheit nahm John so gefangen, dass seine Gedanken bald nur noch um die Frage kreisten, wie es nun weitergehen solle. Nie zuvor hatte er sich in einer Situation befunden, in der er einfach nur abwarten und tatenlos auf eine glückliche Schicksalsfügung hoffen konnte. Wie sollte er sich ausgerechnet jetzt damit abfinden?

Er schauderte. Mechanisch half er beim Versorgen der Tiere. Anschließend holte er sich ebenso mechanisch seine Essensration ab, einen undefinierbaren pampigen Brei ohne Geschmack.

Erst der Anblick der Indio-Frau brachte John wieder auf andere Gedanken. Während er an einem Baumstamm lehnte und lustlos seinen Brei löffelte, nahm er sie zum erstenmal an diesem Tag bewusst wahr. Sie hatte ihre karge Mahlzeit bereits beendet und war gerade dabei, Hände und Gesicht in einer Pfütze zu waschen. Angesichts der Dschungeltemperaturen trug sie keinen dicken Wollponcho mehr, sondern ein schlichtes Kleid aus braunem Leinen, das bereits ziemlich zerschlissen und verschmutzt war. Dennoch fand John sie darin wunderschön und zugegebenermaßen auch überaus reizvoll.

Sie wischte sich mit den Händen das Wasser aus dem Gesicht

und rieb es sich mit dem Kleid trocken. Als sie aufsah, begegneten sich ihre Blicke. Einen Moment lang zögerte sie unschlüssig, als müsse sie sich erst darüber klar werden, ob sie es angenehm oder unangenehm fand, heimlich beobachtet zu werden. Dann schenkte sie John jedoch ein herzliches Lächeln und kam sogar zu ihm herüber, womit sie es tatsächlich schaffte, ihn seinen Sorgen zu entreißen, zumindest vorübergehend.

Mit scheinbar schwerelosen Schritten kam sie näher, eine in Lumpen gehüllte Nymphe, das perfekte Zusammenspiel von Schlichtheit und Anmut. John verschlug es beinahe den Atem. Er steckte den Löffel in den klumpigen Breihaufen in seiner Schüssel, wischte sich den Mund ab und richtete sich auf, während sie sich zu ihm gesellte.

»Ich hatte noch keine Gelegenheit, Euch zu danken, Herr«, sagte sie mit einem betörenden Akzent. »Das möchte ich gerne nachholen. Ihr habt versucht, meinen Bruder zu retten. Es war sehr mutig von Euch, Euch gegen Euren eigenen Hauptmann zu stellen. Ihr habt Euer Leben für das eines Fremden aufs Spiel gesetzt, noch dazu für das eines einfachen Lamaführers. Niemand in diesem Zug besitzt mehr Herz als Ihr.«

Johns erste Reaktion war, abzuwinken und die Angelegenheit herunterzuspielen, doch er spürte, dass die Frau das nicht hören wollte. »Ich bedauere nur, dass mein Einsatz sich nicht gelohnt hat«, sagte er.

»Es ist nicht immer nur das Ergebnis, das zählt«, entgegnete sie. »Ihr habt in guter Absicht gehandelt, das ist für mich das Wichtigste.«

John lächelte. »Wie heißt du?«, fragte er.

»Neya.«

»Neya«, wiederholte John. »Das klingt sehr schön. Mein Name ist …«

»Ich weiß, wie Ihr heißt«, sagte die Frau. Dabei berührte sie ihn sanft, beinahe zärtlich am Arm. John spürte eine angenehme Wärme durch seinen Körper strömen. Gleichzeitig meldete sich jedoch auch sein schlechtes Gewissen: Was sich hier zu entwickeln begann, durfte nicht sein, mochte ein Teil von ihm es sich noch so sehr wünschen. Immerhin war er verheiratet, wenn auch in einer anderen, für ihn derzeit unerreichbaren Welt. Außerdem ergaben sich durch alles, was er hier tat, Konsequenzen für die Nachwelt. Wie würde sich der Lauf der Geschichte – und damit seine Gegenwart – verändern, wenn er tatsächlich eine Bindung zu diesem Indio-Mädchen einginge? Nein, er durfte die gegenseitige Zuneigung nicht weiter wachsen lassen, auch wenn er dadurch Neya und sich selbst wehtun würde.

Noch während er nach den richtigen Worten suchte, ertönte eine Stimme: »Fertigmachen zum Weitermarsch! Wir brechen wieder auf!« Kurz darauf tauchten aus dem Halbschatten des Urwalds drei Reiter auf: Jorge La Roqua, flankiert von zweien seiner Gefolgsleute. Neben ihrem bulligen Hauptmann sahen die beiden anderen Soldaten beinahe wie Hänflinge aus. Dennoch loderte auch ihn ihrem Blick der pure Fanatismus.

Als La Roqua John erkannte, wies er seine Helfer an, den Zug weiter abzureiten und dafür zu sorgen, dass alle Vorkehrungen für die Weiterreise getroffen wurden. Er selbst gab seinem Pferd die Sporen und ritt auf John zu. Seine ohnehin ernste Miene erstarrte zu eisiger Kälte, als er sah, dass Neyas Hand auf Johns Arm lag. Damit hatte er offenbar nicht gerechnet. Obwohl sein Gesicht wie eine Maske aus Stein wirkte, konnte John erkennen, wie es hinter der Fassade arbeitete. Wie La Roqua damit kämpfte, über die unerwartete Situation Herr zu werden. Schließlich schien ihm die geeignete Idee zu kommen. Über die offensichtliche Turtelei, die sich vor seinen Augen abspielte, verlor er kein Wort. Er schnaubte nur: »Ortega! Ihr übernehmt ab sofort die Nachhut!« Dann riss er die Zügel herum und ritt davon.

Was wie ein bescheidener Versuch erschienen war, John und Neya zumindest räumlich voneinander zu trennen, entpuppte sich als harte Strafe. Zwar vermied John das Minenfeld aus Lama- und Schweinekot, indem er etwas abseits des durch den Zug verursachten Trampelpfads ging, doch dem widerwärtigen Gestank konnte er nicht entkommen. Außerdem war das Vorankommen am Rand des Pfads deutlich beschwerlicher. Schon bald taten John vom Schwingen der Machete die Arme weh.

Noch mehr machte ihm die Isolation zu schaffen. Bislang hatte ihm die Gruppe trotz ungewohnter Umgebung ein Mindestmaß an Geborgenheit gegeben. Als Nachzügler kam er sich jedoch einsam vor. Verwundbar. Wie ein von der Herde ausgeschlossenes Tier und damit leichte Beute für die gierigen Mäuler des Waldes. Darüber wollte er lieber gar nicht so genau nachdenken.

Wenigstens war John nicht vollkommen allein. In Sichtweite befanden sich ein paar Schweinetreiber, außerdem leistete John ein Konquistador namens Hernán Gutiérrez de Celis Gesellschaft, der beim Glücksspiel verloren und im Glauben, betrogen worden zu sein, eine Schlägerei begonnen hatte. Für ihn war die Einteilung zur Nachhut ebenfalls als Strafe gedacht.

Nach Johns Schätzung war Hernán Gutiérrez noch keine fünfundzwanzig Jahre alt, auch wenn er den Eindruck eines alten Haudegens erweckte. Er maß nur etwa 1,65 Meter, war jedoch bei guter Kondition, nicht muskulös, sondern eher der drahtige Typ. Sein Blick wirkte ruhig, aber entschlossen, sein dunkles Haar hatte er nach hinten zu einem kurzen, stummeligen Pferdeschwanz zusammengebunden. Der Helm baumelte locker an seiner Hüfte.

Trotz seines eher unscheinbaren Äußeren war Hernán Gutiérrez etwas ganz Besonderes: Er war der erste gewöhnliche Soldat, den John auf dieser Reise kennenlernte, dessen Existenz historisch verbürgt war. Jorge La Roqua, Félipe Fuentes, Cristobal Loco Teixeiro, Pedro Colvedo – diese Namen hatte er nie zuvor gehört. Mit Hernán Gutiérrez war es etwas anderes. Während John mit ihm ein belangloses Gespräch begann, versuchte er sich an die entsprechende Passage seiner Doktorarbeit zu erinnern. Gutiérrez … Hernán Gutiérrez … In welchem Zusammenhang war dieser Name gefallen?

John fiel auf, dass der Spanier nicht nur – wie er selbst – eine Armbrust auf dem Rücken trug, sondern zusätzlich eine Art Gewehr geschultert hatte: einen gedrungenen, hölzernen Schaft, in den ein ebenso gedrungen wirkender sechseckiger Metalllauf eingelassen und mithilfe zweier Eisenmanschetten fixiert worden war. Am Ende des Laufs stand ein beachtlicher Zacken von gut drei bis vier Zentimetern Länge ab, der dazu diente, die schwere Waffe abzustützen und somit für mehr Stabilität beim Schuss zu sorgen. Dieses dornartigen Fortsatzes wegen wurde die Waffe als Hakenbüchse oder – die holländische Version – als Arkebuse bezeichnet. Hernán Gutiérrez war Hakenbüchsenschütze.

Jetzt fiel John auch wieder ein, welche Rolle der spanische Soldat bei der Eroberung des Amazonas spielte: Gutiérrez würde sich im Kampf auszeichnen, in einer kriegerischen Auseinandersetzung mit dem wohl mächtigsten indianischen Häuptling seiner Zeit – Machiparo. Nach und nach erinnerte John sich nun an weitere Einzelheiten. Die Konfrontation mit den Eingeborenen würde erst im späteren Verlauf der Reise stattfinden, im Mai des

Jahres 1542, nach rund einem Drittel der gesamten Durchquerung des Amazonas-Beckens. Momentan befand sich der Zug noch am Fuß der Anden, nicht einmal zweihundert Kilometer von Quito entfernt. Bis sie das Einflussgebiet von Machiparo erreichten, würden noch Monate vergehen.

Dem Verlauf des Kampfs zwischen Spaniern und Eingeborenen hatte John in seiner Doktorarbeit mehrere Seiten gewidmet. Dort, wo der Rio Juruá in den Amazonas mündet, verfügte Machiparo über ein Heer von 50 000 Kriegern. Wie viele davon sich den Spaniern – zu jenem Zeitpunkt nur noch 60 an der Zahl – entgegenstellten, war nicht überliefert. Auf jeden Fall handelte es sich um eine erdrückende Übermacht. Der Kampf dauerte mehrere Tage, und die Lage der Spanier spitzte sich immer mehr zu. Erst als es Hernán Gutiérrez gelang, einen Unterhäuptling mit seiner Hakenbüchse niederzustrecken, zogen die Indianer sich zurück, und die Konquistadoren konnten weiterziehen.

Die Überlieferung dieser Heldentat war für John hochinteressant. Gutiérrez würde die Reise zumindest bis zum Mai des kommenden Jahres unbeschadet überstehen. Es schien John daher ratsam, sich den Spanier zum Freund zu machen und sich künftig verstärkt in dessen Nähe aufzuhalten. Zwar mochte Gutiérrez keine Überlebensgarantie sein, ihn an der Seite zu wissen war aber auf jeden Fall beruhigend. Er gab John neue Zuversicht, und die konnte er wahrlich brauchen, denn während er dem Tross immer tiefer in den Wald hinein folgte, holte ihn die Ungewissheit wieder ein: Seine Reise verlief nicht wie geplant. Aus irgendeinem Grund gab es Komplikationen – der ausstehende Zeitsprung war überfällig. John hatte keine Ahnung, wie es nun weitergehen sollte.

»Was werdet Ihr mit all dem Geld machen?«, fragte Hérnan Gutiérrez gerade.

John gestand sich ein, dass er, vertieft in seine Gedanken, den Anschluss an das Gespräch verpasst hatte. »Geld?«, wiederholte er.

»Ja. Oder wollt Ihr nicht mit mir darüber reden? Ich für meinen Teil finde es jedenfalls herrlich, mir auszumalen, was ich mir von meinem Anteil alles leisten können werde.«

John begriff. Gutiérrez sprach von dem Reichtum, den die Konquistadoren im Dschungel zu finden hofften. »Ich habe mir über meinen Anteil noch keine Gedanken gemacht«, sagte er.

»Ich dafür umso mehr!« Gutiérrez lachte auf. »Ich mache mir *täglich* Gedanken darüber – seit ich den Hafen von Barcelona verlassen habe. Was glaubt Ihr, werden wir zuerst entdecken? La Canela oder Eldorado? Die Zimtwälder oder das Gold?«

»Ich weiß es nicht.« Es war eine Lüge, aber was hätte er dem Spanier sagen sollen? Dass in diesem Wald weder das eine noch das andere verborgen lag? Dass beides zwar hübsche Legenden waren, aber jeglicher Wahrheit entbehrten?

Gutiérrez sinnierte weiter: »Ich glaube, wir werden als Erstes auf Eldorado stoßen. Wisst Ihr, was die Träger sich erzählen? Dass Eldorado das Reich eines Halbgottes ist, der allmorgendlich mit Goldstaub eingepudert wird und abends in einem See aus flüssigem Gold badet. Verrückt, nicht wahr?«

John pflichtete ihm bei. »Die Frage ist nur, ob dieser See ausgerechnet in diesem Urwald liegt«, gab er zu bedenken.

Der Spanier ließ sich seinen Optimismus nicht nehmen. »Der See befindet sich genau in der Mitte des Waldes!«, sagte er mit überzeugter Stimme. »Ich habe ihn auf der Karte gesehen, die Don Pizarro mit sich führt. Der Parime Lacus, beinahe so groß wie ein Ozean. Wir können ihn gar nicht verfehlen! An seinem Ufer liegt Manoa, die Hauptstadt von Eldorado. Wir werden die Stadt belagern, sie erobern und uns an ihren Schätzen bereichern. Es ist nur eine Frage der Zeit.«

John verzichtete darauf, die Frage zu stellen, woher Pizarros Kartografen die Lage des Sees und dessen Größe so genau kannten, wo doch noch nie ein Europäer diesen Wald durchquert hatte. Auf den Karten jener Zeit vermischten sich geografische Realitäten allzu oft mit Mystik und purer Unwissenheit, woraus meist höchst illustre Kunstwerke hervorgingen. So war es im sechzehnten Jahrhundert gang und gäbe, ins Zentrum des südamerikanischen Kontinents den von Hernán Gutiérrez erwähnten See einzuzeichnen. *Parime Lacus* – den Parime-See. Von seiner Ausdehnung her vergleichbar mit dem Kaspischen Meer, handelte es sich jedoch nur um einen Fabelsee, weshalb die spanischen Konquistadoren weder ihn noch Manao oder Eldorado jemals finden würden. Dennoch dauerte es ganze zwei Jahrhunderte, bis der Parime-See endgültig von den Karten verschwand.

Eldorado! John seufzte innerlich auf. Diese Legende beflügelte die Fantasie. Es gab Dutzende von Versionen, wo sich das sagenumwobene Goldland befindet, eine angeblich zuverlässiger als die andere. Und wie viele Glücksritter waren dem Lockruf des Goldes gefolgt? Nicht nur hierher, ins Amazonas-Becken, sondern auch an all die anderen Orte, an denen die sagenhaften Reichtümer vermutet wurden. Allein im Jahr 1541 starteten zwei weitere Südamerika-Expeditionen, um Eldorado aufzuspüren. In der zweiten Hälfte des sechzehnten Jahrhunderts konzentrierten sich die Hoffnungen dann auf eine Region unweit von Bogotá, wo der Spanier Antonio de Sepúlveda durch Aufsehen erregende Goldfunde am Ufer des Guatavita-Sees von sich reden machte. Dort hatten die Muisca-Indianer über Jahrhunderte hinweg Goldobjekte und Smaragde als Gabe für die

Götter im Wasser versenkt. Um die Schätze des vierzig Meter tiefen Sees zu bergen, begann Sepúlveda sogar mit dessen Trockenlegung. Achttausend Indianersklaven schlugen eine tiefe, noch heute sichtbare Kerbe in den Ufersaum, um den See zu entwässern. Tatsächlich gelang es, den Wasserspiegel um zwanzig Meter zu senken und große Mengen von Schmuck aus dem Schlamm zu holen.

Der Guatavita-See hatte wenigstens einen Teil seiner Reichtümer preisgegeben und die aufwendige Schatzsuche dadurch in gewisser Weise gerechtfertigt. Doch im Herzen Amazoniens – in dem Gebiet, das Gonzalo Pizarro durchstreifen wollte – gab es nichts Vergleichbares. Keine Goldstadt. Keine üppigen Zimtvorkommen. Kein Land, das es in irgendeiner Art und Weise wert war, für die spanische Krone in Besitz genommen zu werden. Niemand würde durch diese Expedition reich und kaum einer berühmt werden. Es war nichts weiter als eine Reise ins Verderben, die John als begeisterter Historiker nur deshalb interessant fand, weil eine kleine Gruppe von Konquistadoren es trotz aller Widrigkeiten schaffte, den kompletten Kontinent zu durchqueren – als erste Europäer überhaupt.

Während Gutiérrez weiter vor sich hinspann, welchen Luxus er sich von seinem Anteil leisten würde, bemerkte John, dass sie ein gutes Stück hinter den Zug zurückgefallen waren. Zwar hörte er noch das Quieken und Grunzen der Schweine, aber sehen konnte er sie nicht mehr. Das vor ihnen liegende Dickicht hatte den Tross komplett verschluckt.

Das Gefühl der Isolation verstärkte sich. Ob Hernán Gutiérrez nun in Johns Nähe war oder nicht – er wollte so schnell wie möglich wieder zum Rest des Zuges aufschließen. Bevor er seinen Vorsatz jedoch in die Tat umsetzen konnte, hörte er hinter sich ein Geräusch – das Knacken eines morschen Astes. Augenblicklich blieb John stehen und drehte sich um. Wieder ein Knacken. Dann war alles wieder ruhig.

»Habt Ihr das gehört?«, raunte er Gutiérrez zu, der ebenfalls Halt gemacht hatte und reglos in die Richtung starrte, aus der sie gekommen waren.

»Gewiss.«

»Glaubt Ihr, wir werden verfolgt?«

»Es würde mich zumindest nicht wundern.« Über die Lippen des Spaniers kam kaum mehr als ein Flüstern. »Wir befinden uns im Gebiet der Jívaro – Krieger, die ihren Gegnern die Köpfe abschneiden, um sie an Lederbändern um den Hals zu tragen. Das hat einer der Führer erzählt.«

Die Jívaro waren ein berüchtigtes Kopfjägervolk, das wusste John. Aber er war der Meinung gewesen, ihr Gebiet würde erst viel weiter östlich beginnen. Er konnte sich auch nicht entsinnen, von einer kriegerischen Auseinandersetzung zu einem derart frühen Zeitpunkt der Reise gelesen zu haben. Doch sein akademisches Wissen half ihm nicht über die Angst hinweg, die ihn in diesem Moment packte. Sein Hals fühlte sich rau und trocken an, sein Magen verkrampfte sich. Wieder wurde ihm bewusst, dass die dritte Etappe seiner Reise eigentlich längst hätte vorbei sein müssen. Er befand sich außerhalb des Erfahrungshorizonts von Gordon Cox und dessen Team. Auch außerhalb dessen, was er sich im Rahmen seiner Doktorarbeit angelesen hatte. Genau das machte es so schwer, die Gefährlichkeit der Situation einzuschätzen. Vielleicht waren die Jívaro ihnen tatsächlich auf den Fersen. Vielleicht würden sie schon in den nächsten Minuten einen blutigen Angriff starten, der aus unbekanntem Grund nie in die Annalen der Konquista eingegangen war. Vielleicht hatte aber auch nur ein Affe oder ein anderes wildes Tier das Geräusch verursacht. Oder es war ganz einfach ein morscher

Ast von einem Baum abgefallen. Es gab viele harmlose Erklärungen für das Geräusch. Aber eine innere Stimme sagte John, dass sie *verfolgt* wurden. Instinktiv suchte er Deckung hinter einem Baumstamm. Hernán Gutiérrez tat es ihm gleich.

»Was sollen wir tun?«, flüsterte John. »Alarm schlagen?«

Der Spanier blieb die Antwort schuldig. Stattdessen starrte er auf das grüne Dickicht aus Blättern und Zweigen, gerade so, als sei er durch pure Konzentration in der Lage, es mit Blicken zu durchdringen. Gleichzeitig nahm er mit einer geübten Bewegung die Armbrust vom Rücken.

»Weshalb benutzt Ihr nicht Eure Arkebuse?«, zischte John. »Damit könnten wir ein ganzes Heer von Wilden in die Flucht schlagen.«

»Wie soll das funktionieren – ohne Feuer?« Die Antwort kam leise, aber scharf. Auch Gutiérrez' Nerven waren bis zum Zerreißen gespannt.

John erinnerte sich, dass die Gewehre dieser Zeit nicht grundlos als *Feuerwaffen* bezeichnet wurden. Ohne ein Gluteisen oder ein glimmendes Kohlestück waren sie allenfalls als Keulen zu gebrauchen.

John zwang sich, der Realität ins Auge zu sehen. Falls es zum Kampf kam, musste er sich verteidigen. Zwar kannte er den Umgang mit der Armbrust nur durch die Schießübungen auf Caldwell Island, doch eben diese spielerischen Fertigkeiten kamen ihm jetzt zugute. Er setzte die Spitze der Armbrust auf dem Boden ab, trat mit der Stiefelspitze in den am Bogen befestigten Steigbügel und fing mit einem an seinem Ledergürtel befestigten Haken die Sehnenmitte auf. Durch Aufrichten seines Körpers spannte John den Bogen, bis die Sehne in die Kerbe der sogenannten Nuss einrastete. Anschließend zog er aus dem ledernen Köcher an seiner Hüfte einen Bolzen, legte ihn ein und zielte an seinem Baumstamm vorbei auf den dichten Vorhang aus Blättern und Zweigen. Die Waffe wog schwer in seiner Hand. Bereits nach einer Minute spürte John, wie sein Arm zu zittern begann.

Wieder ein Geräusch, diesmal näher. Nein – nicht nur *ein* Geräusch. *Mehrere* Geräusche. Also kein abgebrochener Ast und kein Tier. Höchstens ein ganzes Rudel von Tieren. Oder aber – und das schien ihm wahrscheinlicher – eine Gruppe Jívaro.

Ich werde die nächste Stunde nicht überleben, schoss es ihm durch den Kopf. Ich werde in diesem Wald sterben!

Er verfluchte sich dafür, dass er so dumm gewesen war, an Gordons Experiment teilzunehmen. Verdammte Neugier! Verdammte Abenteuerlust! Welcher Teufel hatte ihn geritten, sich auf eine Zeitreise einzulassen, noch dazu mittels einer Technologie, die sich erst im Entwicklungsstadium befand? Doch für Reue war es zu spät. Alles, was er jetzt noch tun konnte, war, die anderen Expeditionsteilnehmer zu warnen und anschließend bis zum letzten Blutstropfen zu kämpfen.

Ohne weiter darüber nachzudenken, begann John draufloszubrüllen so laut er konnte. Gleichzeitig drückte er den Abzug der Armbrust durch. Surrend schnellte der Bolzen davon, um irgendwo zwischen Blättern und Zweigen zu verschwinden. Ein Aufschrei ertönte, aber John achtete kaum darauf. Er war viel zu sehr damit beschäftigt, seine Armbrust erneut zu spannen und den nächsten Schuss vorzubereiten. Noch immer brüllte er aus Leibeskräften.

»Seid Ihr von Sinnen? Stellt Euer Geschrei ein! Und hört sofort auf zu schießen, oder wollt Ihr uns umbringen?« Die Stimme – kräftig und befehlsgewohnt – kam unmittelbar aus dem Dickicht vor John. Er erstarrte und senkte die Waffe. Vor seinen Augen schob sich das Laub auseinander, und hervor trat ein hagerer Mann mit Spitzbart, der ein Pferd an der Leine führte – ganz offensichtlich ebenfalls ein Konquistador. Im Gegensatz zu den einfachen Soldaten, die er im Schlepptau hatte, war sein Brustharnisch reichlich mit Ornamenten verziert, und sein Haupt war eingebettet in eine mächtige Halskrause. Obwohl John dem Mann noch nie begegnet war, erkannte er ihn sofort. Auf zeitgenössischen Darstellungen hatte er ihn oft genug gesehen. Es handelte sich um keinen Geringeren als Francisco de Orellana, Gonzalo Pizarros Cousin, der dem Expeditionstross in einem Gewaltmarsch bis hierher gefolgt war, um ihn zu verstärken.

»Wart Ihr es, der so gebrüllt hat, Ortega?«, schnauzte Orellana und reckte sein bärtiges Kinn in Johns Richtung.

Im ersten Moment wunderte John sich, woher Orellana seinen Namen kannte, doch dann erinnerte er sich, dass der Spanier ihn als Abgesandten nach Quito vorausgeschickt hatte.

»Was ist? Hat es Euch die Sprache verschlagen?«, hakte Orellana nach. »Antwortet gefälligst, wenn ich Euch etwas frage. Habt *Ihr* so laut geschrien?«

John begriff, dass sein Verhalten nicht auf Verständnis stoßen würde, was immer er sagte. Also biss er nur die Zähne zusammen und nickte.

»Und wart Ihr es auch, der auf uns geschossen hat?«, bohrte Orellana weiter.

John spürte das Verlangen, sich zu rechtfertigen, doch Orellanas starrer Blick ließ ihn innehalten. Ganz offensichtlich wollte der Spanier keine Erklärungen hören, sondern sich nur Respekt verschaffen.

Hinter sich hörte John Schritte und aufgeregte Stimmen näherkommen – die ersten Reaktionen der Expeditionsteilnehmer auf sein Krakeelen. Aber Orellanas Blick zog ihn derart in seinen

Bann, dass er sich nicht davon lösen konnte. Er blieb einfach nur stehen und beobachtete, wie der Spanier mit dem Pferd am Zügel auf ihn zukam. Endlich blieb Orellana stehen, kaum einen Meter von John entfernt. Aus der Nähe war sein Blick geradezu Furcht einflößend. Eisig. Verständnislos. Und auf kuriose Weise unwirklich, denn wie John feststellte, bewegte sich bei dem Spanier nur *ein* Auge. Das andere blickte ausdruckslos geradeaus.

Er ist auf diesem Auge blind!, durchfuhr es John. Jetzt erinnerte er sich auch daran, dass er während seiner Promotion darüber gelesen hatte. Drei Jahre vor dieser Expedition, 1538, hatte Orellana an der Seite seines Cousins gegen dessen Erzrivalen Almagro gekämpft und war dabei verletzt worden. Seitdem nannte man ihn hinter seinem Rücken den Einäugigen.

Doch die Beeinträchtigung seines Blickfelds schien Orellana nicht zu behindern. Jedenfalls hatte es ihn nicht davon abgehalten, sich der Dschungel-Expedition anzuschließen. Der weitere Verlauf der Geschichte würde aus ihm sogar den eigentlichen Helden dieser Reise machen: Er war der Anführer jener kleinen Gruppe von Männern, die es tatsächlich schaffte, den südamerikanischen Urwald komplett zu durchqueren und schließlich das *Mar del Norte*, den Atlantik, zu erreichen.

Orellanas chamäleonartiger Blick richtete sich noch immer auf John. Ein paar Sekunden lang geschah nichts, dann holte der Spanier aus und versetzte John eine schallende Ohrfeige. »Für Eure Unbedachtheit und Feigheit!«, zischte er, wobei sich sein gesundes Auge zu einem schmalen Schlitz verengte, was ihm ein gefährliches, geradezu wölfisches Aussehen verlieh.

John war vollkommen perplex. Die Ohrfeige brannte auf seiner Wange, aber weit schlimmer war die Demütigung, die er verspürte. Er hatte einen Fehler begangen, aber musste Orellana ihn deshalb gleich wie einen dummen Jungen behandeln?

Obwohl John wütend war, schluckte er seinen verletzten Stolz hinunter. Wenn er Orellana die Meinung sagte oder ihn gar angriff, würde er auf jeden Fall den Kürzeren ziehen. »Verzeiht mir, Herr«, murmelte er mit gesenktem Blick. »Ich hielt Euch für Wilde, die uns überfallen wollen.«

»Wie Ihr seht, habt Ihr Euch getäuscht.« Noch immer derselbe arrogante Tonfall. John ballte die Fäuste, um seine Wut zu unterdrücken.

Er hörte, wie sich hinter ihm eine Gruppe von Reitern näherte. Als er sich umdrehte, erkannte er Gonzalo Pizarro mit einigen Begleitern, darunter auch Jorge La Roqua. Ohne Rücksicht auf die Schweine- und Lamatreiber zu nehmen, die sich inzwischen zu einer schaulustigen Truppe zusammengefunden hatten, preschten sie mit ihren Rössern heran, so schnell der Urwald es eben zuließ.

»Was ist hier los? Wer ist verantwortlich für diesen Tumult?«, blökte Pizarro. Als er seinen Cousin erkannte, erhellte sich seine finstere Miene augenblicklich. Er sprang vom Pferd, lief auf ihn zu und breitete die Arme zu einer herzlichen Geste aus. »Francisco! Mein lieber Francisco! Wie schön, Euch endlich zu sehen!« Er umarmte Orellana leidenschaftlich und klopfte ihm mit der flachen Hand auf das Rückenteil seines Brustpanzers. »Wir haben Eure Ankunft schon sehnlichst erwartet! Fürwahr, Ihr kommt keinen Tag zu früh. Gerade rechtzeitig, bevor wir ins Herz des Jívaro-Gebiets vordringen.«

Orellana bedachte John mit einem herablassenden Seitenblick. »Zumal durch Ortegas Gebrüll nun auch der letzte Wilde im Umkreis von zwanzig Kilometern weiß, wo wir zu finden sind.«

»Also wart Ihr es, der dieses Gezeter veranstaltet hat?«, knurrte La Roqua, der sich ebenfalls zu ihnen gesellt hatte. »Ihr seid eine Gefahr für den gesamten Tross, verdammter Narr! Man sollte Euch an einen Baum fesseln und zurücklassen! Das wäre eine gerechte Strafe für Euch und das beste für uns alle!« Zweifellos meinte er es ernst.

John begriff, dass seine Schonzeit nun endgültig vorbei war. Bisher hatte Pizarro seine Hand über ihn gehalten, weil er formell der Truppe seines Cousins angehörte. Doch nun war Orellana hier – und John hatte es sich bereits mit ihm verscherzt. Würden sie ihn tatsächlich hier zurücklassen? Würde er in diesem Wald sterben, an einen Baum gefesselt, mutterseelenallein, vergessen von der Nachwelt? Allein die Vorstellung – ein Albtraum. Er versuchte sich krampfhaft an das Tagebuch von Gaspar de Carvajal zu erinnern, eines Dominikanermönchs, der den Zug begleitete. Bislang hatte John ihn noch nicht zu Gesicht bekommen, aber auch er würde sich als einer der wenigen Überlebenden dieser Expedition erweisen. An der Seite von Francisco de Orellana, Hernán Gutiérrez und einer Handvoll weiterer Männer würde er nach vielen entbehrungsreichen Monaten die Amazonas-Mündung erreichen. Und eben dieser Dominikaner hatte ausführliche Notizen über den gesamten Verlauf der Expedition angefertigt. Sein Tagebuch war die wichtigste und ausführlichste Dokumentation dieser Reise. Aber soweit John sich entsinnen konnte, stand in dem Tagebuch nirgends zu lesen, dass ein spanischer Soldat gefesselt im Wald seinem Schicksal überlassen worden war. Oder hatte Carvajal diese unschöne Episode bewusst ausgespart?

»Natürlich habt Ihr recht«, sagte Orellana zu Jorge La Roqua. »Ortega hätte es verdient, hier zurückgelassen zu werden. Aber ich fürchte, dass wir in naher Zukunft jeden einzelnen Mann benötigen werden, um uns gegen die Jívaros zu verteidigen. Wenn Ortega ein paar Wilde tötet, kann es uns nur von Nutzen sein.

Und wenn er selbst getötet wird, haben wir nichts verloren. Jetzt kommt an meine Brust, alter Freund! Wie lange ist es her, dass wir uns nicht mehr gesehen haben?«

La Roqua antwortete nicht, stattdessen fiel er dem Einäugigen um den Hals. Die beiden Männer begrüßten sich mit einer Herzlichkeit, die John keinem von beiden zugetraut hätte. Doch er machte sich nichts vor. Diese Herzlichkeit wurde nur einem engen Personenkreis zuteil – er selbst gehörte nicht dazu.

Gonzalo Pizarro meldete sich wieder zu Wort. »Francisco, lasst uns an die Spitze des Zuges reiten, damit ich allen die frohe Botschaft Eurer Ankunft verkünden kann!«, sagte er feierlich, als spreche er von der Menschwerdung Jesu, und saß auf. Orellana, La Roqua und die anderen Reiter taten es ihm gleich.

»Wie viele Männer habt Ihr bei Euch?«, fragte Pizarro noch immer strahlend.

»Ich bedauere zutiefst, es sagen zu müssen – nur ein Dutzend. Die anderen sind den Tücken der Reise erlegen. Ein Angriff der Wilden, Fieber und andere Krankheiten … Aber seid versichert, Cousin, dass die wenigen Begleiter, die mir verblieben sind, den Mut einer ganzen Kompanie im Herzen tragen.«

»Nur ein Dutzend also«, murmelte Pizarro ernüchtert. »Ich hatte mir offen gestanden etwas mehr erwartet.« Doch die Wiedersehensfreude überwog offenbar die Enttäuschung, denn schon erhellte sich seine Miene wieder. »Wie dem auch sei, die Hauptsache ist, dass Ihr endlich an meiner Seite seid. Gemeinsam werden wir den Gefahren des Waldes schon die Stirn bieten.« Er gab seinem Pferd die Sporen und preschte davon, während die anderen sich beeilten, ihm zu folgen.

Die Angst fiel wie eine Zentnerlast von John ab. Er hatte sich bereits mit einem Bein im Grab gesehen, jetzt freute er sich darüber, noch einmal mit dem Schreck davongekommen zu sein.

Eine Sache beschäftigte ihn allerdings: Francisco de Orellana wurde nur von einem Dutzend bewaffneter Reiter begleitet. John hätte jedoch ein Vermögen darauf gewettet, dass in Gaspar de Carvajals Tagebuch von exakt einundzwanzig Soldaten die Rede gewesen war, die darüber hinaus all ihre Pferde unterwegs verloren hatten. Wie kam es zu dieser Diskrepanz?

Wie er die Sache auch drehte und wendete, er fand dafür nur eine Erklärung: Er musste sich täuschen. Immerhin hatte er seine Doktorarbeit vor vielen Jahren geschrieben. War es da nicht normal, Dinge zu vergessen oder sich falsch ins Gedächtnis zu rufen?

Kapitel 10

Francisco de Orellanas Ankunft und die damit verbundene Aufregung hatte John zumindest vorübergehend von den Schwierigkeiten seiner Zeitreise abgelenkt. Als er nun jedoch wieder an der Seite von Hernán Gutiérrez hinter den Lamas und Schweinen hertrabte, kehrte rasch die Langeweile zurück und mit ihr das bange Gefühl der Ungewissheit. Wie lange mochte sein unplanmäßiger Aufenthalt während dieser dritten Etappe noch dauern? Würde Gordons Computer den Fehler irgendwann erkennen und ihn aus seiner Zwangslage befreien? Oder war er womöglich für Wochen, Monate oder gar Jahre hier gefangen? Vielleicht sogar für immer? Ihm wurde plötzlich übel, und sein Herz fing wie wild zu hämmern an.

Noch bin ich höchstens ein paar Stunden über der Zeit, versuchte John sich zu beruhigen. Gordons Team hat garantiert mitbekommen, dass der fällige Zeitsprung ausgeblieben ist, und arbeitet mit Hochdruck an einer Lösung. Ich muss die Nerven behalten – und so lange am Leben bleiben, bis ich wieder in die Gegenwart zurückkehren kann.

Allerdings hatte er inzwischen gemerkt, dass das für jemanden, der aus einer anderen Welt kam, gar nicht so leicht war. Die Reise steckte voller Unwägbarkeiten, wobei die größte Gefahr von den spanischen Soldaten ausging. Insbesondere die Anführer – Pizarro, Orellana und La Roqua – waren launige Naturen, die binnen einer Sekunde über Leben und Tod von anderen entschieden. Wer nicht zu ihrem engsten Kreis zählte, musste stets fürchten, in Ungnade zu fallen.

Freilich war John sich darüber bewusst, dass die Indios noch viel stärker zu leiden hatten als er, denn erstens galten sie in den Augen der Spanier kaum mehr als die Schweine und Lamas, und zweitens spielte sich ihnen gegenüber selbst der niedrigste Soldat zum Tyrannen auf, wenn irgendetwas nicht so lief, wie es laufen sollte. Die Eingeborenen lebten in ständiger Angst vor der Willkür der Eroberer – das war hier im Dschungel kaum anders als in Quito.

Die nächsten Stunden verliefen ohne weitere Zwischenfälle, was John sehr gelegen kam. Mitten im Urwald konnte er auf Überraschungen gut verzichten, strapazierten sie doch nur seine ohnehin schon schwachen Nerven. Er brauchte Ruhe, um mit sich und seiner Situation ins Reine zu kommen.

Hin und wieder wechselte er mit Hernán Gutiérrez ein paar Worte, doch auch ihn schien Orellanas unerwartetes Auftauchen noch zu beschäftigen, denn er war ziemlich kurz angebunden. Vielleicht mied er die Unterhaltung auch ganz bewusst. Immerhin hatte John sich die mächtigsten Männer der Expedition zum Feind gemacht – nicht gerade die beste Voraussetzung, um neue Freunde zu gewinnen.

Also trottete John die meiste Zeit schweigend hinter dem Zug her, wie ein Roboter, der einzig darauf programmiert war, den Anschluss nicht zu verlieren. In Gedanken vertieft, nahm er kaum etwas von seiner Umgebung wahr, die sich ganz allmählich veränderte.

Zwar blieb die paradiesische Pflanzen- und Farbenpracht des Waldes erhalten, doch die sanften Hügel, in die er anfangs noch eingebettet war – die letzten Ausläufer der östlichen Anden –, gingen mehr und mehr in eine topfebene Fläche über.

Die Monotonie der Reise spiegelte sich von da an auch in der Landschaft wider.

Je länger der Marsch dauerte, desto mehr kam John ins Schwitzen. Das lag nicht nur an der hohen Luftfeuchtigkeit und der Temperatur, sondern vor allem an der körperlichen Anstrengung. Stundenlange Wanderungen war er nicht gewohnt, noch dazu in unwegsamem Gelände. Früher hatte er solche Dschungel-Trips aus purer Abenteuerlust unternommen. Seit der Übernahme des väterlichen Unternehmens war er jedoch träge geworden, und seine Kondition hatte erheblich nachgelassen – jetzt musste er dafür büßen. Dass er in einem fremden Körper steckte, änderte daran nichts. Er keuchte wie eine alte Dampflok und schwor sich, wieder mehr für seine Fitness zu tun, wenn er wieder in London war.

Wenn …

Wieder begannen die Zweifel an ihm zu nagen, ätzend wie Säure. Das Computerproblem in Gordons Labor schien kompliziert zu sein, sonst wäre es längst behoben worden. Johns Laune erreichte einen neuen Tiefpunkt.

Am Nachmittag setzte ein infernalischer Wolkenbruch ein, der ihn innerhalb einer Minute bis auf die Knochen durchweichte und den Boden in eine glitschige Lehmmasse verwandelte. Der Marsch erschwerte sich dadurch noch mehr und geriet stellenweise zu einem wahren Balanceakt. Zu allem Überfluss wirkte die schlammige Erde wie Klebstoff, der nach Johns Stiefeln griff, sich daran festkrallte und ihn nicht wieder loslassen wollte. Das Vorankommen wurde mit jedem Schritt beschwerlicher. Die Blasen an Johns Füßen schmerzten höllisch, seine Beinmuskeln brannten wie Feuer.

Gott, wie ich diese Reise hasse, dachte er.

Die Mischung aus Monotonie, Schmerz und Selbstmitleid löste sich erst durch das Grauen auf, das die Dämmerung an jenem Abend mit sich brachte. Dabei wirkte der Dschungel zu diesem Zeitpunkt geradezu idyllisch. Der Regen hatte längst wieder aufgehört, und durchs Blätterdach der Urwaldriesen leuchtete der Abendhimmel in den schillerndsten Orangetönen, als würde er lichterloh brennen – ein Anblick, kitschiger als in den alten Technicolor-Filmen. Vielleicht war es gerade dieses Idyll, das John hätte skeptisch werden lassen müssen. Der Dschungel hatte sich viel zu schnell in ein perfektes Paradies verwandelt. Aber weder er noch sonst jemand vermutete Böses.

Es begann damit, dass zwei Konquistadoren den Zug abritten und allen Expeditionsteilnehmern befahlen, noch mehr Disziplin als bisher zu zeigen. Unnötiger Lärm sei ab sofort bei Strafe verboten. Das gelte für jeden – für die Spanier ebenso wie für die Indios, für die Frauen wie für die Männer. Selbst die Tiere sollten so behandelt werden, dass sie sich möglichst ruhig verhielten. Als John einen der Reiter nach dem Grund fragte, antwortete dieser: »Wir passieren eine heilige Stätte der Jívaro. Don Pizarro rechnet mit einem Überfall der Wilden. Also seid auf der Hut.«

John hatte keinerlei Vorstellung davon, wie eine heilige Stätte bei den Jívaro aussah, aber das Gesicht des Reiters verhieß nichts Gutes.

Der Tross zog leise weiter. Jeder schien die drohende Gefahr zu spüren, nicht nur die Menschen, sondern auch die Hunde, Lamas und Schweine. Während John am Ende des Zuges weitertrottete, versuchte er, sich selbst zu beruhigen, indem er sich abermals Gaspar de Carvajals Tagebucheintragungen ins Gedächtnis rief. In diesem frühen Stadium der Reise fand noch kein Angriff der Eingeborenen statt. Dennoch fühlte er sich angespannt, und spätestens, als er die heilige Stätte der Jívaro mit eigenen Augen sah, war er absolut nicht mehr sicher, welche Überraschungen diese Reise noch für ihn bereithielt. Der Dominikaner hatte über diesen Ort kein einziges Wort in seinem Tagebuch vermerkt. Daran hätte John sich hundertprozentig erinnert: Auf einer kleinen, gerodeten Lichtung steckten Dutzende, nein, Hunderte von Schrumpfköpfen auf etwa anderthalb Meter hohen Holzpflöcken. Andere Schrumpfköpfe hingen an dünnen Lederbändern von den Ästen der umstehenden Bäume herab. Obwohl kein Windhauch zu spüren war, schaukelten einige von ihnen sanft hin und her, wie von Geisterhand bewegt.

John wollte den Blick abwenden, doch die Schrumpfköpfe waren überall. Er kam sich vor wie ein Besucher in einem albtraumhaften Skulpturenpark.

»Sie entfernen ihren Feinden die Schädelknochen mitsamt Gehirn«, raunte Hernán Gutiérrez. Zwar schien er von dem grässlichen Anblick nicht gerade erbaut, doch Johns Entsetzen teilte er längst nicht. »Auch die Augen werden entfernt«, dozierte er weiter. »Anschließend nähen sie die Lider und den Mund zu und räuchern die Köpfe über einem Feuer, um sie haltbar zu machen. Die Wilden nennen sie *Tsantsa*.«

Woher er sein Wissen hatte, blieb sein Geheimnis. John verspürte keine Lust, ihn danach zu fragen. Alles, was er wollte, war so schnell wie möglich von diesem grauenhaften Ort zu verschwinden.

Die Nacht senkte sich rasch über den äquatorialen Urwald und umschloss den Tross mit Dunkelheit. John konnte kaum noch die Hand vor den Augen sehen. Dennoch wagte niemand, eine Fackel zu entzünden. Die Angst vor den Eingeborenen war einfach zu groß.

Um das Jívaro-Gebiet möglichst schnell wieder zu verlassen, marschierte der Zug ohne Rast weiter. Aufgrund der schlechten Sicht kam er nur langsam voran. Wie eine träge Schlange wand er sich durch das nachtschwarze Labyrinth des Dschungels.

Inmitten der Finsternis verlor John schon bald jegliches Zeitgefühl. Seine Muskeln schmerzten, seine Beine waren bleischwer, und die Blasen an seinen Füßen brachten ihn fast um. Jeder Schritt war eine Tortur. Zudem verfolgte ihn die noch frische Erinnerung an die *Tsantsa*. Die Schrumpfköpfe schienen ihn in einem teuflischen Reigen zu umtanzen, ihn einzukreisen und ihn aus zugenähten Lidern anzustarren. Beinahe glaubte John, die Schreie der Opfer zu hören, ihr Flehen um Gnade und ihr ersticktes Röcheln im Augenblick des Todes. Und als wäre das noch nicht genug, drängte sich ihm auch wieder die quälende Frage ins Bewusstsein, wie es um seine Rückkehr in die Gegenwart bestellt war.

Irgendwann im Lauf der Nacht hüllte sich ein gnädiger Mantel aus Müdigkeit und Erschöpfung um John und verdrängte allen Schmerz und Zweifel. Was ihn von da an auf den Beinen hielt, wusste er selbst nicht, er lief einfach nur weiter, immer weiter, folgte den Lamas und Schweinen, die er mehr erahnen als sehen konnte. Er ließ sich treiben, vertraute darauf, den Anschluss nicht zu verlieren, marschierte weiter, wollte nur noch die Augen schließen und schlafen.

Die Finsternis schien eine Ewigkeit anzudauern. John, der dem Zug wie in Trance folgte, hatte den Eindruck, mehrere Nächte hintereinander durchzulaufen, ohne Unterlass. Hin und wieder griff er in seine geschulterte Ledertasche, um ein Stück Pökelfleisch oder die Feldflasche hervorzukramen. Aber weder Essen noch Trinken konnten den Schlafmangel ersetzen.

Im Morgengrauen erging endlich der Befehl zu rasten. Völlig

erschöpft sank John zu Boden, an einen Baumstamm gelehnt schlief er augenblicklich ein. Als Hernán Gutiérrez ihn unsanft wachrüttelte, konnte er kaum glauben, dass die Reise schon fortgesetzt wurde. Er fühlte sich mehr tot als lebendig. Sein Kopf kam ihm dumpf und leer vor, in seinen Schläfen pochte der Schmerz. Keine Spur von Erholung. Mühevoll richtete er sich auf. Seine Beinlinge waren durchnässt von der feuchten Erde, der Brustpanzer drückte und rieb an unzähligen Stellen. Er fror und hätte sich am liebsten in eine heiße Badewanne gelegt. Die Annehmlichkeiten des modernen Lebens fehlten ihm immer mehr.

Vor allem fehlte ihm Laura. Der Gedanke an sie schlug ihm an diesem Morgen zum ersten Mal richtig aufs Gemüt. Im bisherigen Verlauf der Reise hatte er zwar immer wieder an sie gedacht, doch er war viel zu sehr damit beschäftigt gewesen, all die neuen Eindrücke zu verarbeiten, um sie wirklich zu vermissen. Erst jetzt, da er auf unbestimmte Zeit in dieser fremden Welt gefangen war, wurde ihm bewusst, wie sehr er an ihr hing. Die Aussicht, sie vielleicht nie wiederzusehen, trieb ihm fast die Tränen in die Augen.

Erschöpfung, Schmerz und Angst setzten John so sehr zu, dass er den Tag wie im Delirium durchlebte. Mit steifen Gliedern stakste er über Pfützen, abgebrochene Äste und hervorstehende Wurzeln. Von der Farbenpracht und Formenvielfalt der Natur nahm er kaum etwas wahr. Die Welt schien ihm grau, menschenfeindlich und hoffnungslos. Wurde er angesprochen, antwortete er mechanisch. Auf längere Gespräche ließ er sich gar nicht erst ein. Dass er nicht mehr als Schlusslicht eingeteilt wurde, sondern wieder im Zug mitmarschieren durfte, konnte seine Stimmung nicht nachhaltig aufhellen. Zwar fühlte er sich im Schutz der Gruppe etwas geborgener, aber er gab sich keiner Illusion hin: Falls Gaspar de Carvajals Tagebuchaufzeichnungen sich als unvollständig erweisen sollten und die Jívaro einen Angriff starteten, wäre er einer der Ersten, der getötet wurde – aus Mangel an Kampfgeschick. Die spielerischen Übungen auf Caldwell Island konnten niemals die Erfahrung ersetzten, die die anderen spanischen Soldaten in zahlreichen Schlachten gesammelt hatten.

Ja, ich werde eines der ersten Opfer sein, dachte John mit einem bitteren Lächeln im Gesicht. Aber es geschieht mir recht! Weshalb habe ich mich auch auf dieses aberwitzige Abenteuer eingelassen?

Andererseits wusste er, dass Gordon ihn niemals zu dieser Zeitreise überredet hätte, wäre er nicht von ihrer Ungefährlichkeit überzeugt gewesen. Auch wenn ihre Freundschaft vorübergehend in die Brüche gegangen war, hätte Gordon ihn nicht absichtlich ins Verderben gestürzt. Außerdem: Welchen Sinn hatte es, das ausgerechnet auf diese unkonventionelle Weise zu tun? Es gab Hunderte von simpleren Möglichkeiten, jemanden loszuwerden. John schüttelte den Gedanken ab. Gordon hatte ihn nicht hereingelegt! Das konnte einfach nicht sein, dafür kannte er ihn viel zu gut.

Die nächste nennenswerte Rast legte der Zug erst am Abend des darauffolgenden Tages ein. Wieder ritten ein paar spanische Soldaten die Reihen ab und erteilten den Befehl, das Nachtlager aufzuschlagen. Sie sagten, dass das Jívaro-Gebiet nun hinter ihnen liege und die Gefahr eines Überfalls gebannt sei. John sandte ein Dankesgebet zum Himmel und ließ sich am erstbesten Baumstamm zu Boden sinken, so kraftlos und müde fühlte er sich. Endlich würde er die so dringend benötigte Ruhe bekommen, endlich den langersehnten Schlaf, ohne Angst haben zu müssen, den Kopf von einem Eingeborenen abgeschnitten zu bekommen.

Der Reiter gab seinem Pferd die Sporen und ritt davon, um Pizarros Befehl weiterzuverbreiten. Noch während John ihm nachsah, spürte er, wie die Müdigkeit von ihm Besitz ergriff und ihn in einen angenehmen Lähmungszustand versetzte. Er beteiligte sich zwar noch beim Aufbau des Lagers, doch während er seinen Schlafplatz errichtete und beim Anlegen der Feuerstellen half, nahm er seine Umgebung nur noch durch den Schleier der Erschöpfung wahr.

Die Dämmerung ging bereits in Dunkelheit über, als die letzten Vorbereitungen für die Nacht abgeschlossen wurden. Trotz der Müdigkeit wollte John zuerst noch einen Happen essen, bevor er sich schlafen legte. In den letzten beiden Tagen hatte er ausschließlich von dem gelebt, was seine Ledertasche hergab: angeschimmeltes Maisbrot und dazu ein Streifen Pökelfleisch, zäh wie Sattelleder. Daher knurrte John jetzt ordentlich der Magen.

Kraftlos schlenderte er zu einer Feuerstelle, über der ein großer Topf an einem hölzernen Dreibein hing. Darin köchelte und blubberte eine undefinierbare Brühe, die aussah wie Schlamm, doch für die Nase eines halb Verhungerten roch, als habe ein Fünfsternekoch ein Wunder der Haute Cuisine vollbracht. John kramte Schale und Löffel aus seinem Beutel, griff nach der Schöpfkelle im Topf und nahm sich eine ordentliche Portion, die er an Ort und Stelle im Stehen verschlang. Dass er sich dabei die Zunge verbrannte, zügelte seinen Appetit nicht im Geringsten. Als er seinen Napf geleert hatte, fühlte er sich rundum satt – und noch müder als zuvor. Er ging zu seinem Schlafplatz, hüllte sich in eine Decke und schloss die Augen.

Von überallher drangen Stimmen zu ihm: das Palaver der Indios, von dem er kein Wort verstand, sowie die Unterhaltungen der Spanier, die zu zweit oder in Grüppchen um die Feuerstellen saßen, über den Verlauf der Reise sprachen oder ins Würfelspiel vertieft waren. Keiner war lauter als unbedingt nötig, nicht einmal die Würfelspieler. Obwohl Pizarro Entwarnung gegeben hatte, schien niemand ein Risiko eingehen zu wollen. Hier draußen im Dschungel konnte jede Unbedachtheit den Tod bedeuten. Nicht gerade beruhigt, aber dennoch hundemüde entglitt John ins Reich der Träume.

Inmitten einer entrückten Sinfonie aus Glückseligkeit und Stille drang ein Rascheln in sein Bewusstsein. Er nahm es nur leise wahr, wie einen entfernten Teil seines Traums. Aber als er auch noch eine Berührung am Arm spürte, begann er zu ahnen, dass jemand bei ihm war. Oder *etwas*. Die Berührung begann an seinem Handgelenk und zog sich von dort aus bis zum Ellbogen und weiter hinauf bis zur Schulter. Plötzlich wusste er, was ihn berührte: eine Schlange. Augenblicklich verflog die Müdigkeit. John widerstand dem Drang, aufzuspringen oder um sich zu schlagen, sondern blieb unter Aufbietung all seiner Willenskraft reglos liegen. Eine unbedachte Bewegung würde das Tier womöglich provozieren, und da es in diesen Breitengraden genügend Giftschlangen gab, wollte er kein Risiko eingehen. Nicht einmal die Augen wagte er zu öffnen.

Ruhig Blut!, mahnte er sich. Bleib ganz locker und warte ab, bis das Vieh wieder weg ist.

Das war allerdings leichter gesagt als getan, denn die Schlange kroch über seine Schulter weiter bis zu seinem Ohr, seinen Schläfen, seinen Wangen, seinen Lippen.

Lange konnte sich John nicht mehr beherrschen, er schlug die Augen auf. Im gedämpften Schein des niedergebrannten Lagerfeuers erkannte er die Gestalt einer Frau neben sich: Neya. Ein Stein fiel ihm vom Herzen. Er war nicht durch eine Schlange aufgewacht, sondern durch die Berührungen der Frau.

In den letzten Tagen hatte er Neya nicht mehr gesehen, Müdigkeit und Hunger hatten ihn für ihre Reize unempfänglich gemacht. Erst jetzt, da sie neben ihm lag, wurde ihm wieder bewusst, wie schön sie war. In ihrem glatten, seidenen Haar spiegelte sich der warme Schimmer der Glut wider, ebenso in ihrem Antlitz, wodurch ihre Gesichtszüge weich und samtig wirkten. John sog das Bild in sich auf, langsam und genießerisch. Er verspürte den Drang, Neya ebenfalls zu streicheln, und er war sicher, dass die Frau sich in diesem Moment mindestens ebenso stark danach sehnte wie er. Dennoch tat er es nicht. Sie waren zwei Wesen aus unterschiedlichen Welten, nicht dafür bestimmt, einander zu lieben.

Neya ahnte davon natürlich nichts. Für sie war John nur ein spanischer Soldat, dessen Weg sich mit dem ihren gekreuzt hatte und zu dem sie sich hingezogen fühlte. Das war an ihrem Blick zu erkennen, der bei John ein Kribbeln in der Magengegend verursachte. Wie lange war es her, dass Laura ihn auf diese Weise angesehen hatte? Er zweifelte nicht daran, dass Laura ihn noch immer liebte, aber diese Sehnsucht, diese Leidenschaft, diese scheue Lust, vereint in einem einzigen Blick? Das war lange her.

John schluckte. Seine Kehle fühlte sich rau und trocken an. Er suchte nach Worten, um Neya zu erklären, dass er sich zwar in sie verliebt hatte, seinem Verlangen nach körperlicher Nähe jedoch nicht nachgeben konnte, weil es bereits eine andere Frau in seinem Leben gab. Aber in diesem Moment begann Neya, das Band, das ihr Leinenkleid zusammenhielt, zu öffnen und es so weit aufzuziehen, dass John ihre Brüste sehen konnte. Kleine Rundungen, kaum größer als zwei Apfelhälften, beschienen vom zarten Licht des niedergebrannten Feuers.

John spürte, wie er seine Vorsätze zu vergessen drohte, umso mehr, als Neya nun seine Hand nahm und sie behutsam auf ihre nackte Haut legte. John war wie elektrisiert. Ihre Brüste fühlten sich warm und fest an. Unter seiner Berührung zogen sich ihre Brustwarzen zu kleinen, harten Knospen zusammen. Auf seinen Handflächen pochte ihr Herz, und er spürte, wie sie erzitterte. Ihre Erregung steigerte auch Johns Verlangen. Er wusste, dass es Laura gegenüber ungerecht, sogar falsch war, wenn er sich auf Neya einließ – andererseits war es völlig ungewiss, wann er zu ihr zurückkehren konnte. Vielleicht nie. Vielleicht war er in dieser Welt auf ewig gefangen. War es dann eine Sünde, eine neue Verbindung einzugehen?

Noch während er mit sich haderte – nur allzu bereit, der Versuchung nachzugeben –, fiel sein Blick auf einen kleinen glänzenden Gegenstand, der in die appetitlichen Schattenspiele zwischen Neyas Brüsten eingebettet war. Ein magisches Amulett, das ihn wie ein Liebeszauber in seinen Bann zog. Gleichzeitig kam es ihm eigenartig vertraut vor. Vorsichtig, um die Faszination des Augenblicks nicht zu zerstören, ließ John seine Hand über Neyas Haut streichen. Er schob seine Hand unter das Amulett, hob es ein wenig an, sodass er es im Licht der Glut besser erkennen konnte – und erstarrte, halb vor Verwirrung, halb vor Freude: Das vermeintliche Amulett war das Messingkreuz, das Gordon ihm vor seiner Abreise gegeben hatte. Der Anhänger, der ihn in die Gegenwart zurückbringen würde, wenn er die Querstrebe des Kreuzes zusammendrückte.

John bemerkte, dass seine Hand zitterte. Er hatte dieses Kruzifix zum letzten Mal während des Anden-Abstiegs gesehen und geglaubt, es für immer verloren zu haben. Jetzt hielt er es wie durch ein Wunder wieder in seinen Händen.

»Diese Kette bedeutet Euch viel, nicht wahr?«, fragte Neya.

»Ist mir das so deutlich anzumerken?«

»Ihr schenkt ihr weit mehr Beachtung als mir.« Sie lächelte, aber John glaubte in ihrem Antlitz so etwas wie Wehmut zu erkennen. »Findet Ihr mich nicht hübsch, Herr?«

»Oh doch, gewiss«, entgegnete John verlegen. Er spürte, wie ihm die Hitze durch den Körper jagte. »Mein Verhalten ist nicht gerade galant, verzeih mir. Aber sei gewiss, dass es nichts mit dir zu tun hat.«

»Seit ich die Kette nach Eurem Kampf gegen La Roqua gefunden habe, trage ich sie um den Hals«, sagte Neya. »Sie sollte mir Glück bringen, und ich glaube, das hat sie getan. Wir sind uns nähergekommen, genau wie ich es mir wünschte. Aber wenn Ihr die Kette wiederhaben wollt ...« Sie ließ den Satz unvollendet, ihr melancholischer Blick machte allerdings deutlich, wie sehr es sie verletzen würde, wenn John das Schmuckstück tatsächlich zurückverlangte. Er seufzte still in sich hinein. Neya hatte in der kurzen Zeit, in der er sie nun kannte, wahrlich genug durchgemacht. Eine Vergewaltigung. Den brutalen Mord an ihrem Mann. Den Abschied von ihrem Kind. Den Verlust ihres Bruders. John wollte ihr nicht auch noch wehtun. Andererseits gab es für ihn ohne die Kette derzeit keine Möglichkeit, endlich wieder nach Hause zurückzukehren.

Er kämpfte mit sich. Weshalb nur bedeutete ihm diese Frau so viel? Im Grunde konnte sie ihm doch gleichgültig sein, er kannte sie ja kaum! Dennoch brachte er es nicht übers Herz, die Kette von ihr zurückzuverlangen. Jedenfalls nicht im Moment.

Ich bin jetzt schon so lange hier, dass es auf ein paar Stunden mehr auch nicht mehr ankommt, dachte er. Wenn es Neya so viel bedeutet, soll sie die Kette noch ein wenig länger tragen. Bei ihr scheint sie gut aufgehoben zu sein. Sie hütet die Kette wie ihren Augapfel, und wenn ich sie darum bitte, wird sie sie mir jederzeit aushändigen.

»Du hast recht«, sagte John leise. »Diese Kette ist ein Glücksbringer. Deshalb gib gut auf sie acht. Leider kann ich sie dir nicht schenken, auch wenn ich sie verloren habe und du sie gefunden hast.«

Neya schaute ein wenig betrübt. »Die Kette gehört Euch gar nicht, nicht wahr?«

»Ja.«

»Gehört sie einer Frau, an die Ihr Euer Herz verschenkt habt?«

»Nein, aber … Es fällt mir schwer, es zu erklären.«

Augenblicklich kehrte Neyas Lächeln zurück. »Ihr müsst es mir gar nicht erklären. Ich wollte nur sichergehen, nicht das Kleinod einer anderen Frau um den Hals zu tragen. Alles andere ist mir gleichgültig. Hauptsache, ich darf die Kette noch eine Weile behalten. Sie gibt mir das Gefühl, Euch stets in meiner Nähe zu haben.«

Mit diesen Worten beugte sie sich zu ihm und küsste ihn auf den Mund. John zögerte, ließ es jedoch geschehen und erwiderte den Kuss schließlich sogar. Neyas Lippen fühlten sich herrlich weich an, ihre Zunge begegnete seinen sanften Liebkosungen zuerst zaghaft, dann immer fordernder. Als John die Augen schloss, tanzte hinter seinen Lidern ein grellbunter Funkenregen wie ein Feuerwerk in dunkler Nacht. Und er wollte mehr davon, viel mehr.

Doch sein Gewissen ließ es nicht zu.

Daheim wartete Laura auf ihn. Durch die wieder aufgetauchte Messingkette hatte er keine Ausrede mehr, sich auf eine Beziehung mit Neya einzulassen. Auch Neya gegenüber wäre es nicht fair gewesen, ihr unerfüllbare Hoffnungen zu machen. Er würde schon bald in seine alte Welt zurückkehren und sie hier zurücklassen, das war unumgänglich. Vorausgesetzt natürlich, dass die Kette funktionierte.

Er löste seine Lippen von Neya und hielt sie zurück, als sie ihn weiterküssen wollte. Irritiert öffnete sie die Augen. John suchte nach Worten, aber er war nicht besonders gut darin, sich in Gefühlsdingen auszudrücken, zumal, wenn er jemanden verletzen musste, den er mochte. Endlose Sekunden verstrichen, während er nach den richtigen Formulierungen suchte, sein Kopf schien ihm leer wie eine Hohlkugel. Er war erleichtert, als er ein Geräusch vernahm, von irgendwoher aus der Dunkelheit.

»Hast du das gehört?«, fragte er, um das Schweigen zu brechen.

»Das ist nur der Wachposten. Er hat vorhin dort drüben Stellung bezogen.« Neya deutete in den Wald, doch ihr Blick war nach wie vor auf John geheftet. »Warum weicht Ihr mir aus, Herr?«, fragte sie. »Habe ich etwas falsch gemacht?«

Schon glaubte John, nun doch noch eine Erklärung abgeben zu müssen, als das Geräusch ein zweites Mal ertönte. Diesmal lauter und eindeutiger: ein Knurren, tief und kehlig. Dort draußen lauerte etwas in der Dunkelheit. John spürte, wie sich sein Magen zusammenzog.

Aus derselben Richtung hörte John eine Stimme: »Was ist das? Beim Allmächtigen – Vargas, Ihr seid eingeschlafen und habt das Feuer niederbrennen lassen! Verdammter Narr!« Eindeutig Hernán Gutiérrez.

»Und Ihr? Habt Ihr etwa nicht geschlafen?«

»Ich …«

Das Knurren erstarb, dafür begann es jetzt, leise und bedrohlich im Unterholz zu rascheln.

»Es kommt näher! Zurück zum Lager. Um Himmels willen, beeilt Euch, Vargas!«

Dann überschlugen sich plötzlich die Ereignisse. Einem kurzen, aggressiven Fauchen folgte der markerschütternde Schrei eines Menschen. John packte sein Schwert und sprang auf. Erleichtert stellte er fest, dass er nicht der Einzige war, der den Tumult mitbekommen hatte. Andere spanische Soldaten waren ebenfalls auf den Beinen. Doch noch schien niemand den Ernst der Lage richtig erfasst zu haben.

Holz knackte. Das Laub wurde jetzt regelrecht aufgepeitscht. Der Schrei, eben noch hysterisch und schrill, verstummte.

»Vargas?« Es war Gutiérrez. »Vargas, was ist mit Euchhh …« Seine Stimme verzerrte sich zu einem gurgelnden Röcheln.

John war starr vor Schreck. Was sich in der Finsternis des Waldes, nur wenige Meter entfernt, abspielte, war nichts anderes als ein Todeskampf!

Dann fiel die Angst plötzlich wie unnötiger Ballast von ihm ab, und er wusste, was er zu tun hatte. Er rannte zur nächsten Feuerstelle, riss einen brennenden Ast als Fackel heraus und sprang ins Dickicht, dorthin, woher die Schreie gekommen waren. Hinter sich hörte er Stimmen und Schritte – andere Konquistadoren folgten ihm offenbar, was seinen Mut stärkte. So schnell ihn seine Beine trugen, eilte er voran, die Fackel in der einen, sein Schwert in der anderen Hand.

Er erreichte die Unglücksstelle und hielt inne. Ein Soldat, den er nicht kannte, lag rücklings auf dem Boden – offenbar Vargas. Er blutete aus unzähligen Stellen, seine Augen starrten stumpf ins Leere. Kein Zweifel, der Mann war tot.

John stand wie gelähmt vor der Leiche. Die anderen Konquistadoren schlossen neben ihm auf, darunter auch ein paar Hundeführer, die Schwierigkeiten hatten, ihre vor Aufregung wild kläffenden Tiere zu bändigen. Die meisten Spanier bekreuzigten sich und murmelten etwas Unverständliches vor sich hin – vielleicht Stoßgebete, vielleicht auch nur Worte des Entsetzens. Einer musste sich übergeben.

»Heilige Mutter Gottes!« Félipe Fuentes hatte sich zu John gesellt und verzog angewidert das Gesicht. »Dort drüben liegt noch einer!«

John eilte ein paar Schritte weiter, um die Dunkelheit mit dem Schein der Fackel zu erhellen. Das Wiesel hatte recht: Hernán Gutiérrez lag ebenfalls grausam entstellt auf dem Boden. Seine Beinlinge waren zerfetzt und blutdurchtränkt. Seine linke Hand war nur noch durch ein paar Sehnen mit dem Unterarm verbunden, der rechte Arm stand in einem unnatürlichen Winkel vom Körper ab und verschwand im Gebüsch. An seinem Hals klaffte eine einzige, riesige Wunde, und über sein Gesicht zogen sich tiefe Risse.

Dennoch bewegte sich Gutiérrez plötzlich. John konnte es kaum glauben. Wie um alles in der Welt war das möglich? Niemand konnte diese schrecklichen Verletzungen überlebt haben, schon gar nicht die offene Wunde am Hals! Doch erneut zuckte Hernán Gutiérrez zusammen.

Und dann glitt sein Körper auf einmal so schnell über die Erde, dass John eine Sekunde brauchte, bis er begriff: Gutiérrez bewegte sich nicht selbst – er wurde bewegt. Besser gesagt fortgeschleift. Am Rand des Lichtkreises, den die Fackel in die Finsternis warf, tauchte hinter einem Gebüsch eine große schwarze Katze mit kräftigen Muskeln, langem Schwanz und glänzendem Fell auf: ein Jaguar. Seine Reißzähne hatte das Tier in Gutiérrez' rechten Arm geschlagen. Erstaunlich mühelos zerrte es den Leichnam davon. Mit kraftvollen Sätzen entschwand es in den nächtlichen Wald.

Hinter John waren lautstarke Stimmen zu hören: »Verfolgt die Bestie, sie darf uns nicht entkommen! Sie hat zwei Kameraden auf dem Gewissen!« Die Konquistadoren stürmten dem Jaguar mit gezogenen Waffen hinterher. Sie brüllten, schwenkten ihre

Fackeln und Schwerter und schossen blindlings ihre Pfeile und Armbrustbolzen in die Nacht.

John zögerte. Die Vorstellung, dass der Jaguar Hernán Gutiérrez in eine Höhle oder auf einen Baum zerren würde, um ihn dort wie ein erlegtes Wild zu fressen, bereitete ihm Übelkeit. Dass der Mensch plötzlich nicht mehr am Ende der Nahrungskette stand, sondern mittendrin, passte nicht in sein modernes Weltbild. Aber hier draußen im Wald herrschten andere Gesetze. Die Ereignisse dieser Nacht hatten ihm das aufs grausamste vor Augen geführt.

Mit erhobenem Schwert rannte auch er dem Jaguar hinterher.

Kapitel 11

Dichter Frühnebel waberte durchs Lager, träge, zäh und unangenehm kühl. Vereinzelt waren die Schreie von Vögeln und Affen zu hören. Heute klangen sie eher wie Trauergesang.

John hatte den Rest der Nacht auf den Beinen verbracht, nun fühlte er sich bis auf die Knochen ausgelaugt. Stundenlang war er mit dem Verfolgertrupp auf der Suche nach Hernán Gutiérrez durch den Wald geirrt. Als die Bluthunde erst einmal Witterung aufgenommen hatten, waren sie kaum noch zu bremsen gewesen. Die Hundeführer und der Rest des Trupps hatten größte Schwierigkeiten gehabt, mit ihnen Schritt zu halten.

Letztlich hatten sie den Jaguar tatsächlich wieder in die dunkle Weite des Waldes zurückdrängen können, sogar ohne seine Beute. Doch das, was er von Hernán Gutiérrez übrig gelassen hatte, war kaum mehr als menschlich zu bezeichnen. Die Männer hatten beschlossen, den Toten gleich an Ort und Stelle zu begraben und ihm auf diese Weise die letzte Christenehre zu erweisen.

Jetzt stand John inmitten der spanischen Soldaten, die in mehreren Reihen einen Halbkreis um einen etwa vierzigjährigen Mann in graubrauner Leinenkutte bildeten: Gaspar de Carvajal, der Dominikanermönch, der den Zug als Geschichtsschreiber und geistlicher Beistand begleitete. Außerdem stand Carvajal im Ruf, ein ausgezeichneter Kämpfer zu sein. Und wenn John in die Augen des Mönchs blickte – in diese wilden, entschlossenen, geradezu fanatischen Augen –, zweifelte er keinen Moment daran, dass Gonzalo Pizarro sich für diese Reise den Richtigen herausgesucht hatte. Alles an Carvajal verströmte Mut, Willensstärke und beinahe göttliche Autorität. Genau diese Ausstrahlung hielt die spanischen Soldaten nach dem tragischen Unglück der vergangenen Nacht zusammen.

Carvajal stand neben einem aufgehäuften Erdhügel, an dessen Kopfende ein schlichtes, aus zwei armdicken Ästen zusammengebundenes Holzkreuz steckte. Darin waren mit groben Messerschnitten zwei Initialen eingeritzt worden: E. V. – Emilio Vargas. Er war in der Nacht das zweite Opfer des Jaguars gewesen.

John lauschte der Totenmesse aufmerksam, und obwohl Carvajal sie teils auf Lateinisch hielt, fühlte er sich nach und nach tatsächlich ein wenig besser. Die Worte des Gottesmannes spendeten ihm auf wundersame Weise Trost, und so ging es wohl den meisten. John beobachtete, wie die Konquistadoren sich allmählich von dem Schock erholten, insbesondere jene, die die entstellten Leichname mit eigenen Augen gesehen hatten. Carvajals Messe machte neuen Mut.

Erst als der Zug den Weitermarsch antrat, verflüchtigte sich die Magie der geistlichen Worte, und Johns eigene Gedanken übernahmen wieder die Regie. Ein ums andere Mal spielten sich vor seinem geistigen Auge noch einmal Szenen der vergangenen Nacht ab. Insbesondere Hernán Gutiérrez' Tod beschäftigte ihn. Trotz des Schlafmangels und der damit verbundenen Konzentrationsschwäche wurde ihm allmählich klar, dass damit etwas nicht stimmte. Etwas Wesentliches! Überrollt von den Ereignissen, hatte er in den letzten Stunden weder Zeit noch Muße gehabt, über das Unglück nachzudenken, jetzt jedoch, während er im Tross durch den nebelverhangenen Urwald stapfte und alles Revue passieren ließ, wurde ihm das Ausmaß der nächtlichen Katastrophe in vollem Umfang bewusst: Der geschichtlichen Überlieferung zufolge hatte Hernán Gutiérrez sich im Kampf gegen die Krieger des Machiparo als Held hervorgetan. Doch er war letzte Nacht von einem Jaguar getötet worden, lange bevor er seine Heldentat vollbringen konnte. Wie war dieser Widerspruch zu erklären?

John fröstelte. Nach dem Ausbleiben des letzten Zeitsprungs hatte ihm die Erinnerung an seine Doktorarbeit eine gewisse Sicherheit gegeben, weil er den Verlauf der Expedition kannte. Er hatte gewusst, dass nach den Tücken der Anden-Überquerung eine ruhige, ungefährliche Passage folgte. Zumindest hatte er *geglaubt*, es zu wissen. Doch nun stellte sich mehr und mehr heraus, dass die schriftlichen Überlieferungen nicht mit der historischen Realität übereinstimmten. Zuerst die Schrumpfköpfe, jetzt der frühzeitige Tod von Hernán Gutiérrez. Die Dinge entwickelten sich anders als erwartet.

John traf eine Entscheidung: Obwohl er Neya in der Nacht die Halskette überlassen hatte, würde er sie nun doch von ihr zurückfordern. Er hasste den Gedanken, ihr dadurch wehzutun, gleichzeitig wusste er, dass es die einzig vernünftige Entscheidung war. In dieser Wildnis lauerten überall Gefahren. Es war ein unnötiges Risiko, länger als unbedingt nötig hier auszuharren. Sein Leben – das *echte* Leben, das er in London führte – war ihm dann doch zu wertvoll, um es leichtfertig aufs Spiel zu setzen.

Da er Neya aus den Augen verloren hatte, dauerte es eine Weile, bis er sie endlich fand. Angesichts der morgendlichen Kälte hatte sie sich in eine dicke Wolldecke gehüllt, auf dem Rücken trug sie wie üblich ein riesiges Bündel. Als John sich ihr näherte, legte sich ein erleichtertes Lächeln auf ihr Gesicht.

»Ich hatte Angst um Euch«, sagte sie unumwunden. »Ihr wart

die halbe Nacht weg. Ich befürchtete schon, Ihr würdet nicht mehr zurückkehren.«

»Wie du siehst, bin ich wohlauf.« John nahm sie am Arm und löste sich ein paar Schritte von der Gruppe, um ungestört mit ihr reden zu können.

»Ich habe mitbekommen, dass ein Wachmann von einem Raubtier getötet wurde«, sagte Neya. »Was genau ist geschehen?«

»Es gab nicht nur einen Toten, sondern zwei. Den anderen hat die Bestie verschleppt, weshalb wir sie verfolgen mussten.« Er gab ihr einen kurzen Abriss über die nächtlichen Ereignisse. Die blutigen Details ließ er allerdings weg, nicht zuletzt, weil er selbst nicht mehr daran erinnert werden wollte.

Dennoch legte sich ein finsterer Schatten auf Neyas Antlitz. »Der Wald ist böse«, raunte sie. »Überall lauert der Tod, aber das wollt ihr Spanier ja nicht wahrhaben. Ihr seid geblendet von der Aussicht auf Gold. Von dieser Expedition wird niemand lebend zurückkehren. *Niemand!*«

John schwieg. Neya war sich der Hoffnungslosigkeit dieser Expedition also vollauf bewusst. Umso schäbiger fühlte er sich bei dem Gedanken, sie ihrem Schicksal zu überlassen, während er sich selbst durch einen Zeitsprung in Sicherheit bringen wollte. Doch sein Entschluss stand fest. In dieser Welt war er ein Eindringling, er gehörte nicht hierher. Vielleicht war seine Entscheidung feige – er musste sich eingestehen, dass Angst dabei durchaus eine Rolle spielte. Aber je länger er hierblieb, desto größer wurde schließlich auch die Wahrscheinlichkeit, dass er durch sein aktives Eingreifen den Verlauf der Geschichte veränderte – mit unabsehbaren Folgen für die Nachwelt.

Nein, ich muss schleunigst wieder zurück.

»Hast du den Glücksbringer noch?«, fragte er. »Die Kette mit dem Kreuz meine ich.«

»Gewiss.«

»Tu mir den Gefallen und gib ihn mir.«

Wortlos zog die Frau die Kette über den Kopf und reichte sie ihm. John seufzte, als er in ihre traurigen Augen sah. Ihm lagen Dutzende von Erklärungen auf der Zunge, aber keine davon schien ihm geeignet, Neya auf das vorzubereiten, was gleich passieren würde. Wie sollte er ihr nur klarmachen, dass sie in wenigen Sekunden einem völlig anderen Menschen gegenüberstehen würde, und das, obwohl er sich optisch nicht verändert hatte? Vermutlich würde sie die Welt nicht mehr verstehen.

John fühlte sich elend, aber er hatte keine Wahl. Da Worte nicht zu erklären vermochten, was er in diesem Moment fühlte, beugte er sich einfach zu Neya und hauchte ihr einen Kuss auf den Mund. Dann drückte er die Querstreben des Messingkreuzes in seiner Hand zusammen so fest er konnte.

Nichts geschah.

Er versuchte es ein zweites Mal.

Wieder nichts.

Eigenartigerweise hielt sich seine Enttäuschung in Grenzen, wohl weil er insgeheim bereits damit gerechnet hatte. Entweder war die Funktionsstörung auf den Kampf mit Jorge La Roqua zurückzuführen, oder sie stand im Zusammenhang mit den grundsätzlichen Problemen des nächsten Zeitsprungs, die Gordons Team zu lösen hatte. Wie auch immer – das Notfallprogramm hatte versagt. Genau genommen sogar beides: die Kette *und* der in seinen Unterarm implantierte Mikrochip. Denn John war sicher, dass seine Blutwerte im Verlauf der Reise bereits mehrmals das kritische Limit überschritten hatten.

Er staunte über seine eigene Gelassenheit. Eigentlich hätte er Angst oder gar Panik verspüren sollen, doch mittlerweile hatte er genug Zeit gehabt, sich mit der Situation abzufinden. Er musste einfach warten, bis Gordons Team die Schwierigkeiten beseitigt hatte. Mehr konnte er nicht tun.

Obwohl es inzwischen früher Vormittag war, hielt sich der Nebel hartnäckig unter dem Blätterdach des Urwalds. Träge zog die Expedition durch die prähistorisch anmutende Landschaft. Ausladende Brettwurzeln, Riesenfarne und ein märchenhaftes Geflecht aus Lianen und Kletterpflanzen beherrschten das Bild. Schattenspiele, wohin das Auge blickte.

Die schlechte Sicht weckte Urängste, insbesondere im Zusammenhang mit der nächtlichen Katastrophe. Jedes Geräusch wurde zur potenziellen Bedrohung, selbst das kleinste Rascheln verursachte Furcht und Schrecken. Die Konquistadoren hielten ihre Waffen bereit. Die Bluthunde blieben immer wieder abrupt stehen, um den Nebel anzuknurren. Und den Trägern hatte es vor lauter Nervosität die Sprache verschlagen. Es herrschte eine geradezu gespenstische Atmosphäre. Vergessen waren die aufmunternden Worte, die Gaspar de Carvajal während der Totenmesse gesprochen hatte.

Carvajal …

Während John schweigend durch den Nebel watete, drängte sich ihm immer mehr die Frage auf, weshalb der Mönch den Verlauf der Reise nicht wahrheitsgemäß dokumentierte. Für seine Doktorarbeit hatte John sich eine Kopie des Original-Tagebuchs besorgt und alle Eintragungen sorgfältig studiert. Natürlich war ihm nicht mehr jedes Detail im Gedächtnis, aber er hatte sich intensiv genug damit befasst, um alles Wesentliche zu rekonstruieren. Und je länger er in dieser Welt weilte, desto klarer erinnerte er sich. Die *Tsantsa* hatte Carvajal mit keiner Silbe erwähnt. Ebensowenig den nächtlichen Angriff des Jaguars. Hielt er diese Dinge für zu unwichtig, um sie niederzuschreiben? Doch das erklärte nicht, weshalb er später ausgerechnet Hernán Gutiérrez – einen Toten – zum wichtigsten Helden der Schlacht gegen Machiparo machen sollte.

Carvajals rätselhafte Art, Tagebuch zu führen, stellte alles in Frage, was John bislang für historische Realität gehalten hatte. Einerseits beunruhigte ihn das, andererseits musste er zugeben, dass ein Teil von ihm durchaus neugierig auf ein paar Antworten war. Diese Reise barg ein Geheimnis, das bis in die Gegenwart hinein ungelöst geblieben war. John spürte, dass eine eigenwillige Laune des Schicksals ihn dazu ausersehen hatte, dieses Geheimnis zu lüften.

Neya, die neben ihm ging, holte ihn von seinem kurzfristigen Höhenflug wieder auf den Boden der Tatsachen zurück. »Ungemütlich ist es hier«, wisperte sie. »Ungemütlich und unheimlich. Man kann kaum etwas sehen, hat aber selbst das Gefühl, ständig beobachtet zu werden. Geht es Euch ebenso?«

John nickte.

»Dieser Wald steckt voller Gefahren«, fuhr Neya fort. »Kennt Ihr Pachuro?«

»Wer ist das?«

»Einer der Führer von Don Pizarro. Er kennt den Dschungel, weil er als Jívaro geboren wurde. Man tötete seine Eltern, als sie gegen die Stammesgesetze verstießen, er selbst wurde im Wald ausgesetzt und dem Schicksal überlassen. Damals war er noch ein halbes Kind. Irgendwie schaffte er es aber, sich bis zu den Bergen durchzuschlagen. Dort wurde er von einem Hirten gefunden, der ihn bei sich aufnahm, bevor er später nach Quito ging.«

»Und weil er als Kind bei den Jívaro gelebt hat, kennt er sich hier also aus.«

Ein Rascheln im Laub, nur wenige Meter entfernt, erschreckte

Neya. Sie fuhr herum, entspannte sich aber wieder, als sie sah, wie sich hinter dem vagen Umriss eines mannshohen Gebüschs ein Träger aus dem Nebel schälte, wohl weil er sich dort erleichtert hatte.

»Pachuro erzählt oft Geschichten, wenn wir abends am Feuer sitzen«, sagte Neya. Auf ihrem Antlitz lag noch immer ein düsterer Schleier. »Was er über den Dschungel berichtet, erfüllt mich mit Furcht. Die *Tsantsa* waren erst der Anfang, und die Jívaro, die die Schrumpfköpfe herstellen, sind längst nicht die größte Gefahr, mit der wir es zu tun bekommen werden. Es gibt Gerüchte über unbarmherzige Kriegerinnen mit nur einer Brust, die jeden Eindringling töten, der es wagt, in ihr Gebiet vorzudringen. Außerdem behauptet Pachuro, dass in diesem Wald weiße Riesen und Menschen ohne Kopf leben. Ich sage Euch: Jeder Schritt, den wir weiter in Richtung Osten gehen, bringt uns dem Tod ein Stückchen näher.«

Sie sprach so eindringlich, dass John eine Gänsehaut bekam, obwohl er wusste, dass es für jedes der von Neya beschriebenen Phänomene eine plausible Erklärung gab. Die wehrhaften Kriegerinnen mit nur einer Brust waren natürlich die legendären Amazonen. Laut Carvajals Notizen würde der Zug im weiteren Verlauf der Reise sogar von ihnen angegriffen. Aber da der Dominikanermönch Realität und Fantasie so freimütig miteinander verquickte, war John sicher, dass er diese Passage lediglich erfunden hatte. Fest stand jedenfalls, dass die Existenz der Amazonen bis in die Gegenwart hinein nicht schlüssig bewiesen worden war.

Weiße Riesen und kopflose Menschen existierten hingegen unumstritten. Riesenindianer gab und gibt es, wenngleich die moderne Welt sie erst im Jahr 1965 entdeckt hatte, im westlichen Mato Grosso. Es sind Angehörige des Kreen-Akarore-Stamms und die größten Eingeborenen des südamerikanischen Kontinents. Nur weiß sind sie nicht, aber vielleicht mochten sie in vergangenen Jahrhunderten ihre Körper bemalt haben. Selbst die von Neya erwähnten Menschen ohne Häupter waren keine reinen Hirngespinste. Unter Völkerkundlern galt es mittlerweile als erwiesen, dass es sich bei der Kopflosigkeit um eine optische Täuschung handelte, hervorgerufen durch die Stammesangehörigen der Ewaipanoma, auch Acephalen genannt, deren Angewohnheit es war, ständig die Schultern hochzuziehen – in ihrem Kulturkreis ein Schönheitssymbol.

John schätzte die Wahrscheinlichkeit einer Bedrohung durch die Ewaipanoma und die Kreen-Akarore als ziemlich gering ein. Auch die Amazonen bereiteten ihm kein Kopfzerbrechen. Dennoch beging er nicht den Fehler, die Gefahren des Waldes zu unterschätzen. Hinter jedem Baum konnte der Tod lauern, insbesondere bei Nebel, so wie heute.

Er bemerkte, dass Neya während seines gedanklichen Ausflugs weitergesprochen hatte. Mittlerweile war sie von den verschiedenen Eingeborenenstämmen zum Tierreich gewechselt und driftete nun mehr und mehr ins Reich der Fantasie ab. Sie berichtete von behaarten Riesenschlangen, von aufrecht gehenden Reptilien, die John an Saurier erinnerten, und von gehörnten Fabelwesen, die sich von menschlichen Herzen ernährten. Offenbar hatte Pachuro seine Erzählungen mit allzu vielen gruseligen Details ausgeschmückt.

Auch wenn Johns Verstand ihm sagte, dass keines dieser Tiere tatsächlich existierte, bereitete ihm der Gedanke daran Unbehagen. In gewisser Weise fühlte er sich wie damals, als er als Kind aus dem modrigen Gewölbekeller seiner Großmutter Getränke heraufholen musste. Er hatte sich tausendmal gesagt, dass es weder Vampire noch Werwölfe gab, hatte jedoch gleichzeitig hinter jeder Tür und in jeder dunklen Ecke welche vermutet. Die bloße Einbildungskraft hatte über die Vernunft gesiegt – so wie jetzt. Der wabernde Nebel, gepaart mit Neyas bildhaften Beschreibungen schaffte eine Gruselstimmung, gegen die er selbst als erwachsener Mann nicht gefeit war. Beinahe befürchtete John, Neya könne allein durch die Macht der Worte die von ihr beschriebenen Fabelwesen heraufbeschwören. Wohin er auch sah, überall schienen die Silhouetten der unheimlichsten Kreaturen im Nebel zu lauern. Dunkle Gestalten, die nur noch auf den geeigneten Augenblick warteten, um sie zu holen und sie in die Tiefe des Waldes zu zerren.

Wie düster die Stimmung auch in der Führungsriege war, erfuhr John am Mittag, als alle spanischen Soldaten zu einer Bekanntgabe zusammengetrommelt wurden. Wie bereits bei der morgendlichen Totenmesse bildeten die Männer einen Halbkreis in mehreren Reihen, diesmal jedoch nicht um den Dominikanermönch Carvajal, sondern um Gonzalo Pizarro, Francisco de Orellana und Jorge La Roqua.

Die drei sahen noch ausgemergelter aus als alle anderen Teilnehmer des Zuges, wohl weil auf ihren Schultern die Verantwortung für den Erfolg der Expedition lastete. Enttäuschung und Verbitterung standen ihnen ins Gesicht geschrieben. Sie waren voller Erwartungen aus Quito losgezogen, um Gold und Zimt zu entdecken, doch mittlerweile schien ihnen klar geworden zu sein, dass sie die Herausforderungen der Reise unterschätzt hatten.

»Wir sind seit zwölf Wochen unterwegs!«, begann Pizarro mit seiner Ansprache. Er trug wie die anderen Spanier Helm und Brustharnisch. Nur seine eleganten Beinlinge und das aus edlem Stoff gefertigte Hemd mit den bunten Puffärmeln hoben ihn vom Rest der Truppe ab – beides war mittlerweile jedoch so verdreckt, dass der Unterschied kaum mehr ins Gewicht fiel. Sein schwarzer Vollbart und der finstere Blick verliehen ihm heute nicht nur seine übliche autoritäre Strenge, sondern etwas geradezu Bedrohliches. »Zwölf Wochen voller Mühen, Entbehrungen und Schicksalsschläge. Zuerst die Erdbeben in den Bergen. Dann der Abstieg mit seinen gefährlichen Steilhängen. Und schließlich dieser Nebelwald, der nicht nur Fieber und andere Krankheiten mit sich bringt, sondern auch voller wilder Tiere ist. Die traurige Zwischenbilanz bis zum heutigen Tag lautet: Wir haben bereits über 400 Tote zu beklagen. Um genau zu sein, 22 spanische Soldaten und 385 Träger.«

John zuckte innerlich zusammen. Dass der Zug bereits derart dezimiert worden war, hatte er nicht gewusst. Wie auch? Er hatte nur Bruchstücke der Reise mitbekommen, und bislang hatte niemand mit ihm über die herben Verluste gesprochen. Über 400 Tote!

»Unsere Essensvorräte schmelzen außerdem schneller dahin, als wir geplant hatten, weil die Lebensmittel bei diesem unsäglichen Klima rasch verderben«, fuhr Pizarro fort. »Und obwohl wir gut vorankommen, liegt vermutlich noch ein großes Wegstück vor uns, denn bislang ist weder Eldorado noch La Canela in Sicht.« Er spuckte die Worte beinahe aus, was deutlich machte, wie sehr ihn die bisherige Erfolglosigkeit der Expedition grämte. »Um Kräfte zu schonen, haben mein Cousin und ich beschlossen, uns zu trennen. Francisco wird mit dem Großteil des Trosses hierbleiben und ein paar Tage rasten. Ich selbst werde mit einem Stoßtrupp die Umgebung erkunden, um festzustellen, in welcher Richtung die größten Aussichten bestehen, endlich das *gelobte Land* zu entdecken. Freiwillige vor! Wer ist Manns genug, sich an meiner Seite weiter in den Schlund dieser grünen Hölle vorzuwagen?«

»Ich, Herr!« Jorge La Roqua, der neben Pizarro stand, sprach mit stolzgeschwellter Brust. »Es wäre mir eine Ehre!«

Es sah aus wie ein billiges Schauspiel und war garantiert abgesprochen, um den anderen ein Beispiel zu geben. Doch keiner meldete sich. Entweder schien den Soldaten die Aussicht auf eine mehrtägige Pause zu verlockend, oder sie scheuten das Risiko, sich in einer kleinen Gruppe durch den Dschungel zu schlagen.

Auch John hielt sich zurück. Erstens wurde der Stoßtrupp von Gonzalo Pizarro und Jorge La Roqua angeführt, also von zweien seiner Widersacher – da war Francisco de Orellana gewiss das kleinere Übel. Und zweitens stand dem Stoßtrupp eine wahrhaftige Tragödie bevor, das hatte John vor Jahren in Gaspar de Carvajals Tagebuchaufzeichnungen gelesen. Aus irgendeinem Grund war er sicher, dass der Dominikaner sich in diesem Punkt an die Fakten gehalten hatte. Leider.

Pizarros beharrliches Schweigen lastete schwer. Sein frostiger Blick wanderte durch die Reihen und schien jeden einzelnen unnachgiebig zu durchbohren. »Was seid ihr nur für Männer?«, bellte er schließlich. »Sagte ich *Männer?* Pah! Feiglinge! Memmen und Waschweiber seid ihr! Eine Schande für die spanische Krone!« Er wandte sich an Jorge La Roqua, sprach aber so laut weiter, dass jeder es hören konnte. »Sucht Euch dreißig Soldaten aus, Hauptmann. Außerdem einige Indios als Führer und Träger. Eine Handvoll Bluthunde nehmen wir ebenfalls mit. Und Bruder Carvajal. Ein Geistlicher kann bei unserer Mission nicht schaden. Trefft alle Vorbereitungen, sodass wir noch im Lauf des Nachmittags losziehen können. Ihr, Francisco«, – er drehte sich energisch zu Orellana – »sorgt dafür, dass hier ein Lager aufgeschlagen wird. Lasst es rund um die Uhr gut bewachen, ich will nicht, dass sich solche Vorfälle wie letzte Nacht wiederholen. In unserer Situation können wir uns keine unnötigen Verluste leisten, selbst wenn es sich nur um einen verweichlichten Haufen wie diesen handelt!«

Die spanischen Soldaten schienen von Pizarros Worten wie gelähmt. Während Jorge La Roqua die Reihen abschritt, wagte niemand, sich auch nur zu räuspern.

»Du!«, sagte La Roqua und deutete auf einen stämmigen Soldaten mit platter Nase. Ohne die Miene zu verziehen, trat der Mann aus der Gruppe hervor.

»Du ebenfalls, und du auch!«, führte der spanische Hauptmann das Auswahlmanöver fort, während er langsam die Reihen abschritt. Die Angesprochenen fügten sich widerstandslos und gesellten sich zu ihrem plattnasigen Kameraden. Weitere Soldaten folgten ihnen. Jorge La Roqua arbeitete sich systematisch durch die Mannschaft und kam John immer näher, der weit am linken Ende des Halbkreises stand.

Bitte, lass ihn nicht mich auswählen!, flehte John in Gedanken. Er wollte das Fiasko, in dem der Vorstoß enden würde, nicht miterleben. Die bloße Vorstellung, zu welcher Brutalität die ergebnislose Suche nach Gold und Zimt Pizarro treiben würde, versetzte ihn in Panik. Gier und Enttäuschung würden aus dem Spanier einen tyrannischen Barbaren machen.

Jorge La Roqua war mittlerweile in unmittelbare Nähe gerückt. John stand in der zweiten Reihe und überlegte, ob es besser sei, dem Blick des Spaniers auszuweichen oder ihm entschlossen zu begegnen. Aber wie es schien, hatte La Roqua seine Entscheidung längst getroffen.

»Du auch!«, bellte er und deutete auf John. »Geh zu den anderen! Etwas Beeilung, wenn ich bitten darf!«

John seufzte innerlich auf, wusste aber, dass ihm keine Wahl blieb, als sich zu fügen. Mit zusammengebissenen Zähnen stapfte er durch den lehmigen Boden zu seinen Kameraden.

Als La Roqua dreißig Soldaten ausgewählt hatte, erteilte er ihnen alle nötigen Befehle zur Vorbereitung der Abreise. Der Rest der Mannschaft wurde von Francisco de Orellana in Arbeitsgruppen eingeteilt, deren Aufgabe es war, das Lager für die nächsten Tage zu errichten. Rasch entwickelte sich ein reges, nahezu ameisenhaftes Treiben, in das auch John sich nahtlos einfügte. Er verfügte mittlerweile über genügend Routine, um alle Aufgaben zu erledigen, die La Roqua ihm übertragen hatte. Die Arbeiten gingen ihm leicht von der Hand. Es gab Momente, in denen er sich bereits wie ein echter Konquistador fühlte.

Eine Stunde später war der Stoßtrupp startklar – Soldaten, Bluthunde und Packtiere standen abmarschbereit unweit der Kuppelzelte, die Orellana für sich und die Offiziere hatte aufstellen lassen. Noch immer hielt sich der Nebel hartnäckig in den Büschen und im Geäst, zudem regnete es wieder einmal in Strömen. Trotz angenehmer Temperatur fröstelte John, vor allem, wenn er an die kommenden Tage dachte.

Sein Unbehagen wuchs, als er Jorge La Roqua aus dem Nebeldunst auftauchen sah, hinter sich die Gruppe von Indios, die die Vorhut begleiten sollte: Träger, Viehtreiber und ein paar Führer. Zu Johns Entsetzen befand sich auch Neya unter den Auserwählten.

»Wartet hier!«, wies La Roqua die Eingeborenen an. Zu allen sagte er: »Haltet euch bereit. Sobald Don Pizarro den Befehl dazu gibt, werden wir aufbrechen!« Mit diesen Worten machte er sich auf den Weg in eines der Zelte.

Kaum hatte er der Gruppe den Rücken gekehrt, eilte John zu Neya. Er nahm sie am Arm und ging mit ihr ein paar Schritte zur Seite, sodass keiner ihr Gespräch belauschen konnte. »Tu mir einen Gefallen«, sagte er eindringlich. »Sobald wir losziehen, gib vor, über eine Wurzel zu stolpern und dir den Knöchel zu verstauchen, sodass La Roqua dich wieder ins Lager schickt. Frag mich nicht nach dem Grund. Ich will einfach nicht, dass du diesen Trupp begleitest.«

»Ihr macht Euch Sorgen um mich?«, fragte Neya mit gespieltem Ernst.

»Es ist gefährlich für dich, diesen Trupp zu begleiten! Weit gefährlicher, als im Lager zu bleiben.«

»In diesem Wald ist es *überall* gefährlich. Ich möchte lieber bei Euch bleiben, da fühle ich mich am wohlsten.«

John überlegte angestrengt, wie er Neya begreiflich machen konnte, dass sie hierbleiben *musste.* Dass sie sterben würde, wenn sie ihn begleitete. Schweren Herzens änderte er seine Taktik. »Ich liebe dich nicht!«, sagte er betont barsch. »Ich will nicht, dass du mir ständig nachläufst! Also tu, was ich dir sage, und sorge dafür, dass La Roqua dich hierlässt. Ich will dich nicht mehr sehen!«

Als er die Enttäuschung in den Augen der jungen Frau sah, glaubte er bereits, sein Ziel erreicht zu haben. Doch seine gespielte Kaltherzigkeit stellte sich als Bumerang heraus, denn Neyas Niedergeschlagenheit wich binnen Sekunden der Kampfeslust. Ihre Augen funkelten stolz, als sie entgegnete: »Wenn Ihr Euch schon nicht über meine Gesellschaft freut, dann wird Hauptmann La Roqua es umso mehr tun! Er mag ungezügelt und grob sein, aber er liebt mich wenigstens!«

Natürlich sprach sie so aus purem Trotz. La Roqua hatte ihren Mann kaltblütig erschlagen und ihren Bruder dem sicheren Tod überlassen, als er während des Anden-Abstiegs verunglückt war. Es war schlicht undenkbar, dass Neya dem Spanier irgendwelche anderen Gefühle als Hass und Verachtung entgegenbrachte. Aber offenbar war sie wild entschlossen, den Stoßtrupp zu begleiten, um in Johns Nähe zu bleiben.

Er seufzte. Im Grunde spielte es keine Rolle, ob sie mitging oder hierblieb. Von den Indios, die diese Expedition begleiteten, würde ohnehin kein einziger überleben. Dennoch erfüllte John die Aussicht auf das bevorstehende Unheil mit Trauer, Hoffnungslosigkeit und Verzweiflung.

Kapitel 12

Die Tage vergingen. Sie krochen in zäher Monotonie dahin, als hätte der Wald es sich zur Aufgabe gemacht, die Stoßtrupp-Teilnehmer mit purer Langeweile in den Trübsinn zu führen. Es geschah absolut nichts. Der Trupp traf weder auf wilde Tiere noch auf Eingeborene, von Gold oder Zimt ganz zu schweigen. Jeden Tag das gleiche Bild: Bäume, Sträucher, Farne und Lianen, wohin man auch blickte. Im ersten Moment unsagbar schön, auf Dauer jedoch erdrückend in seiner Gleichförmigkeit. Nicht einmal das Wetter änderte sich. Es blieb beständig neblig und regnerisch.

Das Einzige, was sich änderte, war die Stimmung in der Gruppe, denn die sank permanent weiter. Insbesondere Gonzalo Pizarro wurde immer gereizter. Schon am dritten Tag drohte er seinen indianischen Führern Peitschenhiebe an, wenn sie nicht endlich die Schätze des Waldes für ihn aufspürten.

Neya hielt die ganze Zeit über auffallend Distanz zu John. Dass er sie abgewiesen hatte, nagte so sehr an ihr, dass sie tatsächlich begann, mit Jorge La Roqua zu kokettieren, wann immer es möglich war, und der Spanier ließ sich allzu gerne darauf ein. Abends saß er neben Neya am Lagerfeuer und unterhielt sich mit ihr. Dabei war unverkennbar, dass dieser ungehobelte Klotz sich nach der Frau verzehrte wie ein verliebter Schuljunge. In Neyas Händen wurde der Löwe zum Lamm. Seine Sanftmütigkeit ihr gegenüber war fast schon rührselig.

Allerdings fürchtete John nichts so sehr wie den Augenblick, in dem La Roqua erkennen würde, dass Neya es nicht ernst mit ihm meinte. Verletzte Gefühle konnten den Verstand eines Mannes komplett außer Gefecht setzen. Daran wollte er im Moment lieber nicht denken.

Am fünften Tag ließ Pizarro seiner Drohung Taten folgen und aufgrund des anhaltenden Misserfolgs ein Exempel statuieren. Pater Carvajal, der Dominikaner, versuchte zwar, ihn davon abzuhalten, doch seine Anstrengungen blieben erfolglos. Pachuro, einer der Führer, wurde geknebelt, bäuchlings an einen Baum gefesselt und von Pizarro höchstpersönlich so lange mit der Peitsche geschlagen, bis ihm die Haut in Fetzen vom Rücken hing. Alle anderen standen stumm daneben und beobachteten das grausame Spektakel. Pizarro, wie von Sinnen vor Wut über die eigene Erfolglosigkeit, hörte nicht einmal auf, als der Gefesselte ohnmächtig am Baum zusammenbrach. Nachdem er sich endlich ausgetobt hatte, blickte er grimmig in die Runde. »Ich will Gold sehen!«, brüllte er. »Gold oder Zimt oder irgendetwas anderes von Wert! Hört ihr? Ich werde nicht eher aufgeben, bis wir fündig geworden sind. Wenn ihr nicht alle so enden wollt wie dieser unfähige Bastard« – er deutete mit einer Kopfbewegung auf den blutenden Körper am Baum –, »dann strengt euch gefälligst an! Und jetzt weiter! Wir haben keine Zeit zu verlieren!«

Mit diesen Worten stapfte er durch den matschigen Boden zu seinem Hengst, saß auf und ritt los. La Roqua und ein paar andere Berittene folgten ihm, begleitet von der kläffenden Hundemeute. Auch die Fußsoldaten sowie der Großteil der Indios beeilten sich, den Anschluss nicht zu verlieren. Nur eine kleine Gruppe Unentschlossener zögerte noch.

»Wir können ihn nicht so zurücklassen!«, sagte Neya und eilte zu dem Ohnmächtigen. »Helft mir, ihn loszubinden!«

Ein Indio schüttelte den Kopf und antwortete etwas in seiner Muttersprache, das John nicht verstand. Neya reagierte darauf ziemlich ungehalten. Für Johns Ohren klang es wie eine wüste Beschimpfung.

»Er hat Angst, dass Pizarro ihn ebenfalls auspeitschen lässt, wenn er Pachuro hilft«, sagte sie. »Dieser Feigling!«

»Vermutlich hat er recht«, entgegnete John. Er war selbst hin- und hergerissen zwischen dem Verlangen, den Schwerverletzten zu retten, und der Angst, Pizarros Zorn am eigenen Leib zu spüren zu bekommen.

Neya schüttelte verächtlich den Kopf. »Dann gebt mir wenigstens Euer Schwert, damit ich ihm die Fesseln durchtrennen kann.« Ohne auf Johns Antwort zu warten, griff sie nach dem Knauf seiner Waffe, zog sie aus der Lederscheide und zerschlug mit einem geschickten Hieb die Seile, die Pachuro am Stamm des Urwaldriesen festhielten. Augenblicklich sackte der blutüberströmte Körper zu Boden. Neya kniete sich neben Pachuro, beugte sich über ihn, tätschelte ihm die Wangen und versuchte, ihm eine Reaktion zu entlocken. Als es ihr trotz aller Bemühungen nicht gelang, hielt sie plötzlich inne. Ihre Augen füllten sich mit wässrigem Glanz, ihre Schultern begannen zu beben.

John wusste, was das bedeutete: Für Pachuro kam jede Hilfe zu spät.

Gonzalo Pizarros Übellaunigkeit besserte sich auch nach diesem Zwischenfall nicht. Er wirkte sogar noch aggressiver als zuvor. In seiner Nähe wagte kaum jemand, die Stimme zu erheben, so groß war die Furcht vor dem spanischen Oberhaupt.

Neya machte der Tod Pachuros sehr zu schaffen. Sie weinte die ganze Zeit leise vor sich hin und wirkte wie ein Häufchen Elend. Das riesige Bündel auf ihrem Rücken war wie eine Metapher für die schwere seelische Bürde, die sie zu tragen hatte, umso mehr, als sie auch noch unter Johns vorgetäuschter Kaltherzigkeit litt. Er wusste, dass sie jemanden zum Reden brauchte, ihr Stolz es jedoch verbot, auf ihn zuzugehen. Er hatte sie abgewiesen, also war es jetzt an ihm, wieder den ersten Schritt zu tun.

Tatsächlich gelang es ihm nach und nach, Neya zu besänftigen. Zunächst reagierte sie auf Johns Vorstöße ablehnend, sogar unwirsch, aber die Mauer, die sie um ihr verletztes Herz errichtet hatte, brach schnell in sich zusammen. Ganz offensichtlich hatte sie nur darauf gewartet, dass er endlich das Gespräch mit ihr suchte. Spätestens als ihre Finger sich vorsichtig um die seinen schlossen und sie eine Weile Händchen haltend nebeneinanderher spazierten, wusste John mit letzter Gewissheit, dass sie Jorge La Roqua nur deshalb schöne Augen gemacht hatte, um seine Eifersucht zu wecken.

»Ich bin froh, dass wir uns wieder vertragen«, sagte sie. »Ihr habt mir sehr wehgetan.«

»Ich weiß. Es tut mir leid.«

»Habe ich Euch auch ein wenig gekränkt, Herr?«

»Du meinst durch deine Spielerei mit La Roqua?«

Sie lächelte verschämt. »Ihr wusstet, dass ich es nicht ernst mit ihm meine?«

»Ich konnte mir nicht vorstellen, dass du dich auf jemanden einlässt, der deinen Mann und deinen Bruder getötet hat. Allerdings ist unübersehbar, dass La Roqua dich liebt. Er schmilzt in deiner Gegenwart dahin. Er wird es dir übel nehmen, wenn er herausfindet, dass du ihn nur benutzt hast.«

Neya zuckte gleichmütig mit den Schultern. »Ich liebe ihn nicht. Im Gegenteil, ich verabscheue ihn. Er verdient es, dass ich ihm das Herz breche. Ich liebe nur Euch!« Bei diesen Worten blieb sie abrupt stehen. Auch John hielt an, und als er sich zu ihr umdrehte, fiel sie ihm ohne zu zögern um den Hals und drückte ihm einen langen, warmen Kuss auf die Lippen. Einen verwirrenden Moment lang wusste John nicht, wie ihm geschah. Dann jedoch ließ er sich darauf ein, ohne weiter darüber nachzudenken. Alles um ihn herum versank in Bedeutungslosigkeit, es gab nur noch ihn und Neya, einen Mann und eine Frau, die sich durch eine Laune des Schicksals über die Jahrhunderte hinweg gefunden hatten. Es war ein wunderschönes, prickelndes Gefühl.

Aber als Neya von ihm abließ, erkannte John, dass Jorge La Roqua an der Spitze des Zuges sein Pferd angehalten hatte und sie beobachtete – gerade so, als habe er es geahnt. Seine Miene war wie versteinert.

Drei weitere Tage verstrichen ereignislos. Gonzalo Pizarro sagte die ganze Zeit über kaum ein Wort, wenn, dann gab er nur ein paar knappe Befehle. Er wirkte zunehmend mürrisch und verbittert und nach wie vor so gereizt, dass John jederzeit mit einem neuen Wutausbruch rechnete. Allen anderen ging es wohl ebenso, denn kaum jemand sprach lauter als im Flüsterton. Der Einzige, der es wagte, Pizarro gelegentlich anzusprechen, war Jorge La Roqua, doch selbst er erhielt meist nur ruppige Antworten.

Am darauffolgenden Tag – knapp anderthalb Wochen, nachdem sie sich vom Haupttrupp gelöst hatten – stießen sie endlich auf einen Zimtbaum. Die Freude darüber war so groß, dass Pizarro augenblicklich den Befehl gab, ein Lager aufzuschlagen und ein Festessen zu bereiten. Der Koch richtete eine Feuerstelle ein, und schon bald brodelte in seinem großen Kessel ein wunderbar duftender Eintopf. Sogar Wein ließ Pizarro ausschenken. Für Johns Gaumen war es der reine Genuss.

Nach dem Essen begann die fieberhafte Suche nach weiteren Zimtbäumen. Gonzalo Pizarro teilte die Männer und Frauen in Suchtrupps auf, die den Urwald systematisch durchforsten sollten. Doch als sie nach und nach wieder ins Lager zurückkehrten, um Bericht zu erstatten, war das Ergebnis niederschmetternd. Man hatte keinen einzigen weiteren echten Zimtbaum gefunden, nur *falschen Zimt* – ein anderes Lorbeergewächs, das zwar ähnlich aussah, dessen Rinde jedoch scharf und bitter schmeckte und sich daher zum Würzen nicht eignete.

Nach der vorübergehenden Euphorie traf Gonzalo Pizarro die unerwartete Niederlage doppelt hart. Jeder negative Bericht verfinsterte seine Miene weiter, und als auch der letzte Trupp seinen Misserfolg vermeldet hatte, war ihm anzusehen, wie sehr es in ihm brodelte. Die angestaute Frustration der letzten Wochen und Monate kochte schließlich explosionsartig in ihm hoch. Er packte einen indianischen Führer am Kragen und begann, ihn mit roher Gewalt hin und her zu schütteln. Der arme Mann war anderthalb Köpfe kleiner als Pizarro und wog mindestens zwanzig Kilo weniger, sodass er es nicht wagte, Widerstand zu leisten. Er wimmerte nur klagend vor sich hin, während er den Wutausbruch über sich ergehen ließ.

»Ihr gottverdammten Dilettanten!«, brüllte Pizarro, wobei er offenbar nicht nur den Führer, sondern alle Indios meinte. »Wofür habe ich euch überhaupt dabei, wenn ihr mir keinen Nutzen bringt? Ihr findet kein Gold und keinen Zimt, führt mich mal hierhin, mal dorthin! Ihr missbraucht meine Geduld! Aber damit ist jetzt Schluss! Wenn ihr schon zu nichts zu gebrauchen seid, dann sollt ihr uns auch nicht mehr begleiten! Spürt meinen Zorn! Ich lasse mich von euch nicht länger zum Narren halten!« Er brüllte wie von Sinnen, die Wut hatte ihn unzurechnungsfähig gemacht. »Hauptmann La Roqua.«

»Hier, Herr!«

»Sorgt dafür, dass diese verfluchten Bastarde in Schach gehalten werden!« Er deutete mit dem Finger auf die Indios, die stumm und verängstigt in einer Gruppe beisammen standen wie die sprichwörtlichen Opferlämmer. »Lasst niemanden entwischen! Und entzündet ein großes Feuer! Ich will dieses Gesindel brennen sehen!«

John stand wie gelähmt da. Dass der Vorstoß des Suchtrupps auf diese bestialische Weise enden würde, war ihm von Anfang an klar gewesen, aber er hatte erst in ein paar Wochen damit gerechnet. Einmal mehr stimmten die historischen Daten nicht mit den Fakten überein. Doch John kämpfte viel zu sehr mit seinen Gefühlen, als dass er sich darüber jetzt Gedanken machen konnte. Gonzalo Pizarro hatte den Befehl gegeben, alle Indios töten zu lassen. Auch Neya. Das Ende stand also unmittelbar bevor. Der Schock darüber saß so tief, dass John das Gefühl hatte, ihm würde der Boden unter den Füßen weggezogen. Seine Kehle war staubtrocken, kalter Schweiß trat ihm auf die Stirn. Er warf Neya einen Blick zu. In ihren weit aufgerissenen Augen flackerte die nackte Angst.

Dann überschlugen sich plötzlich die Ereignisse. Während Pater Carvajal auf Pizarro einredete, sich nicht an Gottes Kindern zu versündigen, brüllte Jorge La Roqua Befehle, woraufhin einige Soldaten sich daranmachten, Holz für ein großes Feuer zu sammeln. Erst jetzt schienen die Indios in vollem Umfang zu begreifen, wie ernst die Lage für sie geworden war. Einige begannen, laut zu schluchzen, verzweifelt zu schreien oder Gebete in ihrer Quichua-Sprache zum Himmel zu richten. Andere standen nur wie versteinert da, gelähmt durch die Aussicht auf den bevorstehenden Tod.

Vier von ihnen waren allerdings nicht bereit, ihr Schicksal so einfach hinzunehmen. Noch während La Roqua den Rest der Soldaten dazu einteilte, die Gefangenen zu bewachen, tauschten diese vier hastig ein paar Worte aus. Gleich darauf lösten sie sich von der Gruppe und rannten in unterschiedliche Richtungen los.

»Lasst sie nicht entkommen!«, schrie La Roqua.

Die Hundeführer leinten die Bluthunde los, die mit lautem Gekläff den Flüchtenden hinterherjagten. Die Armbrustschützen spannten eilig ihre Waffen. Auch John präparierte seine Armbrust und legte sie an, obwohl er nicht beabsichtigte, jemanden damit zu töten. Nur zum Schein richtete er seine Armbrust auf einen der davonrennenden Indios, doch schon wurde der arme Teufel vom Bolzen eines anderen Schützen in den Rücken getroffen. Seine Beine verloren den Halt, und er fiel bäuchlings vornüber. Keuchend versuchte er, sich wieder aufzurichten – vergeblich. Schon waren die Hunde bei ihm, fünf an der Zahl. Sie umringten ihn, packten ihn mit ihren Kiefern und begannen, erbarmungslos an ihm zu zerren. Schon troffen ihre Mäuler vor Blut. Sie zerrissen ihn bei lebendigem Leib. Ein markerschütternder, nicht enden wollender Schrei gellte durch den Urwald. John unterdrückte ein Würgen. Weitere Schreie zerrissen die Luft. Überall dasselbe Bild: eine Meute blutdürstiger Hunde, die sich über angeschossene Indios hermachte.

Dann verstummten die Schreie, einer nach dem anderen. Obwohl John nicht besonders gläubig war, bekreuzigte er sich. Die vier Ausreißer hatten es überstanden.

Die Hunde zerrten die Leichen zum Lager zurück, wo zwei Spanier sie nebeneinanderlegten. Die Abschreckung verfehlte ihre Wirkung nicht. Falls mittlerweile weitere Indios mit dem Gedanken gespielt hatten, ihr Heil in der Flucht zu suchen, verwarfen sie diesen wieder. Die Hunde hatten die Toten grässlich zugerichtet. Niemand wollte riskieren, auf diese Weise zu sterben, vielleicht auch nur, weil keiner eine Vorstellung davon hatte, wie grausam der Flammentod war.

Wenig später hatten die Spanier genug Holz für ein großes Feuer gesammelt. Mittlerweile waren die noch lebenden Indios um einen mächtigen Baumstamm zusammengetrieben und mit Seilen aneinandergefesselt worden. Auch die Fußknöchel hatte man ihnen zusammengebunden, damit niemand das Holz wegtreten konnte, das die Spanier jetzt kniehoch um die wimmernden Delinquenten verteilten. Gaspar de Carvajal unternahm einen weiteren Versuch, Pizarro noch in letzter Sekunde zur Vernunft zu bringen – abermals vergebens.

John erlebte all das wie in Trance. Wie in einem Albtraum, aus dem es kein Entrinnen gab. Während er mechanisch beim Holzschichten mithalf, suchte er fieberhaft nach einer Lösung. Aber was konnte er tun? Wenn der Dominikaner es nicht schaffte, Pizarro zur Einsicht zu bringen, dann konnte er es noch viel weniger – zumal er nicht riskieren wollte, selbst auf dem Scheiterhaufen zu enden.

Zwei Konquistadoren machten sich an einem der Packlamas zu schaffen und kehrten mit einem Fass Schießpulver zurück. Sie lösten den Verschlusspfropfen und verteilten den Inhalt gleichmäßig um den Baum, um den herum die Gefesselten standen. Das Wimmern und Wehklagen der Indios schwoll nun zu panischen Schreiattacken an.

Jorge La Roqua ging zur Feuerstelle und zog einen armlangen Ast aus den Flammen. Dabei bedachte er John, der in unmittelbarer Nähe stand, mit einem verächtlichen Grinsen. »Wenn *ich* sie nicht haben kann, wirst du sie auch nicht haben«, raunte er. Zweifellos meinte er Neya. »Die Hure hat mit mir gespielt. Jetzt wird sie dafür büßen.«

Mit dem lodernden Ast in der Hand ging er zum Scheiterhaufen. Dann entfachte er ohne zu zögern das Feuer. Das Schießpulver flammte in einem gleißend gelben Lichtblitz auf, gleich darauf wurde die Helligkeit von dichtem Rauch verschluckt, der sich wie ein schwarzer, wabernder Gürtel um den Baumstamm legte und sich dann träge nach oben wälzte. Die Indios schrien erschreckt auf. Als ihnen der Rauch in die Lungen geriet, begannen sie zu husten und nach Luft zu ringen. Dann lichtete sich der Rauch, und das Holz begann, gefährlich zu knistern und zu knacken. Gelbe Flammen züngelten zwischen den aufgeschichteten Zweigen empor, schlossen einen Feuerkreis um die wehrlosen Indios. Das Husten der Gefangenen schlug wieder in Schreie um. Diesmal schrien sie nicht nur aus Panik, sondern vor Schmerz. Sie standen bis zu den Knien im nur halbherzig brennenden Feuer und wurden viel zu langsam von den Flammen erfasst. Sie wurden bei lebendigem Leib geröstet.

Dieses Bild des unsäglichen Leids vor Augen wusste John auf einmal, was er tun konnte. Er riss seine Armbrust von der Schulter, spannte sie und legte einen Bolzen ein.

La Roqua bemerkte es. »Was soll das?«, bellte er.

John legte die Waffe an und zielte auf ihn. Mit einer gewissen Genugtuung sah er, dass La Roqua kreidebleich im Gesicht wurde. Drück ab!, schrie ihn seine innere Stimme an. Töte ihn, er hat es nicht anders verdient! Doch die Schmerzensschreie der Indios erinnerten ihn an sein eigentliches Vorhaben. Er schwenkte die Waffe herum und zielte in Richtung des Scheiterhaufens, wo die Gefesselten wie von Sinnen brüllten und sich in ihrem Schmerz wanden, darunter auch Neya. John biss die Zähne zusammen und schoss. Surrend löste sich der Bolzen von der Armbrust, eine Sekunde später war Neya von ihren Leiden befreit.

Obwohl John lediglich aus Barmherzigkeit gehandelt hatte, war er einen Moment lang schockiert über sich selbst. Er hatte einen Menschen getötet, eine Frau, für die er Zuneigung empfunden hatte, vielleicht sogar Liebe. Aber er hatte keine Wahl gehabt. Und die blieb ihm immer noch nicht, denn es gab noch mehr Indios, die Todesqualen litten. Rasch spannte John die Armbrust erneut. Während er zum zweiten Mal anlegte, um grausame Barmherzigkeit zu üben, sah er im Augenwinkel, wie La Roqua von rechts auf ihn zustürmte. John drückte ab, tötete einen Lamaführer, spannte die Sehne ein drittes Mal. Es gelang ihm gerade noch, den nächsten Bolzen einzulegen, doch für einen gezielten Schuss reichte es nicht mehr. La Roquas massiger Körper traf ihn wie ein Rammbock in die Seite und riss ihn von den Füßen. Der Aufprall raubte ihm den Atem, machte ihn benommen. Einen Moment lang wurde ihm schwarz vor Augen.

Dann spürte er einen Schlag ins Gesicht, und der Schmerz ließ ihn wieder zu sich kommen. La Roqua saß jetzt rittlings auf ihm, schwer wie ein Felsbrocken, die Faust schon zum nächsten Hieb erhoben. Unter Aufbietung all seiner Kräfte gelang es John, sich mit einer abrupten Bewegung unter dem Spanier wegzudrehen und ihn auf diese Weise aus dem Gleichgewicht zu bringen. La Roqua ruderte mit den Armen und fiel zur Seite. Das war Johns Chance. Sein erster Impuls war, sich auf seinen Gegner zu werfen, doch dann fiel ihm auf, dass er die Armbrust noch immer in der Hand hielt. Wie durch ein Wunder war auch der Bolzen noch eingespannt.

In Johns Kopf rasten die Gedanken. La Roqua war ein Schwein, das den Tod verdiente. Gleichzeitig wusste er: Wenn er jetzt abdrückte, würde er den Abend ebenfalls nicht mehr erleben. Pizarro würde ihn vierteilen oder rädern lassen. Die nackte Angst ließ John zögern. Dann war es auch schon zu spät, und das Schicksal nahm seinen Lauf. La Roqua, der die drohende Gefahr erkannt hatte, wirbelte – noch immer auf dem Boden liegend – um die eigene Achse, wobei er mit dem Stiefel nach der Armbrust trat. Noch während John versuchte, die Waffe wieder unter Kontrolle zu bringen, löste sich der Schuss. Der Bolzen surrte los – genau in Richtung der Konquistadoren. Von da an nahm John alles wie in Zeitlupe wahr: die düsteren Gesichter der Spanier, die den Kampf zwischen La Roqua und ihm beobachtet hatten … die plötzlich aufkommende Panik all jener, die in der Schusslinie standen … die hastigen Bewegungen, mit denen sie sich in Sicherheit zu bringen versuchten … Gaspar de Carvajal, der zu spät reagierte … den Bolzen, der schnurgerade auf ihn zugeflogen kam.

Der Dominikanermönch stieß einen spitzen Schrei aus, als das Geschoss ihn im Gesicht traf. Er riss die Hände nach oben und wurde nach hinten geschleudert. Seine Kutte bauschte sich auf wie von einem Windstoß ergriffen. Reglos blieb er am Boden liegen.

John war wie gelähmt, die anderen Spanier ebenfalls. Doch ihre Schreckensstarre hielt nicht lange an. Kaum hatten sie begriffen, was vorgefallen war, brüllte La Roqua vom Boden aus: »Er hat Pater Carvajal umgebracht! Ergreift ihn! Auch er soll brennen!«

Während die noch lebenden Indios sich vor Schmerzen die Seele aus dem Leib schrien, setzten die spanischen Soldaten sich in Bewegung und rannten auf John zu. Die Bluthunde kläfften und stürmten ebenfalls drauflos.

Sie werden mich zerfleischen!, durchfuhr es John. Und wenn ich danach noch lebe, werden sie mich auf den Scheiterhaufen werfen!

Obwohl er wusste, dass er den Hunden niemals würde entkommen können, wollte er instinktiv davonlaufen. Dann besann er sich jedoch eines Besseren. Falls er überhaupt eine Chance hatte, dann bestand sie im Gegenangriff!

Er riss sein Schwert aus der Scheide und warf sich mit einem mächtigen Satz gegen Jorge La Roqua, der inzwischen wieder auf die Beine gekommen war, aber sofort wieder ins Taumeln geriet und erneut stürzte. Damit hatte der Spanier offenbar nicht gerechnet. John wälzte sich auf ihn und drückte ihm die Klinge an die Kehle. »Blast den Angriff ab, sonst werdet Ihr mit mir sterben, das schwöre ich!«, keuchte er.

La Roqua zögerte widerwillig, begriff aber, dass John nichts mehr zu verlieren hatte und daher zu allem bereit war. »Haltet ein!«, brüllte er seinen Männern zu. »Und pfeift die Hunde zurück!«

Sein Befehl wurde augenblicklich befolgt. Die Spanier blieben stehen, einige von ihnen mit gezogenen Schwertern und angelegten Armbrüsten. Aber keiner von ihnen wagte, den Angriff fortzusetzen, so lange John ihren Hauptmann mit einer einzigen ruckartigen Bewegung ins Jenseits befördern konnte. Selbst die Hunde hielten mitten im Lauf inne. Sie kläfften, bleckten die Zähne und knurrten ohne Unterlass in Johns Richtung, aber sie griffen nicht weiter an. Zumindest vorläufig.

Die Indios brüllten noch immer vor Schmerzen, aber das um ihre Beine angehäufte Holz brannte inzwischen besser. Die Flammen züngelten gierig nach oben, nahmen ihnen die Luft, umräucherten und benebelten sie. Einige von ihnen waren bereits ohnmächtig oder tot. Der Rest würde es ebenfalls bald überstanden haben.

»Was soll jetzt werden?«, krächzte La Roqua. »Wie lange wollen wir zwei Turteltäubchen so liegen bleiben?«

John hatte sich noch keinerlei Gedanken darüber gemacht,

wie es nun weitergehen sollte. Eines stand fest: Sobald er La Roqua freigab, würde man ihn töten.

»Hoch mit Euch!«, zischte er. »Aber langsam. Und versucht nicht, Euch loszureißen! Ihr würdet es bereuen.«

La Roqua lächelte gequält, tat aber, was John verlangte. Langsam und vorsichtig, um sich nicht selbst die Kehle an der scharfen Klinge aufzuschlitzen, richtete er sich auf. John benutzte ihn dabei wie einen lebenden Schutzschild, für den Fall, dass einer der Armbrustschützen auf dumme Gedanken kam. An La Roquas Rücken gepresst, stand auch er auf.

»Lasst meinen Hauptmann los, Ortega!« Die schneidende Stimme gehörte zu Gonzalo Pizarro. Seine dunklen Augen waren starr auf John gerichtet und versprühten blanken Hass. »Hört Ihr nicht, was ich sage? Lasst Hauptmann La Roqua los, sofort! Dann werde ich Gnade vor Recht ergehen lassen und Euch einen schnellen Tod schenken. Widersetzt Ihr Euch meinem Befehl, werdet ihr tausendmal qualvoller sterben als diese Kreaturen hier! Das ist ein Versprechen!« Er deutete mit einer Kopfbewegung auf den Scheiterhaufen. Mittlerweile waren alle Schmerzensschreie verstummt. Zu hören war nur noch das Prasseln des Feuers, das jetzt mannshoch um den Baum herum brannte.

John hielt La Roqua noch immer fest umklammert. Wie konnte er sich nur aus seiner misslichen Lage befreien?

»Ich warte!«, tönte Pizarro. »Und wie Ihr wisst, ist meine Geduld sehr begrenzt. Wenn Ihr Hauptmann La Roqua nicht augenblicklich freigebt, lasse ich Euch bei lebendigem Leib die Haut abziehen!«

John zweifelte keine Sekunde daran, dass Pizarro die Drohung wörtlich meinte. Der Spanier befand sich in einer Laune, in der er zu allem imstande war.

»Nichts dergleichen werdet Ihr tun!«

Zuerst wusste John nicht, wer das gesagt hatte. Es schien von irgendwo hinter Pizarro zu kommen. Alle Köpfe drehten sich um. Halb verdeckt von den spanischen Konquistadoren erkannte John jetzt Gaspar de Carvajal, der sich wieder aufgerichtet hatte. Seine linke Gesichtshälfte war blutverschmiert, und er taumelte. Aber er lebte! Und so unsicher er auf den Beinen war, so kräftig klang seine Stimme.

»Genug des Mordens, Gonzalo!«, herrschte er Pizarro an. »Ich habe meine Augen schon viel zu lange vor dem Unrecht verschlossen. Aber jetzt sage ich: Schluss mit dem Blutvergießen! Versündigt Euch nicht weiter im Angesicht des Herrn!«

Pizarros spontane Erleichterung darüber, dass der Dominikaner noch lebte, schlug augenblicklich in Wut um. »Wer seid Ihr, meine Autorität in Frage zu stellen, Mönch?«, knurrte er. »Kümmert Euch gefälligst um Eure geistlichen Angelegenheiten, aber überlasst die weltlichen mir! Wenn ich nicht durchgreife, wird hier bald das Chaos herrschen, denn in diesem Dschungel gibt es kein Gesetz!«

»Oh doch, Gonzalo, das gibt es!«, konterte der Mönch. »Hier herrscht, wie überall auf Erden, das Gesetz Gottes. Das Gesetz der Barmherzigkeit und der Nächstenliebe. Und genau dieses Gesetz hat Ortega befolgt! Versündigt Ihr Euch an ihm, so versündigt Ihr Euch an Euch selbst. Tötet ihn, und Ihr werdet dafür auf ewig im Fegefeuer schmoren!«

Pizarro lag eine Antwort auf der Zunge, das konnte man sehen. Aber er zögerte. Offenbar wagte er nicht, Gottes Gebot in Frage zu stellen, zumindest wenn es ihm so deutlich vor Augen geführt wurde wie eben. Nach einer Minute des Haderns kam er schließlich zu einer Entscheidung. »Ich gewähre Ortega freies Geleit!«, sagte er so laut, dass alle es hören konnten. Er spuckte die Worte beinahe aus, so schwer kamen sie ihm über die Lippen. »Niemand wird sich an ihm vergreifen, ist das klar?«

John wagte es kaum, sein Glück zu fassen. Ein Teil von ihm war unendlich erleichtert über diese unerwartete Wendung, der andere Teil befürchtete, dass Gonzalo Pizarro nur bluffte oder dass die Konquistadoren seinen Befehl missachten könnten. Doch als John von Jorge La Roqua abließ, blieb er tatsächlich unbehelligt. Niemand schoss auf ihn, niemand griff ihn mit dem Schwert an, niemand hetzte die Hunde auf ihn. Er spürte, wie seine Knie zitterten. Er war dem Tod nur knapp entronnen, und das hatte er allein Gaspar de Carvajal zu verdanken.

Kapitel 13

Der Stoßtrupp – oder besser gesagt das, was von ihm übriggeblieben war – setzte seinen Weg fort. Ein Teil der Lasten, die die Indios getragen hatten, wurde auf die Packlamas und Pferde verteilt. Was nicht unbedingt benötigt wurde, ließen die Spanier zurück, darunter ein kleines, mit Intarsien verziertes Tischchen mit dazu passenden Stühlen – Luxus, auf den Gonzalo Pizarro bis dato auch im Urwald nicht hatte verzichten wollen. Jetzt musste er sich davon trennen.

Es war ein eigenwilliges Bild, das sie hinterließen. Der Baum mit den verkohlten Leichen, daneben das Ziertischchen mitsamt Stühlen, umstellt mit einigen stramm gepackten Bündeln und Säcken, für die im Trupp kein Platz mehr gewesen war. Wer nicht wusste, was sich hier abgespielt hatte, konnte dieses Arrangement unmöglich korrekt interpretieren.

John durchlebte die nächsten Tage, als lebe er unter einer Glasglocke, abgeschirmt vom Rest der Welt. Er hatte das Gefühl, dass mit Neyas Tod auch ein Teil von ihm gestorben war. Die Trauer war wie eine unsichtbare Mauer, die ihn von den anderen trennte und die noch dadurch verstärkt wurde, dass die Konquistadoren deutlich auf Abstand gingen. Sie hielten sich zwar weiterhin an den Befehl, John keine Gewalt anzutun, aber sie warfen ihm oft feindselige Blicke zu, im besten Fall ignorierten sie ihn. John war das nicht einmal unrecht. Im Moment wollte er so wenig wie möglich mit den Mördern Neyas zu tun haben.

Der Einzige, zu dem er in diesen Tagen Kontakt hielt, war Gaspar de Carvajal, nicht nur, weil er ihm sein Leben verdankte, sondern auch, weil er sich ihm gegenüber schuldig fühlte. Der Armbrustbolzen hatte den Dominikaner so unglücklich an der Schläfe getroffen, dass er mit dem linken Auge nichts mehr sehen konnte. Obwohl es ein Unfall gewesen war und der Mönch ihm nichts nachtrug, fühlte John sich dafür verantwortlich.

Dass die Dokumentation der Ereignisse wieder einmal nicht mit dem übereinstimmte, was er heute erlebt hatte, verwunderte ihn inzwischen kaum noch. Vieles auf dieser Reise war anders, als er es erwartet hatte, so auch der Zwischenfall mit Carvajal. Laut schriftlicher Überlieferung hätte der Mönch erst ein Jahr später sein Augenlicht verlieren müssen, und nicht durch den Armbrustbolzen eines Spaniers, sondern durch einen Pfeil, den er bei einer kriegerischen Auseinandersetzung mit Eingeborenen abbekam. Immer mehr Puzzleteile passten bei dieser Reise nicht zusammen. Die Frage war nur: weshalb?

Am Abend des achtzehnten Tages nach Verlassen des Hauptzugs, also anderthalb Wochen nach dem gewaltsamen Tod der Indios, saßen die Mitglieder des Stoßtrupps am Lagerfeuer und unterhielten sich. Wie üblich wurde John dabei ausgegrenzt, was ihn unberührt ließ. Er hatte sich mittlerweile an die Isolation gewöhnt und bemühte sich auch nicht um eine Besserung der Situation. Er hasste Pizarro und La Roqua für ihre Grausamkeit, alle anderen waren ihm gleichgültig.

Während er zwischen den übermannshohen Wurzelsträngen einer Urwaldfeige hockte und Suppe aus seiner Schale trank, beobachtete er, wie Gaspar de Carvajal sich nach dem Essen aus der Gruppe der anderen löste und sich etwas abseits an einem geschnürten Bündel zu schaffen machte. Endlich schien er gefunden zu haben, wonach er suchte. Er förderte ein kleines, in Leder gebundenes Buch zu Tage, außerdem ein Etui, ebenfalls aus Leder. Damit ausgerüstet setzte er sich auf einen umgestülpten Kupferkessel. Ein Fass Schießpulver diente ihm als Ablage für das Etui, aus dem er einen abgewetzten Federkiel und ein Tintenfass hervorholte. Dann legte er sich das Buch auf die Oberschenkel und begann darin zu blättern.

Ganz offenkundig tat er sich schwer mit dem Lesen. Er beugte sich dicht über die Seiten und erweckte den Eindruck, als könne er seine eigene Schrift nicht mehr entziffern. Das Schreiben fiel ihm noch schwerer. Er traf mit dem Federkiel kaum das Tintenfass, und als er es endlich geschafft hatte, krakelte er die Buchstaben langsam und angestrengt wie ein Erstklässler aufs Papier.

John legte die Suppenschale beiseite und ging zu ihm hinüber. »Kann ich Euch behilflich sein, Pater?«, fragte er.

Der Geistliche blickte zu ihm auf und schenkte ihm ein freundliches Lächeln. Die Wunde an seiner linken Schläfe hatte sich verschlimmert. Dort, wo der Bolzen ihn getroffen hatte, überzog eine schwarze, eiternde Blutkruste die Haut. Sein Auge war noch immer stark geschwollen und gerötet. Das Lid öffnete sich zu einem schmalen Schlitz, aber dort, wo eigentlich die Pupille hätte sein sollen, war nur noch Weißes zu sehen.

»Ich danke Euch für Euer Angebot«, sagte Carvajal. »In der Tat könnte ich ein wenig Hilfe gut brauchen. Schon seit Jahren ist mein rechtes Auge nur noch für die Ferne geeignet. Auf kurze Distanz ist es kaum noch zu gebrauchen. Und seit mein linkes nun blind ist, habe ich meine Probleme mit dem Lesen und Schreiben.«

»Dann lasst mich das für Euch tun«, sagte John.

Wieder lächelte der Mönch ihn an. Diesmal wirkte es ein wenig erstaunt. »Seid Ihr denn wirklich mit dem Alphabet vertraut, mein Sohn?«

»Gewiss nicht so gut wie Ihr, Pater. Aber wenn Euch meine bescheidenen Fähigkeiten genügen, will ich Euch gerne damit dienen.«

Carvajal nickte. »Ich sehe keinen Grund, weshalb wir es nicht versuchen sollten. Besorgt Euch eine Sitzgelegenheit und lasst uns beginnen.«

John holte sich eine Pferdedecke und setzte sich darauf. Als Carvajal ihm das Tagebuch überreichte, nahm er es beinahe ehrfürchtig entgegen. Für die Anfertigung seiner Doktorarbeit hatte er eine Kopie dieses Werkes benutzt, jetzt hielt er zum ersten Mal das Original in den Händen.

»Lest mir die letzten beiden Seiten vor, mein Sohn«, forderte ihn der Mönch auf.

John tat es, und es klappte mühelos. Er hatte das Schriftbild des Mönchs ganz anders in Erinnerung, viel kantiger und teils mit so dicken Strichen gezogen, dass man die Buchstaben kaum erkennen konnte. Jetzt stellte er jedoch fest, dass zumindest dieser Teil des Tagebuchs sehr leserlich geschrieben war.

Der Dominikaner hörte mit geschlossenen Augen zu. Während die anderen Konquistadoren sich im Hintergrund beim Glücksspiel ablenkten, ließ John noch einmal Revue passieren, wie der Stoßtrupp sich vom Haupttross getrennt hatte, wie die Stimmung in der Gruppe sich mit jedem Tag weiter verschlechtert hatte und wie Pachuro schließlich zu Tode gepeitscht worden war. Der letzte Eintrag handelte vom Fund des Zimtbaums und den daran geknüpften großen Hoffnungen.

»Doch die Hoffnungen zerschlugen sich rasch«, begann Carvajal mit noch immer geschlossenen Augen zu diktieren.

John griff eilig nach dem Federkiel, tunkte ihn ins Tintenfass und begann zu schreiben. Leise kratzte die Spitze auf dem rauen Papier.

»Trotz intensiver Suche fanden wir keinen einzigen weiteren echten Zimtbaum, sondern nur falschen Zimt. Don Gonzalos Wut darüber war so groß, dass er alle Indios dem Tod überantwortete.« Die anschließende Schilderung über die Ermordung der Indios versetzte John einen Stich, obwohl Carvajal auf grausame Details verzichtete. Während er unentwegt weiterschrieb, um den Ausführungen des Mönchs zu folgen, verschwammen die Seiten vor ihm, weil es ihm die Tränen in die Augen trieb.

Das Diktat dauerte nicht lange. Der geschwächte Dominikaner wurde bald müde, sackte in sich zusammen und schlief ein. Selbst als John ihm von hinten unter die Arme griff, um ihn auf eine Decke zu legen, wachte er nicht auf.

Eine Weile saß John nur da und beobachtete den leise schnarchenden Geistlichen. Wie viel Ruhe und Nächstenliebe ging von diesem Mann aus! Er hätte allen Grund gehabt, John zu hassen, aber er tat es nicht.

John legte den Federkiel beiseite und begann, in dem Tagebuch zu blättern. Interessanterweise beschrieb der Dominikaner Seite für Seite den exakten Verlauf der bisherigen Reise: den Abmarsch aus Quito, die Überquerung der Anden, die Begegnung mit den Schrumpfköpfen, den Tod von Hernán Gutiérrez durch den Angriff eines Jaguars … Das und alles andere stimmte haargenau mit dem überein, was John während der Expedition erlebt hatte. Nur hatte kaum etwas davon in den Aufzeichnungen gestanden, die er für die Erstellung seiner Promotion verwendet hatte.

Je mehr er las, desto stärker geriet John ins Grübeln. Von welcher Seite er die Sache auch betrachtete, er kam stets zu demselben Schluss: Irgendjemand – Carvajal selbst oder ein Dritter – musste der Nachwelt ein anderes Reisetagebuch als dieses hier hinterlassen haben. Eine verfälschte Abschrift. Aber aus welchem Grund? Was war mit dem Originaltagebuch geschehen? Und wer steckte hinter dem Täuschungsmanöver?

Fragen, auf die er keine Antworten hatte.

Kapitel 14

Ein paar Tage später stießen sie wieder auf das Basislager. John war froh, endlich wieder andere Gesichter zu sehen. Er hoffte, dadurch endlich die grausamen Bilder der sterbenden Indios aus seinem Kopf verbannen zu können, die ihn wie böse Geister verfolgten. Doch er stellte rasch fest, dass sich die Situation nicht besserte. Die Nachricht von Pizarros Bluttat stürzte die zurückgebliebenen Indios in Trauer und Verzweiflung. Viele begannen, spontan zu weinen, oder verfielen in mitleidiges Gezeter. Einige stimmten gebetsmühlenartige Litaneien an, die derart ans Herz gingen, dass auch John wieder die Tränen kamen. Die Stimmung von Francisco de Orellana und den anderen Spaniern im Lager erreichte ebenfalls einen Tiefpunkt – nicht wegen der toten Indios, sondern weil die Vorhut weder Gold noch Zimt gefunden hatte. Es herrschte eine Atmosphäre wie auf einem Friedhof.

Wenige Stunden später wurde das Basislager abgebaut und der Marsch fortgesetzt. Im großen Tross schlugen sie einen anderen Weg ein als jenen, den die Vorhut gewählt hatte, wohl weil Pizarro hoffte, in dieser Richtung mehr Glück zu haben. Aber John gewann den Eindruck, dass inzwischen kaum mehr jemand an den Erfolg dieser Expedition glaubte.

Am Nachmittag des übernächsten Tages trafen sie auf einen Fluss, an dessen spärlich bewachsenem Ufer sie ihr Lager aufschlugen. Es war ein wahrhaft idyllischer Ort: Wasserschildkröten sonnten sich auf dem Treibholz, während sie von einem Ballett aus Schmetterlingen umtanzt wurden, die aus dem Salz ihrer Augenflüssigkeit lebenswichtige Mineralien aufsogen. Am gegenüberliegenden Ufer erspähte John eine Gruppe Jaribu-Störche, die auf dürren Stelzenbeinen reglos im Wasser standen und sich die Abendsonne aufs Gefieder scheinen ließen. Ein schwarzer Scherenschnabel zog dicht über dem Fluss seine kerzengerade Bahn. Mit kräftigen Flügelschlägen glitt er dahin, den unteren Schnabelteil ins Wasser getaucht, um Beutefische aufzuspießen.

John war nicht der Einzige, der den hiesigen Artenreichtum bemerkte. Auch Gonzalo Pizarro fiel er auf, und er beschloss, den Reichtum der Natur dazu zu nutzen, die Speisekarte ein wenig zu erweitern. Kurzerhand gab er einigen Indios den Befehl, Schildkröten, Vögel und Fische fürs Abendessen zu erlegen.

John, der vom Ufer aus alles beobachtete, musste gestehen, dass er die Indios nicht beneidete. Zwar floss der Fluss harmonisch dahin, doch niemand wusste, was sich unter der spiegelnden Wasseroberfläche verbarg. Vielleicht tummelte sich ausgerechnet an diesem Gestade eine der vier Piranha-Arten, die auch Menschen anfiel. Darüber hinaus konnten Stachelrochen böse Verletzungen verursachen, die oft jahrelang schmerzten. Die Stachel der Tiere waren scharf wie Rasierklingen, zudem sorgte ein Nervengift für die nachhaltige Zerstörung des verwundeten Gewebes. Natürlich gab es noch eine ganze Reihe weiterer Tiere, die im Wasser lauern konnten: Kaimane und Fischgiganten wie der Tambaqui oder der Paraíba-Wels, dem nachgesagt wurde, dass er schon badende Kinder verschluckt habe. Und seit seinem Besuch im Manu-Nationalpark wusste John, dass Riesenotter, die bis zu 1,80 Meter Körperlänge erreichten und stets in Gruppen jagten, nicht umsonst *Lobos del río* – Flusswölfe – genannt wurden. Sie besaßen keine natürlichen Feinde und griffen sogar Kaimane an. Weshalb nicht auch Menschen?

Obwohl die Liste der potenziellen Gefahren endlos schien, wurde keiner der Indios verletzt. Einziger Wermutstropfen war, dass der Fang nicht so ergiebig wie erhofft ausfiel. Daher konnten sich am Abend nur Gonzalo Pizarro, Francisco de Orellana und deren engste Vertraute an frischem Fisch und Fleisch gütlich tun. Der Rest der Gruppe musste sich mit dem üblichen faden Eintopf zufriedengeben.

Dennoch war die Laune deutlich besser als an den Tagen zuvor, vor allem bei den Spaniern. Der Fluss bedeutete neue Hoffnung. Vielleicht mündete er ja in den Parime-See und führte sie somit nach Eldorado. Oder er floss ins Meer und wies ihnen damit einen Ausweg aus diesem Irrsinn namens Dschungel. Auf jeden Fall gab es am nächsten Morgen kaum einen Soldaten, der darüber maulte, dass das Lager schon wieder abgebaut und die Reise fortgesetzt wurde. Im Gegenteil – den meisten konnte es gar nicht schnell genug gehen.

Am Abend des darauffolgenden Tages stießen sie zum ersten Mal, seit sie den Urwald betreten hatten, auf Eingeborene. Bislang hatten die Wilden nur eine vage Bedrohung dargestellt – durch die Schauergeschichten, die man sich über sie erzählte, und durch die Schrumpfköpfe. Jetzt war die Gefahr erstmals zum Greifen nah.

Drei Soldaten wurden vorausgeschickt, um sich einen Überblick über den Feind zu verschaffen. Da der Spähtrupp von Jorge La Roqua ausgesucht wurde, war es kein Wunder, dass auch John zu den »Freiwilligen« zählte.

Gemeinsam mit den beiden anderen schlich er sich in Richtung der Siedlung. Der spärliche Uferbewuchs ließ sie rasch vorankommen, ohne verdächtige Geräusche zu verursachen. Gleichzeitig bot ihnen die anbrechende Dämmerung genügend Sichtschutz, um von den Indianern nicht bemerkt zu werden.

Sie erreichten den Dorfrand und versteckten sich hinter einem ausladenden Gebüsch, von wo aus sie das Geschehen gut beobachten konnten, ohne selbst gesehen zu werden. Im Dorf wurde ein ausgelassenes Fest gefeiert. Offenbar handelte es sich um eine wichtige rituelle Zeremonie, denn die Eingeborenen hatten sich ordentlich herausgeputzt. Sie trugen Röcke aus Palmblättern, Diademe aus leuchtenden Federn, Ohrstäbchen aus Tukanschnäbeln, Halsbänder aus Raubtierzähnen, Lippenringe und hölzernen Brustschmuck, außerdem Bänder aus geflochtenem Haar, die die Muskeln an Armen und Beinen betonten. Die meisten von ihnen tanzten um ein großes Feuer, das in der Mitte der Siedlung vor dem Eingang zu einer großen *Maloca* – der traditionellen Rundhütte der Waldindianer – brannte. Dazu sangen sie mit kehligen Stimmen zu archaischen Klängen, begleitet von dumpfen Trommelrhythmen. *Pam-pam ... pam-pam.* Es hörte sich an wie der Herzschlag des Dschungels.

Nach ein paar Minuten geschah etwas Seltsames. Einer der Eingeborenen tänzelte zu einer grob gezimmerten Holzkiste, griff blitzschnell mit einer Hand hinein und hielt plötzlich eine Schlange von beachtlicher Länge über den Kopf wie eine Trophäe. Die anderen Indianer jubelten ihm zu wie einem Helden. In dem erfolglosen Versuch, dem Griff des Mannes zu entkommen, wand die Schlange sich von dessen Handgelenk bis hinab zur Schulter und weiter um seinen Brustkorb. Da der Indianer das Reptil genau hinter den Kiefern gepackt hatte, konnte es ihn nicht beißen. Doch das weit aufgerissene Maul mit den beiden langen, sichelförmigen Giftzähnen gab einen Eindruck davon, wie gefährlich das Tier unter anderen Umständen sein konnte.

Der Eingeborene kehrte mit rhythmischem Fußstampfen zum

Feuer zurück und reihte sich in den Kreis der anderen Tänzer ein, die ihm noch immer frenetisch zujubelten. Er schien es kaum zu registrieren. Die Schlange noch immer über dem Kopf tragend, drehte er einige Runden um die prasselnden Flammen.

Plötzlich verstummten die Trommeln, und beinahe im selben Augenblick hielten die Tänzer inne. Von einer Sekunde auf die andere herrschte Stille – erwartungsvoll, beinahe unheimlich. Dann löste sich der Schlangen-Mann aus der erstarrten Menge, zückte ein primitives Messer aus seinem Lendenschurz und schnitt dem Reptil mit einer einzigen geschmeidigen Bewegung den Kopf ab, während er gleichzeitig einen gellenden Schrei in den Nachthimmel schickte. Den Rest des sich noch motorisch windenden Tierkörpers warf er in die Flammen. Jetzt stimmten auch die anderen Indianer in das Freudengeheul ein.

Angesichts des blutigen Opferrituals bekam John eine Gänsehaut. »Sie sind in Trance«, murmelte er seinen Begleitern zu.

»Oder besoffen wie die Kelten!«, meinte Domingo Delgado, der neben ihm kniete und durchs Gebüsch spähte. Delgado war etwa dreißig Jahre alt und wirkte mit seinem schwarzen Lockenschopf, dem glatt rasierten Gesicht und den vollen, geschwungenen Lippen ein wenig weibisch. Unter den Konquistadoren war es ein offenes Geheimnis, dass er des Nachts gern das Lager mit Leon Pequene teilte, dem »schönen Leon«.

Delgado schob die Zweige des Gebüschs weiter auseinander und deutete auf einen mächtigen Holzquader, der etwas abseits des Feuers auf dem Boden stand. Er musste aus dem Stamm eines Urwaldriesen aus einem einzigen Stück gefertigt worden sein und wirkte beinahe wie ein Altar. Bei näherer Betrachtung fiel John auf, dass der Holzblock ausgehöhlt war. Und in seinem Inneren befand sich etwas, das die Eingeborenen geradezu magisch anzog, denn immer wieder verließen einige von ihnen die

Gruppe, um sich tanzend und stampfend dem Holzquader zu nähern. Dort angekommen, schöpften sie mit der hohlen Hand eine schwarze Flüssigkeit heraus, die sie gierig schlürften. Die ölige Brühe schien ihnen neue Kraft zu verleihen, sie zu beleben, zu regenerieren. Allerdings machte sie sie offenbar auch benommen: Je mehr die Indianer davon tranken, desto unsicherer hielten sie sich auf den Beinen, was besonders deutlich wurde, nachdem sie sich wieder in die Gruppe eingegliedert hatten. Der Tanz ums Feuer geriet im wahrsten Sinn des Wortes zum Freudentaumel.

Ayahuasca, dachte John. Das Gebräu war bis zum heutigen Tag in ganz Amazonien verbreitet und auch unter den Namen Caapi, Caji, Yagé, Natema oder Jurema bekannt. Die Indianer gewannen es, indem sie eine bestimmte Lianenart – Banisteriopsis caapi – in Stücke schnitten, sie auskochten und anschließend mit Chacruna-Blättern vermischten. Im vergangenen Jahr hatte John ein Projekt von PharmaCorp begleitet, einem Unternehmen der McNeill Group, bei dem es um die pharmazeutischen Verwertungsmöglichkeiten tropischer Pflanzen ging. Auch Banisteriopsis caapi, seit langem bekannt für ihre heilende Wirkung auf Parkinsonkranke, wurde im Rahmen des Projekts näher untersucht. Seitdem war John Ayahuasca ein geläufiger Begriff. Er hatte das schwarze, zähflüssige Gebräu sogar schon einmal selbst probiert. Es schmeckte ekelhaft, wirkte aber umso verblüffender. Schein und Wirklichkeit verschmolzen, und man geriet in einen tranceähnlichen Zustand, der einem das Gefühl gab, in eine höhere Bewusstseinsebene aufzusteigen. Die Eingeborenen glaubten, ihre Seele könne sich unter dem Einfluss von Ayahuasca vom Körper lösen und die Gestalt eines Tieres annehmen, vorzugsweise eines Jaguars.

»Ihr habt recht«, murmelte John zu Delgado. »Die Brühe

scheint wie Alkohol zu wirken. Ein Glück für uns. In diesem Zustand dürfte das Dorf für uns kaum eine Gefahr darstellen.«

Dennoch wollte keiner ein unnötiges Risiko eingehen, daher beschlossen John und die beiden anderen, das Indio-Dorf zu umrunden, um sich einen umfassenden Überblick über die Situation zu verschaffen. Eine halbe Stunde lang schlichen sie in einem weiten Bogen durch den Dschungel, aber der erste Eindruck bestätigte sich – hier hatten sie nichts zu befürchten.

Als sie zum Tross zurückkehrten, war es stockdunkel. Um keine Aufmerksamkeit zu erregen, hatten die Spanier es nicht gewagt, ein Feuer zu entzünden. Nur der Mond und ein Meer voller Sterne erhellten die Nacht, gespiegelt vom leise dahinplätschernden Fluss.

»Wie viele Wilde leben im Dorf?«, fragte Pizarro.

»Etwa zweihundert, Herr«, antwortete Delgado. »Dazu noch ein paar Dutzend Kinder.«

»Dann sollten wir keine Schwierigkeiten haben. Was meint Ihr, Cousin?«

Orellana zuckte leichthin mit den Schultern. »Ich sehe keinen Grund, weshalb wir das Dorf nicht in Besitz nehmen sollten. Die Wilden sind uns zahlenmäßig unterlegen, haben primitivere Waffen und sind vom Alkohol benebelt. Viel günstiger könnten unsere Chancen wohl kaum stehen. Außerdem ist die Zeit mehr als reif für eine erste Eroberung. Nach monatelangem, ergebnislosem Marsch durch die Berge und den Wald benötigen die Männer endlich einen Erfolg.«

»Dann ist es beschlossen!«, sagte Pizarro. »Hauptmann La Roqua, lasst alle Vorbereitungen treffen! Die Reiter und die Fußsoldaten sollen sich bereit machen. Der Rest des Zuges bleibt hier. Er soll nachrücken, wenn wir das Dorf unter Kontrolle haben.«

Es war ein einfacher Plan. Die Fußsoldaten sollten den direkten Weg einschlagen und das Dorf von Westen her angreifen. Die Reiter hatten den Auftrag, das Gebiet weitläufig zu umrunden und sich von Süden und Osten zu nähern. Im Norden befand sich der Fluss. Der Überfall sollte so rasch vonstatten gehen, dass niemand aus der Siedlung fliehen konnte.

Johns Nervosität wuchs, während er sich durch die Dunkelheit Schritt für Schritt an das Dorf heranpirschte. Er konnte seine Kameraden, mit denen er eine lose Kette bildete, kaum sehen. Nur das Rascheln von Laub, das leise Knacken von Zweigen und gelegentliches Tuscheln verrieten ihm, dass die anderen noch in seiner Nähe waren.

In einiger Entfernung schimmerte bereits das orangerote Licht des Lagerfeuers durchs Gebüsch. Der dumpfe Trommelschlag trug die leiernden Gesänge der Eingeborenen weit in den Wald hinein. Irgendwo stieß ein Affe einen gedehnten Schrei in die Nacht hinaus. Johns Bedenken wuchsen mit jedem Schritt. Wie würde die Eroberung der Siedlung verlaufen? Wie viel Widerstand würden die Indios leisten, wie viele Tote und Verletzte würde es geben?

Werde ich selbst diese Nacht überleben?

Er erreichte den Rand der Lichtung. Jetzt konnte er die Silhouetten seiner Kameraden besser ausmachen. Sie standen – wie er selbst – hinter den letzten schützenden Gebüschen, die das Dorf in einem weitläufigen Bogen umgaben. Der flackernde Schein des Feuers drang an zahllosen Stellen durchs Blätterwerk und warf ein unruhiges Mosaik aus Licht und Schatten auf die spanischen Soldaten. Krieger der Nacht, die auf ihren Einsatz warteten.

Wie auf ein geheimes Zeichen hin, nahmen die Soldaten plötzlich ihre Waffen zur Hand. Manche zogen leise die Schwerter, andere – darunter auch John – spannten ihre Armbrüste und legten Bolzen ein. Trotz aller Vorsicht wirkten die Geräusche unglaublich laut, sodass John vor Spannung den Atem anhielt. Er rechnete jeden Moment damit, dass die Eingeborenen die Gefahr erkennen und zum Gegenangriff ansetzen würden, doch im Dorf schien niemand Verdacht zu schöpfen. Durchs Gebüsch beobachtete John das Treiben vor der *Maloca*. Das Feuer war jetzt deutlich größer als zuvor. Glühende Funken stoben weit hinauf in den Nachthimmel. Das Prasseln der Flammen war auf diese kurze Distanz so laut, dass es den Gesang der Indios beinahe vollkommen verschluckte. Umgekehrt ließ es offenbar kaum ein Geräusch zu den Tänzern vordringen. Es schottete sie – zusätzlich zu ihrem Rauschzustand – ab, hüllte sie ein, ließ sie vergessen, was außerhalb des Dorfes geschah. Woher sollten sie auch wissen, dass sie umzingelt waren?

Dann ging alles ganz schnell. John sah, wie die berittenen Soldaten von Osten und Süden her ins Dorf einfielen. Die Pferde preschten überall gleichzeitig durchs Blätterwerk. Ihre Hufe wirbelten Lehm auf und ließen den Boden erzittern. Irgendjemand brüllte Befehle.

Jetzt erwachten die Indios aus ihrer Trance. Im ersten Moment wirkten sie irritiert und wie gelähmt, dann schrien sie plötzlich wild durcheinander. Die Frauen packten ihre Kinder, um sie in die nächstgelegenen Hütten zu zerren. Die Männer griffen zu den Waffen, die in einer Art ritueller Anordnung um das Feuer herum lagen – Speere, Lanzen, Keulen, Blasrohre sowie Pfeil und Bogen. Doch angesichts der Reiter, die mit hoch erhobenen Schwertern auf sie zugaloppiert kamen, verließ sie rasch der Mut. Sie suchten ihr Heil in der Flucht – womit sie geradewegs auf die spanischen Fußsoldaten zugerannt kamen.

»Vorwärts!«, brüllte ein Kommandant, und die Infanteristen traten wie eine geschlossene Wand aus dem Wald. John hielt sich ebenfalls in Reih und Glied. Mit angelegter Armbrust stieß er ins Freie, bereit, den Abzug durchzudrücken, wenn es denn nötig wäre.

Abermals dauerte es einen Moment, bis die Indios die veränderte Situation registrierten und begriffen, dass sie eingekesselt waren. Mitten im Lauf blieben sie stehen. Zwar lag in ihren Mienen grimmige Entschlossenheit, doch gleichzeitig schienen sie zu ahnen, dass sie ihr eigenes Schicksal besiegeln würden, wenn sie von ihren Waffen Gebrauch machten.

Hinter ihnen hielten die spanischen Reiter ihre Pferde an, um die Eingeborenen nicht unnötig in die Enge zu treiben und sie dadurch zum Angriff zu provozieren. John war darüber ehrlich erstaunt. Er hatte nicht damit gerechnet, dass Pizarro eine unblutige Auseinandersetzung anstrebte, aber vielleicht hatte die entbehrungsreiche Reise seine Kampfeslust gedämpft.

Abgesehen vom wilden Tanz des Feuers schien die Szene jetzt wie eingefroren. Niemand wagte, sich zu bewegen, weder die Indios noch die Spanier. John spürte, wie ihm das Adrenalin durch die Adern jagte. Er hatte einen kleinen, untersetzten Dorfbewohner im Visier, der wiederum mit dem Blasrohr auf ihn zielte. Es war wie bei einem Duell. Wer zuerst schoss, würde den anderen töten.

Dann übertönte plötzlich eine schrille Stimme das Prasseln des Feuers. Ein hagerer Greis, der auf seiner Glatze einen ausladenden Kopfschmuck aus Tierfell und Federn trug, rief etwas in einer Sprache, die John nicht verstand. Für seine Ohren klang es wie ein Angriffsbefehl, und er machte sich schon bereit, seinen Schuss abzufeuern. Doch während der Alte lauthals weiterkrächzte, legte er behutsam seine Hartholzlanze auf den Boden. Eine Geste der Unterwerfung – und die anderen Indios folgten seinem Beispiel! Von John fiel eine Zentnerlast ab.

Wenig später hatten die Spanier das ganze Dorf um das Lagerfeuer zusammengetrieben. Jorge La Roqua ließ alle Waffen einsammeln und vorsichtshalber auch die Hütten durchsuchen. Endlich gab er Entwarnung. John schaffte es, sich allmählich wieder ein wenig zu entspannen.

Gonzalo Pizarro ließ seine Dolmetscher kommen – ein paar Indios aus Quito, die er eigens zu diesem Zweck mitgenommen hatte –, um mit den Urwaldbewohnern Kontakt aufzunehmen. Heute benötigte er ihre Dienste zum ersten Mal. Nach einigen Fehlversuchen gelang es Felipillo, einem adeligen Inka-Indianer mit gebeugtem Gang, aber hellwachen Augen, sich mit dem Alten aus dem Dorf zu verständigen. Wo Worte versagten, benutzte er ausladende Gesten.

»Er spricht einen entfernten Arawak-Dialekt«, sagte Felipillo zu Gonzalo Pizarro. »Ich verstehe zwar nicht jedes Wort, aber er sagt wohl, dass dies der Stamm der Napo sei, benannt nach dem Fluss, an dessen Ufer sie leben. Er ist der ranghöchste Mann des Dorfes, *Aparia* und *Payé*, Häuptling und Schamane in einer Person. Er bittet Euch, das Leben der Dorfbewohner zu schonen. Im Gegenzug bietet er Euch Waffen, Schmuck und Nahrung an.«

»Die Waffen haben wir bereits konfisziert!«, höhnte Pizarro. »An Schmuck kann ich nichts erkennen, was sich lohnen würde zu besitzen. Und nur um der Nahrung willen sind wir nicht so weit gereist.«

Felipillo wechselte ein paar Worte mit dem *Aparia*. »Mehr gibt es hier nicht, behauptet er.«

John sah Pizarro an, dass er schon wieder die Geduld verlor. Er hatte wohl gehofft, in dieser Siedlung endlich ein wenig Gold zu entdecken. Doch der Schmuck der Indios, den sie in mannigfaltiger Art an Hals, Ohren, ja sogar an Nasen und Lippen trugen, bestand ausschließlich aus Tierkrallen, Federn und Holz. Für die Spanier war das absolut wertlos.

»Sag ihm, dass dieses Dorf und all seine Einwohner ab sofort der spanischen Krone unterstehen«, gebot Pizarro dem Dolmetscher. »Sag ihm, wer es wagt, sich aufzulehnen, wird mit dem Tode bestraft. Wer sich meinem Befehl widersetzt, ebenfalls. Im Namen Kaiser Karls V. erkläre ich dieses Land mit allem, was sich darauf befindet, zum spanischen Besitz.«

Für Johns Ohren klang es geradezu lächerlich. Ein kümmerliches Indio-Dorf mitten im südamerikanischen Dschungel wurde kraft lapidarem Befehl dem Herrschaftsgebiet einer europäischen Großmacht zugeordnet. Wie verzweifelt musste Pizarro sein, um sich dazu hinreißen zu lassen?

Der Dolmetscher begann zu übersetzen. Das Gesicht des *Aparia* verriet, dass er nicht allzu viel von dem verstand, was ihm gesagt wurde, aber er hörte Felipillos Ausführungen aufmerksam zu. Anschließend ergriff er das Wort und sprach zu seinem Volk.

Zufrieden berichtete Felipillo an Pizarro: »Er hat den Dorfbewohnern befohlen, sich friedlich zu verhalten und Eure Anweisungen zu befolgen. Ich glaube nicht, dass diese Leute Euch Schwierigkeiten machen werden, Herr.«

»Dann wollen wir gleich mal sehen, ob der Häuptling es auch ernst meint«, erwiderte Pizarro. »Sag ihm, dass meine Leute und ich hungrig sind. Wir wollen etwas essen. Eine warme Mahlzeit, und zwar reichlich davon. Wenn es schnell genug geht und schmeckt, werden wir heute Nacht vielleicht ein paar der Frauen verschonen.« Er verzog die Lippen zu einem zynischen Grinsen und deutete auf ein Mädchen, kaum zwanzig Jahre alt, das barbusig und beinahe nackt vor einer der Hütten stand und ängstlich wie ein Reh herüberblickte. »Die dort drüben«, sagte

Pizarro und deutete in ihre Richtung, »die könnte mir schon gefallen!«

Er bedachte die Frau mit einem lüsternen Blick und ergötzte sich daran, sie so sehr zu verängstigen, dass sie sich rasch in ihre Hütte zurückzog.

Wieder übersetzte der Dolmetscher. Der *Aparia* hörte wortlos zu, wobei er dem gut einen Kopf größeren Gonzalo Pizarro starr in die Augen sah. Der flackernde Schein des Feuers verlieh seinem Blick einen beinahe diabolischen Glanz. John zweifelte nicht daran, dass der Alte den spanischen Führer in diesem Moment am liebsten umgebracht hätte. Aber er hielt sich zurück. Wie eine Spinne, die geduldig auf ihre Chance wartet.

Die Spanier vertrieben die Eingeborenen aus ihren Hütten, um es sich darin bequem zu machen. Anschließend verstauten sie Waffen und Vorräte darin in der Absicht, einige Tage oder gar Wochen in der Siedlung zu verweilen und sich von den Strapazen der Reise zu erholen. Bis dann auch noch die Tiere versorgt waren und alle Indio-Träger und -Führer einen Platz zum Übernachten gefunden hatten, war das Essen fertig.

Die Eingeborenen hatten die Feuerstelle umgestaltet. Jetzt brannte nicht mehr ein einzelnes großes Feuer in der Dorfmitte, sondern gut zwei Dutzend kleinere, und von jedem einzelnen stiegen John die köstlichsten Gerüche in die Nase. Über die knisternden Glutherde hatten die Indianer große Gitter aus grünen, noch feuchten Zweigen gelegt. Darauf grillten sie Fische und saftige Fleischstücke von Pekaris und Tapiren. Dazu reichten sie Fladen aus Maniok-Mehl sowie Bananen, Papayas und Ananas, die sie in ihren primitiv angelegten Gärten zwischen Dorfrand und Urwald züchteten. John, der seit dem Morgen nichts mehr gegessen hatte, lief das Wasser im Mund zusammen.

Pizarro, Orellana, La Roqua und drei weitere spanische Kommandanten saßen in der großen *Maloca* – der zentralen Rundhütte – im Kreis auf Matten. Da sie auch den *Aparia* sowie zwei seiner Unterhäuptlinge hierher beordert hatten, war Felipillo, der Dolmetscher, ebenfalls dabei, außerdem Gaspar de Carvajal als oberster Geistlicher des Zugs. Und da Carvajal John in sein Herz geschlossen hatte, war es sein Wunsch gewesen, ihn an seiner Seite zu haben.

Dadurch hatte John erstmals Gelegenheit, die Dorfbewohner ein wenig genauer in Augenschein zu nehmen. Er stellte fest, dass sowohl der *Aparia* als auch alle anderen Indianer an Brust und Armen, teils sogar im Gesicht, mit Tätowierungen übersät waren. Aus der Entfernung wirkten sie wie einfache Hautflecken, bei näherer Betrachtung entpuppten sie sich jedoch als kunstfertige Ansammlung filigraner Tier- und Naturdarstellungen, wenn auch in stark stilisierter Form. Geometrische Figuren – vor allem Rechtecke, Dreiecke und Rauten – waren ebenfalls dabei. John wusste, dass er diese Formen schon einmal irgendwo gesehen hatte, konnte sich im ersten Moment jedoch nicht daran erinnern. Dann fiel es ihm mit einem Mal wieder ein: Die Tätowierungen waren die verkleinerten Darstellungen der gigantischen Geoglyphen auf der Wüstenhochebene oberhalb des Nazca-Tals. Welchen Zweck die dortigen Stein-Scharrbilder erfüllten, war bis in die Gegenwart hinein nicht zweifelsfrei geklärt. Die gängigsten Theorien gingen davon aus, dass es sich um astronomische Symbole und Sternbilder der Nazca-Kultur handelte. Zu echter, wenn auch zweifelhafter Berühmtheit gelangte die Region jedoch durch den Schweizer Erich von Däniken, der die These vertrat, bei den Nazca-Reliefs handle es sich um ehemalige Landeplätze für außerirdische Raumschiffe.

Doch welcher Theorie man sich auch anschloss – die Nazca-

Symbole waren nicht einzigartig, wie John bisher angenommen hatte, sondern sie überzogen nun auch die Körper dieser Dorfbewohner! Woher kannten sie die Felsdarstellungen aus der Wüste in über 1 500 Kilometer Entfernung?

Durch seine Doktorarbeit wusste John einigermaßen über die Sitten und Gebräuche der Amazonas-Völker Bescheid. Von solchen Körperbemalungen hatte er indes noch nie gehört, obwohl sie eine Sensation waren. Das Schlangenopfer-Ritual, das er wenige Stunden zuvor beobachtet hatte, war ihm ebenfalls neu.

Als ihm die Tragweite dieser Feststellung bewusst wurde, bekam er vor Aufregung ganz feuchte Hände. Weshalb wurden diese Dinge in keiner einzigen ihm bekannten Quelle erwähnt – zumal die Eingeborenenstämme am Ufer des Napo modernen Anthropologen keineswegs unbekannt waren? Offenbar warfen nicht nur Gaspar de Carvajals Tagebuchaufzeichnungen Fragen auf, auch andere, neuzeitliche Dokumente, die John für seine Recherchen benutzt hatte, zeichneten ein falsches oder zumindest lückenhaftes Bild der Realität. Weshalb? Welches Geheimnis barg dieser Wald, dass Geschichtsschreiber und Wissenschaftler der unterschiedlichsten Epochen es vorzogen, die Wahrheit zu verschleiern, anstatt sie der Öffentlichkeit zugänglich zu machen?

Oder existierte der Napo-Stamm heutzutage gar nicht mehr? War er irgendwann im Laufe der letzten vierhundertfünfzig Jahre untergegangen – und mit ihm das Wissen um die Tätowierungen?

Das Gespräch, das Gonzalo Pizarro mit dem *Aparia* führte, erregte wieder Johns Aufmerksamkeit.

»Frag ihn, ob er schon einmal vom Reich Eldorado gehört hat«, sagte der Spanier, und Felipillo übersetzte.

Der Alte schüttelte den Kopf.

»Sag ihm, dass wir ein Land suchen, in dem es Gold in Hülle und Fülle gibt.«

Der *Aparia* und seine beiden Unterhäuptlinge lauschten Felipillos Ausführungen und beobachteten jede seine ausladenden Gesten, die er benutzte, wenn sein Wortschatz versagte. Schließlich tauschten sie vieldeutige Blicke aus, woraufhin der *Aparia* behäbig nickte. *»Curicuri«*, sagte er und begann zu erzählen.

Als er geendet hatte, herrschte einen Moment lang Stille.

»Was sagt er?«, drängte Pizarro.

»Er spricht von einem großen See im Wald, an dessen Ufer eine wohlhabende Stadt liegt. Die Napo nennen sie nicht Eldorado, sondern *Curicuri.* Ihr Häuptling wird jeden Morgen mit einem Puder bedeckt, der ihm den strahlenden Glanz der Sonne verleiht. Und jeden Abend badet der Häuptling im See, um sich den Sonnenglanz vom Leib zu waschen.«

Der Parime-See!, schoss es John durch den Kopf. Es gibt ihn also tatsächlich, ebenso wie Eldorado!

Es fiel ihm schwer, einen klaren Gedanken zu fassen, so aufgeregt war er plötzlich. Nie hätte er die Existenz des legendären Goldreichs für möglich gehalten, nicht zuletzt, weil es bis in dic Gegenwart hinein unentdeckt geblieben war. Aber war genau das des Rätsels Lösung? Hatten Generationen von Dokumentatoren falsche Niederschriften hinterlassen, um das Geheimnis dieses sagenhaften Schatzes zu wahren? Andererseits: Weshalb hätten sie das tun sollen? Weshalb war nicht einer von ihnen der Verlockung erlegen, sein Wissen wahrheitsgemäß niederzuschreiben und sich damit ewigen Ruhm zu sichern? Das ergab keinen Sinn! Aber im Moment spielte das keine Rolle. John spürte, wie er durch die Ausführungen des *Aparia* von Abenteuerlust gepackt wurde.

Auch Gonzalo Pizarros Augen leuchteten, bei ihm sah es allerdings aus, als befände er sich im Fieberwahn. Etwas Irres ging von ihnen aus, es war der Blick eines Fanatikers. »Frag ihn, wo dieser See zu finden ist!«, wisperte er dem Dolmetscher zu.

Felipillo wechselte ein paar Worte mit dem *Aparia.* An der Miene des Übersetzers bemerkte John, dass die Unterhaltung eine unerwartete Wendung nahm: Aus reinem Interesse wurde rasch Skepsis, dann Ungläubigkeit und schließlich sogar blankes Entsetzen, insbesondere, wenn der Alte die Worte *Yawara* und *Uracai* benutzte.

»Was ist?« Gonzalo Pizarros Stimme war wieder barsch vor Ungeduld. »Was erzählt er? Wo können wir diesen See und seine Reichtümer finden?«

»Er sagt, das Land, das wir suchen, befindet sich etwa zwanzig Tagesmärsche von hier. Zunächst müssen wir so lange am Flussufer weiter, bis die Hand des Waldes sich warnend aus dem Wasser erhebt ...«

»Die Hand des Waldes? Was soll das bedeuten?«

»Soweit ich es verstanden habe, handelt es sich um einen Stein oder einen Baum, der aus dem Fluss ragt.«

»Nun, das dürfte nicht schwer zu finden sein. Wie geht es danach weiter?«

»Wir müssen den Fluss hinter uns lassen und zwölf Tage lang ein Gebiet durchwandern, das der *Aparia* den *Wald der Angst* nennt. Dort lebt der sogenannte *Uracai.*«

Uracai?, dachte John. Auch davon hatte er nie zuvor gehört. Aber nach dem Gesichtsausdruck Felipillos zu urteilen, war dieser *Uracai* etwas, dem man besser aus dem Weg gehen sollte.

»Lass dir nicht alles aus der Nase ziehen!«, forderte Orellana jetzt von Felipillo. »Wer oder was ist dieser *Uracai?* Ein Mensch oder ein Tier?«

»Weder noch – oder auch beides. Der *Uracai* ist ein Dämon,

halb Mensch, halb *Yawara*. Das bedeutet in der Sprache dieser Eingeborenen Jaguar. Ein Wesen aus der Schattenwelt, groß, unverwundbar und blutrünstig. Die Verkörperung all dessen, was in diesem Wald böse und grausam ist. Wer sein Revier betritt, dem ist der Tod gewiss.«

John sträubten sich die Nackenhaare, wie früher, als sein Vater ihm vor dem Zubettgehen Schauermärchen erzählt hatte. Zwar glaubte er inzwischen nicht mehr an Geister und Dämonen, aber sein Instinkt sagte ihm, dass die Eingeborenen nicht grundlos vom *Wald der Angst* sprachen. Auf dem Weg nach Eldorado lauerte etwas in den Tiefen des Dschungels, und er hatte das ungute Gefühl, dass diese Expedition schon bald Bekanntschaft damit machen würde.

Kapitel 15

Um die Soldaten, Träger und Viehtreiber nicht unnötig zu erschrecken, befahl Pizarro allen Teilnehmern der nächtlichen Unterhaltung, Stillschweigen über den *Uracai* zu wahren. »Dieser Dämon ist nur ein Ammenmärchen!«, behauptete er mit überzeugter Stimme. »Eine Erfindung des Volks von Eldorado, um sich vor jenen zu schützen, die es auf ihr Gold abgesehen haben. Ich will nicht, dass unsere Leute durch eine lächerliche Gruselgeschichte jeglichen Mut verlieren!«

Er räumte zwar ein, dass er es für durchaus möglich, ja sogar für wahrscheinlich hielt, dass Menschen, die in der Vergangenheit versucht hatten, Eldorado zu finden, im *Wald der Angst* gewaltsam ums Leben gekommen waren. Aber ein überirdisches Wesen, noch dazu unverwundbar – das war ihm dann doch zu weit hergeholt.

John teilte seine Meinung vollkommen. Sie schien ihm plausibel. Einige gewöhnliche Todesfälle waren im Lauf der Jahre und Jahrzehnte zu einem Dämonenmythos aufgebauscht worden – entweder durch gezielte Gerüchte, die von den Bewohnern Eldorados zur Abschreckung verbreitet worden waren, oder durch die Tendenz, bei mündlicher Überlieferung Harmlosigkeiten facettenreich auszuschmücken. So war aus irgendeinem Raubtier über Generationen hinweg eine Menschen fressende Bestie und schließlich ein Dämon geworden. Dieser Dschungel war schließlich prädestiniert dafür, Urängste zu wecken und die Ausgeburten der eigenen Fantasie in jede

Nebelschwade und in jedes Schattenspiel hineinzuinterpretieren.

Als Pizarro nach der Unterhaltung mit dem *Aparia* vor die große Rundhütte trat und die Konquistadoren zusammenrufen ließ, verschwieg er ihnen zwar die *Uracai*-Legende, doch er verkündete voller Stolz, wie nah sie Eldorado gekommen waren. Um die frohe Botschaft gebührend zu feiern, ließ er seine Männer einige Fässer Wein und Rum öffnen – nicht so viel, dass Gefahr bestand, die Kontrolle über das Dorf zu verlieren, aber genug für ein bisschen Ausgelassenheit.

Die Euphorie der Spanier in Verbindung mit dem Alkohol, der trotz Pizarros gegensätzlicher Anweisung reichlich floss, sorgte dafür, dass die anfängliche Ausgelassenheit bald in herrschaftliche Willkür umschlug. Man ließ sich von den Napo nach Lust und Laune Wein und Rum nachschenken oder Früchte zur Abrundung des Festessens servieren. Wem der Sinn danach stand, ließ die Eingeborenen auch singen oder tanzen. Wenn sie die Anweisungen nicht sofort verstanden, schlug man sie wie Sklaven. Und natürlich dauerte es nicht lange, bis die Spanier begannen, sich an den Dorfschönheiten zu vergreifen. Allein oder auch zu mehreren griffen sie sich Frauen und Mädchen, um wie wild gewordene Tiere über sie herzufallen. Leisteten sie Gegenwehr, gingen sie umso brutaler mit ihnen um. Bald war der Wald von Angst- und Schmerzensschreien erfüllt. Als ein paar Stammeskrieger einschreiten wollten, um ihren Frauen und Töchtern zu helfen, wurden sie kurzerhand umgebracht. Für die Napo wurde jene Nacht zum Desaster.

Am kommenden Morgen erteilte Pizarro den Abmarschbefehl. Nachdem die Bedürfnisse seiner Männer in jeglicher Hinsicht befriedigt waren, wollte er so schnell wie möglich nach Eldorado aufbrechen. Seit Monaten zogen sie nun schon unter widrigsten Umständen gen Osten, ohne einem greifbaren Erfolg näherzukommen. Jetzt endlich schien das Blatt sich zu wenden. Das Glück war nur noch zwanzig Tagesmärsche entfernt.

Als Gegenleistung dafür, nicht noch mehr Napos zu töten, verlangte Pizarro vom *Aparia* zwei Krieger als Führer. Während er sie fesseln und an sein Pferd anbinden ließ, damit sie nicht fliehen konnten, verzogen die beiden keine Miene. Sie machten einen gleichgültigen Eindruck, so, als hätten sie sich bereits in ihr Schicksal ergeben, aber wer konnte schon wissen, was sich wirklich in den Köpfen dieser stolzen Eingeborenen abspielte?

Als der Zug losmarschierte, fühlte John sich innerlich taub und leer. Sie waren in ein kleines, blühendes Dorf mitten im Wald eingefallen und ließen es als Stätte des Grauens zurück. Dichter Nebel waberte über den Boden, aus den Hütten tönte noch immer das klägliche Wimmern der Frauen.

Am Dorfrand stand eine lange Reihe von Napo-Kriegern, in ihrer Mitte der *Aparia*, der an diesem Morgen einen Umhang aus Jaguarfell angelegt hatte. Der Schädel des Tieres thronte auf seinem Glatzkopf, die Vorderpranken hingen ihm locker über die Schultern. Der Anblick hatte etwas Schauderhaftes. Das Jaguarfell verlieh dem kleinen Greis eine geradezu unheimliche Aura. Während die Konquistadoren an ihm vorbeizogen, funkelten seine Augen eiskalt, und er murmelte immer und immer wieder denselben Satz vor sich hin: *»Uracai, tá ka maho … Uracai, tá ka maho …«* Wie ein Mantra oder ein Gebet.

Oder wie eine Beschwörungsformel, die an den Dämon des Waldes gerichtet war.

Die nächsten drei Tage verliefen ereignislos. Der Tross wand sich langsam, aber beständig wie eine riesige Schlange am Ufer des Napo entlang. Das Unterholz war hier weniger dicht als im Waldesinneren, weshalb sie gut vorankamen.

Die Stimmung unter den Soldaten war besser denn je. Erschöpfung und Hoffnungslosigkeit waren wie weggeblasen, niemand beklagte sich mehr. Auch die Träger und Viehtreiber schienen aufzuatmen. Zwar würden sie weder am Ruhm noch am Reichtum der Spanier teilhaben, aber wenigstens mussten sie nicht länger befürchten, den Wutausbrüchen des enttäuschten Gonzalo Pizarro zum Opfer zu fallen.

Am Morgen des vierten Tages waren die beiden Napo-Führer verschwunden. Irgendwie musste es ihnen in der Nacht geglückt sein, ihre Fesseln zu lösen. Pizarro nahm den Zwischenfall erstaunlich gelassen und war sich mit seinem Cousin Orellana schnell darüber einig, dass es keinen Sinn haben würde, die beiden Ausreißer zu verfolgen. Sie waren davon überzeugt, Eldorado auch ohne fremde Hilfe zu finden.

Am Mittag erreichte der Tross eine Stelle, an der ein alter, knorriger Baum auf einer kleinen Insel im Fluss stand. Am Stamm strebten lianenartige Schlingpflanzen wie Adern empor. In etwa vier Metern Höhe ging der Stamm abrupt in eine wulstige, tellerartige Abflachung über, aus der wiederum fünf kräftige Äste im Halbkreis gen Himmel wuchsen. Mit etwas Fantasie konnte man darin durchaus eine warnende Hand erkennen, die sich aus dem Wasser erhob, genau wie der *Aparia* es gesagt hatte.

Nach einer kurzen Rast ließen sie den Napo hinter sich und schlugen den Weg ins Waldesinnere ein. Erleichtert stellte John fest, dass der Dschungel sich hier durch nichts von dem unterschied, was er im bisherigen Verlauf der Reise gesehen hatte.

Am Nachmittag begannen die Hunde jedoch plötzlich unruhig zu werden. Wie auf ein geheimes Zeichen hin fingen sie an zu knurren und zu bellen. Das Verwirrende: Ihre Aggression richtete sich nicht auf einen bestimmten Punkt, sondern war nach allen Seiten hin gleichermaßen ausgerichtet.

An der Spitze des Zuges hob Gonzalo Pizarro den Arm und hielt sein Pferd an. Nach und nach kam nun auch der komplette Tross zum Stehen. Die Hunde kläfften noch immer, wobei sie jetzt so heftig an ihren Leinen zerrten, dass ihre Führer alle Mühe hatten, sie zu bändigen.

John spähte angestrengt in den Wald, konnte aber nichts Außergewöhnliches erkennen. Dennoch spürte er die unmittelbare Gefahr wie einen kalten Windhauch auf der Haut.

Pizarro und Orellana gaben ihren Rössern die Sporen und ritten den Tross ab, bis sie zu den Fußsoldaten stießen. »Spannt die Armbrüste!«, befahl Pizarro. »Die Bogenschützen ebenfalls an die Waffen. Und entzündet ein Feuer für die Arkebusen!«

Doch dazu kam es nicht mehr, denn genau in diesem Augenblick surrte ein Pfeil wie aus dem Nichts heran und durchschlug mit einem grässlichen Geräusch Gonzalo Pizarros Hals, sodass die Spitze auf der anderen Seite wieder zum Vorschein kam. Der Spanier zuckte zusammen. Sein Gesicht bekam einen undefinierbaren Ausdruck, eine Mischung aus ungläubiger Belustigung und Todesangst. Er öffnete den Mund, scheinbar um die nächsten Befehle zu erteilen, doch seinen Lippen entrang sich nur noch ein heiseres Röcheln. Dann hörte John ein wahres Pfeifkonzert, und noch bevor irgendjemand darauf reagieren konnte, durchbohrten drei weitere Pfeile Pizarros Hals. Der spanische Oberbefehlshaber rutschte seitlich vom Sattel und stürzte wie ein Stein zu Boden.

»In Verteidigungsstellung!«, brüllte Francisco de Orellana, während er sein Schwert aus der Scheide riss. »Wir werden angegriffen!«

In diesem Moment wurde auch er von einem heransurrenden

Pfeil getroffen, allerdings so, dass die Spitze an seinem Brustharnisch abprallte. Orellana schien eine Sekunde lang verwirrt, dann schwang er sich mit einer einzigen geschmeidigen Bewegung vom Pferd und kniete sich neben John, der seine Armbrust bereits gespannt hatte und gerade dabei war, einen Bolzen einzulegen.

»Erst schießen, wenn ein klares Ziel erkennbar ist!«, brüllte Orellana zu niemand Bestimmtem. Aber genau das war das Problem: Der Feind war unsichtbar, verborgen hinter Bäumen und Sträuchern im Halbdunkel des Dschungels. Umgekehrt schien der Wald den spanischen Soldaten keinerlei Schutz zu bieten. Jedenfalls fühlte John sich wie auf dem Präsentierteller.

Erneut surrten Pfeile durchs Blätterwerk. Diesmal klang es, als würden Dutzende wütender Hornissenschwärme von allen Seiten zugleich über den Tross herfallen. Neben sich sah John reihenweise spanische Konquistadoren umfallen, tot oder verletzt. John selbst blieb, ebenso wie Francisco de Orellana, wie durch ein Wunder unversehrt.

Er legte die Armbrust an und schoss aufs Geratewohl in den Wald – ein Akt der Hilflosigkeit. Aber irgendetwas *musste* er tun. Er konnte schließlich nicht einfach auf dem Boden knien und abwarten, bis er getroffen würde.

Während er die Armbrust erneut spannte, prasselte auch schon der nächste Pfeilhagel auf die Expeditionsteilnehmer nieder. Soldaten schrien, Hunde kläfften. Pizarros reiterloses Pferd begann plötzlich zu wiehern und sich aufzubäumen. John sah, dass ein Pfeil in seiner zitternden Flanke steckte. Weiter hinten im Zug kreischten die Indio-Träger, die wohl ebenfalls angegriffen wurden. Hinzu kam das Quieken der Schweine und das gequälte Blöken der Lamas. Nichts und niemand war vor dem niederprasselnden Pfeilgewitter sicher.

Nach einigen weiteren Salven kehrte plötzlich Ruhe ins Chaos ein, ebenso schnell wie es begonnen hatte. John, noch immer unverletzt, traute dem Frieden nicht, aber er hatte Gelegenheit, sich einen Überblick über die Lage zu verschaffen. Was er sah, ließ ihn schaudern: Wenigstens zwei Drittel der Spanier waren beim Angriff des unsichtbaren Feindes ums Leben gekommen. Selbst Soldaten, die von den Pfeilen nur leicht verletzt worden waren, waren tot oder lagen im Sterben. Dasselbe galt für die Tiere – überall lagen Hunde- und Pferdekadaver.

Curare!, dachte John fröstelnd – Pfeilgift. Erst jetzt wurde ihm richtig bewusst, wie knapp er dem Tod entronnen war.

Schon surrte der nächste Pfeilhagel heran. Um möglichst wenig Angriffsfläche zu bieten, kauerte John sich wie ein Igel zusammen. Die spitzen Geschosse schlugen rings um ihn herum im lehmigen Boden ein, aber erneut kam er unverletzt davon.

Lange werde ich wohl nicht mehr solches Glück haben, dachte er mit trockenem Hals. Wenn ich hierbleibe, wird mich früher oder später ein Zufallstreffer erledigen. Durch das Pfeilgift kann mich selbst eine oberflächliche Verletzung umbringen. Ich muss weg von hier, und zwar schnell!

Mit der Armbrust in der Hand raffte er sich auf und rannte los, so schnell ihn seine Beine trugen. Er sprang über zwei verendete Hunde und einen toten Soldaten und tauchte ein ins grüne Blättermeer. Rasch verlor er die Orientierung, aber das war jetzt nebensächlich. Er ließ sich einfach von seinem Instinkt leiten. Linker Hand wirkte das Gebüsch dornig, also hielt er sich rechts. Als ihm ein umgestürzter Urwaldriese den Weg versperrte, wich er wieder nach links aus. So schlug er Haken um Haken, ohne seinen Lauf zu unterbrechen.

Hinter sich hörte er ein Geräusch. Hatten die Angreifer ihn entdeckt? Von Panik ergriffen, beschleunigte er seinen Schritt, fest davon überzeugt, in den nächsten Sekunden von einem Giftpfeil in den Rücken getroffen zu werden. Die nackte Angst trieb ihn zur Höchstleistung an, doch der Verfolger ließ sich nicht abschütteln.

John wechselte abermals die Laufrichtung, stürzte sich ins Blätterwerk eines übermannshohen Farnfelds – und sah sich unvermittelt einem mit roter und blauer Farbe bemalten Eingeborenen gegenüber, der sich dort versteckt haben musste. John erschrak so sehr, dass er das Gleichgewicht verlor und bäuchlings zu Boden stürzte. Als er sich auf den Rücken drehte, stand die imposante Gestalt des indianischen Kriegers unmittelbar vor ihm, das Gesicht zu einer Fratze verzogen, in der Hand einen gespannten Bogen haltend. Die Pfeilspitze zeigte geradewegs auf Johns Kopf.

Das ist das Ende!, dachte er. In einem letzten Akt der Verzweiflung tastete er nach seiner Armbrust, konnte sie aber auf die Schnelle nicht finden. Offenbar hatte er sie im Sturz verloren. Schicksalsergeben wartete er auf den Tod.

Dann brach eine weitere Gestalt durchs Blätterwerk: Johns Verfolger, ein Bär von einem Mann – Jorge La Roqua. Mit hoch erhobenem Schwert stürzte er sich auf den Indianer und tötete ihn mit einem einzigen gewaltigen Hieb. Der Körper des Eingeborenen sackte zu Boden und blieb reglos im Laub liegen.

Das alles war so schnell gegangen, dass John es kaum realisiert hatte. »Ich danke Euch«, murmelte er. Mehr fiel ihm dazu im Moment nicht ein.

La Roqua kam einen Schritt auf ihn zu, reichte ihm die Hand und zog ihn auf die Beine. »Ihr hattet dieselbe Idee wie ich«, sagte er leise. »Es wäre Selbstmord gewesen, beim Tross zu bleiben. Flucht war der einzige Ausweg. Lasst uns zusammenbleiben, zu zweit haben wir eine größere Überlebenschance.«

John nickte, erstaunt über La Roquas Angebot. Der nackte Überlebenswille verdrängte zumindest im Augenblick ihre alte Feindschaft. Mit dem kämpferischen Spanier an seiner Seite fühlte John sich jedenfalls sofort besser.

»Wir müssen weiter!«, raunte La Roqua. »Auf dem Weg hierher habe ich ein paar seiner Kumpane im Gebüsch erspäht!« Er deutete mit einer Kopfbewegung auf den toten Indianer. »Seid Ihr bereit?«

»Wenn Ihr es seid.«

»Dann folgt mir! Wir kehren später zum Tross zurück!« Mit diesen Worten rannte er los, weiter hinein ins Dickicht. John hatte Mühe, ihm zu folgen, ließ sich aber nicht abschütteln. Blätter schlugen ihm ins Gesicht wie nasse Lappen, Zweige und Äste schienen von allen Seiten nach ihm zu greifen wie gierige Klauen. Zu allem Überfluss erschwerten unzählige Wurzeln und herabhängende Lianen das Vorankommen. Ständig musste er aufpassen, nicht aus dem Gleichgewicht zu geraten.

Sie erreichten eine kleine Anhöhe, die sich unvermittelt vor ihnen auftat. La Roqua schwenkte nach links, um die Anhöhe zu umrunden, aber John fiel auf, dass der Bewuchs weiter oben lichter wurde.

»Dort entlang!«, keuchte er.

La Roqua blieb stehen, wusste aber offenbar nicht, worauf John hinauswollte.

»Das scheint ein Hochplateau zu sein. Wie es aussieht, gibt es dort oben viel weniger Pflanzen«, erklärte John. »Wir werden uns schneller fortbewegen können und zudem noch Kraft sparen. Kommt schon!«

Ohne dem Spanier Zeit für Widerspruch zu lassen, preschte John voran. Der Aufstieg war steiler als gedacht und durch den immerfeuchten Lehm so glitschig, dass er mehrmals ausrutschte.

Doch nach einigen Metern war es geschafft, und er erreichte den oberen Rand des Hangs.

John sah sich um. Tatsächlich standen die Bäume und Sträucher hier oben weiter auseinander. Auch waren die Pflanzen lange nicht so fein gezeichnet. Die Blätter schienen weniger filigran, die Blüten weniger farbenfroh, die Baumstämme weniger strukturiert. Es sah beinahe so aus, als habe der Schöpfer dieses Waldstücks sich weniger Mühe gegeben, weil er der Meinung war, dass sich ohnehin kaum jemand hierherverirrte. Aber vermutlich lag es ganz einfach an der Nährstoffzusammensetzung des Bodens auf diesem Plateau.

Hinter sich hörte John Jorge La Roqua. »Lasst uns umkehren!«, keuchte er. »Ich habe hier oben kein gutes Gefühl! Irgendetwas stimmt hier nicht!«

In diesem Moment erschien am Fuß der Anhöhe eine Gruppe von fünf Eingeborenen. Sie waren nicht mit Pfeil und Bogen bewaffnet, sondern mit Lanzen und Schlagstöcken. Obwohl auch sie ihre Gesichter mit blauer und roter Farbe bemalt hatten, erkannte John einen von ihnen wieder: den Mann, der im Dorf der Napo das Schlangenopfer-Ritual durchgeführt hatte. In John keimte ein Verdacht auf: War es möglich, dass die Napo die letzten Tage genutzt hatten, neue Waffen herzustellen? Dass sie sich vielleicht sogar mit anderen Stämmen im näheren Umkreis zusammengeschlossen hatten, um gemeinsam gegen den Feind zu kämpfen? Das war natürlich reine Spekulation, doch die Übermacht der Indianer am heutigen Tag legte die Vermutung nahe. Sie hatten den Expeditionszug von allen Seiten umstellt und beschossen. Die wenigen kampfbereiten Männer aus dem Napo-Dorf wären dazu allein niemals in der Lage gewesen.

John bemerkte ein weiteres Detail: Einer der vermeintlichen Krieger am Fuß des Hangs war eine Kriegerin. Aufgrund ihrer muskulösen Gestalt und der Körperbemalung war John das erst auf den zweiten Blick aufgefallen. Jetzt gab es jedoch keinen Zweifel mehr. Es stellte sich nur noch die Frage, ob diese Frau eines der Opfer der spanischen Massenvergewaltigung war oder ob die Napo sich mit den legendären Amazonen verbündet hatten.

Einer der Eingeborenen am Fuß der Anhöhe entdeckte John und La Roqua und stieß einen gellenden Schrei aus. John drehte sich auf der Stelle um und rannte weiter, so schnell er konnte. La Roqua folgte ihm dicht auf den Fersen.

In Gedanken schätzte John seine Chancen ab. Jetzt, da sie erspäht worden waren, wäre etwas mehr Deckung durchaus wünschenswert gewesen. Er zog in Erwägung, die Anhöhe bei nächster Gelegenheit wieder zu verlassen, um sich im dichteren Wald weiter unten zu verstecken, doch plötzlich war die Rettung zum Greifen nah: eine viele Meter hohe Blätterwand, die wie ein riesiger Vorhang vor ihm in die Höhe wuchs.

Wenn wir dorthin kommen, haben wir es geschafft!, dachte John. Von neuer Zuversicht erfüllt, beschleunigte er seinen Lauf. Ein rascher Blick über die Schulter zeigte ihm, dass Jorge La Roqua noch immer dicht hinter ihm war. Weiter hinten erklommen die Indianer soeben die Anhöhe.

»Da vorne können wir uns verstecken!«, rief John. Beinahe hätte er vor Erleichterung laut aufgelacht. Dieser gigantische Blättervorhang kam wirklich wie gerufen! Doch die Ernüchterung folgte sofort, denn als er an der Blätterwand ankam, stellte er entsetzt fest, dass dort kein Durchkommen war! Panik erfasste ihn. Wenn sie nicht rasch ein Versteck fanden, war es aus mit ihnen! Er zog sein Schwert und schwang es wie eine Machete.

Nichts!

Die Klinge prallte ab, ohne das Laub auch nur anzukratzen!

Ungläubig versuchte John es aufs Neue, diesmal mit noch

mehr Kraft. Abermals ohne Erfolg. Sein Schwert prallte von der Blätterwand ab, als wäre sie aus Granit.

Wie um alles in der Welt ist das möglich?, fragte sich John. Meine Klinge ist scharf wie ein Rasiermesser und müsste Laub und Zweige mühelos zerteilen!

Aber im Moment blieb ihm keine Zeit, sich weiter darüber den Kopf zu zerbrechen, denn schon waren die Verfolger da.

Es folgte ein Kampf auf Leben und Tod, den John nur überlebte, weil Jorge La Roqua alle Register seines Könnens zog. Er parierte den ersten Lanzenangriff mit einem geschickten Schwertschlag, vollführte eine schwungvolle Drehung und rammte dem Feind die Klinge in den Magen. Um das Schwert wieder freizubekommen, versetzte er dem Schwerverletzten einen Stiefeltritt, sodass dieser rücklings zu Boden fiel. Röchelnd und zuckend rang der Mann mit dem Tod.

La Roqua achtete nicht weiter auf ihn, sondern konzentrierte sich schon auf die nächste Attacke. Diesmal bekam er es gleich mit zwei Angreifern auf einmal zu tun, die mit Hartholzkeulen nach ihm schlugen. Den ersten Hieb ließ er mit einer flinken Bewegung ins Leere sausen, den zweiten parierte er mit dem Schwert.

Was danach geschah, konnte John nicht weiter beobachten, denn nun stürzten sich die beiden anderen auf ihn – der Napo-Schlangenbeschwörer mit einem Knüppel, die Frau mit einer Lanze bewaffnet. Zunächst völlig überfordert, wich John vor ihnen zurück. Erst, als er im Rücken die Blätterwand spürte, wurde ihm mit letzter Klarheit bewusst, dass ein Kampf unausweichlich war. Was er auf Caldwell Island spielerisch über den Umgang mit dem Schwert gelernt hatte, musste er jetzt anwenden, um sich zu verteidigen.

Er parierte einen Lanzenstoß der Frau, aber der Indianer mit dem Knüppel traf ihn an der Seite. Der damit verbundene glühende Schmerz war wie ein ultimativer Weckruf an seinen Überlebensinstinkt. Er überwand die letzten Hemmungen. Heute würde er töten müssen, um nicht selbst getötet zu werden. Seine Schwerthiebe wurden präziser. Er stach zu und verletzte den Napo-Krieger am Brustbein – nur ein Kratzer, aber immerhin.

Irgendwo neben ihm ertönte ein Aufschrei. Ein rascher Seitenblick zeigte John, dass La Roqua einen weiteren Feind getötet und den dritten soeben verstümmelt hatte: Dort, wo zuvor noch sein linker Arm gewesen war, klaffte jetzt eine riesige, offene Wunde an der Schulter. Als La Roqua dem Indianer auch noch das Schwert in den Leib stieß, erstarb das Geschrei.

»Haltet durch, Ortega!«, rief La Roqua und stapfte mit eiligen Schritten auf John zu, der inzwischen wieder arg in Bedrängnis geraten war. Die Waffen seiner Angreifer, Lanze und Knüppel, schienen überall gleichzeitig zu sein. Lange konnte er der Übermacht trotz aller Entschlossenheit nicht mehr standhalten. Ihm fiel ein Stein vom Herzen, als der spanische Hauptmann endlich bei ihm war.

Nun war es ein gleicher Kampf, zwei gegen zwei. Die Auseinandersetzung wurde dadurch jedoch umso erbitterter. Der Napo-Indianer mit dem Knüppel kämpfte gegen Jorge La Roqua, die Frau weiterhin gegen John. Die Geräusche der aufeinanderprallenden Waffen hallten weit durch den Wald, getragen vom schweren Keuchen der vier Streiter.

Auf John prasselte eine wahre Flut von Lanzenhieben ein, die er nur mit Mühe abwehren konnte. Die Frau war im Umgang mit der Waffe derart bewandert, dass sie eine Amazone sein *musste*. Einmal nutzte sie die Lanze wie einen langen Schlagstock, dann stach sie mit der knöchernen Spitze nach John wie mit einem Spieß. Einmal zielte sie auf Johns Kopf, dann wieder auf seinen Körper. Einmal kam der Angriff von rechts, dann wieder von links. Das alles in einem Tempo, das John schier den Atem raubte. Seine Reaktionen wurden träger.

Während er noch damit beschäftigt war, einen Lanzenstoß gegen seine rechte Schulter abzuwehren, zielte die Amazone schon wieder auf den Kopf. Entsetzt stellte er fest, dass er den Angriff diesmal nicht rechtzeitig würde abblocken können. Ihm blieb nicht einmal mehr Zeit, um auszuweichen. Er spürte einen derben Schlag gegen die Schläfe, dann begann die Welt um ihn herum, sich zu drehen und im Schatten zu versinken.

Seine Benommenheit dauerte nur Sekunden und doch lange genug, um Jorge La Roquas Schicksal zu besiegeln. Als John die Augen aufschlug, fiel die Amazone dem Spanier im wahrsten Sinn des Wortes in den Rücken. Die Lanzenspitze traf offenbar einen Schwachpunkt an seiner Rüstung, denn sie durchstieß das Metall mit erschütternder Leichtigkeit. La Roqua verkrampfte sich durch den unerwarteten Schmerz, was ihn einen Moment lang von seinem eigentlichen Gegner, dem Napo-Krieger, ablenkte. Prompt traf ihn ein Knüppelhieb mit voller Wucht gegen den Schädel. Er geriet ins Taumeln, wankte zur Seite. Die Frau hinter ihm rammte die Lanze noch tiefer in die Wunde. La Roqua stieß einen Schrei aus. Der Versuch, sich umzudrehen, misslang, die Amazone stemmte sich mit zu viel Kraft dagegen. Ein weiterer Keulenschlag des Napo-Kriegers riss Jorge La Roqua nun endgültig von den Beinen. Knochen knackten, vermutlich sein Genick. Er ließ das Schwert fallen und stürzte der Länge nach zur Seite wie ein gefällter Baum.

Das alles war so schnell gegangen, dass John gar nicht hatte eingreifen können. Jetzt fiel die Starre jedoch wie eine gesprengte Fessel von ihm ab. Er griff nach seinem Schwert und kam auf die Beine. In seiner Schläfe pochte der Schmerz.

»Hey!«, brüllte er, wütend über den grausamen Tod La Roquas. »Kommt her und versucht es mit mir!«

Er wusste, wie lächerlich das klang, und realistisch betrachtet würde er die nächste Minute wohl kaum überleben. Aber er wollte wenigstens stolz und tapfer untergehen, sein Leben so teuer wie möglich verkaufen, wenn er es schon nicht retten konnte.

Der Napo wandte sich mit erhobener Keule John zu. Die Amazone versuchte, ihre Lanze aus La Roquas schlaffem Körper zu ziehen. Als das nicht gelang, zückte sie aus ihrem Lendenschurz ein Messer.

Unglaublich, dass ich auf diese Weise sterben werde, dachte John. Er hatte immer geglaubt, dass er eines Tages bei einem Motorrad- oder Tauchunfall sterben würde. Seit er zumindest auf dem Papier den Vorsitz der McNeill Group übernommen hatte und sein ehemals wildes Abenteurerleben ruhiger geworden war, hatte er sich sogar vorstellen können, irgendwann einmal als alter Mann friedlich in seinem Bett zu entschlafen. Aber mitten im Dschungel von einem Eingeborenen und einer Amazone getötet zu werden, noch dazu im sechzehnten Jahrhundert – wer hätte schon *damit* gerechnet? Es war erschreckend und faszinierend zugleich.

Er dachte an Gordon, durch den diese missglückte Zeitreise überhaupt erst möglich geworden war, und natürlich an Laura, die er für immer in einer anderen Welt zurücklassen musste. Das war für ihn das Schlimmste. Würde sie jemals erfahren, was mit ihm geschehen war?

Er brachte sein Schwert in Verteidigungsstellung, fest davon überzeugt, dass der Napo-Krieger und die Amazone sich jeden Moment auf ihn stürzen würden, doch dann erklang plötzlich ein dumpfer, gedehnter Ton aus der Ferne – der Ruf eines

Horns. Offenbar war es für Johns Gegner das Rückzugssignal, denn kaum hatten sie es vernommen, kümmerten sie sich nicht weiter um den Kampf, sondern machten sofort kehrt und eilten in die Richtung, aus der sie gekommen waren. John sah ihnen ungläubig hinterher. Erst, als sie hinter dem Abhang verschwunden waren, begann er, sein Glück zu fassen.

Gott im Himmel, ich danke dir, dachte er. Das war wirklich in allerletzter Sekunde!

Sein Blick fiel auf Jorge La Roqua. Obwohl sich alles in ihm dagegen sträubte, zog der Leichnam ihn an wie ein Magnet – die Faszination der Gewalt. Vorsichtig näherte er sich dem reglos am Boden liegenden Spanier. Das Gesicht war zerschmettert, die Lanzenspitze ragte blutrot aus seinem Brustharnisch. Unter seinem Körper bildete sich jetzt rasch eine feucht glitzernde Lache. John spürte, wie sein Magen rebellierte, und er erbrach sich. Danach fühlte er sich kaum besser.

Der Anblick war so schockierend, dass er kein Bedürfnis nach weiteren Abscheulichkeiten verspürte. Dennoch wanderten seine Augen ganz automatisch zu den toten Indianern, die ein Stück abseits im Laub lagen. Zwei von ihnen waren ebenfalls blutüberströmt, aber ausgerechnet der dritte – jener, dem La Roqua den linken Arm abgeschlagen hatte – schien merkwürdigerweise völlig frei von Blut zu sein. Mit einer Mischung aus Skepsis und Neugier ging John zu dem Mann hinüber.

Je näher er kam, desto eigenartiger kam ihm das Bild vor, das sich ihm bot. Der Indianer war zweifellos tot – allein die Art, wie er auf dem Boden lag, ließ daran keinen Zweifel. Gleichzeitig war genau das auch der Punkt, der John verwirrte: Der Körper glich eher einer Gliederpuppe als einem Toten. Ein Bein stand vom Knie an abwärts im rechten Winkel vom Oberschenkel ab, das zweite war nach hinten verdreht. Noch bizarrer mutete der rechte Arm des Toten an. Unter- und Oberarm wirkten wie zwei voneinander unabhängige Teile eines Bausatzes, so als würden sie gar nicht zusammengehören. Das Ellbogengelenk schien mit Brachialgewalt herausgerissen worden zu sein, nur noch umhüllt von loser Haut. Und der andere, abgeschlagene Arm lag ein Stück abseits auf dem Boden, eingebettet in eine dicke grüne Laubschicht.

Was zum Teufel ist mit diesem Mann geschehen?, fragte John sich angesichts des sonderbaren Anblicks. Eine Leiche mit Knochenbrüchen und klaffenden Wunden wie nach einem Zusammenprall mit einem Güterzug – aber ohne einen einzigen Tropfen Blut? Wie um alles in der Welt war das möglich?

Verwirrt beschloss John, zum Zug zurückzukehren. Obwohl er während der Flucht die Orientierung verloren hatte, fand er den Rückweg erstaunlich problemlos. Einzelne Landmarken – auffällige Büsche und Bäume oder besonders farbenprächtige Blütenformationen – hatten sich ihm ins Unterbewusstsein eingeprägt und signalisierten ihm nun, wo er entlangmusste. Nach weniger als einer halben Stunde war er wieder am Ursprungsort.

Auch wenn er geahnt hatte, was ihn erwartete, traf ihn der Anblick bis ins Mark. Von dem ohnehin schon stark dezimierten Tross war nun nur noch ein kümmerlicher Rest übrig geblieben: rund dreißig spanische Soldaten, noch einmal so viele Indios und zwei Hunde. Der Rest war dem Angriff der Wilden zum Opfer gefallen. Die Kadaver lagen weit verstreut im Wald. Es war das leibhaftige Grauen.

Unter den Überlebenden befand sich auch Francisco de Orellana, dem der Schock über die zurückliegende Katastrophe deutlich anzusehen war. Der Einäugige schritt das Leichenfeld ab, wobei er gar nicht mehr damit aufhörte, den Kopf vor Ungläubigkeit zu schütteln und wirres Zeug vor sich hinzumurmeln. Er war nur noch ein Schatten seiner selbst. Keine Spur mehr von seiner einstigen Arroganz.

Den anderen spanischen Soldaten ging es offenbar ähnlich. Manche saßen einfach nur auf dem Boden und starrten geistesabwesend vor sich hin wie leere menschliche Hüllen. Andere ließen ihren Tränen freien Lauf. Die wenigen, die sich bereits wieder im Griff hatten, suchten nach Verletzten, allerdings ohne allzu großen Erfolg. Das Pfeilgift hatte selbst jene getötet, die nur eine Schramme abbekommen hatten.

John spürte, wie sich eine Hand auf seine Schulter legte, und drehte sich um. Hinter ihm stand Gaspar de Carvajal. »Ich freue mich, dass Ihr noch lebt, Ortega. Dankt es dem Herrn. Dankt es ihm aus tiefstem Herzen, denn seht Euch dieses Schlachtfeld an!« Die Stimme des Dominikaners klang hohl und kraftlos. »Wir wussten bis zum Schluss nicht, wo unsere Feinde sich versteckt hielten. Wir hörten nur immer wieder ihre Pfeile heransurren. Alles, was wir tun konnten, war, irgendwo Deckung zu suchen. Aber da die Pfeile aus allen Richtungen auf uns niederprasselten, war das beinahe unmöglich. Nie habe ich Schrecklicheres erlebt als das hier. Nie habe ich mehr Menschen und Tiere an einem einzigen Tag sterben sehen. Was wir heute zu spüren bekamen, ist der Zorn Gottes, und das mit ganzer Kraft. Wir haben die Bewohner dieses Waldes respektlos behandelt. Wir waren anmaßend. Wir haben getötet und vergewaltigt. Wir haben gegen die Gebote des Herrn verstoßen. Dafür hat er uns eine bittere Lektion erteilt.«

John nickte stumm. In gewisser Weise war der heutige Überfall die gerechte Strafe für die Selbstherrlichkeit und Rücksichtslosigkeit der spanischen Eroberer. Die Konquistadoren hatten es nicht anders verdient. Ungerecht war nur, dass der Angriff auch zahllosen Unschuldigen das Leben gekostet hatte.

Kapitel 16

Johns sehnlichster Wunsch war es, diesen Wald ein für alle Mal hinter sich zu lassen. Endlich wieder nach London zurückkehren zu können oder wenigstens nach Quito. Überall war es besser als hier. Doch nach Gonzalo Pizarros Tod übernahm Francisco de Orellana die Führung, und im Streben nach Reichtum und Ruhm stand er seinem Cousin in nichts nach. Den Schock über die Niederlage gegen die Wilden überwand er erstaunlich schnell. Als er die Überlebenden des Gemetzels zusammentrommeln ließ, um eine Ansprache zu halten, wirkte er nicht mehr entmutigt, sondern geradezu angestachelt durch den herben Verlust.

»Wir alle kannten das Risiko«, begann er. »Jeder von uns wusste, dass in diesem Wald der Tod lauert, wenngleich niemand ahnen konnte, dass er auf solch vernichtende Weise zuschlagen würde.« Mit einer ausladenden Geste deutete er auf das Schlachtfeld, das ihn und den traurigen Rest des Zuges umgab. Tote Leiber von Menschen und Tieren, so weit das Auge reichte. John hatte eine so tiefe Wehmut erfasst, dass er nur noch am Rande die weitere Rede Orellanas mitbekam. Er sprach von Entbehrungen und Schmerzen, von Schweiß und Arbeit und von den schweren Opfern, die für jeden großen Erfolg erbracht werden mussten. Es klang ziemlich pathetisch, verfehlte seine Wirkung jedoch nicht. Je länger er auf seine kleine, eingeschüchterte Gefolgschaft einredete, desto mehr schien sie ihm an den Lippen zu kleben. In dieser Stunde, das spürte der Einäugige wohl instinktiv, benötigten diese Menschen eine starke Hand, jemanden, der ihnen sagte, wie es nun weitergehen solle, um nicht in Verzweiflung zu geraten.

Orellana sprach lange und eindringlich. Er ehrte die Getöteten und spendete den Überlebenden Trost. Für jeden schien er die passenden Worte zu finden. John spürte, wie es dem Spanier gelang, einen nach dem anderen auf seine Seite zu ziehen. Als er auf die Schätze des Waldes zu sprechen kam und darüber philosophierte, was sie sich damit alles würden leisten können, glühte er vor Erregung. Sein gesundes Auge huschte dabei wie vom Wahnsinn getrieben von einem zum anderen. »Wir werden das Gold von Eldorado finden und als Helden heimkehren – oder in diesem Dschungel sterben wie unsere Kameraden!«, brachte er seine Rede schließlich auf den Punkt.

Also kehrten sie dem Schlachtfeld den Rücken und überließen die Toten ihrem Schicksal – sie zu begraben, hätte zu viel Zeit beansprucht. Das gefiel Gaspar de Carvajal zwar überhaupt nicht, aber Orellana ließ ihm keine Wahl. Ein rascher Segensspruch war alles, was er dem Dominikanermönch zugestand.

Angeführt von Orellana und vier weiteren Berittenen, trottete der kleine Zug los. John, in Gedanken noch zu sehr mit den schrecklichen Ereignissen des Tages beschäftigt, achtete gar nicht auf den Weg, den sie einschlugen, und war nicht wenig überrascht, als sie den Fuß der Anhöhe erreichten, auf die er und Jorge La Roqua geflüchtet waren.

Orellana unterhielt sich mit seinen Ratgebern. Einer von ihnen war im Besitz eines Kompasses. Er deutete mit der Hand den Hügel hinauf und sagte, dass dies der direkte Weg nach Eldorado sei.

John seufzte innerlich auf. Er verspürte nicht die geringste Lust, noch einmal an jenen Ort zurückzukehren, an dem er beinahe sein Leben verloren hätte und an dem er La Roqua auf grausame Weise hatte sterben sehen. Nicht zuletzt die Merkwürdigkeiten, mit denen er dort oben konfrontiert worden war, schreckten ihn ab: die undurchdringbare Blätterwand und der tote Indianer mit den deformierten Gelenken, der trotz schwerer Wunden keinen Tropfen Blut verloren hatte. Dort oben waren Mächte am Werk, die sich jeglicher Logik entzogen, und das machte ihm Angst.

Orellana trat seinem Pferd in die Flanken und preschte die Anhöhe hinauf, gefolgt von den anderen Reitern. Der Rest des Zugs, darunter auch John, folgte in langsamerem Tempo.

Oben angekommen wuchs Johns Unbehagen mit jedem Schritt. Bis zuletzt vermied er den Blick auf das Grauen, dessen Zeuge er geworden war. Umso mehr erstaunte es ihn, als er feststellte, dass von Jorge La Roqua jetzt jede Spur fehlte. Dort, wo er gestorben war, befand sich zwar noch der nass-rote Blutfleck im Laub, aber der Leichnam war wie vom Erdboden verschluckt. Das allein wäre noch erklärbar gewesen – vielleicht hatten die Wilden ihn verschleppt –, aber was John vollkommen verwirrte, war, dass der Indianer mit dem abgeschlagenen Arm jetzt von Kopf bis Fuß in einer Blutlache lag. Auch schienen seine missgebildeten Gelenke wie durch ein Wunder post mortem geheilt zu sein. Er sah jetzt nicht mehr aus wie eine zusammengesetzte Gliederpuppe, sondern wie ein Mensch. Wie um alles in der Welt konnte das sein?

Während John verzweifelt versuchte, die neue Situation zu verstehen, gab Orellana schon wieder den Abmarschbefehl. Flankiert von seinen engsten Getreuen, ritt er in gemächlichem Tempo auf die Blätterwand zu, die noch immer wie eine Mauer vor ihnen in die Höhe wuchs. John wollte ihm schon nachrufen, dass dort kein Durchkommen war, sah zu seinem grenzenlosen

Erstaunen jedoch, dass es dem Einäugigen mühelos gelang, das zuvor stahlharte Geflecht aus Blättern und Ästen zu zerteilen. Orellana und seine Reiter verschwanden darin wie Schauspieler hinter einem Theatervorhang.

Ungläubig schüttelte John den Kopf. Allmählich hatte er das Gefühl, den Verstand zu verlieren.

Hinter dem Blättervorhang schien sich eine andere Welt aufzutun. Der Wald wirkte plötzlich noch farbenprächtiger, noch üppiger, noch beeindruckender als bisher, was nach Johns Meinung daran lag, dass die Kronen der Baumriesen hier aus irgendeinem Grund nicht so dicht wuchsen und daher mehr Licht zum Boden drang. Helligkeit und Farbenvielfalt ließen einen Großteil des Dschungels sofort freundlicher erscheinen. Gleichzeitig wirkten die schattigen Stellen nun umso dunkler und bedrohlicher. Es war, als würde die Natur sich hier in ihrer extremsten Form präsentieren, eine Mischung aus Traum und Albtraum, märchenhaft schön und gleichzeitig abschreckend rau.

Der erste Tag in dieser neuen, zauberhaften Umgebung verlief ohne besondere Zwischenfälle. Bedingt durch den stärkeren Lichteinfall drängten sich Farne, Büsche und kleine Bäume zu einem wahrhaften Dickicht zusammen, was dazu führte, dass der Zug langsamer als bisher vorankam. Aber wenigstens gab es keine weiteren tödlichen Zwischenfälle.

Das änderte sich schon am kommenden Morgen. Als John aus dem Schlaf hochschreckte, hätte er schwören können, durch einen Schrei aufgewacht zu sein. Er schlug die Augen auf, lauschte, konnte aber nichts Ungewöhnliches mehr hören. In der anbrechenden Morgendämmerung begannen die Vögel in den Baumkronen, ihre Lieder der vernebelten Sonnenscheibe entgegenzuzwitschern. Vereinzelt drang Affengebrüll durch den

Wald, hohl und klagend. Und natürlich lag über all dem das vibrierende Summen und Zirpen der Insekten. Ein bilderbuchhafter Morgen im Dschungel.

Dennoch war John sicher, dass etwas Schreckliches passiert war.

Er erhob sich von seinem Schlafplatz, um sich einen Überblick zu verschaffen. Links und rechts neben ihm lagen andere Expeditionsteilnehmer, die noch immer fest schliefen. Offenbar hatten sie nichts Verdächtiges gehört. Nicht einmal die beiden Hunde, die den Pfeilregen der Eingeborenen überlebt hatten, regten sich.

John fühlte sich dadurch nicht beruhigter.

Langsam drehte er sich um die eigene Achse. Dichter Bodennebel, der in milchigen Schwaden zwischen den Blättern und Zweigen hing, erschwerte die Sicht. Angestrengt versuchte John, klare Konturen zu erkennen.

Nichts.

Er wartete, lauschte, ließ weiter den Blick kreisen. Obwohl das ungute Gefühl eher stärker als schwächer wurde, blieb der Wald weiterhin ruhig.

Ich muss mich getäuscht haben, dachte er und beschloss, sich wieder hinzulegen.

Dann sah er plötzlich, wie sich knapp fünfzig Meter vor ihm die ausladenden Blätter eines übermannshohen Farns hin und her bewegten, leise und unheimlich. John war sicher, dass sich dort jemand aufhielt. Oder etwas. Automatisch wanderte seine Hand zum Schwertgriff an seiner Hüfte.

Mit einem Fußtritt weckte er Félipe Fuentes, der neben ihm auf dem Boden lag und lauthals schnarchte. Fuentes verschluckte sich, wälzte sich träge zur Seite und blinzelte John verschlafen an. Die Strapazen der Reise hatten den drahtigen Mann weiter ausgezehrt, was sein wieselhaftes Äußeres noch verstärkte. Er öffnete den Mund, zweifellos, um sich bei John über den unsanften Tritt zu beschweren, doch dieser bedeutete ihm mit einem Finger vor den Lippen, still zu sein und aufzustehen. Fuentes begriff, dass etwas nicht stimmte und folgte der Aufforderung.

»Seht Ihr? Dort drüben!«, flüsterte John und deutete auf die noch nachschwingenden Farnwedel.

»Vielleicht ist das Colvedo, der die Nachtwache hatte und pinkeln muss«, mutmaßte Fuentes.

John schüttelte den Kopf. »Ich bin sicher, dass ich im Halbschlaf einen Schrei gehört habe. Wenn das dort drüben Colvedo wäre, müsste er ihn ebenfalls gehört und Alarm geschlagen haben. Hat er aber nicht.«

Fuentes dachte darüber nach und nickte. »Wir sollten nachsehen, was da los ist.«

»Lasst uns lieber erst die anderen wecken.«

»Dadurch würden wir unseren ungebetenen Gast nur vertreiben. Kommt schon, oder seid Ihr dafür nicht Manns genug?«

»Ich will nur nicht den Helden spielen und dabei draufgehen.«

Das Wiesel grinste John schelmisch an. »Allzu groß kann die Gefahr wohl kaum sein, sonst wären die Hunde nicht so ruhig. Immerhin ist es möglich, dass Ihr den Schrei nur geträumt habt. Ich will jedenfalls nicht Alarm schlagen und mich zum Gespött der anderen machen, nur weil dort drüben vielleicht ein Wildschwein den Boden durchwühlt.« Er hob die Augenbrauen, als habe er eine spontane Eingebung. »Auf Wildschweinbraten hätte ich heute Abend schon Appetit«, sagte er, während er leise sein Schwert zog. »Ich mache einen Bogen links herum. Ihr kommt von rechts. So nehmen wir das Vieh in die Zange.« Damit verschwand er im Gebüsch.

John schlüpfte ebenfalls ins Unterholz, wobei er peinlich darauf achtete, knackende Äste und raschelndes Laub zu vermeiden. Es gelang ihm erstaunlich gut, leise und flink voranzukommen.

Kurz vor dem Ziel hielt er inne. Durch die Farnblätter konnte er einen undeutlichen Umriss erkennen: kein Wildschwein, sondern eindeutig ein auf dem Boden kauernder Mann. John zögerte einen Moment, fasste Mut. Er fragte sich, ob Fuentes ebenfalls schon hier war. Da er ihn durchs dichte Blätterwerk nicht sah, konnte er es nur hoffen.

Johns Faust schloss sich fest um seinen Schwertgriff. Er atmete noch einmal tief durch, riss die Farnwedel zur Seite und sprang mit einem beherzten Satz auf den Mann am Boden zu. Instinktiv wich dieser nach hinten aus, doch in diesem Moment brach Fuentes von der anderen Seite durchs Gebüsch und schnitt ihm den Weg ab. Erschreckt zuckte der Mann zusammen. Er wollte sich aufrichten, verlor aber das Gleichgewicht. Mit rudernden Armen fiel er auf den Rücken. Ächzend blieb er am Boden liegen.

John traute seinen Augen kaum, als er den Mann erkannte: Es war Jorge La Roqua. Kein Wunder, dass die Hunde nicht angeschlagen hatten.

Aber wie ist er hierhergekommen? Ich habe ihn doch sterben sehen!

Der spanische Hauptmann schien total verängstigt, was gar nicht zu ihm passte. Er zitterte, glotzte mit weit aufgerissenen Augen John an und rang nach Atem, als sei er durch den halben Dschungel gerannt. Er wirkte wie ein gehetztes Tier. Sein Kinn war blutverschmiert. Als er John und Fuentes schließlich erkannte, entspannte er sich sichtlich. Er richtete sich auf, kam auf die Beine und drückte John mit seinen kräftigen Armen an sich wie einen Bruder, wobei er wild und hemmungslos zu schluchzen begann, während ihm gleichzeitig vor Erleichterung Tränen über die Wangen rannen.

John verstand die Welt nicht mehr. Er hatte mit eigenen Augen gesehen, wie La Roqua von einer Lanze durchbohrt worden war. Wie ihm ein Keulenschlag das Genick gebrochen hatte. La Roqua *konnte* nicht mehr leben! Dennoch stand er leibhaftig vor ihm, presste sich an ihn wie ein verängstigtes Kind.

John löste sich von ihm und trat einen Schritt zurück. »Wie ist es möglich, dass Ihr hier seid?«

Das Kinn des Spaniers bebte. Seine Freudentränen gingen über in ein leises, heiseres Kichern, das beinahe irre wirkte. Als er sich wieder gefangen hatte, sagte er nur ein Wort: »Uahai.«

Offenbar war er nicht ganz bei Sinnen. John packte ihn an den Schultern und schüttelte ihn. »Hauptmann La Roqua! Kommt wieder zu Euch!«

Aber der Mann wiederholte nur sein unverständliches Gefasel: »Uahai! Uahai!« Dabei zog er John und Fuentes am Ärmel, als wolle er ihnen bedeuten, schleunigst von hier zu verschwinden. Als er begriff, dass sie ihn nicht verstanden, packte er Johns Kopf mit seinen mächtigen Pranken und riss vor dessen Augen seine Lippen sperrangelweit auf. Zuerst verstand John auch das nicht, doch dann erkannte er im Mund des Spaniers eine klaffende Wunde. Dort, wo einmal seine Zunge gewesen war, befand sich jetzt nur noch ein hässliches, blutendes Loch.

Wenig später hatte sich die komplette Gruppe um den Totgeglaubten versammelt. Er wurde von allen Seiten mit Fragen bombardiert, war ohne Zunge jedoch nicht in der Lage, sich verständlich auszudrücken. Da er auch nicht des Lesens und Schreibens mächtig war, blieb er alle Antworten schuldig. Das einzige Wort, das er immer und immer wieder von sich gab, war: »Uahai!«, und je öfter er es wiederholte, desto größer schien seine Verzweiflung darüber zu werden, dass niemand ihn verstand. Irgendetwas wollte er damit sagen. Etwas Wichtiges.

Plötzlich begriff John. »Es soll *Uracai* heißen!«, platzte er heraus.

La Roqua sah ihn einen Moment lang verdutzt an, dann begann er heftig zu nicken. »Uahai! Uahai!«

»Er spricht von einem Dämon, den der Napo-Häuptling erwähnt hat«, stellte Gaspar de Carvajal noch einmal für alle fest. Nur ein kleiner Teil der Gruppe hatte damals die Ausführungen des *Aparia* mitbekommen.

»Ein Dämon?«, wiederholte Félipe Fuentes.

»Ein Halbwesen, das in diesem Teil des Waldes leben soll.«

Das Wiesel schüttelte fassungslos den Kopf. »Und wann bitte wolltet Ihr uns darüber in Kenntnis setzen?« Die Frage war direkt an Francisco de Orellana gerichtet und klang so vorwurfsvoll, dass diesem die Zornesröte ins Gesicht stieg.

»Es gibt keine Dämonen!«, herrschte er Fuentes an. »Weder hier noch sonst irgendwo auf der Welt. Nur Weibsbilder und Narren glauben an solchen Humbug! Dieser Dämon ist nichts weiter als ein Ammenmärchen, ersonnen, um Abenteurer wie uns davon abzuhalten, nach den Schätzen Eldorados zu suchen! Dieser Dämon ist ein Fantasieprodukt …«

Weiter kam er nicht, denn in diesem Moment packte ihn Jorge La Roqua an der Gurgel und drückte ihn gegen den nächststehenden Baum. Dem Würgegriff des spanischen Hauptmanns war selbst ein erfahrener Kämpfer wie Orellana nicht gewachsen. Er keuchte, rang nach Atem, versuchte, sich dem schraubstockartigen Griff des spanischen Hauptmanns zu entwinden. »Lasst mich los! Das ist ein Befehl«, presste er hervor.

La Roqua, dem das Blut noch immer aus den Mundwinkeln

lief, fixierte ihn. Dann deutete er in den Wald hinein und wiederholte eindringlich: »Uahai!«

In diesem Moment begannen die Hunde zu knurren. Irgendwo im Nebel war das Rascheln von Laub zu vernehmen, dazu ein kehliges Grollen, tief und düster. Dort draußen lauerte etwas. Etwas Großes, Unheimliches. Und nach den Geräuschen zu urteilen, kam es rasch näher.

La Roqua wurde augenblicklich wieder zum verängstigten Kind. Er ließ von Orellana ab, sah in die Richtung, aus der das Geräusch gekommen war, und wich wie paralysiert Schritt für Schritt vor dem unsichtbaren Gegner zurück. Seine Angst steckte auch die anderen an. Selbst Francisco de Orellana schien die Existenz des Dämons plötzlich für möglich zu halten, anders war sein Gesichtsausdruck nicht zu erklären. *Wald der Angst* hatte der *Aparia* diesen Teil des Dschungels genannt – John wusste jetzt, weshalb.

»Lasst die Hunde los!«, befahl Orellana.

Salvator Souza, der Hundeführer, machte sich eilig daran, die Leinen zu lösen. »Apollo! Hector! Greift euch das Biest!«, zischte er aufgeregt. »Fasst die Bestie und tötet sie!«

Die Hunde sprinteten davon. Obwohl John sie im nebelverhangenen Blätterdickicht rasch aus den Augen verlor, konnte er ihren Weg durch ihr lautes Gebell mitverfolgen. Offenbar kannten sie keine Furcht. Wie Pfeile jagten sie durchs Unterholz, geradewegs auf ihr Ziel zu.

Plötzlich ging das Kläffen in erschrecktes Winseln über, gefolgt von einem kläglichen Aufjaulen. Dann herrschte mit einem Mal Stille, lastend und unheimlich. John hatte keinerlei Zweifel, was das zu bedeuten hatte.

»Oh nein!«, kreischte Souza aufgelöst. »Das verdammte Vieh hat Apollo und Hector getötet!«

»Schscht!« Orellana bedachte den Hundeführer mit einem schneidenden Blick. »Nicht so laut! Wir wollen das Biest nicht unnötig provozieren!«

Souza presste die Lippen zusammen und schluckte. Er hatte Tränen in den Augen. Die Ereignisse der letzten Tage waren einfach zu viel für ihn.

Auch die Nerven der anderen waren bis zum Zerreißen gespannt. Das dumpfe, Unheil verkündende Grollen hatte mittlerweile zwar wieder aufgehört, aber im dunstigen Laub raschelte es noch immer. Jeder, der eine Waffe besaß, nahm sie spätestens jetzt zur Hand. Armbrustbolzen und Bogenpfeile richteten sich auf das unbekannte Ziel. Auch John legte seine Armbrust an.

Was immer dieser *Uracai* ist – er kommt näher, dachte John. Das Rascheln ließ keinen anderen Schluss zu. Im Schutz des Waldes pirschte sich die fremdartige Kreatur heran.

Jetzt herrschte wieder Stille, eine noch tiefere als zuvor. Eine Minute lang war nicht das Geringste zu hören. Keine Vögel, keine Affen. Nicht einmal Insekten. Die Anwesenheit des *Uracai* schien sämtliche Geräusche zu absorbieren. Es war wie die Ruhe vor dem Sturm.

John konnte die Nähe des Wesens, seine physische Präsenz, deutlich spüren, wie ein elektrisches Feld, das aus dem Nichts des Dschungels zu ihm herüberstrahlte. Alles in John schrie danach, sich umzudrehen und davonzurennen. Aber er blieb stehen, nicht zuletzt, weil die nackte Angst ihn nahezu lähmte.

Kurz bevor ihm die Nerven versagten, brach die Hölle los. Aus dem graugrünen Blattwerk schossen zwei undefinierbare Schatten wie Katapultsteine in hohem Bogen heran. John, der nicht mit einem Angriff aus der Luft gerechnet hatte, riss instinktiv seine Armbrust nach oben und drückte ab. Sein Bolzen verfehlte das Ziel um einige Meter. Die Geschosse der anderen

Soldaten trafen besser, vermochten die Wucht der beiden Flugobjekte jedoch nicht zu mindern. John eilte beiseite, um nicht getroffen zu werden. Erst, als die Schatten auf der Erde aufschlugen und im feuchten Lehm liegen blieben, erkannte er, dass es sich um die beiden Hunde handelte. Ihre toten Körper waren gespickt mit Pfeilen und Armbrustbolzen.

Die wenigen Sekunden, die John und die anderen benötigten, um zu begreifen, dass sie auf ein Täuschungsmanöver hereingefallen waren und das falsche Ziel beschossen hatten, nutzte der *Uracai* zum wirklichen Angriff. Laub raschelte, Äste knackten. In der Luft lag plötzlich der widerwärtige Geruch von Schwefel. Vor Johns Augen erzitterte das Blätterwerk von Büschen, Farnen und kleinen Bäumen, als würde eine Urgewalt an ihnen rütteln.

Dann hörte der Spuk abrupt wieder auf.

»Was ist los?«, fragte Fuentes leise. »Warum hat er angehalten?«

»Er hält uns zum Narren«, antwortete John. »Er spielt mit uns Katz und Maus.«

Kaum hatte er zu Ende gesprochen, knackten plötzlich wieder Äste, diesmal allerdings weiter rechts, wo Orellana und La Roqua bei einer Gruppe Indios standen. Sprach- und machtlos wurde John Zeuge, wie zwei klauenartige Pranken aus dem dichten Laub hervorschnellten und einen Träger mit einem gewaltigen Ruck ins Gebüsch zerrten – so schnell, dass er nicht einmal mehr schreien konnten. La Roqua stand wie zu Stein erstarrt daneben, alle anderen wichen entsetzt zurück.

Orellana packte sein Schwert, wagte jedoch keinen Versuch, den Indio zu retten. »Bildet einen Kreis!«, brüllte er. »Gesichter nach außen. Auf diese Weise kann uns das Biest nicht in den Rücken fallen! Beeilt euch!«

Seine Worte waren noch nicht im Wald verklungen, als der

Uracai erneut zuschlug, diesmal von links. Er hatte so schnell und leise die Position gewechselt, dass John es kaum glauben konnte. Eine Indio-Frau schrie aus vollem Halse und schlug hysterisch die Hände vors Gesicht. Ihr selbst war nichts passiert, aber der spanische Soldat neben ihr – ein Bogenschütze namens Lorenzo Ruíz – sank in die Knie und fiel vornüber auf den Bauch. Er blieb mit dem Gesicht nach unten liegen und rührte sich nicht mehr. Im Rückenteil seines Brustharnischs klaffte ein blutroter Riss von oben bis unten. Er war regelrecht aufgeschlitzt worden.

Gaspar de Carvajal wurde aschfahl im Gesicht. »Dieses Biest ist der Antichrist!«, murmelte er.

»Ihr sollt einen gottverdammten Kreis bilden!«, brüllte Orellana wieder. Doch niemand schien ihn zu hören, denn alle hatte inzwischen die nackte Panik erfasst. Die Indios schrien wild durcheinander, ließen alles fallen, was sie bei sich trugen, und rannten davon, so schnell sie konnten. Auch einige Spanier zogen es vor, Orellanas Befehl zu ignorieren und ihr Heil in der Flucht zu suchen, darunter Félipe Fuentes und Jorge La Roqua.

John konnte ebenfalls nichts mehr hier halten. Ohne eine bestimmte Richtung einzuschlagen, sprintete er los und tauchte ins nächstbeste Gebüsch ein. Blätter und Zweige schlugen ihm ins Gesicht. Irgendetwas – ein Dorn oder ein abgebrochener Ast – riss ihm die Haut auf. Er ignorierte es. Hauptsache weg von hier, dachte er. Hauptsache weg von diesem schrecklichen Albtraum!

Er rannte so schnell er konnte, rutschte im feuchten Lehm aus, fing sich aber wieder und lief weiter. Sein Puls raste, in seinen Schläfen pochte das Blut. Dennoch war er plötzlich sicher, hinter sich Schritte und ein unheimliches Keuchen zu hören. Beides wurde rasch lauter.

Es hat mich entdeckt!, durchzuckte es John. Es verfolgt mich und holt auf!

Er beschleunigte seinen Spurt, wich einer aus der Erde ragenden Wurzel aus, umrundete den mächtigen Stamm eines Urwaldriesen – und erstarrte. Vor ihm hingen zwei Männer wie Schlachtlämmer von den Ästen herab, die Beine an einen hohen Ast gefesselt, die Köpfe nach unten: Félipe Fuentes und Jorge La Roqua. Ihre weit aufgerissenen Augen starrten ins Leere. In ihren Kehlen klafften grässliche Wunden, aus denen das Blut in Rinnsalen strömte, bevor es zu Boden tropfte und eine große rote Lache unter den Leichen bildete. Der Anblick schockierte John bis ins Mark. Weshalb hatte der *Uracai* die beiden Männer so zugerichtet? Wie hatte er sie überhaupt so schnell hierherbringen können? Als modernem Menschen widerstrebte John die Vorstellung, es mit einem übernatürlichen Wesen zu tun zu haben. Gleichzeitig hielt er mittlerweile nichts mehr für ausgeschlossen. Dieser Wald barg Geheimnisse, die sich der menschlichen Logik entzogen. Er schauderte. Eine innere Stimme sagte ihm, dass er diesen Tag nicht überleben würde.

Wieder stieg ihm beißender Schwefelgeruch in die Nase, noch intensiver als zuvor. Der Vorbote des Todes. Instinktiv wusste John, dass das Biest sich lautlos an ihn herangeschlichen haben musste und nun genau hinter ihm stand. Auch die dunkle Aura des Wesens war jetzt deutlich zu spüren. Unwillkürlich bekam John eine Gänsehaut. Er verharrte regungslos, unfähig, auch nur einen Meter weiterzurennen. Sein Herz pochte wie ein Vorschlaghammer in seiner Brust. Er spürte, dass er drauf und dran war, die Kontrolle über seinen Körper zu verlieren.

Dann war es plötzlich, als würde eine fremde Macht von ihm Besitz ergreifen und ihm zum letzten Mal im Leben die Kraft geben, sich zu bewegen. Langsam, wie in Zeitlupe, drehte er sich um. Was er sah, ging über alle Vorstellung hinaus. Die letzte Hoffnung, es *nicht* mit einem Dämon zu tun zu haben, sondern mit irgendeiner Art Raubtier, gegen das irdische Kräfte etwas ausrichten konnten, zerschellte wie eine Welle an einer Klippenwand. Die Kreatur überragte John um mindestens einen Meter. Sie stand aufrecht auf zwei Beinen, abgesehen davon war an ihr jedoch nichts Menschliches. Ihr Körper war von dünnem, glänzend-schwarzem Fell überzogen, aus dem an manchen Stellen blutrote, pulsierende Adern hervortraten. Aus ihrem Schädel wuchsen geschwungene Stierhörner, die sie noch Ehrfurcht gebietender erscheinen ließ, als sie ohnehin schon war. Ihre Bernsteinaugen leuchteten von innen heraus, hinter den senkrecht geschlitzten Pupillen schien sich die Bosheit der gesamten Welt zu konzentrieren. Die Worte des Dominikanermönchs Gaspar de Carvajal schossen John durch den Kopf: *Dieses Biest ist der Antichrist.* Jedenfalls schien es geradewegs der Hölle zu entstammen. Und es war hier, um John genau dorthin zu befördern.

Er zitterte am ganzen Leib, als der *Uracai* ihm seine mit Klauen versehenen Pranken auf die Schultern legte. »Bitte nicht!«, flehte John, doch der Fleisch gewordene Satan ließ sich davon nicht beeindrucken. Mit genießerischer Langsamkeit öffnete er sein Maul, um ein makellos weißes Gebiss mit zwei sichelförmigen Reißzähnen zu entblößen. Johns Herz raste, seine Knie schlotterten, und er spürte, wie ihm das Adrenalin durch die Adern jagte. Ihm war gleichzeitig heiß und kalt. Schweiß stand ihm in dicken Tropfen auf der Stirn. Der Atem des Teufels brannte wie Lava auf seiner Haut, als die Reißzähne seinen Hals berührten. Nie zuvor hatte John solche Angst gehabt wie in diesem Moment.

»Bist du bereit, deinem Schöpfer gegenüberzutreten?«, fragte der Dämon mit Grabesstimme. John hörte es kaum mehr, denn in diesem Moment verlor er das Bewusstsein.

Kapitel 17

Dunkelheit umfing John wie ein schwarzes Tuch. Er war verloren im Nichts, gefangen in der tiefsten Finsternis der Hölle. Aber irgendein entfernter Teil seines Verstandes flüsterte ihm zu, dass er lebte, und das erfüllte ihn mit tiefer Dankbarkeit. Noch immer hämmerte sein Herz wie wild in seiner Brust, sein Blut jagte ihm durch die Adern, und sein Puls rauschte dröhnend in seinen Ohren. Er versuchte, seinen Atem wieder unter Kontrolle zu bringen – vergeblich. Stattdessen schnappte er nach Luft wie ein Ertrinkender, keuchend, japsend und hustend.

Kalter Schweiß stand ihm auf der Stirn. Als er ihn sich mit dem Handrücken wegwischen wollte, stellte er fest, dass er seinen linken Arm nicht bewegen konnte. Er fühlte sich taub an und war wie gelähmt.

Wenigstens konnte John noch den rechten Arm bewegen. Vorsichtig betastete er damit den linken. Alles schien in Ordnung zu sein – keine offenen Wunden, keine Knochenbrüche, keine Schmerzen. Nur mehrere breite Bänder, von der Schulter bis zum Handgelenk. John wusste damit nichts anzufangen, aber im Moment interessierte ihn das auch nicht.

Hauptsache, ich bin nicht ernsthaft verletzt, dachte er.

Als er sich übers schweißnasse Gesicht fuhr, fiel ihm auf, dass er keine Rüstung mehr trug. Der Helm auf seinem Kopf war verschwunden, ebenso der Brustpanzer, der ihm in den letzten Wochen zur zweiten Haut geworden war. Wer um alles in der Welt hatte ihm die Rüstung abgenommen?

Er wurde sich darüber bewusst, dass er lag. Auf dem Rücken. Sein Kopf ruhte auf einer undefinierbaren weichen Unterlage. Blinzelnd versuchte er, irgendwelche Details in der Finsternis zu erkennen, doch das war unmöglich. Er befand sich inmitten eines tiefschwarzen, endlosen Universums.

Wo ist der *Uracai?*, fragte sich John. Die bloße Erinnerung an die Bestie schnürte ihm die Kehle zu. Lauerte sie hier irgendwo in der Finsternis? Weshalb hatte sie ihn nicht gleich getötet, was hatte sie mit ihm vor?

Plötzlich änderte sich Johns Umfeld. Von einer Sekunde auf die andere explodierte vor ihm eine Wolke gleißenden Lichts. Obwohl er sofort die Augen zusammenkniff, war ihm, als triebe ihm jemand einen glühenden Nagel ins Gehirn.

Endlich ließ der Schmerz nach, und John hörte Geräusche: Stimmen, die aufgeregt miteinander sprachen, aber seltsam blechern klangen. Er hob mühevoll den Kopf, blinzelte gegen die Helligkeit an und registrierte, dass er sich in einer metallisch schimmernden Röhre befand.

Wo zum Teufel bin ich?

Noch während er sich das fragte, kehrte die Erinnerung zurück, und mit ihr ging eine Welle unendlicher Erleichterung einher: Er befand sich nirgendwo anders als in Gordons Zeitmaschine.

Dem Himmel sei Dank!

Surrend glitt der Liegeschlitten aus dem Chromzylinder. Links und rechts standen Gestalten in grünen Kitteln wie Ärzte in einem OP. Sie sprachen auch so miteinander.

»Blutdruck?«

»Stabil.«

»Puls?«

»210, aber rückläufig.«

»Reflexe?«

Jemand beugte sich über John, zog ihm nacheinander beide Augenlider auseinander und wedelte mit einer Taschenlampe vor ihm herum.

»Reflexe sind okay.«

So ging es noch eine Weile weiter. Einer der Wissenschaftler – John erkannte in ihm Doktor Rawlings, den Weißkittel, der ihn für den Zeitsprung ins sechzehnte Jahrhundert vorbereitet hatte – stellte die Fragen, die anderen antworteten. Selbst als Laie begriff John, dass ihm nichts fehlte, zumindest nichts Ernsthaftes. Er ließ sämtliche Gesundheitschecks stumm über sich ergehen, froh, dass er den Amazonas-Albtraum endlich überstanden hatte.

Rawlings zog ihm die Hohlnadel aus dem Handrücken und klebte ein Pflaster über die kleine, blutende Stelle. Dann schnallte er Johns linken Arm los. »Sie können jetzt aufstehen, wenn Sie wollen«, sagte er. »Aber seien Sie vorsichtig. Nicht, dass Ihnen schwarz vor Augen wird. Nach einer solchen Reise kann der Kreislauf schon mal zusammenklappen.«

John wälzte sich zur Seite, schob seine Beine von der Liege und setzte sich auf. Mehr und mehr spürte er, wie sein Puls sich beruhigte. Alles war in bester Ordnung. Buchstäblich in letzter Sekunde war er wie durch ein Wunder in die Gegenwart zurückgekehrt.

Er bemerkte, dass sein alter Freund Gordon Cox in der Tür stand. Erst jetzt, da das rege Treiben der Mediziner sich legte, kam er herüber. Er stellte sich neben John, klopfte ihm aufmunternd auf die Schulter und sagte: »Willkommen zu Hause, alter Junge!«

Eine Viertelstunde später saßen die beiden in einem zu einer Küche umfunktionierten Nebenraum. Durch die geschlossene

Tür drangen gedämpft die Geräusche aus dem Labor. Vor John stand eine duftende Tasse Kaffee, doch bislang hatte er sie nicht angerührt, denn die anfängliche Erleichterung über seine geglückte Rückkehr war mehr und mehr einem trotzigen Zorn über die unerwarteten Probleme seiner Reise gewichen.

»Ich will wissen, was schiefgelaufen ist!« Er sprach laut und barsch, um keinen Zweifel an seinem Unmut aufkommen zu lassen. »Weshalb habt ihr mich erst jetzt aus diesem verfluchten Schlamassel herausgeholt?«

Gordon sah ihn verständnislos an. »Wovon um alles in der Welt sprichst du, John? Deine Körperwerte haben verrückt gespielt. Die Computer haben das als Notsituation interpretiert und deine Rückkehr eingeleitet – genau, wie ich es dir versprochen hatte!«

»Meine verdammten Körperwerte haben mindestens ein Dutzend Mal verrückt gespielt, und nie haben deine Computer auch nur das Geringste unternommen. Also erzähl mir nicht, dass du dein Versprechen eingelöst hast, Gordon! Deine Notfallprogramme haben versagt – alle beide. Sowohl das Kruzifix als auch der Mikrochip in meinem Arm. Außerdem hattest du behauptet, nach vier Etappen und insgesamt zwölf Stunden würde meine Reise automatisch enden, weil das Wurmloch diesen Ablauf fest vorgibt. Aber ich war über einen Monat im Dschungel! Hörst du, Gordon? Einen gottverdammten Monat! Irgendwas ist voll in die Hose gegangen, und ich will wissen, woran das lag!«

Gordon wirkte ehrlich verwirrt. »Aber … das kann nicht sein.«

»Erzähl mir nicht, was sein kann oder nicht! Ich habe es am eigenen Leib erlebt. Und ich wäre beinahe dabei draufgegangen – mehr als einmal!«

»Unsere Computer haben das Notsignal erst jetzt empfangen«, verteidigte sich Gordon. »Tut mir leid, aber ich weiß nicht, weshalb die Technik diesmal versagt hat. Ich schwöre dir, dass diese Schwierigkeiten vorher noch nie aufgetreten sind.«

John schnaubte verächtlich.

»Du glaubst mir nicht?«

»Ich finde es nur seltsam, dass ausgerechnet bei mir erstmals lebensgefährliche Komplikationen auftreten!« Er wusste, dass es so klang, als unterstelle er Gordon Absicht. Gleichzeitig sah er ein, dass das keinen Sinn ergab. Gordon wollte Geld von ihm – fünfzehn Millionen Pfund –, er musste also ein Interesse daran haben, seine Zeitreise-Maschine möglichst perfekt zu präsentieren.

Johns Vorwurf traf Gordon sichtlich. Zögernd stand er auf, um das Zimmer zu verlassen. Als er zurückkehrte, hatte er einen Stapel Papier unter den Arm geklemmt.

»Diese Computerausdrucke belegen, dass deine Körperfunktionen samt und sonders normal waren.« Er warf den zehn Zentimeter dicken Stoß auf den Tisch, sodass der Kaffee in Johns unangerührter Tasse beinahe überschwappte. »Herz, Kreislauf, Blutwerte – alles in Ordnung. Über die komplette Zeit hinweg gab es keinerlei Ausscherer, weder nach oben noch nach unten. Nichts, was auf eine Gefahr oder gar eine Verletzung hindeuten würde, nicht mal auf einen verdammten Wespenstich! Auch die Dauer deines Aufenthalts wurde von unseren Computern als absolut normal registriert.« Er hielt John den obersten Ausdruck unter die Nase, eine Art Übersichtsblatt. John nahm es und überflog die Angaben, die Gordons Aussage allesamt bestätigten. Laut Computer hatte sein Aufenthalt exakt elf Stunden und dreiundfünfzig Minuten gedauert, aufgeteilt in vier Abschnitte von jeweils rund drei Stunden. Aus dem Blickwinkel der Gegenwart war er hingegen nur sechs Minuten und acht Sekunden unterwegs gewesen. Alle Planwerte befanden sich somit im Soll. Unglaublich!

Gordon reichte ihm auch noch die nächste Seite, auf der die Angaben zu Johns Körperfunktionen und Blutwerten aufgelistet waren. Hinter jeder Messgröße stand in Druckbuchstaben der Vermerk IM NORMBEREICH.

John schüttelte den Kopf. »Hier muss ein grundlegendes Problem mit der Technik vorliegen«, beharrte er auf seiner Ansicht. »Was die Computer aufgezeichnet haben, stimmt definitiv nicht mit der Realität überein! Ich bin an der Seite von Pizarro und Orellana durch den halben Dschungel marschiert! Wochenlang! Und ich habe Dinge erlebt, die in keinem Geschichtsbuch stehen. Sogar Dinge, die so unglaublich sind, dass du mich für verrückt erklären wirst. Aber sie sind *passiert*!« Die Erinnerung an den Urwald, vor allem an den Dämon, versetzte ihn in Panik. Er zwang sich zur Ruhe. Du hast es hinter dir, sagte er sich. Du hast es geschafft. Denk nicht mehr an die Vergangenheit. Konzentriere dich auf die Zukunft.

Er sehnte sich danach, Laura in die Arme zu schließen, sie an sich zu drücken und sie zu küssen. Er hatte längst nicht mehr zu hoffen gewagt, sie noch einmal zu sehen. Außerdem freute er sich aufs Büro – was er vor der missglückten Zeitreise nicht für möglich gehalten hatte. Die Aussicht auf einen ganz gewöhnlichen Arbeitsalltag war ihm früher langweilig, ja sogar lästig erschienen. Heute machte sie ihn glücklich und dankbar.

Mit der Zufriedenheit kam auch die Erschöpfung. Die Aufregungen und Anstrengungen der Zeitreise steckten ihm noch in den Knochen. »Ich will nach Hause, mich hinlegen und zwanzig Stunden lang durchschlafen«, murmelte er matt.

Gordon willigte ein. »Ich werde ohnehin einige Tage benötigen, um herauszufinden, was genau schiefgelaufen ist«, sagte er.

»Ich melde mich bei dir, sobald ich Näheres weiß. Falls du mich zwischenzeitlich erreichen willst, kannst du mich natürlich jederzeit anrufen. Meine Karte hast du noch?«

John rekonstruierte im Geist, was geschehen war, bevor er dieses Labor betreten hatte. Man hatte ihn in einem Kofferraum hierhergebracht. Davor hatte er Gordons Haus in Spitalfields aufgesucht. All das schien weit entfernt. Aber er erinnerte sich daran, dass er Gordons Visitenkarte bei sich getragen hatte. Er kramte sie aus seiner Hemdtasche und hielt sie ihm hin.

»Sehr gut«, sagte Gordon. »Kann ich momentan noch irgendwas für dich tun?«

»Erspare mir den Kofferraum deines Wagens.«

Gordon lachte. »Also gut. Ich schätze, das hast du dir verdient.« Er holte aus einem Schrank ein Glas, füllte es halb mit Mineralwasser und warf zwei Tabletten hinein. »Trink das«, sagte er und hielt John das Glas hin.

»Was ist das?«

»Es wird dir beim Einschlafen helfen. Wir werden dir den Mikrochip aus dem Arm entfernen und dich anschließend nach Hause fahren.«

Zu müde zum Diskutieren, nahm John das Glas und kippte es in einem einzigen großen Zug hinunter. Bereits wenige Augenblicke später spürte er, wie sein Körper sich entspannte und auch die letzten Sorgen von ihm abfielen, wie unnötiger Ballast, den er viel zu lange mit sich herumgeschleppt hatte.

Endlich war er außer Gefahr.

Kapitel 18

Als John erwachte, befand er sich in seinem Penthouse. Er lag ausgestreckt auf der Couch, die Arme am Körper, ein Kissen unter dem Kopf. Gordons Leute mussten den Wohnungsschlüssel in seiner Hosentasche gefunden haben. Oder sie hatten sich die Tür von Chester Kellerman öffnen lassen, dem Portier unten im Foyer.

John richtete sich mühevoll auf. Sein Schädel brummte wie nach einer durchzechten Nacht – vermutlich die Nachwirkung des Schlafmittels, das Gordon ihm verabreicht hatte. Er betrachtete seinen Unterarm. Dort, wo bis vor kurzem der Chip implantiert gewesen war, war jetzt nur noch ein kleiner Schnitt zu erkennen. Ein Sprühverband hielt die Wunde verschlossen. Gordons Leute hatten den Eingriff so professionell durchgeführt, dass vermutlich nicht mal eine Narbe zurückbleiben würde.

John schlurfte ins Bad und holte nach, was er im Dschungel über die Maßen vermisst hatte: eine ausgiebige Dusche. Anschließend putzte er sich mindestens zehn Minuten lang die Zähne. Danach fühlte er sich wie ein neuer Mensch.

Erst jetzt fiel ihm auf, wie sehr ihm der Magen knurrte. Er blickte auf die Uhr. Kurz vor fünf. Laura kam gewöhnlich nicht vor sieben nach Hause. Bis dahin bin ich verhungert, dachte er.

In der Küche fand er ein paar Scheiben Toast, Wurst und Käse. Er belegte sich zwei Sandwiches, kehrte ins Wohnzimmer zurück und schaltete den Fernseher ein. Während des Essens ließ er sich von irgendeinem Sportsender berieseln – nichts, was ihn wirklich interessierte, aber es tat gut, sich in der modernen Welt zurück zu wissen.

Er fragte sich, wie es nun mit Gordons Projekt weitergehen würde. Sollte er bei ihm investieren? Fünfzehn Millionen Pfund? Vorausgesetzt natürlich, dass die Treuhänder der McNeill Group so viel Geld lockermachen würden. John wog Pro und Contra gegeneinander ab. Einerseits war Gordons Zeitmaschine eine Sensation, von der die Menschheit bislang nur zu träumen gewagt hatte. Etwas, das von den meisten Experten schlicht für nicht möglich gehalten worden war! Wie viel Potenzial steckte in dieser neuartigen Technologie, wie viel Gewinn konnte man damit machen und welche weiteren Möglichkeiten würden sich eröffnen, wenn man erst alle Probleme aus dem Weg geräumt und weitere Wurmlöcher für Reisen in andere Zeiten gefunden hatte?

Andererseits hatte John selbst miterlebt, was es bedeutete, auf einer Zeitreise in Schwierigkeiten zu geraten. Man konnte verletzt werden, vielleicht sogar sterben. Oder man konnte ganz einfach nicht mehr in die Gegenwart zurückkehren – möglicherweise das Schlimmste aller Schicksale. Ein Leben im Zeitexil. Nie wieder die eigene Familie sehen, nie wieder mit Freunden sprechen, nie wieder die Errungenschaften der modernen Zivilisation genießen.

John ahnte, dass noch viele Hürden überwunden werden mussten, bis die Zeitmaschine voll funktionsfähig wäre und alle Sicherheitsanforderungen erfüllte. Im Moment konnte er sich noch nicht dazu entschließen, Gordons Projekt zu unterstützen. Er wollte zuerst ein paar Nächte darüber schlafen und sich ausführlich mit Gordon über die Fehlerursachen der Reise unterhalten. Danach würde er eine Entscheidung treffen.

Er hörte ein Geräusch an der Tür. »Liebling, bist du das?«

Statt einer Antwort erschien Laura im Wohnzimmer. Sie trug ein knielanges, schwarzes Kleid und dazu Silberschmuck. John hätte wetten können, dass sie am Morgen mit Hose und Blazer aus dem Haus gegangen war. Das Kleid war so sexy, dass es ihm mit Sicherheit in Erinnerung geblieben wäre. Aber immerhin lag der Morgen für ihn schon Monate zurück, sodass er sich absolut nicht mehr sicher war. Also ließ er es unerwähnt.

»Ich habe eben einen Happen gegessen«, sagte er. »Hätte ich gewusst, dass du so früh nach Hause kommst, hätte ich gewartet.«

»Lieb von dir, aber ich bin nicht hungrig«, sagte sie. »Mein Mittagessen mit Rashid Gamble hat vier Stunden gedauert. Ich fühle mich wie eine Mastgans.«

John entsann sich, dass der indische Industrielle Lauras Mandant war, auch wenn er nicht mehr wusste, weshalb. »Warst du wenigstens erfolgreich?«

Sie nickte. »Ich glaube, die Aussichten stehen gut, dass das Verfahren gegen ihn eingestellt wird. Wie war dein Tag?«

John zögerte. Ein Teil von ihm wollte sich Laura anvertrauen, ihr alles erzählen. Darüber zu sprechen würde ihm vielleicht helfen, seine Erlebnisse zu verarbeiten, die ihn ohnehin noch lange genug in seiner Erinnerung verfolgen würden wie unheimliche Schatten. Doch wie würde Laura reagieren? *Schatz, ich war heute Mittag ein paar Wochen lang im sechzehnten Jahrhundert, wo ich die erste Amazonas-Expedition begleitet habe. Gordon hat nämlich eine Zeitmaschine erfunden.* Vermutlich würde sie ihn für übergeschnappt halten.

Er entschied sich für eine Lüge und behauptete, er sei mit einem Geschäftspartner beim Squash gewesen. Während er ein paar erfundene Details erzählte, folgte er seiner Frau ins Bad, wo er ihr dabei zusah, wie sie sich auszog und in der Duschkabine verschwand. Ihn überkam ein eigenartiges Gefühl, eine

Mischung aus purem Verlangen und dem beinahe kindlichen Bedürfnis, in den Arm genommen und getröstet zu werden. Stumm beobachtete er Lauras Bewegungen hinter dem Milchglasfenster. Als sie fertig geduscht hatte und er ihr das Handtuch reichte, überwältigte ihn der unstillbare Drang, sie zu küssen. Ohne weiter darüber nachzudenken, tat er es, lange und intensiv. Er schmeckte ihre weichen Lippen, roch das Lavendel-Aroma des Duschgels auf ihrer Haut. Er genoss es, wie ihre Zungen einander berührten, als sei es das erste Mal. Laura ließ das Handtuch fallen und presste sich enger an ihn. John spürte seinen erigierten Penis an ihrem Körper und wollte nur noch eines: seine Kleidung abstreifen und mit Laura schlafen.

»*Baciami*, John, *si, così mi piace.* – Ja, genau so! – *Dimostrami il cielo.*« Im Rausch ihrer Worte wurde sein Begehren übermächtig. Er drängte sich zu ihr in die Glaskabine, küsste sie weiter, als würde davon sein Leben abhängen, grob, ungestüm, beinahe brutal. Irgendetwas in ihm konnte nicht genug davon bekommen. Es war wie eine Sucht, die er viel zu lange unterdrückt hatte und die ihn jetzt umso heftiger heimsuchte.

Doch dann hatte er plötzlich den Eindruck, dass alles zu schnell ging. Er wollte das Zusammensein mit Laura genießen, es bei vollem Bewusstsein in sich aufsaugen. Nicht nur rasch seine triebhaften Instinkte befriedigen.

Er ließ von ihr ab und betrachtete sie eingehend. Großer Gott, wie schön sie war! Und wie anziehend! Seit er ihr zum ersten Mal begegnet war, hatte sie nichts von ihrer Sinnlichkeit verloren. Im Gegenteil – heute schien sie ihm sogar noch attraktiver als sonst. Ihr nasses Haar glänzte verlockend. Die ebenmäßigen Gesichtszüge, die schlanke Nase und die vollen, geschwungenen Lippen verliehen ihr ein Aussehen, um das selbst Julia Roberts sie beneidet hätte.

Dennoch war John plötzlich irritiert. Irgendetwas an Lauras Gesicht war anders als sonst, zumindest kam es ihm so vor. Er zögerte einen Moment, überlegte. Dann fiel ihm auf, was ihn störte: ihre Augen. Genauer gesagt deren Farbe. John hatte sie dunkelgrün in Erinnerung, beinahe schwarz. Heute glänzten und funkelten sie jedoch wie strahlende Smaragde, als würde in ihrem Innern ein Feuer lodern. Woran lag das? Am Licht im Badezimmer? Daran, dass die Gefahren des Dschungels seine Wahrnehmung sensibilisiert hatten? Oder hatte er seiner Frau ganz einfach viel zu lange nicht mehr tief in die Augen geschaut?

Laura fiel seine Irritation nicht auf. Sie öffnete sanft die Lippen. *»Ti vorrei.«*, hauchte sie ihm entgegen. *»Ti vorrei con tutto cuore.* Ich will, dass wir uns lieben. Sofort.«

Die Worte wirkten auf ihn wie ein Liebeszauber. John schüttelte die störenden Gedanken ab, um sich nun vollends von der Erotik des Augenblicks gefangennehmen zu lassen. Er küsste Laura auf die Schulter und auf den Hals, dann ließ er sich vor ihr auf die Knie sinken, während seine Lippen zwischen ihren Brüsten hinab bis zum Bauchnabel und tiefer wanderten. Auf dem kleinen, herzförmigen Muttermal, knapp oberhalb des Schamhaaransatzes, hielt er inne. Er hörte Lauras schweren, erregten Atem und spürte, wie sie unter seinen Liebkosungen erzitterte.

»Großer Gott, wie habe ich dieses Muttermal vermisst«, murmelte er.

Später lag er mit Laura im Bett. Sie hatte sich von ihm weggedreht, ein Bein angewinkelt, das andere ausgestreckt. Ihr langes, kastanienbraunes Haar ergoss sich weitläufig über das Kopfkissen. Schultern und Rücken lagen frei, die seidene Bettdecke verhüllte nur ihren Po. Ihr Atem ging ruhig und gleichmäßig. John konnte sich nicht an ihr sattsehen. Aber obwohl sie beide einen wahrhaften Rausch der Lust und Leidenschaft durchlebt hatten, fehlte ihm etwas. Er fühlte sich eigenartigerweise unbefriedigt, und – noch schlimmer – ihm fehlte das, was er sich am meisten von seiner Rückkehr erhofft hatte: Geborgenheit. Aus irgendeinem Grund kam er sich in seinen eigenen vier Wänden deplatziert, ja sogar fremd vor. Auch Laura konnte daran nichts ändern.

John fehlte das Gefühl, wieder *zu Hause* zu sein.

Kapitel 19

In den nächsten Tagen fiel John eine Reihe von Dingen auf, die sein Gefühl der Fremdheit weiter verstärkten. Da war zunächst der alte Kupferstich von Südamerika, den Andrew Lewelin, der Leiter des National Historical Museums in Kensington, ihm anlässlich der Eröffnung der Amazonas-Ausstellung geschenkt hatte. John wusste ganz genau, dass er das Bild neben der Schrankwand im Wohnzimmer aufgehängt hatte, doch dort befand sich jetzt wieder das Ölgemälde von Jackson Pollock. Als John seine Frau danach fragte, sagte sie, sie erinnere sich zwar, dass der Kupferstich geliefert worden sei, wisse aber nicht, was John damit gemacht habe. Nach einigem Nachdenken wurde John klar, dass sie das gar nicht wissen konnte, weil er die Landkarte erst aufgehängt hatte, als sie bereits aus der Wohnung gegangen war. Notgedrungen musste John sich eingestehen, dass er sich möglicherweise irrte. Vielleicht hatte er nur *vorgehabt*, den Kupferstich aufzuhängen, es dann jedoch aus irgendeinem Grund vergessen. Aber wo war das Bild dann? Er suchte das ganze Penthouse vergeblich danach ab.

Es gab noch ein paar weitere Dinge, die ebenfalls nicht passten. Seine Zahnbürste war beispielsweise nicht mehr blau, sondern grün, das Motiv auf den Frühstückstellern kam ihm verändert vor, und auf der Fernbedienung des DVD-Players fehlten zwei Knöpfe. Sie waren einfach nicht mehr da – gerade so, als hätten sie nie existiert. Außerdem stand in der Ecke neben dem Fernseher der hüfthohe, halb vertrocknete Ficus, von dem John hätte schwören können, dass Laura ihn während seines Aufenthalts auf Caldwell Island entsorgt hatte.

Jedes Detail für sich genommen war eine Lappalie, an die er normalerweise kaum einen Gedanken verschwendet hätte. In der Summe brachten sie ihn jedoch ins Grübeln. Hatte Laura all die Veränderungen veranlasst? Hatte sie seine Zahnbürste ausgetauscht, ein neues Kaffeeservice gekauft, die Fernbedienung gegen eine neue ersetzt und darüber hinaus den welken Ficus wieder aus dem Mülleimer geholt?

Aber wann hätte sie all das tun sollen?, fragte sich John. Aus ihrer Sicht war ich doch nur ein paar Stunden außer Haus! Und sie hatte in dieser Zeit einen Geschäftstermin mit Rashid Gamble.

Zunächst scheute er sich, mit Laura darüber zu sprechen. Vielleicht war sein Erinnerungsvermögen nicht nur bezüglich des Kupferstichs getrübt. Als er am Sonntag jedoch feststellte, dass sie Ohrringe trug, die er nie zuvor an ihr gesehen hatte, stellte er sie zur Rede.

»Die habe ich mir doch für die Eröffnung der Amazonas-Ausstellung gekauft«, antwortete sie, scheinbar ehrlich verblüfft darüber, dass er sich nicht mehr daran entsinnen konnte. »Weil sie so gut zu der Kette passen, die du mir zum Geburtstag geschenkt hast.« Sie machte eine Pause, warf ihm einen auffordernden Blick zu, als wolle sie sagen: Erinnerst du dich jetzt?

Aber John erinnerte sich *nicht*, jedenfalls nicht *daran*. In seiner Erinnerung hatte sie eine Perlenkette und Perlenohrringe getragen, keinen mit Rubinen besetzten Platinschmuck.

Er fragte sie auch nach den Frühstückstellern, der Fernbedienung und der Pflanze in der Wohnzimmerecke. Aber statt einer Antwort erhielt er nur sorgenvolle Blicke. »Was ist los mit dir, Liebling?« Sie sprach leise, wie zu einem Kranken. »Fühlst du dich nicht wohl? Soll ich Doktor Thompson anrufen? Er kommt bestimmt auch sonntags vorbei.«

John fühlte sich wie vor den Kopf gestoßen. Er konnte sich nicht vorstellen, dass er sich all die kleinen Veränderungen nur einbildete. Aber was, wenn doch? Litt er unter Gedächtnisstörungen? Oder mehr noch: unter Wahnvorstellungen? Hatte die Reise in die Vergangenheit womöglich irgendwie seinem Gehirn geschadet? Wenn ja, wie? War ein Teil seiner Seele, ein Teil dessen, was seine Persönlichkeit ausmachte, auf der Wanderschaft durch Raum und Zeit abhandengekommen? Durch einen verdammten Computerfehler in Gordons Labor?

Als Laura ihm einen Ausflug vorschlug, um ihn ein wenig abzulenken, kam er sich vor, als sei sein Innerstes zu Stein erstarrt. Dennoch willigte er ein. Er musste auf andere Gedanken kommen. Außerdem hoffte er, dass sein Zustand sich von selbst bessern würde, wenn er an die frische Luft kam und sich entspannte.

Eine halbe Stunde später lenkte er seine Limousine durch die Häuserfluchten Londons. Es war ein herrlicher, wolkenloser Tag, an dem die Sonne ihre ganze sommerliche Kraft entfaltete. Im Innern der Limousine herrschte jedoch empfindliche Kälte, denn John hatte die Klimaanlage auf Maximum eingestellt. Ihm war noch immer, als würde die Hitze des Dschungels ihn ausdörren.

Das Autotelefon klingelte. John betätigte die Freisprechanlage.

»Hallo, John.« Es war Gordon. »Wie geht es dir? Hast du dich von deinem Amazonas-Ausflug erholt?«

Im Augenwinkel sah John, dass Laura ihn fragend ansah. Er vertröstete sie mit einer beschwichtigenden Handbewegung. Zu

Gordon sagte er: »Um ehrlich zu sein – nein. Ich habe den Verdacht, dass mit mir etwas nicht stimmt.« Weshalb sollte er ihm die Wahrheit vorenthalten? Wenn es überhaupt jemanden gab, der wusste, was ihm fehlte, dann war es Gordon.

»Wie meinst du das?«

»Ich kann mich an manche Dinge nicht mehr erinnern. Besser gesagt, ich habe sie *falsch* in Erinnerung.« Er schilderte ihm seine Symptome konkreter, erwähnte all die Merkwürdigkeiten, die ihm in den letzten Tagen aufgefallen waren. »Ist das besorgniserregend oder eine ganz normale Nachwirkung?«, fragte er zögernd.

Nachwirkung? Laura formte das Wort stumm mit den Lippen, um zu verdeutlichen, dass sie kein Wort der Unterhaltung verstand. John hielt sie abermals mit einer beschwichtigenden Geste hin.

»Du bist nicht der erste Fall mit Wahrnehmungsstörungen«, gab Gordon nach kurzem Zögern zu. »Wir hatten das Problem schon einmal, allerdings sind die Anzeichen bei dir wesentlich ausgeprägter, was daran liegen könnte, dass du so lange weg warst. Eventuell sind dafür auch die Störungen verantwortlich, die während deiner Reise aufgetreten sind. Darüber wollte ich ohnehin mit dir sprechen. Wir haben inzwischen herausgefunden, was schiefgelaufen ist. Wann hast du Zeit, damit wir das besprechen können?« Offenbar war ihm daran gelegen, die Komplikationen aufzuklären, um sich die Chance auf Johns Geld zu bewahren.

Laura meldete sich unerwartet zu Wort. Ihr Tonfall war zuckersüß und dadurch umso bissiger. »Wie wär's mit heute Abend, Gordon? Komm doch zum Essen zu uns. Sagen wir um halb acht? Denn ehrlich gesagt interessiert mich brennend, wovon zum Teufel ihr beiden sprecht!«

John überlegte, was er sagen sollte. Er hatte Laura bislang

nichts von seiner Zeitreise erzählt, aber schließlich wollte er dieses Geheimnis nicht ewig für sich behalten. Vielleicht war es gar keine schlechte Idee, Laura in Gordons Beisein einzuweihen. Wenn zwei Menschen dieselbe Geschichte erzählten, würde es ihr gewiss leichter fallen, sie zu akzeptieren.

»Laura hat recht«, sagte er. »Besuch uns zum Abendessen. Dann können wir über alles reden.«

Gordon willigte ein, und sie beendeten das Gespräch. Laura startete noch ein paar Versuche, John schon jetzt ein paar Antworten zu entlocken – als Anwältin war sie von Natur aus neugierig. Aber er blieb hartnäckig und vertröstete sie auf den Abend, weil er nicht wollte, dass sie ihn für komplett übergeschnappt hielt.

Schließlich sah Laura ein, dass sie keine Chance hatte, und wechselte das Thema. »Wohin fahren wir?«, wollte sie wissen.

»Ich dachte, bei diesem schönen Wetter bietet sich eine Spritztour an die Küste an.«

»So weit? Das sind fast hundert Kilometer! Können wir nicht lieber durch den Hyde Park spazieren?«

»Komm schon! Ich will das Meer sehen, das Salz des Wassers in der Luft einatmen, mir eine frische Brise durchs Haar wehen lassen. Du weißt, wie sehr ich die Küste liebe.«

Laura seufzte, aber John war sicher, dass der Ausflug ihr gefallen würde, wenn sie das Ziel erst erreicht hatten. Genau das stellte sich jedoch als überraschend schwierig heraus. Sie saßen kaum zehn Minuten im Auto und befanden sich noch mitten im Stadtgebiet, als ein Straßenschild ankündigte, dass die Durchfahrt der Commercial Road gesperrt war. John bog nach links ab, um auf die nächstgrößere Parallelstraße zu gelangen, doch die entpuppte sich als Blechlawine. Er unterdrückte ein Stöhnen. Hier war kein Durchkommen.

John fuhr weiter nach Norden und bog endlich in die Mile End Road ein, aber bereits nach wenigen hundert Metern hielt ihn ein Trooper an, ein Mitglied der königlichen Leibwache. Mit seiner schwarz-roten Uniform, der hohen Bärenfellmütze und dem geschulterten Gewehr wirkte er sehr Respekt einflößend.

John ließ die Scheibe herab.

»Tut mir leid, Sir, aber diese Straße ist für die nächsten zwei Stunden gesperrt«, sagte der Trooper in schneidigem Ton. »Das komplette Viertel ist für Autos unpassierbar, weil die Queen zur Einweihung eines Denkmals erwartet wird.«

John zog genervt die Augenbrauen hoch. Ihm blieb nichts anderes übrig, als sich den Anweisungen des Soldaten zu beugen und kehrtzumachen. Er wendete den Wagen und fuhr jetzt nach Süden, um sein Glück auf der anderen Seite des Flusses zu versuchen. Doch die Tower Bridge wurde von einem umgekippten Lastwagen versperrt, und auf der London Bridge gab es einen wahren Volksauflauf. Menschen jeglicher Hautfarbe hatten sich in schrille Kostüme gehüllt und hielten zu lautstarken Karibik-Rhythmen eine Parade ab.

»Wie es aussieht, hat sich heute die ganze Welt gegen mich verschworen«, knurrte John resigniert. Die Lust auf einen Abstecher ans Meer war ihm inzwischen gründlich vergangen. »Wie wäre es mit einem Spaziergang im Hyde Park?«

Laura lächelte. »Gute Idee«, sagte sie. »Könnte glatt von mir sein.«

Die Fahrt durch die Stadt in Richtung Westen verlief reibungslos. Trotz regen Verkehrs kamen sie gut voran, sodass Johns Laune sich allmählich wieder besserte.

Allerdings wurde er das Gefühl nicht los, beobachtet zu werden. Zunächst war es nur eine unbestimmte Ahnung, dann erkannte er jedoch im Rückspiegel, dass ihnen ein ganz bestimmter Wagen folgte. Ein dunkelblaues Ford-Cabriolet. John gab Gas und überholte auf der zweispurigen Straße, um Abstand zu gewinnen. Er glaubte schon, den Verfolger abgehängt zu haben, aber als er den Trafalgar Square erreichte, hatte das Cabrio wieder aufgeschlossen. Jetzt befand es sich unmittelbar hinter Johns Daimler.

John warf einen genaueren Blick in den Rückspiegel und erstarrte. Der Mann am Steuer glich auf beeindruckende Weise Jorge La Roqua. Dasselbe derbe Gesicht, dieselbe markante Physiognomie. Nur die Frisur war anders. La Roqua hatte langes, verwildertes Haar gehabt, der Verfolger im Cabrio hatte einen akkuraten Bürstenschnitt. Dennoch war die Ähnlichkeit so frappierend, dass es sich unmöglich um einen Zufall handeln konnte.

»Worauf wartest du?«, fragte Laura und riss John damit aus seinen Gedanken. »Es ist frei.«

»Oh, entschuldige.« Er fuhr los, bog nach ein paar hundert Metern in den Haymarket ab und schwenkte am Piccadilly Circus in Richtung Hyde Park. Als er wieder in den Rückspiegel sah, war das Cabrio verschwunden. John wusste nicht, ob er darüber froh oder eher beunruhigt sein sollte.

»Was ist los mit dir?«, fragte Laura. »Du wirkst so nervös.«

Er überlegte, ob er Laura etwas von dem vermeintlichen Verfolger erzählen sollte, entschied sich aber dagegen. Er wollte sie nicht beunruhigen. Vor allem aber wollte er von ihr nicht für paranoid gehalten werden.

Hoffentlich hat Gordon beim Abendessen ein paar gute Antworten parat, dachte er seufzend. Ich muss endlich wissen, was mit mir los ist!

Wenig später schlenderten Laura und er durch die gepflegte Grünanlage, in der es von Menschen nur so wimmelte. Bei schönem Wetter war der Hyde Park ein beliebtes Ausflugsziel. Überall sah man Fußgänger, Jogger, Rollschuh- und Fahrradfahrer, gelegentlich sogar Reiter. Auf den Bänken saßen ältere Damen mit Sonnenhüten, Mütter mit Babys auf dem Schoß oder einfach nur Zeitungsleser, die ihre Lektüre unter freiem Himmel genießen wollten. Und die weitläufigen Wiesen waren von Picknickern der unterschiedlichsten Art eingenommen worden: Gewöhnliche britische Vorzeige-Familien vermischten sich hier mit Hare-Krishna-Anhängern, Rasta-Jüngern und Punkern. Der Hyde Park präsentierte sich wie üblich als Querschnitt durch sämtliche Bevölkerungsteile Londons.

John und Laura bummelten hinüber zum See, blieben aber an der Nordseite, weil sich am gegenüberliegenden Ufer der *Lido*, das einzige Freibad mitten in der Stadt, befand und es dort entsprechend turbulent zuging. Als sie sich an einem Kiosk ein Eis kauften, fiel John in einiger Entfernung abermals der Jorge-La-Roqua-Klon auf. Er schien keine Notiz von ihm oder Laura zu nehmen, sondern fütterte am Ufer Enten. Aber das konnte auch nur Schau sein.

John schlenderte mit Laura weiter – scheinbar unbekümmert, in Wahrheit jedoch ziemlich verwirrt. Wer war dieser Kerl? Woher stammte seine verblüffende Ähnlichkeit mit einem spanischen Konquistadoren, der vor über vierhundertfünfzig Jahren im Amazonas-Regenwald gestorben war? Oder handelte es sich bei dieser modernen Version von Jorge La Roqua lediglich wieder um ein Produkt seiner Fantasie?

Er blieb stehen, Laura ebenfalls. »Ich weiß, es klingt seltsam, aber tu mir den Gefallen und sag mir, ob du diesen Enten fütternden Typen hinter mir ebenfalls siehst«, sagte er. »Den Koloss am Ufer.«

Laura wirkte irritiert, tat dann aber, worum er sie bat. »Nein«, sagte sie schließlich. »Da ist niemand, auf den deine Beschreibung passt.«

Als John sich umdrehte und seinen Blick ebenfalls noch einmal über das Ufer wandern ließ, stellte er fest, dass der Mann tatsächlich verschwunden war.

Kapitel 20

Gordon brachte zum Abendessen einen 1982er Mouton Rothschild mit. John verstand nicht allzu viel von Wein, aber immerhin genug, um zu wissen, dass die Flasche mehrere hundert Pfund kostete. Entweder plagte Gordon wegen der missglückten Zeitreise das schlechte Gewissen, oder er war sich derart sicher, Johns fünfzehn Millionen Pfund zu bekommen, dass er den heutigen Abend als Anlass zum Feiern nahm.

»Laura und ich waren heute im Hyde Park«, begann John, als sie gemeinsam am Tisch saßen. Es gab Tagliatelle arrabiata nach einem Rezept von Lauras venezianischer Großmutter. »Dort habe ich einen Kerl gesehen, der einem Konquistadoren von der Zeitreise wie aus dem Gesicht geschnitten war. Außerdem gibt es eine Reihe weiterer Dinge, die mir in den letzten Tagen merkwürdig erschienen. Das habe ich dir schon am Telefon erzählt. Gordon – ich muss wissen, was mit mir los ist. Ich leide an Verfolgungswahn und kann Realität und Einbildung nicht mehr voneinander unterscheiden. Am besten, du beginnst damit, Laura alles über dein Projekt zu erzählen.«

»Hast du das noch nicht getan?«

»Ich befürchtete, sie hält mich dann für übergeschnappt. Ich meine, momentan bin ich wirklich nicht gerade zurechnungsfähig.«

Gordon lächelte verständnisvoll. Er griff nach seinem Glas, schwenkte es und nippte daran. Dann gab er einen knappen, aber exakten Abriss über seine Forschungsarbeiten und über die Reise, die John absolviert hatte.

Während Gordon sprach, beobachtete John seine Frau genau. An ihrer Miene konnte er keine Reaktion ablesen – als Anwältin verstand sie es bestens, sich unter Kontrolle zu haben –, doch er ahnte, was in ihr vorging. Ihm selbst war es nicht anders ergangen, als er Gordons Geschichte zum ersten Mal gehört hatte. Belustigte Skepsis wandelte sich in Verwunderung, und schließlich begann man allmählich, das Unmögliche für möglich zu halten. Ein ganz und gar unbeschreibliches Gefühl.

Nachdem er seinen Bericht beendet hatte, nippte Gordon abermals an seinem Weinglas. Zu John sagte er: »Dein Gehirn ist durch die lange Reise überlastet. Es dauert eine Weile, bis es sich wieder umgewöhnt hat. Das Phänomen trat schon einmal auf, bei einem unserer Wissenschaftler, der innerhalb einer Woche insgesamt neun Zeitreisen absolviert hat. Er litt an Halluzinationen, aber das legte sich rasch wieder. John, ich schätze, dein momentaner Zustand wird noch ein paar Tage lang anhalten. Am Mittwoch oder Donnerstag bist du wieder ganz der Alte.«

John seufzte. Gordons Worte waren Balsam für seine Seele. Ihm fehlte nichts Ernstes. Er musste nur ein wenig Geduld aufbringen, dann würde er sich ganz automatisch regenerieren. Das Problem war nur, dass er momentan nicht so recht daran glauben konnte.

»Wir wissen inzwischen, was bei deiner Reise schiefgelaufen ist«, fuhr Gordon fort. »Wir haben den Mikrochip aus deinem Arm ausgewertet und die Ergebnisse mit unseren Computerdaten im Labor verglichen. Kurz vor Ende deiner zweiten Etappe kam es zu einer kurzfristigen Signalstörung. Die Verbindung konnte zwar wiederhergestellt werden, aber es scheint, als ob dabei ein paar Daten nicht richtig übertragen wurden.«

John überlegte. Die zweite Etappe – das war der Abstieg von den Kordilleren hinab ins Tiefland gewesen. Er erinnerte sich an den abgestürzten Lamaführer, Neyas Bruder, und an Jorge La Roqua, der ihn seinem Schicksal hatte überlassen wollen. Dadurch war es zu einem Streit zwischen John und La Roqua gekommen, letztlich sogar zum Kampf. Hatten die Erschütterungen während der Handgreiflichkeiten die Signalstörung bewirkt?

Er erzählte Gordon davon, der die Erklärung für plausibel hielt. Es folgte eine lange Diskussion über die Notwendigkeit weiterer Sicherheitsmaßnahmen bei Zeitreisen, die auch während des Nachtischs und sogar darüber hinaus, bei einem gemütlichen Glas Cognac, fortgeführt wurde. Wie viele Vorkehrungen waren bei einer kommerziellen Nutzung von Zeitreisen erforderlich? Welches Restrisiko durfte man eingehen? War hundertprozentige Sicherheit technisch überhaupt umsetzbar? Wenn ja, was kostete sie?

Bevor Gordon ging, versprach er, den Sicherheitsaspekt noch einmal zu überdenken und in seinem Team zu besprechen. John signalisierte dafür die grundsätzliche Bereitschaft, bei Gordon zu investieren. Denn trotz seiner Wahrnehmungsstörungen war ihm eines doch absolut klar: Wenn es gelang, die Gefahren des Zeitreisens auf ein Minimum zu reduzieren, konnten mit dieser neuen Sparte des Tourismus Milliardengewinne erzielt werden.

In der Nacht wurde John von Albträumen geplagt. Er durchlebte noch einmal, wie Neya bei lebendigem Leib verbrannt wurde. Er war Zeuge, wie ein Rudel Bluthunde sich auf wehrlose Indios stürzte. Er sah die spanischen Söldner sterben, dahingerafft von den *Curare*-Pfeilen der Eingeborenen. Vor allem aber plagten John die Bilder der funkelnden Dämonenaugen, die ihm aus dem Dunkel des Waldes entgegenstarrten wie glühende Bernsteine.

Er schreckte aus dem Schlaf auf, mindestens das fünfte Mal in dieser Nacht. Seine Decke lag auf dem Fußboden neben dem Bett, durch das offene Schlafzimmerfenster drang kühle Luft. Dennoch klebte ihm der Pyjama schweißnass am Körper.

Er glaubte, ein Geräusch im Zimmer zu hören, und setzte sich auf. Durch die gekippten Jalousien drang genug Licht, um wenigstens Umrisse erkennen zu können, doch er sah nichts Ungewöhnliches. Links befand sich der Kleiderschrank, an der ihm gegenüberliegenden Wand eine wuchtige viktorianische Kommode, dazwischen die Tür. Von dort war das Geräusch gekommen, zumindest glaubte er das.

Neben ihm bewegte sich Laura im Schlaf. Sie wälzte sich auf die Seite, sodass sie jetzt mit dem Rücken zu ihm lag. Gleich darauf ging ihr Atem wieder ruhig und gleichmäßig. Beneidenswert.

John lauschte noch eine Weile in die Stille, hörte jedoch nicht mehr als den gedämpften Herzschlag der Großstadt: Autos, Züge, Flugzeuge, gelegentlich ein Martinshorn. Als er sicher war, wieder einmal nur Opfer seiner Einbildung geworden zu sein, stand er auf, um etwas zu trinken.

Ohne das Licht einzuschalten, holte er sich aus dem Kühlschrank eine Dose Budweiser, die er in einem einzigen gierigen Zug leerte. Die Kälte erfrischte ihn, und nach ein oder zwei Minuten setzte auch die leicht benebelnde Wirkung des Alkohols ein. Genau das, was er brauchte.

Als er ins Schlafzimmer zurückkehrte, standen die Leuchtziffern des Radioweckers auf 4:38 Uhr. Noch knapp dreieinhalb Stunden, bis er im Büro sein wollte – sein erster Arbeitstag seit Ewigkeiten. Hoffentlich fand er jetzt endlich die so dringend benötigte Ruhe.

Er kroch unter die Decke und versuchte, sich zu entspannen. Es gelang ihm nicht. Je länger er wach lag, desto einsamer kam er sich plötzlich vor. Er verspürte den unstillbaren Drang, Laura in die Arme zu schließen und sie an sich zu drücken. Er wollte einfach nur ihren warmen Körper spüren, den Duft ihrer Haare einatmen und sich von dem tiefen inneren Frieden anstecken lassen, den sie im Schlaf ausstrahlte. Vorsichtig beugte er sich zu ihr hinüber. Sie hatte sich inzwischen vollkommen unter ihre Bettdecke verkrochen, John konnte ihre Körperformen nur erahnen. Als er sich ihr näherte, gab sie ein Knurren von sich, als wolle sie sagen: *John, nicht schon wieder Sex!* Er lächelte.

Sein Lächeln erstarb, als er die Hand unter ihre Decke schob. Statt seidigem Stoff und samtweicher Haut ertasteten seine Finger etwas, das ihn im ersten Moment an einen Teppich erinnerte. Doch der Teppich war warm. Er atmete, er bewegte sich – und er knurrte erneut. Diesmal anhaltender und tiefer, eindeutig bedrohlich. John stockte der Atem. Was um alles in der Welt ging hier vor?

Er zog seine Hand zurück, spürte, wie er zitterte. Ein unangenehmer Gestank stieg ihm in die Nase. Beißend. Tierisch. Plötzlich wusste John, was er unter der Decke ertastet hatte: Fell! Und im selben Moment, da ihm diese Erkenntnis kam, begann Lauras Bettdecke auf einmal, sich aufzubäumen. John wollte wegrennen, aber der Schreck lähmte ihn. Er konnte nicht einmal schreien, seiner Kehle entrang sich nur ein heiseres Wimmern.

Lauras Bettdecke wölbte sich weiter, sodass sie nun einer Höhle glich. Und im Innern dieser Höhle war etwas Großes, Knurrendes, das sich nicht länger verstecken wollte. Johns Finger krampften sich in das Laken, als er sah, wie sich der geschmeidige, schwarze Schädel eines Jaguars aus der Höhle schob.

Es ist nur ein Trugbild!, schrie Johns innere Stimme. Es ist nur ein Produkt meiner Fantasie!

Aber warum hatte er das Biest dann *berühren* können?

Im fahlen Licht erkannte er das gebleckte Raubtiergebiss und zwei goldgelbe Augen, die ihm hungrig entgegenstarrten. Ohne Eile schlüpfte die Bestie weiter unter der Bettdecke hervor. John keuchte, sein Puls raste, aber er war noch immer nicht in der Lage, sich zu bewegen. Die nackte Panik setzte seinen Willen außer Kraft.

Das Tier war nun über ihm. John spürte die Pranken auf seiner Brust. Die Krallen stachen ihm durch den Pyjama hindurch ins Fleisch. Dann geschah das Unglaubliche: Die Bestie senkte den Kopf, öffnete das Maul und sagte: »John, wach auf!«

Er zuckte zusammen und öffnete die Augen. Im ersten Moment schien sich nichts verändert zu haben. Das Zimmer lag im Halbdunkel, und irgendeine Gestalt machte sich an ihm zu schaffen. Allerdings gab es einen Unterschied: John konnte sich wieder bewegen! Er stieß die Gestalt von sich und rappelte sich auf.

»John! Beruhige dich! Es ist alles in Ordnung!«

Es war Lauras Stimme, aber erst als sie ihre Nachttischlampe anknipste und er sie klar und deutlich vor sich sah, traute er seinen Sinnen wieder.

»Es war ein Traum«, sagte sie mit sanfter Stimme. »Nichts weiter als ein Traum, Schatz.«

John nickte und ließ sich matt ins Kissen sinken. Also hatte er kein Geräusch gehört, kein Bier in der Küche getrunken und keinen Jaguar im Bett vorgefunden! Es war nur ein Traum gewesen, das musste er sich immer wieder sagen. Nur ein Traum.

Aber was für einer!

Kapitel 21

Den Rest der Nacht wälzte John sich im Bett herum, ohne wieder einschlafen zu können. Im Grunde war er froh darüber. Wenn er nicht schlief, konnte er nicht träumen, und wenn er nicht träumte, hatte er weniger Angst.

Andererseits wusste er, dass er auch bei vollem Bewusstsein halluzinieren konnte – die letzten Tage hatten es eindrucksvoll bewiesen. Momentan war er rund um die Uhr Sklave seiner Fantasie. Alles, was er tun konnte, war abzuwarten und darauf zu hoffen, dass seine Fantastereien bald verschwinden würden.

Als um halb sieben der Wecker klingelte, fühlte er sich wie gerädert, aber er hatte genug davon, im Bett zu liegen und kein Auge zuzutun. Er freute sich auf den bevorstehenden Tag im Büro. Die Abwechslung würde ihm gewiss guttun.

Laura hatte an diesem Morgen einen frühen Termin mit einem Klienten in Oxford, knapp hundert Kilometer weiter im Landesinneren. John ließ ihr den Vortritt im Bad, damit sie ihre Zugverbindung erwischte. Nicht einmal für eine Tasse Kaffee blieb ihr mehr Zeit.

»Mach's gut, Schatz!« Mit Handtasche und Aktenmappe bewaffnet eilte sie zu ihm an den Frühstückstisch, um ihm einen Abschiedskuss zu geben. Sie war schon an der Tür angelangt, als sie noch einmal innehielt und sich umdrehte. »Du wirst den Tag doch durchstehen, oder?«

John freute sich über die Fürsorge in ihrer Stimme. »Klar doch«, sagte er betont zuversichtlich.

Laura schenkte ihm ein warmes Lächeln. »Du musst mir nichts vorspielen«, sagte sie. »Ich weiß, wie du dich fühlst. Aber denk immer an Gordons Worte: Bald wird es dir wieder besser gehen.« Sie hauchte ihm eine Kusshand zu, dann verließ sie die Wohnung.

John trank in Ruhe seinen Kaffee aus. Anschließend machte er sich im Bad fertig und zog sich an, zum ersten Mal seit langer Zeit wieder Hemd, Krawatte und Anzug. Ein ungewohntes, beinahe unangenehmes Gefühl auf der Haut.

Bevor er sich auf den Weg machte, schloss er sämtliche Fenster und zog die Jalousien hoch. Dabei fiel ihm die Veränderung des Ficus auf, die in der Wohnzimmerecke neben dem Fernseher stand – die welke Pflanze, die Laura zuerst weggeworfen und anschließend aus irgendeinem Grund wieder im Wohnzimmer platziert hatte. Heute waren die Blätter nicht grünbraun, sondern beinahe schwarz. Außerdem schienen sie auf eigentümliche Weise zu vibrieren und zu pulsieren, beinahe wie ein Wesen aus Fleisch und Blut.

John näherte sich der Pflanze so vorsichtig, als befürchte er, von ihr angefallen zu werden. Bei näherer Betrachtung stellte er fest, dass es nicht die Pflanze war, die sich bewegte, sondern eine Vielzahl von Ameisen, die sich auf ihr tummelten. Tausende und Abertausende davon drängten sich auf den Blättern, krabbelten in alle möglichen Richtungen, scheinbar ohne bestimmtes Ziel. John überlegte, ob er das Bäumchen auf die Dachterrasse stellen sollte, damit die Ameisen sich nicht weiter in der Wohnung ausbreiten konnten, doch dann bemerkte er, dass die Tiere nicht nur die Pflanze bedeckten, sondern auch einen Großteil des Kübels. Von dort aus führte eine breite, wuselige Ameisenstraße bis zur Fensterwand, wo sie hinter dem Heizkörper verschwand. Die meisten der Tiere hatten dabei kleine verwelkte Blattstücke in ihre Kiefer geklemmt, die sie wie Segel senkrecht in die Höhe hoben. Das emsige Hin und Her, der pulsierende Strom aus glänzend schwarzen Insektenkörpern, das Zucken und Wackeln der braungrünen Blättchen – es war ein geradezu surrealer Anblick, faszinierend, aber auch abstoßend. John schauderte. Er würde sich nicht überwinden können, den Topf mit dem Bäumchen anzurühren, geschweige denn, ihn hinauszutragen. Verdammt! Weshalb hatte Laura diese dämliche Pflanze in die Wohnung zurückgeholt?

Ihm kam ein Gedanke: Vielleicht waren die Ameisen ebenfalls nur Einbildung. Vielleicht existierten sie gar nicht. Allerdings wollte er die Pflanze nicht erst anfassen müssen, um das herauszufinden. Er verließ die Wohnung, fuhr mit dem Lift ins Foyer und bat Chester, den Portier, darum, ihn nach oben zu begleiten.

»Ameisen? In Ihrer Wohnung, Sir?« Es klang ungläubig, immerhin lag das Penthouse im achtzehnten Stock. Insektenprobleme gab es in so luftiger Höhe selten. Dennoch erklärte Chester sich bereit, John zu begleiten.

Wenige Minuten später stand er vor dem Ficus in Johns Wohnzimmer und fuhr sich nachdenklich mit der Hand übers Kinn. »Das sieht tatsächlich nicht gut aus, Mister McNeill. Ich arbeite seit über sieben Jahren in diesem Haus, aber es ist das erste Mal, dass ich so etwas erlebe.«

Gleichwohl erwies Chester sich als Herr der Lage. Er ließ sich von John eine große Plastiktüte und ein Stück Schnur geben, anschließend brauchte es keine fünf Handgriffe, bis die Pflanze mitsamt Insektenbefall sauber verpackt auf der Dachterrasse stand.

John atmete auf. »Ich weiß nicht, wie ich Ihnen danken soll, Chester«, sagte er. Gleichzeitig kramte er sein Portemonnaie aus dem Jackett und zog einen Geldschein heraus. »Nehmen Sie schon«, forderte er den Portier auf. »Sie haben mir einen riesigen Gefallen getan.«

Chester nahm zögernd den Geldschein entgegen. »Keine Ursache, Sir. Kann ich Ihnen sonst noch irgendwie behilflich sein?«

John klopfte ihm freundschaftlich auf die Schulter. »Ich denke, den Rest schaffe ich allein.«

»Natürlich, Sir.« Chester bedankte sich für das Geld, dann überließ er John sich selbst.

Um die Ameisen auf dem Teppich und an der Wand zu beseitigen, holte John den Staubsauger aus der Abstellkammer. Als das Wohnzimmer wieder sauber war, verstaute er den Staubsaugerbeutel in einer Plastiktüte, die er ordentlich verknotete und in den Müllcontainern im Keller entsorgte.

Auf der Fahrt ins Büro machte er sich klar, dass er das Problem damit noch nicht endgültig beseitigt hatte. Gewiss hielten sich noch etliche Ameisen in irgendwelchen Nischen und Ritzen des Wohnzimmers versteckt. Er beschloss, die Angelegenheit in professionelle Hände zu legen, und ließ sich von der Auskunft mit einem Kammerjäger verbinden. Dort meldete sich jedoch nur ein Anrufbeantworter. John gab seine Nummer durch und bat um Rückruf.

Während er im dichten Verkehr den Weg in Richtung Canary Wharf einschlug, spürte er, wie ihn wieder die Vorfreude auf den bevorstehenden Tag im Büro erfasste. Seine Arbeit erschien ihm jetzt wie ein sicherer Hafen bei stürmischer See. Als er das Hauptgebäude der McNeill Group betrat, einen fünfundzwanzigstöckigen Quaderbau aus Beton und verspiegeltem Glas, konnte er sich nicht entsinnen, jemals so motiviert hierhergekommen zu sein.

Er seufzte und wünschte sich, dass sein Vater ihn jetzt sehen könnte, zu dessen Lebzeiten John nicht gerade ein musterhafter Sohn gewesen war. Er hatte das Geld, das ihm aufgrund der Großzügigkeit seines alten Herrn aus der Firma zugeflossen war, lediglich dazu benutzt, seine teuren Hobbys und Abenteuerreisen zu finanzieren. Für die Belange des Unternehmens hatte er sich nie sonderlich interessiert. Kein Wunder also, dass sein Vater ihm lediglich einen Chefsessel ohne Macht hinterlassen hatte. Heute verspürte John erstmals das Bedürfnis, Verantwortung für die Firma zu übernehmen.

Er durchquerte das Foyer, nickte den beiden Mitarbeitern hinter der Empfangstheke zu und fuhr mit dem Lift in die oberste Etage, die zu dieser frühen Stunde noch nahezu verwaist war. Vom Panoramafenster seines Büros aus hatte John einen eindrucksvollen Blick nach Westen. Natürlich nahm ihm der 250 Meter hohe Canada Tower – Londons höchstes Bauwerk – ein wenig die Sicht, doch alles in allem bot sich ihm ein fantastisches Bild auf die erwachende Stadt.

John stürzte sich in die Arbeit, und die nächsten Stunden vergingen wie ihm Flug. Es war für ihn ein völlig neuartiges Gefühl, seinem Job mit echtem Interesse nachzugehen. Er las Gesprächsnotizen, wälzte Akten, ordnete seine Unterlagen und durchforstete E-Mails. Das tat seinem verwirrten Verstand nicht nur gut, sondern bereitete ihm darüber hinaus auch noch erstaunlich viel Spaß.

Um kurz nach elf – John hatte die Zeit völlig vergessen – öffnete sich die Tür, und eine üppige Blondine mit zeitlos schwarzem Hosenanzug trat ein.

»Stacy! Schön, Sie zu sehen!«, sagte John und stand hinter dem Schreibtisch auf, um seine Sekretärin zu begrüßen.

Die zuckte jedoch zusammen, als habe jemand eine Plastiktüte neben ihrem Ohr zerplatzen lassen. »Großer Gott, haben

Sie mich erschreckt, Sir!«, keuchte sie. Eine Hand an die Brust gedrückt, lehnte sie sich gegen einen Schrank.

John fiel ein, dass er vor seiner Zeitreise mehr als drei Wochen auf Caldwell Island, seinem mittelalterlichen Inselreich, verbracht hatte. Er war so lange nicht mehr im Büro gewesen, dass Stacy heute offenbar nicht mit ihm gerechnet hatte – obwohl sie seinen Terminkalender in der Regel auswendig kannte.

»Tut mir leid«, sagte John. »Ich wollte Sie nicht erschrecken. Ich hatte heute Morgen nur so viel zu tun, dass ich noch gar nicht dazu kam, mich bei Ihnen zurückzumelden.«

»Alles in Ordnung, Sir. Es ist ja nicht Ihre Schuld. Ich hatte Sie ganz einfach nicht im Büro erwartet.« Ihr gelang schon wieder ein kleines Lächeln, gleichzeitig bedachte sie John aber auch mit einem Blick, als sei er ein kleiner Junge, der ihr einen Streich gespielt hatte. In gespieltem Ernst fuhr sie fort: »Das nächste Mal sollten Sie mir nur vorher Bescheid geben, wenn Sie nach so langer Zeit wieder unerwartet auftauchen, Sir.«

»Aber Stacy«, erwiderte John im selben Tonfall. »Sie wussten doch, dass ich im Urlaub bin.«

»Das war im Juni, Sir. Inzwischen ist Mitte August. In den letzten zwei Monaten wusste niemand, wo Sie stecken!« Verschwörerisch raunte sie: »Mister Guiltmore war deswegen schon sehr aufgebracht, Sir!«

Dass Brian Guiltmore, Johns rechte Hand, aufgebracht war, störte ihn nicht. Er war ihm keine Rechenschaft schuldig, und ein klärendes Gespräch würde sein Gemüt wieder beruhigen. Was John jedoch wunderte, war, dass er angeblich zwei Monate lang wie vom Erdboden verschluckt gewesen war. Laura hatte davon nichts erwähnt, und Gordons Worten zufolge hatte der Ausflug ins sechzehnte Jahrhundert aus hiesiger Sicht nur wenige Minuten gedauert.

Etwas passte nicht zusammen.

Um sich seine Verwirrung nicht anmerken zu lassen, bat John Stacy um ein paar Unterlagen zu einem Geschäftsvorfall, in den er sich im Lauf des Morgens eingelesen hatte. Er selbst wollte sich Klarheit über das aktuelle Tagesdatum verschaffen. Der Versuch, sich ins Internet einzuloggen, schlug aufgrund eines Serverproblems fehl. Als John bei Brian Guiltmore anrief, war der Anschluss belegt. Also wählte er die Nummer der Auskunft, wo ihm eine freundliche Frauenstimme mitteilte, dass heute der 11. August sei.

John bedankte sich und legte auf. Der 11. August also. Die Eröffnung der Amazonas-Sonderausstellung im National Historical Museum war definitiv am 10. Juni gewesen. Also hatte Stacy recht gehabt: Johns Zeitreise hatte nicht nur ein paar Minuten gedauert, sondern mehrere Wochen – was wiederum hieß, dass Laura und Gordon ihm etwas vorspielten! Er spürte, wie ihm der Schweiß auf die Stirn trat.

Die Hände hinter dem Kopf verschränkt, ließ er sich in seinen Ledersessel zurücksinken. Es fiel ihm unendlich schwer, einen klaren Gedanken zu fassen. Warum taten Gordon und Laura das? Ihn belügen? Weshalb gaukelten sie ihm etwas vor? John fiel keine vernünftige Antwort darauf ein, aber es machte ihm Angst.

Er spürte einen dumpfen Druck hinter den Augäpfeln und versuchte, das aufkommende Kopfweh wegzumassieren. Vergeblich. Die Situation war viel zu verwirrend, als dass er sich hätte entspannen können. Er wurde betrogen. Zudem litt er unter Verfolgungswahn und Tagträumereien, was zur Folge hatte, dass er nicht mehr zwischen Einbildung und Realität unterscheiden konnte. Es war zum Verrücktwerden!

Ein paar Minuten später kam Stacy mit den angeforderten

Unterlagen zurück und legte sie auf den Schreibtisch – ein beachtlicher Stapel an Akten, Notizen, Briefen und anderen Dokumenten. Geistesabwesend blätterte John darin herum. »Wie haben Sie die Unterlagen sortiert?«, fragte er.

Stacy, die bereits wieder an der Tür angelangt war, hielt inne. »Sortiert? Oh – entschuldigen Sie, Sir. Ich wusste nicht, dass ich die Papiere sortieren soll. Ich habe einfach alles, was das Geschäft mit Imelda Armstrong betrifft, zusammengetragen.«

Ungewöhnlich, dachte John. Sehr ungewöhnlich. Normalerweise leistete Stacy außerordentlich gute Vorarbeit. Sie besaß weit mehr Organisationstalent als er selbst. Was war heute los mit ihr? Er beschloss, sie danach zu fragen.

»Stacy?«

»Ja, Sir?« Sie stand immer noch an der Tür, offenbar unentschlossen, ob sie den Aktenstapel noch einmal mitnehmen oder ihn unsortiert auf Johns Schreibtisch liegen lassen sollte.

»Warten Sie einen Augenblick.« Er stand auf, ging auf sie zu und überlegte, wie er das Gespräch mit ihr beginnen könnte. In der Vergangenheit hatten sie zwar täglich zusammengearbeitet, ein besonderes Vertrauensverhältnis war zwischen ihnen jedoch nie entstanden. *Wenn es etwas gibt, über das Sie mit mir reden möchten, dann habe ich jederzeit ein offenes Ohr für Sie.* Das wäre doch kein schlechter Anfang.

Er war nur noch einen Schritt von Stacy entfernt, und zum ersten Mal an diesem Tag betrachtete er sie mit voller Aufmerksamkeit. Sie sah ihn von unten herauf an, die Augen irritierend weit aufgerissen. Bildete er es sich nur ein, oder lag Angst darin? Er war nicht ganz sicher.

»Stacy, ich will Ihnen nur sagen ...« Er hielt mitten im Satz inne, als ihm bewusst wurde, dass nicht nur ihre Augen ihn irritierten, sondern das ganze Gesicht. Auf Distanz sah es genau so aus, wie er es in Erinnerung hatte, aber auf nur einen Meter Entfernung fielen ihm Details auf, die nicht stimmten. Die großen, blauen Augen. Die kleine Narbe über der Augenbraue, von der heute keine Spur mehr zu erkennen war. Und vor allem ihre Nase. Von vorn betrachtet gab es nicht die geringste Auffälligkeit, aber das Profil erwies sich als verräterisch. Es war eine ganz gewöhnliche Nase – nicht Stacys unverkennbare Stupsnase.

Diese Frau war nicht Stacy! Sie war jemand, der ihr ähnlich sah – verdammt ähnlich sogar – und aus irgendeinem Grund ihren Platz eingenommen hatte. Es sei denn, er bildete sich das wieder nur ein. Wie konnte er Gewissheit erlangen? Ihm kam eine Idee.

»Würden Sie mir wohl freundlicherweise einen Kaffee bringen?«, fragte er.

»Selbstverständlich, Sir.«

»Wie üblich extra stark mit extra Milch und extra Zucker.«

»Natürlich, Sir. Wie üblich.« Sie lächelte ihn an und verschwand aus dem Zimmer.

John blieb noch eine ganze Minute lang am Schrank stehen und starrte geistesabwesend auf die geschlossene Bürotür. Stacy brachte ihm beinahe täglich seinen Kaffee. Schwarz. Ohne Milch. Ohne Zucker. *Diese* Frau jedoch hatte sich nicht einmal über seine seltsame Bestellung gewundert. John war jetzt sicher: Die Frau, die sich als Stacy ausgab, war eine Doppelgängerin. Eine Betrügerin. Die Frage war nur, was sie bezweckte.

Sein erster Impuls war, die Polizei einzuschalten. Andererseits konnte er immer noch nicht hundertprozentig ausschließen, dass er halluzinierte. Also beschloss er, sich in dieser Angelegenheit an Floyd Decker zu wenden, den Detektiv, den er immer dann konsultierte, wenn er Informationen über potenzielle Geschäftspartner benötigte – so wie bei den Ljuganow-Brüdern.

Die Nummer kannte John auswendig. Er griff zum Telefonhörer und wählte. Am anderen Ende der Leitung meldete sich eine Bandansage: »Der von Ihnen gewählte Anschluss ist nicht verfügbar.«

John überprüfte die Nummer auf dem Display, hatte sich jedoch nicht verwählt. Eigenartig. Aber immerhin war es möglich, dass sein Gedächtnis ihn im Stich ließ, weshalb er sicherheitshalber noch einmal die Auskunft anrief. Dort sagte man ihm, dass im Londoner Telefonverzeichnis keine Detektei namens Decker & Partner vermerkt war. John murmelte einen Dank und legte auf.

Stacys Doppelgängerin kam herein und brachte ihm seinen Kaffee. Mit extra Milch und extra Zucker. Als sie das Büro wieder verlassen hatte, starrte John minutenlang die Tasse an. Er hatte gehofft, dass die Arbeit in der Firma ihm über sein momentanes Tief hinweghelfen würde. Jetzt musste er erkennen, dass seine Verwirrung eher noch zunahm.

Ein unangenehmer Gedanke schlich sich in sein Bewusstsein: Was, wenn er in dieser Situation Fehlentscheidungen traf? Natürlich konnte er das Unternehmen nicht in den Ruin treiben – dafür würde das von seinem Vater eingesetzte Treuhandgremium sorgen. Doch sechsstellige Verluste konnte er durchaus verursachen, und wenn er sich eine Reihe solcher Patzer erlaubte, würde man ihn auch noch seiner letzten Entscheidungskompetenzen berauben. Den Treuhändern war er ohnehin nur ein Dorn im Auge – jemand, der sich in Dinge einmischte, die ohne ihn schneller und besser laufen würden. Sie warteten wie die Geier auf eine Gelegenheit, ihn seines Amtes zu entheben. Johns Vater hatte in seinem Testament ausdrücklich aufgeführt, unter welchen Umständen dies geschehen konnte. Erwiesene Inkompetenz war ein solcher Umstand.

Es ist wohl das Beste, mich vorläufig selbst zu beurlauben, dachte John. So lange, bis mein Zustand sich wieder normalisiert hat. Wenn ich nicht im Unternehmen bin, kann ich keine Dummheiten machen. Und die Treuhänder werden froh sein, wenn ich noch ein paar Tage länger zu Hause bleibe und ihnen nicht dazwischenrede.

Allerdings wollte er Brian Guiltmore Bescheid geben und ihn in der Zeit seiner Abwesenheit als offiziellen Stellvertreter einsetzen. Brian war hundertprozentig loyal, beinahe so etwas wie ein Freund, was nicht zuletzt daran lag, dass er seine Urlaube ebenfalls auf Caldwell Island verbrachte. Sir Guiltmore. Er würde Johns Interessen besser als jeder andere wahren. Außerdem konnte er John über alle aktuellen Entwicklungen in der Firma auf dem Laufenden halten. Brian war die perfekte Wahl. Kurz entschlossen stattete John ihm einen Besuch ab.

Guiltmores Büro lag auf derselben Etage am anderen Ende des Flurs. John klopfte an die Tür und trat ein, ohne die Aufforderung abzuwarten. Brian sprach gerade am Telefon. Als er John sah, weiteten sich seine Augen, als sehe er einen Geist vor sich. Er geriet ins Stocken.

»… äh – Mister Stratford – kann ich Sie in ein paar Minuten zurückrufen? … Ja … Danke, Sir. Ich melde mich gleich wieder bei Ihnen. Lassen Sie sich meinen Vorschlag bis dahin noch einmal durch den Kopf gehen, Sie werden nirgends ein besseres Angebot bekommen.«

Er legte auf und musterte John vom Schreibtisch aus, ohne aufzustehen. »John! Schön, dass du mal wieder bei uns vorbeischaust!« Seine Worte waren voller Ironie. »Ich hatte schon befürchtet, dass dir die Arbeit bei uns überhaupt keinen Spaß mehr macht!«

So zu reden war eigentlich nicht seine Art. »Ich weiß, du fragst dich, wo ich in den letzten Wochen gesteckt habe …«

»Verdammt richtig, John!«, fiel er ihm ins Wort. *»Wo hast du in den letzten Wochen gesteckt?«*

John verstand nicht, weshalb Brian sich so in die Sache hineinsteigerte. Es war nicht das erste Mal, dass er in der Firma die Stellung halten musste, während John sich mit anderen Dingen beschäftigte. John hatte sogar stets geglaubt, dass Brian eine gewisse Genugtuung darin sah, diese Verantwortung zu übernehmen. Das war seine Chance zu beweisen, was in ihm steckte. Weshalb also regte er sich heute so auf?

»Brian, ich kann dir leider nicht sagen, was mir dazwischengekommen ist …«

»Nein? Und weshalb nicht?«

»Weil du mir nicht glauben würdest.«

»Wie wäre es mit einem Versuch?«

John schüttelte den Kopf. »Du musst mir einfach glauben, dass ich keine Gelegenheit hatte, dir Bescheid zu geben. Das ist alles, was ich dir im Moment sagen kann.«

Brian Guiltmore lächelte ihn kalt an, als interessiere ihn die Wahrheit gar nicht mehr. »Wie auch immer, John. In der Vergangenheit hat man dir deine Eskapaden immer wieder durchgehen lassen. Aber diesmal hast du den Bogen überspannt. Ich denke, es ist das Beste, wenn du unverzüglich deine Sachen packst und dein Büro räumst.«

Beinahe hätte John laut losgelacht. Was bildete Brian sich eigentlich ein? Sein anmaßender Ton begann John zu ärgern. Scharf sagte er: »Brian, du bist ein guter Mann, aber das hier ist kein Spiel. Wir sind nicht auf Caldwell Island, und die Art, wie du mit mir sprichst, gefällt mir nicht!«

»Ach, wirklich nicht?« Noch immer waren Guiltmores Worte

voller Ironie. »Dann will ich es gerne anders ausdrücken: Die Treuhänder haben eine längst überfällige Entscheidung getroffen. Du bist gefeuert, John. Gefällt dir das besser?«

»Brian, wenn du nicht sofort aufhörst, so mit mir zu reden, dann ...«

Aber Guiltmore hörte ihm gar nicht mehr zu, sondern griff zum Telefonhörer. »Stacy? Schicken Sie bitte zwei Männer vom Sicherheitsdienst herauf. Sie sollen dafür sorgen, dass Mister McNeill seine Privatsachen zusammenpackt und dann aus der Firma verschwindet. Unverzüglich und endgültig!«

John klammerte sich bis zuletzt an die Vorstellung, Opfer eines schlechten Scherzes zu sein, doch als Miller und Kovalsky, zwei Gorillas in blauer Uniform, kamen und ihn mit untergehakten Armen aus Guiltmores Büro zerrten, wusste er, dass es ernst war. Er war nicht mehr Chef dieses Unternehmens. *Seines* Unternehmens. Nicht einmal mehr pro forma. Brian Guiltmore und die Treuhänder hatten die Zeit seiner Abwesenheit genutzt, um ihn vollends zu entmachten.

Bitterer Widerstand regte sich in ihm. Er versuchte, sich aus den schraubstockartigen Griffen der beiden Wachmänner zu befreien – vergebens. Also schrie er seinen Zorn lauthals hinaus: »Brian, du verdammtes Arschloch! Ich habe dir vertraut! Aber so leicht wirst du mich nicht los. Ich werde mir mein Eigentum zurückholen. Und dann – das schwöre ich dir – mache ich dich fertig!«

Kapitel 22

Auch später im Auto war John noch von einem ohnmächtigen Zorn erfüllt. Trotz aufgedrehter Klimaanlage war ihm heiß, er atmete gepresst, und sein Herz raste. Er hatte große Lust, das Gaspedal durchzudrücken und mit hundertfünfzig Sachen durch die Stadt zu rasen.

Was zum Teufel ging um ihn herum vor? Andauernd warteten neue unangenehme Überraschungen auf ihn, es hörte gar nicht mehr auf. Mit seiner Rückkehr in die Gegenwart hatte sein Albtraum kein Ende gefunden, sondern – im Gegenteil – eine neue Dimension angenommen. Er war wieder in *seiner* Welt, in *seinem* Zeitalter, dort, wo er hingehörte. Und dennoch kam er sich fremd vor, weil ständig irgendwelche merkwürdigen Dinge geschahen, die ihn verunsicherten.

Um sich zu beruhigen, fuhr er zum Kensington Garden, wo er frische Luft schnappen und wieder einen klaren Kopf bekommen wollte. Aber so sehr er sich auch bemühte, Licht ins Dunkel seiner gegenwärtigen Situation zu bringen, es glückte ihm nicht. So lange er nicht zwischen Halluzination und Wirklichkeit unterscheiden konnte, war es ihm unmöglich, etwas zu unternehmen – zumal es scheinbar niemanden gab, dem er vertrauen konnte. Laura und Gordon hatten ihn belogen, Brian Guiltmore und die Firmentreuhänder hatten ihn hintergangen.

Unweigerlich keimte ein Verdacht in ihm auf: Hatte er es womöglich mit einem Komplott zu tun? Mit einer groß angelegten Intrige, die einzig und allein eingefädelt worden war, um ihm die Firma wegzunehmen? Tief in Gedanken versunken schlenderte er den Budge's Walk entlang, vor sich das Wasser des Round Pond und die Fassade des Kensington Palace. Doch an dem Zauber des Anblicks konnte er sich heute nicht erfreuen.

Ein Komplott – das wäre immerhin denkbar, sagte er sich. Gordon hat mich durch die Zeitreise für eine Weile aus dem Verkehr gezogen. Zwei Monate waren offenbar lange genug gewesen, um mich meines Amtes als Vorsitzender der McNeill Group zu entheben. Und gerichtlich klagen kann ich nicht, weil man mich aufgrund meiner Halluzinationen als unzurechnungsfähig einstufen würde. Gordon und Laura könnten bezeugen, dass ich meine fünf Sinne nicht beisammen habe. Laura ist zudem eine angesehene Anwältin. Ihr Wort würde man bei Gericht wohl kaum anzweifeln.

Sein Magen verkrampfte sich. Für ihn stand jetzt fest, dass er Opfer einer raffiniert eingefädelten Intrige geworden war. Er war das Opfer, während alle anderen ihre Vorteile daraus zogen: Brian Guiltmore war binnen kürzester Zeit zum Vorsitzenden der McNeill Group avanciert, die Treuhänder mussten sich nicht länger mit dem Schandfleck der Firma herumärgern, und Gordon bekam für seine Dienste gewiss genug Geld, um seine Zeitreise-Forschungen weiter voranzutreiben. Nur bei Laura war John sich nicht sicher. War sie ebenfalls bestochen worden? Oder hatte Gordon es geschafft, ihr den Kopf zu verdrehen und sie auf diese Weise auf seine Seite zu ziehen?

Wie auch immer, jedenfalls ist sie an diesem betrügerischen Spiel beteiligt, sonst hätte sie mir gesagt, dass ich zwei Monate lang verschwunden war, dachte John. Aber weshalb der ganze Aufwand? Es gäbe Dutzende von einfacheren Arten, mich loszuwerden. Warum so kompliziert?

Sein Handy klingelte. Am anderen Ende meldete sich ein gewisser Bill Mahoney. John konnte sich nicht erinnern, den Namen jemals gehört zu haben.

»Ich sollte sie zurückrufen«, sagte Mahoney. »Tut mir leid, dass es so lange gedauert hat, aber bei Selfridge's gab es heute Morgen ein Kakerlakenproblem. In der Lebensmittelabteilung. Das hatte Vorrang – ich hoffe, Sie verstehen das.«

John begriff: Mahoney war der Kammerjäger, den er wegen der Ameisen im Wohnzimmer angerufen hatte.

»Wenn es Ihnen passt, könnte ich in einer Stunde bei Ihnen sein«, schlug Mahoney vor.

John warf einen Blick auf seine Armbanduhr. Zwanzig nach vier. Während er im Park vor sich hingegrübelt hatte, war die Zeit wie im Flug vergangen. »Ich weiß nicht, wie ich es durch den Feierabendverkehr schaffe«, sagte John. »Wie wäre es, wenn wir uns um sechs bei mir treffen?«

»Einverstanden.«

Sie beendeten das Gespräch, und John machte sich auf den Weg zu seinem Auto.

Auch während der Heimfahrt dachte er die ganze Zeit daran, dass man ihm seine Firma weggenommen hatte. Er fragte sich, ob ein solches Vorgehen überhaupt zulässig war. Selbst wenn ja – vielleicht gab es ein rechtliches Schlupfloch, durch das er sich den Chefposten zurückholen konnte. Jedenfalls wollte er alles versuchen, um die Situation wieder in den Griff zu bekommen.

Ihm war klar, dass er einen guten Anwalt benötigen würde. Da Laura aus naheliegenden Gründen ausschied, fiel ihm die Wahl leicht: Vince Broderick war nicht nur eine Koryphäe auf dem Gebiet des Gesellschaftsrechts, sondern auch ein ehemaliger Schulkamerad, mit dem er sich noch heute regelmäßig auf ein Bier traf. Das Beste: Er unterhielt keinerlei Geschäftsbeziehung zur McNeill Group. John hielt es daher für nahezu ausgeschlossen, dass Vince mit den anderen unter einer Decke steckte. Und irgendjemandem *musste* er schließlich vertrauen, wenn er rechtliche Schritte einleiten und seine Ansprüche auf die Firmenleitung verteidigen wollte.

John ließ sich von der Vermittlung die Nummer geben. Am anderen Ende nahm jedoch niemand ab, weder Vince selbst noch seine Sekretärin. Nicht einmal eine Bandansage sprang an. John seufzte. Wenn die Welt sich erst einmal gegen einen verschworen hatte, dann lief aber auch gar nichts nach Plan. Insgesamt probierte er es während der Fahrt fünf Mal, aber er kam nie durch. Er würde es später noch einmal versuchen müssen.

Um kurz nach halb sechs kam John zu Hause an. Erst jetzt fiel ihm auf, dass er seit dem Frühstück nichts mehr gegessen hatte. Hungrig aß er in der Küche eine Mikrowellen-Lasagne. Kaum hatte er den letzten Bissen hinuntergeschluckt, klingelte das Haustelefon. Chester, der Portier, gab durch, dass der Kammerjäger auf dem Weg nach oben war.

Erst als John den Hörer wieder aufgelegt hatte, kam ihm der Gedanke, dass Chester womöglich ebenfalls in die gegen ihn gerichtete Intrige verwickelt war. Am Morgen hatte er ihm geholfen, das Ameisenproblem in den Griff zu bekommen, und dabei ausreichend Gelegenheit gehabt, John auf seine zweimonatige Abwesenheit anzusprechen. Weshalb hatte er es nicht getan? Nur aus Diskretion, weil er sich nicht in Johns Privatangelegenheiten einmischen wollte? Oder weil er bewusst dazu angehalten worden war – zum Beispiel mit einem kleinen Bestechungsgeld –, um John in Sicherheit zu wiegen? Unmöglich zu sagen, aber auf jeden Fall zählte auch Chester Kellerman zum Kreis der Verdächtigen. Die Frage war: wer noch?

Es klingelte, was John zwang, seine Überlegungen auf später zu verschieben. Er öffnete die Wohnungstür und ließ Bill Mahoney herein, einen Bären von einem Mann. Mit gut einem Meter neunzig Länge und geschätzten zweihundert Pfund Körpergewicht hätte er auch einen hervorragenden Preisringer abgegeben. In der Rechten trug er eine Spritzpistole mit armlanger Aufsatzdüse, auf dem Rücken einen Kunststoffbehälter für Insektizide, sodass er ein wenig an einen Taucher mit Sauerstoffflasche und Harpune erinnerte. An seinem Gürtel hing ein ganzes Arsenal an Ausrüstungsgegenständen: Pipetten, Pinzetten, Plastikröhrchen und vieles mehr. Auf der Brust seines roten Overalls stand in fetten Lettern *Insect Kill Bill.* Der Mann war die personifizierte Kampfansage an alle Sechsfüßler dieser Welt.

John führte ihn ins Wohnzimmer und zeigte ihm die Stelle, an welcher der Ficus gestanden hatte. »Der ganze Baum war voll von den Viechern«, erklärte er. Die bloße Erinnerung ließ ihn schaudern. »Jetzt steht er, in einem Plastikbeutel verpackt, auf der Terrasse.«

»Wissen Sie, wie die Tiere in Ihre Wohnung gelangt sind?«, fragte der Kammerjäger.

»Ich glaube, sie kamen von irgendwo hinter dem Heizkörper aus der Wand.«

Mahoney nickte, kramte eine Taschenlampe aus der Hosentasche und begann, damit hinter den Heizkörper zu leuchten. Da er nicht fündig wurde, nahm er einen kleinen, an einer Teleskopantenne befestigten Spiegel zu Hilfe. Mit geübten Bewegungen begutachtete er jeden Quadratzentimeter hinter der Heizung.

»Hier ist ein kleiner Spalt, wo das Heizrohr aus der Wand kommt«, sagte er. »Allerdings kann ich keine Ameisen erkennen. Sie scheinen begriffen zu haben, dass es hier nichts mehr für sie zu holen gibt, deshalb haben sie sich zurückgezogen. Ich schlage vor, dass ich ein wenig von meinem Zaubermittel in den Spalt spritze.« Er deutete mit dem Daumen auf den Insektizid-Behälter auf seinem Rücken. »Das wird sie davon abhalten, noch mal bei Ihnen vorbeizuschauen. Um auf Nummer sicher zu gehen, werde ich den Spalt zusätzlich mit Silikon verfugen. In Zukunft haben Sie nichts mehr zu befürchten.«

John willigte ein. Nach einer Viertelstunde war alles erledigt.

»Soll ich den Baum auf der Terrasse für Sie entsorgen?«, fragte Mahoney.

»Gerne.«

John öffnete die Terrassentür und führte den Kammerjäger zu dem Plastiksack, in dem der Ficus steckte. In der durchsichtigen Tüte befand sich ein dicker Bodenbelag aus Tausenden und Abertausenden toter Ameisen, die der Hitze des Tages zum Opfer gefallen waren. Nur hier und da regten sich noch ein paar besonders widerstandsfähige Exemplare.

»Kleine Biester«, murmelte John.

Mahoney griff nach dem Sack, hob ihn in die Höhe und betrachtete den Inhalt im Licht der untergehenden Sonne. »So klein sind die gar nicht«, sagte er sichtlich überrascht. Er setzte den Plastiksack ab, öffnete ihn und griff mit der bloßen Hand hinein. John fröstelte. Als Mahoney die Hand wieder herauszog, lagen in seiner hohlen Handfläche ein paar tote Ameisenkörper, etwa zwei Zentimeter groß, schwarz und glänzend. Fassungslos schüttelte er den Kopf.

»Was ist?«, wollte John wissen.

»Na ja« – Mahoney hielt inne – »so etwas habe ich in zwanzig Berufsjahren noch nicht gesehen. Blattschneiderameisen. Leben normalerweise in den Tropen. Sie ernten Baumblätter und bringen sie in ihren Bau, als Nährboden für einen Pilz, den sie als Nahrung züchten. In England wurden Blattschneiderameisen meines Wissens noch nie gesichtet, schon gar nicht in einer Großstadt.« Versonnen betrachtete er die toten Tierkörper in seiner Hand. »Ich würde zu gerne wissen, woher diese Viecher auf einmal kommen«, raunte er.

Kapitel 23

Es war normalerweise nicht Johns Art, sich alleine zu Hause zu betrinken, aber heute machte er eine Ausnahme. Die Situation überforderte ihn, und die Aussicht auf einen betäubenden Rausch war verlockend. Während der Alkohol allmählich seine Wirkung entfaltete, dachte er über den zurückliegenden Tag nach. Klarer sah er dadurch nicht. Er versuchte auch noch ein paarmal, Vince Broderick anzurufen, kam aber nie durch.

Hoffentlich habe ich morgen mehr Glück, dachte John und trank weiter.

Laura kam an diesem Abend erst um halb zehn nach Hause. Zu diesem Zeitpunkt ging bei John bereits die zweite Flasche Tempranillo zur Neige. Manche Menschen wurden unter Alkoholeinfluss aggressiv, andere redselig. John gehörte zu jenen, die hauptsächlich träge wurden. Sein im Lauf des Tages angestauter Ärger und Frust war vom Wein längst in irgendeinen vernebelten Winkel seines Bewusstseins verdrängt worden. Zurückgeblieben war lediglich das schale Gefühl, betrogen worden zu sein.

Durch den Schleier des Alkohols registrierte John, wie Laura im Flur die Jacke ablegte und anschließend im Schlafzimmer verschwand, um sich umzuziehen. Als sie ins Wohnzimmer kam, trug sie bereits ihren blauen Seidenpyjama.

»Hier steckst du also«, sagte sie. Er bemerkte ihren rügenden Blick, als sie die Weinflaschen auf dem Tisch sah. Sie mochte es nicht, wenn er zu viel trank, doch es war ihm gleichgültig.

»Wie war dein Tag?«, wollte sie wissen.

Obwohl er bis dahin todmüde gewesen war, spürte er plötzlich, wie die Frage ihn provozierte. Offenbar brachte der Alkohol nun doch seine aggressive Seite hervor. Es kam John nicht ungelegen. *Wie war dein Tag?* »Als würdest du das nicht ganz genau wissen, Darling!« Er sprach leise, aber betont distanziert.

Laura wirkte überrascht. »Kannst du mir wohl verraten, was das heißen soll?«

»Es soll heißen, dass es mir besser ginge, wenn ich noch Chef meiner eigenen Firma wäre. Gratulation. Du, Gordon und Brian – ihr habt es geschafft.«

Laura schüttelte den Kopf. »Wovon zum Teufel sprichst du, John? *Was* haben wir geschafft?«

Dass sie sich unwissend stellte, reizte John nur noch mehr. Grob packte er Laura am Handgelenk. »Sei nicht so scheinheilig! Ihr habt mir die Firma weggenommen! *Das* habt ihr geschafft!«

»Du tust mir weh, John!«

»Sehr gut, denn du hast mir mit deinen Lügen ebenfalls wehgetan!« Er war nicht mehr ganz Herr seiner Sinne. Der Alkohol trieb ihn dazu, noch ein wenig fester zuzudrücken.

Laura unterdrückte einen Schrei. »Hör auf damit!«, zischte sie. »Ich habe dich nicht belogen! Und ich lasse mich nicht länger von dir beschimpfen. Wenn du nicht willst, dass ich dich wegen Körperverletzung anzeige, dann lass mich sofort los!«

Irgendetwas in ihrem Gesicht verriet John, dass sie es ernst meinte. Nicht nur die Drohung, ihn anzuzeigen, sondern auch die Aussage, ihn nicht belogen zu haben.

Aber die Fakten sprachen für sich. »Gordon und du – ihr habt behauptet, dass meine Zeitreise aus eurer Perspektive nur ein paar Minuten gedauert hat. Heute habe ich aber erfahren, dass in Wahrheit zwei Monate vergangen sind! In diesen zwei

Monaten hat Brian Guiltmore meinen Platz in der Firma eingenommen. Gordon und du – ihr habt mich glauben lassen, dass alles in Ordnung ist, nur, damit ich es nicht so eilig habe, wieder ins Büro zu gehen. Wahrscheinlich habt ihr Guiltmore dadurch das letzte bisschen Zeit verschafft, das er brauchte, um mich aus dem Unternehmen zu drängen. So war es doch, oder etwa nicht?« Er sah, dass Lauras Augen feucht glänzten und lockerte seinen Griff. Sie wich vor ihm ans andere Ende der Couch zurück und rieb sich das Handgelenk. Eine Minute lang sprach niemand ein Wort.

»Erkläre es mir wenigstens«, sagte John schließlich. Es klang matt und abgestumpft und unendlich niedergeschlagen. »Erkläre es mir – *bitte.* Warum hast du bei dieser Intrige mitgemacht? Ich möchte es einfach nur verstehen.«

Laura schluckte. Eine Träne rann ihr über die Wange. Plötzlich stand sie ohne ein Wort auf und ging in die Küche. John glaubte schon, sie wolle ihm ausweichen, ihm nicht einmal mehr eine Antwort geben. Doch kurz darauf kam sie mit einer Zeitung in der Hand zurück, die sie John unter die Nase hielt.

Er nahm sie entgegen. »Was soll ich damit?«

»Schau auf das Datum.«

John tat es. Es war die Ausgabe vom 6. August, also vom vergangenen Mittwoch – jenem Tag, an dem er von seiner Zeitreise heimgekehrt war.

»Seite fünf dürfte dich interessieren«, sagte Laura.

John blätterte in der Zeitung und erkannte sofort, worauf Laura anspielte: Unter der Überschrift *Der Amazonas in London* war ein großes Foto abgedruckt – eine Aufnahme von ihm, wie er am Rednerpult stand. Die Bildunterschrift lautete: *John McNeill, Hauptsponsor der Amazonas-Sonderausstellung, begrüßt die Ehrengäste anlässlich der gestrigen Eröffnung im National Historical Museum.*

Etwas machte klick in seinem Kopf.

… angesichts der *gestrigen* Eröffnung? Auch im Artikel selbst wurde es noch einmal erwähnt: *Zur Eröffnung der Amazonas-Ausstellung am gestrigen Dienstag begrüßte der Direktor des National Historical Museums in Kensington, Andrew Lewelin, etwa hundert geladene Gäste aus Politik und Wirtschaft.*

Es dauerte einen Moment, ehe er verstand: Er war am letzten Dienstag, also vor knapp einer Woche im Museum gewesen. Tags darauf hatte er Gordon einen Besuch in seinem Labor abgestattet. Und am selben Mittwoch war er nach seinem Höllentrip ins sechzehnte Jahrhundert wieder in die Gegenwart zurückgekehrt. Er hatte diese Welt also nur für kurze Zeit verlassen, was wiederum hieß, dass Laura und Gordon ihn *nicht* belogen hatten. Ein Lichtblick in der Dunkelheit! Allerdings konnte dieser Lichtblick nicht darüber hinwegtäuschen, dass Johns Geisteszustand noch immer bedenklich war, denn vor dem Blick in die Zeitung hätte er schwören können, dass die Eröffnung der Amazonas-Ausstellung bereits im Juni stattgefunden hatte. Und an der Tatsache, dass man ihm die Firma weggenommen hatte, änderte sich auch nichts. Brian Guiltmore und die Treuhänder hatten es offensichtlich auch ohne Gordons und Lauras Hilfe geschafft.

Er sah Laura lange an und suchte nach einer Entschuldigung für seinen unbegründeten Vorwurf – doch er fand nicht die geeigneten Worte. Stattdessen versuchte er, ihr zu erklären, wie er zu seinem Verdacht gekommen war – nämlich dadurch, dass man ihm im Büro etwas vorgespielt hatte. Und dann noch die Sache mit den Ameisen! Der Tag war eine einzige Katastrophe gewesen.

Während Laura ihm zuhörte, wurde ihre Miene immer besorgter. Sie litt unter dem Zustand offenbar ebenso wie John.

Als er seinen Bericht über Kill Bill Mahoney beendet hatte, saßen sie eine Weile schweigend auf der Couch, jeder in seine eigenen Gedanken vertieft.

Dann stand Laura plötzlich auf.

»Wohin willst du?«

»Zum Telefon.«

»Weshalb, Darling?«

»Um mit Gordon zu sprechen.« Sie warf John einen entschlossenen Blick zu. »Er ist der Einzige, der beurteilen kann, ob du nur unter Halluzinationen leidest oder ob du es in der Firma vielleicht wirklich mit einem Komplott zu tun hast.«

John nickte, dankbar, dass Laura auf seiner Seite stand. Allein das gab ihm die Gewissheit, dass alles wieder gut werden konnte. Die Erleichterung darüber war so groß, dass er das Gefühl hatte, jemand habe ihm eine Zentnerlast von den Schultern genommen. Plötzlich spürte er den Alkohol wieder, und die Müdigkeit kehrte zurück. Vergeblich kämpfte er dagegen an. Er sah Lauras schlanke Gestalt im Flur verschwinden, hörte, wie sie das Telefon abnahm und wählte. Doch was sie sagte, drang nur noch wie aus weiter Ferne zu ihm und verebbte schließlich im tiefen Schwarz eines traumlosen Schlafs.

Er spürte eine Berührung an der Schulter und schreckte auf. Ihm war schwindlig und schlecht, sein Kopf fühlte sich dumpf an. Hinter den Schläfen spürte er einen diabolischen Druck. Sein eigener Atem stieg ihm sauer in die Nase.

Das Erste, was er sah, als er die Augen aufschlug, war Gordons ernstes Gesicht. Laura musste ihn hierher bestellt haben. John wünschte sich nichts sehnlicher, als wieder einzuschlafen und erst aufzuwachen, wenn das Brummen in seinem Schädel aufgehört hatte, doch als Gordon begann, ihm penetrant die

Wangen zu tätscheln, wurde ihm klar, dass dieser Wunsch unerfüllt bleiben würde.

»Hör endlich auf damit«, brummte er. »Ich bin ja schon wach.«

Gordon ließ von ihm ab. Eine Wohltat!

John sah sich nach Laura um. Sie saß auf einem der Sessel und hatte ihren Bademantel über den Pyjama gezogen. Ihre Miene wirkte noch immer zutiefst besorgt.

»Nun sag schon, Gordon – ist das, was John durchlebt, tatsächlich nur ein Produkt seiner Einbildung? Denn offen gesagt kann ich mir das allmählich nicht mehr vorstellen. Den angeblichen Verfolger im Hyde Park habe ich noch akzeptiert. Aber mittlerweile geschehen so viele merkwürdige Dinge – das kann doch kein Hirngespinst sein! Ich verlange, dass du uns die Wahrheit sagst, Gordon!«

Sein Blick verriet, dass er tatsächlich etwas zu beichten hatte.

In John keimte ein Verdacht auf, so Angst einflößend, dass er schauderte. »Liegt es daran, dass ich während meiner Reise gezwungen war, meine Beobachterrolle aufzugeben und aktiv ins Geschehen einzugreifen? Habe ich dadurch den Lauf der Geschichte verändert?«

Einige unerträgliche Sekunden lang schwieg Gordon. Dann schüttelte er den Kopf. »Du hast die Gegenwart nicht manipuliert, John. Das konntest du gar nicht.«

»Ich habe die Entscheidungen von Orellana und Pizarro beeinflusst. Ich habe Menschen getötet. Die komplette Amazonas-Expedition ist anders verlaufen, als es uns die Geschichtsbücher bislang gelehrt hatten. Irgendwie *muss* sich das doch auf die heutige Zeit auswirken!«

Gordon – offenbar ebenso müde wie John – fuhr sich mit beiden Händen übers Gesicht. »Ausgeschlossen!«, insistierte er.

»Und weshalb?«

»Weil ich dich gar nicht in die Vergangenheit geschickt habe.«

John traute seinen Ohren nicht. »Ich war nicht in der Vergangenheit? Was zum Teufel habe ich dann erlebt?«

»Es war nicht die wirkliche Vergangenheit. Besser gesagt: nicht *unsere* Vergangenheit. Du warst in einem Paralleluniversum, das unserer Vergangenheit sehr stark ähnelt.«

John brauchte einen Moment, um die Neuigkeit zu verdauen. In Fernsehdokumentationen hatte er immer wieder von Paralleluniversen gehört, und während des Studiums hatte er mit Gordon, dem angehenden Physiker, oft darüber gesprochen. Daran geglaubt hatte er nie. Andererseits: Bis vor wenigen Augenblicken war er davon überzeugt gewesen, eine Zeitreise absolviert zu haben. Weshalb dann nicht eine Reise in ein Paralleluniversum? Im Grunde war beides gleichermaßen abstrus!

»Ich fürchte, das musst du mir genauer erklären, Gordon«, sagte Laura. »Ich verstehe allmählich überhaupt nichts mehr.«

»Dazu muss ich aber ein bisschen ausholen.«

»Ich habe heute Nacht nichts mehr vor.«

Gordon rieb sich die Augen und nickte. »Ist euch die Heisenbergsche Unschärferelation ein Begriff? Nein? Also dann – ganz von vorne: Wir sind es gewohnt, dass eine bestimmte Ursache bei gleichbleibenden Umweltbedingungen immer dieselbe Wirkung hervorruft. Wird eine Kugel auf einem Billardtisch hundertmal exakt gleich angestoßen, wird sie hundertmal dieselbe Bahn nehmen. Begeben wir uns jedoch in die Mikroebene, also in die Welt der Atome und Subatome, gelten andere Regeln. Kollidiert ein Elektron zum Beispiel mit einem Proton, prallt es im ersten Versuch möglicherweise nach links ab, aber im zweiten – völlig identischen Versuch – nach rechts. Die Bewegungsgesetze unseres guten alten Sir Isaac Newton spielen hier keine

Rolle. Sie werden durch die Regeln der Quantenmechanik ersetzt, die besagen, dass eine bestimmte Ursache nicht nur eine, sondern eine ganze Reihe an möglichen Wirkungen erzielen kann. Die Quantenmechanik kann zwar Eintrittswahrscheinlichkeiten angeben, aber im Einzelfall vermag sie eben *nicht* vorherzusagen, ob das Elektron beim Aufprall nun nach links, nach rechts oder gar in einem ganz anderen Winkel abgelenkt wird. Heisenberg, ein deutscher Physiker, hat das bereits um das Jahr 1930 herausgefunden. Diese Quantenunbestimmtheit lässt sich wiederum in Form möglicher Welten vorstellen. Unser Elektron könnte beispielsweise in zehn verschiedene Richtungen abgelenkt werden. Daraus ergeben sich dann zehn verschiedene Welten. Parallel-Welten. Sogar Parallel-Universen. Deshalb spricht die Wissenschaft auch vom sogenannten Multiversum. Bislang war das nur eine Theorie. Erst ich habe den – wenn auch noch inoffiziellen – Beweis erbracht, dass sie mit der Realität übereinstimmt.«

»Aber wie spalten sich diese Welten voneinander ab?«, fragte John, dem es noch immer schwerfiel, sich die Regeln der Quantenmechanik in der praktischen Umsetzung vorzustellen. »Und weshalb merken wir nichts davon?«

»Gute Frage«, sagte Gordon. »Leider habe ich darauf keine gute Antwort. Fest steht nur, dass es funktioniert.«

»Aber Materie kann sich doch nicht beliebig vervielfachen!«, wandte Laura ein.

»In gewisser Weise schon«, sagte Gordon. »Das ist eins der noch ungelösten Rätsel der Quantenphysik. Beispielsweise kann ein Elektron zeitgleich an verschiedenen Stellen sein. Man hat das mit dem sogenannten Doppelspalt-Experiment nachgewiesen. Stellt euch eine Trennwand mit zwei Schlitzen vor, dahinter einen Sichtschirm. Sendet man nun ein einzelnes Elektron in

Richtung der Trennwand, nimmt es den Weg durch *beide* Schlitze. Das ist durch Messungen am Sichtschirm zweifelsfrei feststellbar.« Er wartete ein paar Sekunden, damit John und Laura seinen Worten folgen konnten. »Ein Elektron ist also in der Lage, sich gewissermaßen zu klonen. Und dieses Prinzip ist auch für die Existenz des Multiversums verantwortlich. Jede Sekunde entstehen Millionen und Abermillionen neuer Welten, jede einen winzigen Tick anders als alle anderen. Doch die vielen winzigen Unterschiedlichkeiten summieren sich im Lauf der Jahre. Irgendwo im Multiversum gibt es eine Welt, in der du vielleicht ein wenig größer oder kleiner bist, John, eine Welt, in der du Laura geheiratet hast, und eine, in der ich sie bekommen habe. Und eine Welt, in der du noch immer Chef der McNeill Group bist.«

Er habe John keiner echten Zeitreise ausgesetzt, erklärte Gordon weiter, sondern ihn lediglich in die Vergangenheit einer Parallelwelt transportiert. »Wir waren uns dessen bisher nicht ganz sicher«, sagte er. »Bei den Geschichtsetappen, die meine Wissenschaftler und ich besucht haben, sind uns nie irgendwelche Unstimmigkeiten aufgefallen, ganz einfach, weil wir nicht lange genug dort waren, um sie zu bemerken. Daher hielten wir es für wahrscheinlich, dass wir tatsächlich Zeitsprünge unternahmen. Erst durch dich wissen wir, dass wir uns geirrt haben – dass das Multiversum existiert und wir es mit Hilfe von Wurmlöchern bereisen können.«

»Ich war also nicht in unserem, sondern sozusagen in einem anderen Jahr 1541.«

»So könnte man es ausdrücken.«

»Deshalb sind all die Merkwürdigkeiten passiert.«

»Genau.«

»Und als ihr mich in die Gegenwart zurückgeholt habt, lief etwas schief.« Es war eine nüchterne Feststellung.

Gordon seufzte. »Es tut mir leid, John, aber der Computer hat dich aufgrund deiner Notsituation so schnell aus dem sechzehnten Jahrhundert evakuiert, dass er dich nicht in deine Heimatwelt teleportiert hat, sondern in eine weitere Parallelwelt. Diesmal in eine Parallelwelt der Gegenwart.«

John brummte der Schädel, und das lag nicht nur an den Nachwirkungen des Alkohols. Es fiel ihm unglaublich schwer zu glauben, was er da hörte, aber er gestand sich ein, dass Gordons Worte Sinn ergaben. Sie boten eine Erklärung für alles, was ihm bislang verwirrend, beängstigend oder gar vollkommen absurd erschienen war. Die Schlussfolgerung daraus erschreckte ihn jedoch noch mehr als die Befürchtung der vergangenen Tage, den Verstand zu verlieren. Alle Absonderlichkeiten, die ihm widerfahren waren – sowohl im südamerikanischen Dschungel als auch hier in London –, waren keine Halluzinationen gewesen, sondern Realitäten. Er steckte fest in einer Gegenwartswelt, die er nicht kannte und die sich gegen ihn verschworen zu haben schien. Er war vom Regen in die Traufe gekommen – von einer Terra incognita in die nächste. Welche Überraschungen warteten als Nächstes auf ihn?

»Weshalb hast du mir das nicht von Anfang an gesagt, Gordon?«, wollte er wissen. »Wenn du nicht sicher warst, ob es sich um eine echte Zeitreise oder um eine Reise durchs Multiversum handelt, hättest du mir wenigstens vorher Bescheid sagen müssen!«

Gordon antwortete mit entwaffnender Offenheit. »John – ich wollte Geld von dir haben. Viel Geld. Fünfzehn Millionen Pfund, um meine Forschungen weiter voranzutreiben. Da konnte ich wohl schlecht zugeben, dass ich noch nicht mal weiß, was wir in unserem Labor überhaupt tun! Und wie gesagt: Wir gingen davon aus, dass deine Reise ebenso reibungslos verläuft wie alle anderen, die wir bis dahin unternommen hatten. Niemand konnte ahnen, dass sie beinahe in einer Katastrophe enden würde.«

»Sie *endete* in einer Katastrophe!«, zischte John. »Ich bin nicht in meiner alten Welt gelandet, sondern irgendwo anders!«

»Das stimmt – so weit die schlechte Nachricht«, sagte Gordon. »Die gute lautet: Ich glaube, ich kann dich wieder in deine Gegenwart zurückbefördern.«

»Du *glaubst?*«

»Ich kann es dir nicht garantieren. Niemand könnte das. Aber es ist deine einzige Chance. Es sei denn, du findest dich damit ab hierzubleiben.«

John massierte sich mit zwei Fingern die Nasenwurzel. Nein, er wollte nicht hierbleiben. Er wollte zurück in die Heimat, wo alles so war, wie er es verlassen hatte. »Wie sicher bist du, dass du mir mein altes Leben wiedergeben kannst?«, fragte er.

»Was willst du? Eine Prozentangabe wie in der Wettervorhersage?« Gordon atmete durch. »Wir haben die Computerdaten ausgewertet und ein paar Berechnungen angestellt. Wir konnten den Verlauf deiner bisherigen Reise rekonstruieren. Folglich können wir auch die Route für deine Rückreise berechnen. Das ganze benötigt nur noch ein wenig Zeit.«

»Und wo ist der Haken?«

»Dass wir so etwas noch nie gemacht haben. Mein Team und ich hatten es noch nie mit einem Fall wie dir zu tun.«

»Was, wenn die Computerberechnungen falsch sind? Ich meine: Was wäre das Schlimmste, das mir passieren kann? Eine weitere Parallelwelt, die noch seltsamer ist als diese hier?«

»Entweder das … oder du kommst nirgendwo mehr an.«

»Was soll das heißen?«

Gordon seufzte. »Du hast mir eben vorgeworfen, dass ich

dich über die Risiken deiner ersten Reise im Unklaren gelassen habe. Diesmal will ich dir die Wahrheit sagen. Ich halte den Extremfall zwar für so gut wie ausgeschlossen, aber falls er dennoch eintritt, könnte es sein, dass wir dich – sprich: deine Seele – nicht halten können und verlieren.«

»Im Klartext: Ich könnte sterben.«

»Letzten Endes liefe es darauf hinaus, ja.«

John wünschte sich, das Pochen in seinem Schädel würde endlich aufhören. Alkohol und Müdigkeit ließen ihn noch immer keinen klaren Gedanken fassen.

»Ich muss in Ruhe darüber nachdenken«, sagte er. »Ich melde mich bei dir, sobald ich meine Entscheidung getroffen habe.«

Kapitel 24

Als John erwachte, zeigte der Digitalwecker auf seinem Nachttisch 3:23 Uhr an. Er drehte sich auf die Seite und versuchte, wieder einzuschlafen, aber es gelang ihm nicht. So müde der Alkohol ihn am Abend gemacht hatte, so belebend wirkte er jetzt. Dennoch fühlte er sich viel zu ausgelaugt, um sich aus dem Bett zu quälen.

Das Pochen in seinen Schläfen war erträglicher geworden, stattdessen fühlte sein Kopf sich jetzt an wie in Watte gepackt. Während er wach lag und sich rastlos hin und her wälzte, wanderten seine Gedanken zu dem Gespräch mit Laura und Gordon.

Er befand sich also in einer Parallelwelt. Aber was bedeutete das konkret? Offenbar war seine Seele in den Körper des in dieser Welt lebenden John McNeill gefahren. Was aber war mit *dessen* Seele geschehen?

Auch die permanente Teilung der Welten beschäftigte John, insbesondere deren Auswirkung auf Gordons Projekt. Dass Gordon – der Gordon *dieser* Welt – über eine Maschine zum Bereisen des Multiversums verfügte, deutete darauf hin, dass die Parallelwelt sich erst vor Kurzem vom Original abgespalten hatte.

Gedankenverloren betrachtete John das Muster aus Licht und Schatten, das durch die Jalousie auf die Schlafzimmerwände fiel. Der gedämpfte Lärm der nächtlichen Großstadt drang an sein Ohr. Eine Weile achtete er darauf, ob der Geräuschteppich dieser London-Version anders klang als der seiner Heimatstadt, aber er konnte keinen Unterschied feststellen.

Gleichwohl war ihm klar, dass diese Welt ihm niemals ein Zuhause sein konnte. Wie lange er auch hierblieb, er würde sich immer fremd fühlen. Andererseits wollte er sein Leben nicht leichtsinnig durch einen noch völlig unerprobten Rücktransfer riskieren. Er befand sich in einer verdammten Zwickmühle!

Ein neuer Gedanke begann ihn zu beschäftigen: Wenn es Gordon tatsächlich gelänge, ihn in seine Heimat zurückzuteleportieren, waren dann künftig dauerhaft Reisen zwischen den beiden Welten möglich? Falls ja – welche Konsequenzen würde das nach sich ziehen? Wenn man bei einer Seelenwanderung in einen fremden Körper schlüpfte – konnte man sich dann beispielsweise mit sich selbst treffen? Mit seinem Alter Ego? Und falls Gordon einen Weg fand, die Verbindung zu weiteren Parallelwelten herzustellen, bestand dann nicht die Gefahr, irgendwann ein irreversibles Durcheinander anzurichten?

Dieser letzte Gedankengang brachte ihn auf einen verwirrenden Verdacht: Vielleicht war das Durcheinander schon weiter fortgeschritten, als er bislang angenommen hatte. Denn einerseits sprach vieles dafür, dass sein Weltensprung am 6. August stattgefunden und aus hiesiger Sicht nur wenige Minuten gedauert hatte – Lauras und Gordons Angaben waren durch den Zeitungsartikel über die Museumseröffnung untermauert worden. Andererseits galt John im Büro seit zwei Monaten als verschollen, was wiederum mit seiner eigenen Erinnerung korrespondierte – dass nämlich die Amazonas-Ausstellung und damit auch sein Reiseantritt im Juni stattgefunden hatten. Die Puzzlestücke passten nicht zusammen. Entweder war er Opfer einer Intrige geworden, die er noch immer nicht durchschaute, oder seine Notevakuierung aus dem sechzehnten Jahrhundert hatte eine Art Zeitriss verursacht, der sich quer durchs London dieser Parallelwelt zog und bewirkte, dass hier zwei unterschiedliche Zeitzonen nebeneinander existierten – eine Variante, die er noch viel weniger durchschaute.

Je mehr er darüber nachdachte, desto verworrener schienen die Möglichkeiten. Er musste sich eingestehen, dass er von Physik viel zu wenig Ahnung hatte, um das Modell der Parallelwelten in seiner Gänze zu begreifen. Zu abstrakt waren die Zusammenhänge, zu vielschichtig die sich daraus ergebenden Probleme.

An diesem Morgen klingelte der Wecker erst um halb neun, weil Laura nach dem gestrigen Marathon-Tag beschlossen hatte, später in die Kanzlei zu fahren. Während sie sich im Bad fertig machte, bereitete John das Frühstück zu und holte aus dem Briefkasten die Zeitung.

»Bist du dir schon darüber im Klaren, ob du dich von Gordon in deine alte Welt zurückbefördern lassen willst?«, fragte sie während des Frühstücks.

»Nein«, gab John zu. »Es ist wie die Wahl zwischen Pest und Cholera. Welches der beiden Übel soll ich wählen? Hier bleiben und in einer fremden Welt leben oder mich von Gordon teleportieren lassen – und eventuell dabei draufgehen. Wie würdest du dich entscheiden?«

Laura biss von ihrem Toast ab und ließ sich fürs Kauen viel Zeit. »Ehrlich gesagt – ich weiß es auch nicht. Ich möchte nicht in deiner Haut stecken. Aber ich werde deine Entscheidung akzeptieren, wie sie auch ausfällt.« Sie griff nach Johns Hand und drückte sie zärtlich.

John lächelte sie an. Er wusste, dass ihre Einstellung nicht selbstverständlich war. Immerhin war er streng genommen gar nicht ihr Ehemann, sondern ein anderer John, der den Körper ihres Ehemanns in Besitz genommen hatte. »Möchtest du noch Kaffee?«

»Gerne.«

Er griff zur Kanne und goss nach, während Laura in der Zeitung zu blättern begann. Bereits auf Seite drei hielt sie inne. »Hast du das schon gelesen?«, fragte sie.

»Was, Darling?«

»Den Artikel über diese Mordserie, die heute Nacht verübt wurde.«

»Nein. Was ist damit?«

Sie reichte ihm kommentarlos die Zeitung und toastete sich eine weitere Scheibe Weißbrot.

Was John las, klang nach der Tat eines Verrückten: In der vergangenen Nacht waren in London sieben grauenhafte Morde begangen worden. Sämtliche Opfer waren durchbohrt und anschließend enthauptet worden. Weder die Köpfe noch die Waffen konnten bislang gefunden werden. Allerdings habe der Gerichtsmediziner an den Wunden der Opfer Teakholz-Spuren entdeckt, bei zwei Opfern seien außerdem Federn einer südamerikanischen Papageienart sichergestellt worden. Eine Erklärung für die Tat könne bislang niemand liefern. Die Polizei gehe derzeit von Ritualmorden aus.

»Nicht gerade das, was man beim Frühstück lesen will«, kommentierte John. Als er Laura die Zeitung zurückgab, kam ihm plötzlich der eigenartige Gedanke, die Mordserie könne etwas mit seiner Weltenwanderung zu tun haben. Was, wenn die Opfer mit einer Teakholz-Lanze ermordet worden waren, so wie die Indianer am Amazonas sie verwendet hatten?

Das kann nicht sein, sagte er sich. Mach dich nicht verrückt! Du hast genug mit deinen eigenen Problemen zu kämpfen, da musst du dir nicht auch noch einreden, für die Taten eines Geisteskranken verantwortlich zu sein. Dass diese Morde ausgerechnet heute Nacht passiert sind, ist purer Zufall. Das hat nichts mit dir und deiner missglückten Teleportierung zu tun.

Dennoch blieb ein schaler Beigeschmack zurück.

Laura verließ die Wohnung um halb zehn. In ihrem schwarzen Hosenanzug und der cremefarbenen Bluse von Fendi sah sie unglaublich attraktiv aus. John ertappte sich bei der Vorstellung, sie aufzuhalten und augenblicklich mit ihr zu schlafen, genau hier, im Eingangsbereich. Doch irgendwie kam ihm der Gedanke jetzt falsch vor, mit *dieser* Laura Sex zu haben, wo *seine* Laura doch irgendwo, in einem anderen Universum, auf ihn wartete.

Kaum zwei Minuten, nachdem Laura gegangen war, klingelte das Haustelefon. Am Apparat war der Portier.

»Guten Morgen, Sir.«

»Guten Morgen, Chester.«

»Entschuldigen Sie die Störung, Sir, aber hier ist Besuch für Sie.«

»Wer ist es?«

»Das weiß ich nicht, Sir. Er nannte nur Ihren Namen. Offen gesagt, ich glaube nicht, dass er Englisch spricht. So, wie er aussieht, kommt er direkt aus dem Urwd …«

John hatte das letzte Wort nicht verstanden. »Chester – was haben Sie gesagt?«

Keine Antwort.

»Chester? Hören Sie mich?«

Der Portier meldete sich nicht mehr.

John drückte die Telefongabel und versuchte, die Verbindung wieder herzustellen, doch am anderen Ende der Leitung war belegt. Auf Johns Haut machte sich ein unangenehmes Kribbeln breit.

Nicht die Nerven verlieren!, mahnte er sich. Es muss nichts Schlimmes passiert sein. Vielleicht führt Chester einfach schon das nächste Gespräch. Ich werde es in einer Minute noch mal bei ihm probieren.

Nur, um kein unnötiges Risiko einzugehen, rief er Laura auf ihrem Handy an. Er wollte wissen, ob sie bereits sicher in ihrem Auto saß. Falls nicht, würde er sie bitten, sich in der Tiefgarage zu beeilen. Doch es sprang lediglich die Mailbox an. John verzichtete auf eine Nachricht, weil er wusste, dass Laura ihn für paranoid halten würde, und unterbrach die Verbindung.

Er zuckte zusammen, als es an der Wohnungstür klingelte. Augenblicklich beschleunigte sich sein Herzschlag. Sein Instinkt sagte ihm, dass etwas nicht stimmte.

Er legte den Hörer auf und ging zur Tür. Besser gesagt: Er *schlich.* Vorsichtig schaute er durch den Spion. Vor ihm breitete sich die verzerrte Flucht des Treppenhauses aus. Der Gang war leer, zumindest konnte John niemanden erkennen. Er öffnete die Tür und trat in den T-förmig verlaufenden Flur hinaus. Überall hingen wertvolle Gemälde an den Wänden, und in eleganten Panzerglasvitrinen funkelten erlesene Schmuckstücke. Neben dem ganzen Pomp sorgten riesige Kübel mit üppigem Pflanzenbewuchs für eine angenehme Natur-Atmosphäre, vervollständigt durch leises Wasserplätschern und Vogelgezwitscher, das aus verborgenen Lautsprechern drang.

John blickte nach links und nach rechts, sah aber niemanden in den Quergängen. Auch der Hauptgang lag menschenleer vor ihm. Wer zum Teufel hatte dann bei ihm geklingelt?

In der Mitte des Hauptgangs, etwa fünfzehn Meter von Johns Wohnungstür entfernt, befand sich der Fahrstuhl. Er stand offen, aber John konnte von seiner Position aus nicht ins Innere sehen.

»Laura?« Er war nicht sicher, ob er laut genug gesprochen hatte, und wiederholte den Namen seiner Frau noch einmal.

Keine Antwort.

Er wollte schon wieder in die Wohnung zurück, als ihm etwas auffiel – ein Detail, das nicht in die Idylle aus Pflanzen und Schmuck passte: eine menschliche Hand, die schlaff in der offenen Lifttür lag, den Handrücken nach unten, die Finger gekrümmt, als hielten sie einen unsichtbaren Ball.

John spürte, wie sich alles in ihm verkrampfte. »Laura!« Diesmal brüllte er es, während er gleichzeitig dem Aufzug entgegenrannte. »Laura!«

Was er in der offenen Liftkabine sah, ließ ihn vor Schreck erstarren: ein enthaupteter Männerkörper in dunkelblauer Uniform und mit einem hässlichen roten Fleck auf der Brust. Chester! Der Oberkörper lehnte schwer an der Kabinenwand, die Beine lagen ausgestreckt auf dem Marmor. Und überall war Blut, die Leiche schien regelrecht darin zu baden. John fiel auf die Knie. Ihm wurde schlecht, und er begann zu zittern. Aber er war heilfroh, dass die Leiche nicht seine Frau war.

Ich muss mich in Sicherheit bringen. Das war der erste klare Gedanke, den er wieder fassen konnte. Chester hatte einen Besucher angekündigt, und jetzt war er tot. John musste sein Gehirn nicht besonders anstrengen, um zu erahnen, dass er das nächste Opfer sein sollte.

Er stand auf und rannte zu seiner Wohnung zurück. Als er die Tür hinter sich geschlossen hatte, fühlte er sich ein wenig entspannter. Hier war er sicher, zumindest fürs Erste. Die Tür wirkte optisch zwar wie ein schlichtes Holzmodell, ihr Inneres bestand jedoch aus einem zwei Zentimeter dicken Stahlkern. Ohne Spezialwerkzeug war dieses Hindernis nicht zu überwinden. Andererseits: Wer skrupellos genug war, in das Gebäude einzudringen und den Portier zu töten, fand gewiss einen Weg in die Wohnung. Johns Gefühl der Sicherheit schwand.

Erneut versuchte er, Laura zu erreichen. Wieder sprang nur die Mailbox an. Verdammt!

Ich muss die Polizei informieren, dachte er. In ein paar Minuten wird ein ganzes Team von Beamten hier sein, allein schon wegen Chesters Tod. Hoffentlich erwischen sie den Wahnsinnigen, der diese Tat begangen hat!

Er griff nach dem Telefon, wählte die Nummer der Polizei und erklärte, was passiert war. Dabei versuchte er, ruhig zu klingen, wusste aber, dass ihm das misslang. Der Schock saß zu tief, als dass er sich schon wieder unter Kontrolle hatte.

»Ich schicke sofort jemanden vorbei«, sagte die Dame am anderen Ende der Leitung. »Wie lautet die genaue Adresse?«

John nannte sie ihr.

»In Ordnung. Machen Sie sich keine Sorgen. In zehn Minuten ist jemand bei Ihnen.«

John bedankte sich und beendete das Gespräch. Zehn Minuten – eine halbe Ewigkeit. Er musste versuchen, seine Panik zu bekämpfen und durchzuhalten.

Als er ins Wohnzimmer zurückkehrte, erwartete ihn eine böse Überraschung: Auf dem Tisch lag Chesters Schädel, die Augen weit aufgerissen, das Gesicht im Schmerz verzerrt. Aus dem abgetrennten Halsstumpf troff Blut auf die Tischplatte und den Teppich. Ein Bild wie aus einem Albtraum.

Gleich darauf folgte die Erkenntnis: *Ich bin nicht allein in der Wohnung!*

Raus hier, schrie ihn seine innere Stimme an. Raus aus dem verdammten Penthouse. Auf die Straße, ins Freie. Irgendwohin, wo Menschen sind!

Er machte auf dem Absatz kehrt, rannte in Richtung Ausgang – und erstarrte, als ihm die große, dunkelhäutige Gestalt im Türrahmen entgegentrat. Ein halbnackter Riese, sehnig und zäh und nur mit einem Lendenschurz bekleidet. Ein Holzpflock steckte quer in seiner Nase. An einem Lederband um seinen Hals baumelte eine Reihe von kleinen hässlichen Schrumpfköpfen. In der Hand hielt er eine Lanze, sein Gesicht war rot-blau bemalt. Ein Jívaro-Krieger, gekommen aus den dunkelsten Tiefen des Amazonas-Dschungels, um John zu töten.

Die Augen des Eingeborenen schienen regelrecht zu glühen, beinahe glaubte John, ihre Hitze in seinem Gesicht zu spüren. Er war vor Angst wie gelähmt.

Der Kopfjäger schien sich Johns Schreckensstarre bewusst zu sein. Langsam, beinahe genießerisch, hob er seine Lanze, bis die Spitze direkt auf Johns Brust zeigte. Er sagte etwas Unverständliches in seiner Heimatsprache. Für Johns Ohren klang es wie ein letztes Wort an einen Todgeweihten. Dann stieß er zu.

Johns Lähmung löste sich gerade noch rechtzeitig. Instinktiv und dadurch blitzschnell wich er der Lanze aus. Gleichzeitig schlug er die Wohnzimmertür mit aller Kraft zu und klemmte dadurch den Arm des Jívaro ein. Ein gellender Schrei hallte durch die Wohnung. Die dunkle Faust öffnete sich, scheppernd fiel die Lanze zu Boden. Ohne nachzudenken stürzte John darauf zu und packte sie mit beiden Händen. Sie war schwerer, als er gedacht hatte, was sie irgendwie unhandlich machte. Dennoch vermittelte sie ihm das Gefühl von Sicherheit. Jetzt war er seinem Angreifer nicht mehr schutzlos ausgeliefert. Er konnte sich wehren, und genau das beabsichtigte er zu tun. Im Urwald hatte er sich mit Schwert und Armbrust verteidigt. Nötigenfalls würde er auch mit einer Hartholz-Lanze zurechtkommen.

Die Tür flog auf und krachte gegen die Wand. John konnte gerade noch rechtzeitig zurückweichen, um nicht getroffen zu werden. Im Eingang stand der Jívaro-Krieger, das bemalte Gesicht zu einer grimmigen Fratze verzerrt. In beiden Händen hielt er jetzt lange Dolche. Vorsichtig kam er näher, Knie und Oberkörper zur Angriffsposition gebeugt.

Entschlossen brachte John die Lanze in Anschlag, doch trotz seines Reichweitenvorteils landete der Eingeborene den ersten Treffer. Er täuschte mit der Linken einen Vorstoß an, und als John mit der Lanze parierte, wich er geschickt aus, um mit der Rechten zuzustechen. Es geschah so schnell, dass John gar nicht wusste, wie ihm geschah. Er spürte nur einen scharfen Schmerz am Oberarm und wusste, dass er verletzt worden war.

Der Treffer rüttelte ihn auf. Konzentrier dich!, schalt er sich. Dieser Kerl will dich umbringen! Du musst schneller sein, wenn du überleben willst!

Die nächsten Attacken wehrte er besser ab, mit jeder Parade gewann er an Geschicklichkeit. Dennoch gelang es dem Amazonas-Krieger, ihn immer weiter in die Defensive zu drängen. Als John einen Widerstand im Rücken spürte, wusste er, dass er die Fensterfront erreicht hatte. Von jetzt an konnte er nicht weiter zurückweichen.

Als der Eingeborene erneut mit seinen Dolchen zustach, rettete John sich nach links auf die Couch. Im Augenwinkel sah er, dass der andere hinter ihm herstürzte. John rollte sich auf den Rücken, winkelte die Beine an und stieß sie dem Jívaro so heftig wie möglich entgegen. Beide Dolchspitzen bohrten sich dicht neben Johns Kopf ins Sofaleder. Gleichzeitig knackten Rippen, und der dunkelhäutige Riese stöhnte auf. John stemmte den schweren Körper mit aller Macht von sich. Benommen krachte der Krieger auf den Wohnzimmertisch.

John sprang vom Sofa auf. Er wollte nur noch eines: weg von hier. Doch kaum war er losgerannt, wurde er auch schon am

Bein gepackt. Er fuhr herum. Der Eingeborene hatte einen der Dolche fallen lassen und die nun leere Hand in Johns Hosenaufschlag gekrallt. Der andere Dolch befand sich noch in seiner Faust, mit der er soeben ausholte. Zweifellos wollte er John die Klinge in die Wade rammen.

Was nun folgte, unterlag nicht mehr Johns freiem Willen. Er handelte nur noch, wie sein Überlebenstrieb es ihm befahl. Ein verborgener Teil seines Bewusstseins registrierte, dass er noch immer die Lanze in den Händen hielt – seine einzige Chance. Ohne weiter darüber nachzudenken, stieß er zu.

Einen Moment lang schien die Szenerie wie eingefroren. Der Jívaro-Krieger lag auf dem Wohnzimmertisch, aufgebahrt wie auf einem Opferaltar. Sein Blick richtete sich ungläubig auf John, dann auf die Lanze, die in seiner Bauchdecke steckte und im schrägen Winkel nach oben abstand. Er keuchte schwer, sagte etwas. Es klang wie ein mit letzter Kraft hervorgebrachter Fluch.

John spürte, wie die Anspannung von ihm wich. Der dunkelhäutige Koloss lag sterbend vor ihm, sein Atem ging nur noch stoßweise. Beinahe empfand John Mitleid mit dem Jívaro. Er fragte sich, was den Mann dazu bewogen hatte, ihn töten zu wollen, fand aber keine Antwort.

Wie auch immer, dachte John. Hauptsache, es ist ihm nicht gelungen.

In diesem Moment sprang der Indio wider aller Wahrscheinlichkeit auf und stürmte – die Lanze noch immer im Körper steckend – mit hoch erhobenem Dolch auf John zu.

John rannte um sein Leben. Er durchquerte das Wohnzimmer und den Eingangsbereich, riss die Wohnungstür auf und stürzte in den Flur hinaus. Ganz automatisch wollte er in Richtung Fahrstuhl laufen, doch dann kam ihm der abschreckende Anblick von Chesters Leiche in den Sinn. Außerdem hörte er die schweren Schritte des Indio-Kriegers dicht hinter sich.

Wenn die Lifttüren sich nicht schnell genug schließen, sitze ich in der Falle, dachte John.

Er entschied sich für den rechten Gang. Nach dreißig endlos langen Metern erreichte er die Tür zum Treppenhaus. Er stieß sie auf, rannte nach unten. Irgendwo über sich hörte er noch immer die Schritte seines Verfolgers, doch sie waren jetzt leiser. Sein Vorsprung vergrößerte sich. Dennoch gönnte er sich keine Pause. Erst, als er im Untergeschoss angekommen war, hielt er einen Moment inne, um zu verschnaufen und seine Lage einzuschätzen. Von dem Eingeborenenkrieger war nichts mehr zu hören oder zu sehen.

Ich habe ihn abgehängt, dachte John. Gleichzeitig wusste er, dass er sich erst außerhalb des Gebäudes wirklich sicher fühlen konnte.

Er durchquerte die Tiefgarage im Laufschritt, verlangsamte jedoch sein Tempo, als er sich seinem Parkplatz näherte. Neben seinem Daimler stand noch immer Lauras Volvo, dabei hatte sie heute mit dem Wagen ins Büro fahren wollen. John lief es heiß und kalt über den Rücken.

Vorsichtig näherte er sich den Autos. Bereits durch die Heckscheibe des Volvos sah er, dass jemand am Steuer saß. Bitte lass Laura noch am Leben sein!, flehte er in Gedanken. Doch seine Vorahnung wurde zur Gewissheit, als er durchs Seitenfenster spähte. Seine Frau saß zusammengekrümmt auf dem Fahrersitz. Sie trug noch immer ihren eleganten, schwarzen Hosenanzug und die cremefarbene Bluse. Aber dort, wo früher ihr Kopf gewesen war, befand sich jetzt nur noch ein hässlicher, blutiger Halsstumpf.

Kapitel 25

John preschte mit seinem Daimler durch die Londoner Straßenschluchten. Er wusste, dass er zu schnell fuhr. Es war ihm gleichgültig. Alles, was er wollte, war, die Tragödie hinter sich zu lassen. Möglichst viel Abstand zu gewinnen und nicht mehr daran zu denken. Doch während er, ohne auf den Verkehr zu achten, aufs Gaspedal drückte, verfolgten ihn die grauenhaftesten Bilder.

Wie durch ein Wunder verursachte er keinen Unfall, und er wurde auch von keiner Streife angehalten. Irgendwann – das Zeitgefühl hatte er komplett verloren – begann er zu weinen. Zuerst bahnte sich nur eine einzelne Träne ihren Weg, doch schon kurz darauf hielt ihn nichts mehr davon zurück, seinen Schmerz hemmungslos aus sich herauszuschluchzen. Als er merkte, dass er so nicht länger Auto fahren konnte, hielt er am Straßenrand an. Dort weinte er lange Zeit weiter, mal leise und in sich gekehrt, dann wieder laut, beinahe brüllend.

Endlich versiegten die Tränen. Was dann kam, war ein Zustand tiefster Kälte und Dunkelheit. Er fühlte sich wie gelähmt, sein Innerstes wurde taub, wie tot. Sein Kopf war nur noch ein dumpfer Hohlraum, in dem eine einzige Frage wie ein Echo nachhallte, immer und immer wieder: warum?

Zum ersten Mal, seit er im Auto saß, fiel ihm auf, dass das Radio lief. Die leise dahinplätschernde Musik schaffte es, dass er sich ein wenig entspannte. Die anschließenden Tagesnachrichten lenkten ihn zumindest für den Moment von seiner Trauer ab, auch wenn er nur Satzfragmente mitbekam: *»... bei Anschlägen im Gaza-Streifen wurden mindestens zehn Menschen getötet, zwanzig weitere zum Teil schwer verletzt ... konnte das Wirtschaftswachstum inflationsbereinigt um 1,5 Prozent gesteigert werden ... setzt sich die Mordserie in London fort ...«*

Der letzte Satz ließ ihn aufhorchen: *»Heute Morgen wurden in einer Apartment-Anlage in Westminster zwei weitere Leichen entdeckt. Auch sie wurden durchbohrt und anschließend enthauptet, konnten jedoch rasch identifiziert werden. Es handelt sich um Chester Kellerman, den Portier des Wohnkomplexes, und Laura McNeill, eine angesehene Londoner Anwältin. Ein Polizeisprecher teilte mit, dass ihr Ehemann John McNeill unter dringendem Tatverdacht stehe, da die mutmaßliche Mordwaffe, eine Teakholz-Lanze, seine Fingerabdrücke aufweise. Außerdem wurde im Penthouse des Hauptverdächtigen der Kopf des Portiers gefunden. Darüber hinaus gibt es eine Reihe noch nicht spezifizierter Blutspuren sowie zwei Dolche, die offenbar zu Verteidigungszwecken eingesetzt wurden und die Fingerabdrücke eines Unbekannten aufweisen. Alles deutet darauf hin, dass möglicherweise eine weitere Person in John McNeills Wohnung schwer verletzt oder getötet wurde. Über ihren Verbleib ist bis zum jetzigen Zeitpunkt allerdings noch nichts bekannt.*

Von den sieben bereits in der Nacht ermordeten Opfern sind mittlerweile vier identifiziert. Es handelt sich ausnahmslos um Freunde und Bekannte von John McNeill, was den Verdacht gegen ihn weiter erhärtet. Einen gezielten Racheakt schließt die Polizei derzeit nicht aus, wahrscheinlicher sei jedoch eine Kurzschlussreaktion, so die offizielle Stellungnahme, da der Verdächtige erst vor Kurzem seines Amtes als Konzernchef enthoben wurde. John McNeill gilt als gefährlich und paranoid. Von ihm fehlt bislang jede Spur. Sachdienliche Hinweise zu diesem Fall nimmt jede Polizeidienststelle entgegen.«

Dann wurde noch erwähnt, dass John vermutlich in seinem eigenen Wagen floh. Auch das Kfz-Zeichen gab der Radiosprecher durch, gemeinsam mit der Bitte an alle Zuhörer, John unter keinen Umständen selbst stellen zu wollen.

John blickte starr auf die Straße hinaus. Die Worte sickerten nur langsam zu ihm durch. Doch allmählich begriff er: Er wurde polizeilich gesucht, weil man ihn als Täter verdächtigte. Als mehrfachen Mörder, der unter anderem seine eigene Frau umgebracht haben sollte!

Wie war das möglich?

Offenbar fehlte von dem Jívaro-Krieger jede Spur. Die Dolche und das Blut, das er während des Kampfes verloren hatte, waren für die Polizei nur Indizien für ein weiteres Verbrechen, das John begangen haben sollte.

Ein weiterer Gedanke beschäftigte John: Mindestens vier der sieben nächtlichen Opfer waren seine Freunde und Bekannten gewesen, vielleicht sogar alle sieben. Wer waren sie? Und weshalb hatte der Jívaro sie umgebracht? Grenzenlose Verzweiflung überkam ihn. Würde er jemals die Wahrheit erfahren?

Das Klingeln des Handys riss ihn aus seinen Gedanken. Er schaltete die Freisprechanlage ein – es war Gordon.

»Hast du die Nachrichten gehört?«, fragte John.

»Vor einer Minute. Stimmt es, dass Laura …« Er zögerte. »… dass sie tot ist?«

»Ja.«

»Großer Gott, das ist entsetzlich! Was ist passiert?«

John erzählte es ihm. Als er damit fertig war, trat eine Pause ein.

Schließlich brach Gordon das Schweigen: »Ich kann dir gar nicht sagen, wie leid mir das tut.«

Es klang ehrlich, dennoch war es für John kein Trost. Selbst die mitfühlendsten Worte hätten ihm im Moment nicht helfen können.

»Ich weiß, es ist meine Schuld«, fuhr Gordon fort. »Hätte ich dich nicht auf diese Reise geschickt, wäre all das nicht passiert.«

John widersprach nicht. Irgendwie verschaffte es ihm Genugtuung zu wissen, dass Gordon sich mit Selbstzweifeln quälte. Er hatte John zu einer Zeitreise überredet, ihn dann jedoch in ein anderes Universum transferiert. Nun waren die Dinge außer Kontrolle geraten.

»Hast du dich inzwischen entschieden?«, fragte Gordon. »Ich meine, ob du die Rückreise in deine alte Welt wagen willst oder nicht.«

John erinnerte sich an das nächtliche Gespräch. Noch vor wenigen Stunden war er nicht sicher gewesen, ob er sein Leben für die Chance riskieren wollte, wieder in die Heimat zurückzukehren. Doch seitdem hatte sich alles geändert. Laura war tot, die Polizei verfolgte ihn, und ein wahnsinniger Indio wollte ihn umbringen. Je länger er sich in dieser Welt aufhielt, desto heimtückischer wurde sie. Es gab nichts, aber auch absolut gar nichts, was ihn länger hier halten konnte. Falls seine Rückkehr glückte, würde er alles wiederbekommen, was er im Lauf der letzten beiden Tage verloren hatte. Und wenn er bei dem Versuch draufging, war das immer noch besser, als weiter in dieser Hölle zu sein.

»Wie lange brauchst du für die Vorbereitungen?«, fragte John.

»Das meiste ist schon erledigt«, sagte Gordon. »Ehrlich gesagt, habe ich mir nicht vorstellen können, dass du mein Angebot ausschlägst. In zwei Stunden könnte ich so weit sein.«

Nur noch zwei Stunden, und dieser Albtraum würde ein Ende haben – so oder so. Die bloße Vorstellung erfüllte John mit tiefer Dankbarkeit. »Wohin soll ich kommen?«

»Zur Cutty Sark. Ich hole dich dort um drei Uhr ab. Schaffst du das?«

John musste zuerst überlegen, wo er sich im Moment befand. Im Gefühlschaos aus Trauer, Hoffnungslosigkeit und nackter Angst war er blindlings drauflosgefahren. Jetzt versuchte er zum ersten Mal, sich zu orientieren. In einiger Entfernung sah er ein Straßenschild. Bis nach Windsor waren es nur noch zwei Kilometer. Also war er in Richtung Westen gefahren. Die Cutty Sark, ein legendärer Teeklipper, der heute auf einem Betonfundament am Themse-Ufer stand und als Museumsschiff diente, war ein Wahrzeichen von Greenwich, das genau in der entgegengesetzten Richtung lag. Dennoch blieb John genügend Zeit, um sich dort einzufinden.

»Kein Problem«, sagte er. »Spätestens um drei Uhr werde ich dort sein.«

Die Straßen waren an diesem Nachmittag erstaunlich frei, sogar in der Innenstadt. Als John durch den Blackwall-Tunnel das Südufer der Themse erreichte, hatte er noch eine halbe Stunde Zeit. Er ließ den Millennium Dome hinter sich, fuhr auf der A 102 noch ein kurzes Stück Richtung Süden und bog dann nach rechts auf eine Zubringerstraße ab.

Auf einem der zahllosen leeren Parkplätze hielt John seinen Wagen an. Das komplette Gelände war wie ausgestorben, obwohl die Cutty Sark normalerweise ebenso zum Freizeitprogramm der Londoner gehörte wie der unmittelbar angrenzende Greenwich Park mit dem Royal Observatory. Doch mittlerweile gab es nichts mehr, was John in dieser Welt überraschen konnte.

Zwanzig vor drei.

Um sich die Beine zu vertreten, stieg John aus. Der hölzerne Aufstieg zur Cutty Sark war durch eine Eisenkette versperrt. Daran hing ein Schild mit der Aufschrift »Heute geschlossen«.

Er schlenderte an der Flusspromenade entlang. Nach einigen

Metern erreichte er das Royal Naval College, ein ehemaliges Hospital für Seeleute, das 1873 zur Marineschule umfunktioniert worden war. Im Hintergrund erhob sich der Parkhügel mit der königlichen Sternwarte, deren Arbeit für die englische Seefahrt einst so wichtig gewesen war, dass man durch diesen Ort den Längengrad Null verlaufen ließ. Im Vordergrund befanden sich die prunkvollen weiß-braunen Säulenbauten des College-Areals, die von zwei trutzigen Kuppeltürmen dominiert wurden. Mit dem Fluss im Rücken wirkte die Architektur wie ein Teil der Lagunenstadt Venedig.

Auch hier war alles verwaist – keine Menschenseele weit und breit. Obwohl die Sonne warm vom wolkenlosen Himmel herabschien, fröstelte John. Das altehrwürdige Gemäuer verströmte Friedhofsatmosphäre.

Er warf einen Blick auf seine Armbanduhr. Kurz vor drei. Zeit, zum Auto zurückzugehen, um Gordon nicht zu verpassen. Kaum hatte er sich auf den Weg gemacht, sah er jedoch, wie sich auf der Uferstraße ein Polizeiwagen näherte.

Auch das noch!

John zweifelte nicht daran, dass die Beamten das Kennzeichen seines Wagens überprüfen und in wenigen Minuten die Gegend nach ihm absuchen würden. Was sollte er tun? Sich freiwillig stellen? Dann würde man ihn verhaften und zumindest vorläufig unter Arrest stellen. Vielleicht auch lebenslänglich, je nachdem, wie die Beweislage sich entwickelte.

John beschloss, den Polizisten aus dem Weg zu gehen und von hier zu verschwinden, sobald Gordon aufkreuzte. Lange konnte das ja nicht mehr dauern.

Rasch eilte er durch das offene Tor auf das College-Areal zu, wo er sich hinter einem der Nebengebäude versteckte. Vorsichtig spähte er um die Ecke. Der Polizeiwagen hielt soeben am

Straßenrand an. Ein Beamter stieg aus, umrundete Johns Daimler und sprach etwas in ein Funkgerät. Offenbar ließ er von der Zentrale das Nummernschild überprüfen, genau wie John vermutet hatte. Kurz darauf schien er die Bestätigung zu erhalten, denn er wechselte ein paar Worte mit seinem Kollegen, der noch im Wagen saß und daraufhin ebenfalls ausstieg. Die Schlagstöcke ließen sie stecken, dafür zogen sie jedoch ihre Pistolen aus den Lederhalftern an ihren Gürteln. Als ahnten sie, wo sie suchen mussten, steuerten sie auf das offen stehende Eingangstor zu und betraten den weitläufigen, zentralen Platz des Marinegeländes. John hatte sich mittlerweile weiter hinten im Schatten eines Säulengangs versteckt. Die beiden Beamten sprachen sich kurz ab und trennten sich dann. Einer der beiden verschwand hinter einem Seitengebäude aus Johns Blickfeld. Der andere schlug den direkten Weg ein und schlenderte wie ein amerikanischer Revolverheld quer über den offenen Platz. Offenbar war er ziemlich sicher, dass John keine Schusswaffe besaß, sonst wäre er gewiss vorsichtiger gewesen.

John wollte mehr Abstand gewinnen, musste jedoch einsehen, dass die Gefahr zu groß war, sich zu verraten, wenn er sein Versteck verließ. Er hatte sich in eine Falle manövriert.

Reglos harrte John hinter seiner Säule aus, er musste sich jetzt vollkommen auf sein Gehör verlassen. Schritte kamen näher, der Polizist konnte jetzt nur noch zwei oder drei Meter entfernt sein. Plötzlich blieb er stehen.

John wagte kaum noch zu atmen. Was ist los? Ahnt er, wo ich bin? Oder sieht er sich nur ein bisschen um?

Es kostete ihn enorme Selbstbeherrschung, nicht einfach aufzuspringen und davonzurennen, sondern weiterhin still hinter seiner Säule hocken zu bleiben.

Er hörte eine Funkstimme: »Woody, alles klar bei dir?«

Der Polizist vor der Säule antwortete: »Hier ist alles ruhig. Und bei dir?«

»Auch ruhig. Für meinen Geschmack sogar ein bisschen *zu* ruhig.«

»Was soll das heißen, Collin?«

»Es ist irgendwie unheimlich, findest du nicht? Weit und breit kein einziger Mensch. Wie in einer Geisterstadt. So was hab ich noch nie erlebt … Augenblick mal, ich glaub, da ist was.«

»Soll ich rüberkommen?«

»Das schaff ich schon allein. Hm … was zum Teufel …?« Es folgte eine kurze Pause, dann lauter: »Verdammte Scheiße, das kann doch nicht wahr sein! Woher um alles in der Welt kommen diese Viecher?« Die letzten Worte klangen heiser, beinahe panisch.

»Collin, was ist los bei dir?« Das war wieder der Polizist vor der Säule. Woody. Auch er klang jetzt nervös. »Sag schon, Collin, wo steckst du?«

Keine Antwort.

Plötzlich hörte John zwei Schüsse, irgendwo von links, dicht gefolgt von einem langgezogenen Schrei, der ihm durch und durch ging. Der Polizist vor der Säule brüllte: »Herrgott noch mal, Collin, was ist passiert?« Dann sprintete er in die Richtung, aus der der Lärm gekommen war.

Weitere Schüsse fielen. John trat hinter seiner Säule hervor und sah dem davoneilenden Beamten hinterher. Er rannte mit erhobener Waffe zwischen dem Kuppelbau und einem der Nebengebäude hindurch und schoss auf das, was sich am Ende der Mauerschlucht befand: mindestens zwei oder drei Dutzend Hunde, die sich über einen menschlichen Körper in Uniform hermachten. Bluthunde – dieselbe Rasse, die Gonzalo Pizarro auf seine Indios gehetzt hatte.

»Collin!« Woodys Schrei schien von den dicken Steinwänden widerzuhallen. Er lief weiter und feuerte dabei unentwegt auf die Meute. Zwei Hunde brachen tot zusammen, alle anderen waren davon aber unbeeindruckt. Sie zerrten und rissen weiter an der noch frischen Beute. Gott allein wusste, woher die Tiere auf einmal kamen.

Woody rannte schießend weiter, während er gleichzeitig den Namen seines toten Kollegen brüllte, wieder und wieder. Erst als er seinen letzten Schuss abgefeuert hatte, schien ihm klar zu werden, in welche Gefahr er sich gebracht hatte. Er blieb stehen und begann hektisch, das Magazin seiner Pistole auszutauschen. Dazu blieb ihm aber keine Zeit mehr, denn ein Teil der Meute preschte bereits auf ihn zu. Noch bevor Woody nachgeladen hatte, sprang ihm der erste Hund an die Kehle, ein weiterer packte seinen Arm. Gemeinsam rissen sie ihn zu Boden. Der Mann schlug um sich und schrie wie am Spieß, aber schon waren sechs weitere Bestien über ihm, knurrend und zähnefletschend. Die Schreie gingen über in ein erstickte Gurgeln, das schließlich erstarb. Mitten in London waren zwei Polizisten am helllichten Tag von einer Hunderotte getötet worden.

John war fassungslos. Zuerst der Jívaro-Krieger, jetzt die Bluthunde. Auf eigentümliche Weise schienen sich einige der grausamsten Elemente der Amazonas-Expedition in diese Welt eingeschlichen zu haben.

Ihm kam ein aberwitziger Gedanke: Vielleicht hatte es bei seiner Evakuierung aus dem sechzehnten Jahrhundert größere Schwierigkeiten gegeben, als Gordon bislang zugab. Vielleicht hatte der Computer nicht nur ihn teleportiert, sondern auch die Ameisen, die Hunde und den Indio-Krieger. Mittlerweile hielt er nichts mehr für ausgeschlossen. Er beschloss, Gordon danach zu fragen.

Gordon … Gewiss wartet er bereits an der Cutty Sark, dachte John, der einen Blick auf seine Armbanduhr warf und feststellte, dass es bereits zehn nach drei war. Aber wie komme ich dorthin, ohne zerfleischt zu werden?

Er sah wieder nach links zu der Hundemeute und den beiden toten Polizisten, dann geradeaus über den freien Platz zur Themse. Wenn er diesen Weg nahm, konnte er vielleicht das Tor hinter sich schließen und die Hunde einsperren. Allerdings musste er dafür einen olympiareifen Sprint hinlegen. Schaffte er es nicht rechtzeitig bis zum Tor, oder gelang es ihm aus irgendeinem Grund nicht, es zu schließen, würde er sterben. Das Risiko war zu groß.

Ebenso schied der Weg nach rechts aus, wo sich die Häuserflucht fortsetzte, in der die Hunde tobten. Dort gab es keinerlei Versteckmöglichkeit. Sobald die Hunde ihn erspähten, würden sie die Verfolgung aufnehmen, und er würde ebenso enden wie die beiden Polizisten.

Ihm blieb nur eine Wahl: sich hinter den Kuppelbauten davonzustehlen. Er hoffte nur, im rückwärtigen Teil des Areals keine weiteren unangenehmen Überraschungen zu erleben.

So leise wie möglich schlich er davon. Am hinteren Teil des Gebäudes angekommen, spähte er vorsichtig um die Ecke. Die Luft schien rein zu sein. Ein Tor gab es hier allerdings nirgends.

Ich muss über den Zaun klettern, dachte John. Er ist nur zwei Meter hoch. Wenn mir das gelingt, habe ich die Hunde abgehängt.

In diesem Moment hörte er hinter sich ein Knurren.

John fuhr herum. Ein Dutzend Tiere hatten sich zusammengerottet, ungefähr an der Stelle, wo er sich zuvor versteckt hatte. Sie hielten die Köpfe gesenkt, fixierten John aus mitleidlosen Augen und fletschten die Zähne. Sie waren mindestens ebenso bedrohlich wie ein Rudel Wölfe. Noch hielten sie sich zurück, doch John wusste, dass der Countdown bereits lief.

Er schätzte seine Chancen ab. Der Abstand zwischen der Meute und ihm betrug vielleicht vierzig Meter. Bis zum Zaun hinter ihm waren es noch zehn Meter. Das war zu schaffen! Es *musste* zu schaffen sein!

Die Hunde rannten los. Blitzschnell drehte John sich um und stürzte auf den Zaun zu. Das Kläffen und Knurren verlieh ihm Flügel. Er bekam die schmiedeeisernen Stangen zu fassen und schwang sich seitlich nach oben wie ein Stabhochspringer. Es gelang ihm, einen Fuß in der Zaunkrone zu verkeilen und den Rest des Körpers nachzuziehen. Oben angekommen, verlor er allerdings das Gleichgewicht und stürzte zu Boden. Der Aufprall raubte ihm beinahe die Besinnung, aber er hatte es geschafft! Er war den geifernden Bestien entwischt, die auf der anderen Seite des Zauns die Zähne fletschten und bellten und aus Enttäuschung über die entwischte Beute nun beinahe über sich selbst herfielen.

Mit zitternden Knien richtete John sich wieder auf, um den Rückweg zur Cutty Sark anzutreten. Im Trab lief er hinter dem Royal Naval College vorbei, dann weiter am Zaun entlang bis zum Fluss. Die Hunde verfolgten ihn auf der Innenseite mit wütendem Gekläff, doch der Zaun war für sie ein unüberwindbares Hindernis.

Am Themse-Ufer angelangt, ließ John das Marinegelände hinter sich. In einiger Entfernung sah er bereits Gordons 7er BMW am Straßenrand parken, direkt neben seinem Daimler und dem Streifenwagen.

Er spürte auf einmal, wie erschöpft er war, und verlangsamte seinen Schritt. Mit erhobener Hand begrüßte er Gordon, der soeben ausstieg. Gordon winkte zurück, doch er wirkte hastig und aufgeregt.

»Lauf weiter, John!«, rief er. »Beeil dich, verdammt! Sie kommen!«

John verstand die Warnung und warf einen Blick hinter sich. Die Hunde, die ihn verfolgt hatten, kläfften noch immer hinter dem Zaun. Doch aus dem offenen Eingangstor an der Uferpromenade strömte soeben der Rest der Meute, mindestens zwanzig Tiere, und es wurden immer mehr. Eine wogende Masse aus glänzendem Fell, angespannten Muskeln und schnappenden Kiefern.

Abermals rannte John um sein Leben, doch so sehr er sich auch anstrengte – er wurde mit jedem Schritt langsamer. Seine Schuhe schienen plötzlich wie aus Beton gegossen.

Reiß dich zusammen!, schrie ihn seine innere Stimme an. Es sind höchstens noch zweihundert Meter! Mach jetzt nicht schlapp!

Er versuchte, seine Erschöpfung zu ignorieren und seine Kräfte für diesen letzten Spurt zu mobilisieren, aber es kam ihm vor, als bewege er sich nur noch in Zeitlupe. Er sah noch einmal über die Schulter. Die Hundemeute holte auf. Gleichzeitig schien sich der Abstand zu Gordon kaum zu verringern.

Ich schaffe es nicht!, dachte John. Seine Panik wich schlichter Resignation. Er hatte große Lust, einfach stehen zu bleiben und sich in sein Schicksal zu ergeben. Wozu sich weiter quälen?

Dann fiel sein Blick auf Gordon, der gerade in seinen BMW stieg, den Motor startete und mit quietschenden Reifen beschleunigte. Unmittelbar vor John machte er eine Vollbremsung. Die Beifahrertür schwang auf, und John stürzte in den Wagen.

»Fahr los!«, brüllte er.

Ohne Rücksicht auf die Hunde, die inzwischen gleichauf waren, trat Gordon das Gaspedal durch und riss das Lenkrad herum. Der Motor heulte auf, die Limousine legte sich in die

Kurve. Ein paar der Tiere gerieten jaulend unter die Räder. Durch das Fenster sah John die schnappenden Kiefer, die ihn um ein Haar erwischt hätten. Doch jetzt war er endgültig in Sicherheit.

Die Meute gab die Verfolgung rasch auf. Als Gordon und John auf die A 102 in Richtung Süden einbogen, war keiner der Hunde mehr zu sehen.

Ganz allmählich löste sich Johns Anspannung. Er fühlte sich ausgelaugt und leer, aber zumindest war er am Leben.

»Danke«, sagte er. »Du hast mich gerettet.«

Ohne den Blick von der leeren Straße abzuwenden, entgegnete Gordon: »Gerettet habe ich dich erst, wenn du wieder in deiner alten Welt bist.«

Kapitel 26

Die außergewöhnlichen Ereignisse des Tages veranlassten Gordon dazu, jegliche Vorsichtsmaßnahmen zur Wahrung seines Geschäftsgeheimnisses zu missachten. Ohne John die Augen zu verbinden oder ihn gar in den Kofferraum zu sperren, fuhr er ihn zu seinem Labor, das nur wenige Kilometer südlich von Greenwich lag, in einem heruntergekommenen Industrieviertel in Catford.

»Die beste Tarnung«, erklärte Gordon. »In dieser Gegend erwartet niemand ein Hightech-Unternehmen. Das spart eine Menge Kosten für Sicherheitsvorkehrungen. Außerdem sind die Mieten hier viel billiger als in London.«

Sie passierten ein Gattertor, das ein Schild mit der Aufschrift *Gordon Cox – Adventure Journeys Ltd.* zierte. Danach ging es über eine asphaltierte Piste zu einem dreigeschossigen, schmucklosen Bürobau.

»Wie viele Leute arbeiten für dich?«, wollte John wissen.

»Etwa zweihundert«, sagte Gordon. »Du kennst bisher nur die wenigen Leute aus dem Kellerlabor, aber es gibt noch viele andere. Wissenschaftler, Computerspezialisten und Techniker, aber auch einen ziemlich beachtlichen Verwaltungsapparat.« Er zuckte mit den Schultern. »Ohne Verwaltung läuft heute nicht einmal das Reisen zwischen den Universen. Es ist nervtötend! Wie schön wäre es, wenn man einfach nur in Ruhe forschen könnte!«

Gordon fuhr in die Tiefgarage und hielt vor dem Aufzug.

Bevor sie ausstiegen, fiel John ein, was er Gordon noch fragen wollte: »Als dein Computer mich aus dem Dschungel zurückholte – kann es sein, dass er dabei versehentlich auch andere Elemente meiner Reise hierherteleportiert hat? Die Hunde zum Beispiel und den Jívaro-Krieger?«

Gordon zuckte mit den Schultern und wirkte auf einmal ratlos. »Um die Wahrheit zu sagen: Ich weiß es nicht. Bei der Auswertung der Daten gab es zwar einige Unstimmigkeiten, aber bisher bin ich davon ausgegangen, dass sie allein durch dich hervorgerufen wurden. Was heute passiert ist, ist allerdings auch in meiner Welt absolut ungewöhnlich. Daher schließe ich nicht aus, dass dem Computer beim Teleportieren irgendwelche Fehler unterlaufen sind, die wir noch nicht begreifen.«

John seufzte. Würde Gordon es jemals schaffen, das Multiversum wieder ins Lot zu bringen? Es in den Ursprungszustand zurückzuversetzen? Er fragte gar nicht danach, denn er ahnte die Antwort: Niemand konnte das, zumindest nicht zum momentanen Zeitpunkt, weder Gordon noch sonst jemand aus seinem zweihundertköpfigen Team. Ungewollt hatte er ein irreversibles Chaos angerichtet.

Aber das waren nicht länger Johns Sorgen. Er würde in wenigen Minuten wieder in seiner alten Welt sein – oder bei dem Versuch, dorthin zu gelangen, sterben. Auf jeden Fall würden ihn die Probleme *dieser* Welt nicht länger betreffen.

Er malte sich aus, was ihn zu Hause erwartete. Gewiss – auch dort gab es Probleme, nicht immer lief alles so, wie John es sich vorstellte. Aber wenigstens existierten die Eckpfeiler seines Lebens noch: Laura war an seiner Seite, und er hatte noch immer den Posten als Vorsitzender der McNeill Group. John nahm sich vor, diese einfachen, für ihn früher allzu selbstverständlichen Dinge künftig mehr zu würdigen.

Mit dem Aufzug fuhren sie ein Stockwerk tiefer, wo sie den schmalen, neonlichtbeschienenen Gang passierten. Auch der scharfe Geruch von Desinfektionsmitteln fehlte heute nicht. Alles war wie beim ersten Mal. Sie folgten dem Gang nach links. Gordon betätigte einen Türsummer, und sie betraten das Labor.

Drinnen herrschte geschäftige Betriebsamkeit. Gordons Wissenschaftler arbeiteten mit akribischer Genauigkeit ihre Checklisten ab, die meisten von ihnen waren so vertieft darin, dass sie die Neuankömmlinge gar nicht bemerkten.

John folgte seinem Freund in die schalldichte Kabine aus verdunkeltem Glas, wo sich die Zeitmaschine befand. Besser gesagt der Multiversum-Teleporter oder wie auch immer man dieses Ding nennen wollte. Wie ein überdimensionaler Computertomograph thronte es in dem dämmrigen Zimmer. Der Anblick des Gerätes löste in John zwiespältige Reaktionen aus. Einerseits war Gordons Erfindung ein Meilenstein der modernen Technik – allein für den Nachweis des Multiversums hatte er den Nobelpreis verdient. Andererseits barg seine Technologie noch eine Vielzahl nicht abzuschätzender Risiken. Bis diese kalkulierbar waren und Gordons Team einen Weg gefunden hatte, sie auf ein Minimum zu reduzieren, konnten noch Jahre, vielleicht Jahrzehnte vergehen.

Doktor Rawlings kam im weißen Kittel in die Kabine, um John für den Raum-Zeit-Sprung zu präparieren. Er verkabelte ihn mit Elektroden, führten einen Computercheck durch und bat ihn, sich auf den gepolsterten Schlitten vor der Öffnung der zylindrischen Röhre zu legen. Wie beim ersten Mal stach er John auch eine Kanüle in den Arm. Der Schlauch, den er daran anschloss, verschwand irgendwo im Innern der Apparatur.

»Wie fühlen Sie sich?«, fragte Rawlings mit Blick auf den Monitor, der Johns Körperwerte anzeigte.

»Ganz gut«, log John.

»Ihr Puls ist beschleunigt und ihr Blutdruck erhöht. Sind Sie nervöser als beim letzten Mal?«

»Wären Sie das an meiner Stelle nicht? In ein paar Minuten könnte ich tot sein.« Er nahm einen tiefen Atemzug. Bei seiner ersten Reise war sein Vertrauen in die Technik größer.

»Du wirst heute nicht sterben«, sagte Gordon, der im Zimmer geblieben war und beobachtete, wie John von Doktor Rawlings für die Teleportierung vorbereitet wurde. »Entspann dich. In ein paar Minuten bist du wieder in deiner Welt.«

Doch dann tat Doktor Rawlings etwas, das ganz und gar nicht zu Johns Entspannung beitrug: Er schnallte ihn auf dem Schlitten fest – nicht nur den mit der Kanüle versehenen Arm, sondern *beide* Arme und *beide* Beine.

»Ist das nötig?«, fragte John. »Bei der ersten Reise konnte ich mich wenigstens noch ein kleines bisschen bewegen. Aber jetzt …« Er zerrte an seinen Klettverschlüssen, um zu demonstrieren, wie hilflos er war.

»Eine reine Vorsichtsmaßnahme«, erklärte Gordon. »Wir glauben, dass die Schwierigkeiten, die bei deiner Südamerika-Reise auftraten, darauf zurückzuführen sind, dass du dich während der Teleportierung zu stark bewegt hast. Die Maschine konnte deine Körperkoordinaten nicht richtig verarbeiten – ein Fehler, der sich dann bei jedem weiteren Etappensprung potenziert hat. Deshalb die Schnallen. Sie sollen dich davor bewahren, dass noch einmal ein Malheur passiert.«

John missfiel die Vorstellung, festgeschnallt auf diesem Liegeschlitten in die Chromröhre geschoben zu werden. Aber er war bereit, alles zu erdulden, was nötig war, um heil in seine alte Welt zu gelangen und Laura wieder in die Arme schließen zu können.

Rawlings zog die Schnallen noch einmal nach und leitete die Zuführung des Schmerzmittels über die Kanüle ein.

»Also dann, alter Junge«, sagte Gordon und tippte sich zum Abschied mit zwei Fingern an die Schläfe. »Ich schätze, es ist an der Zeit, Lebewohl zu sagen. Richte meinem Alter Ego in deiner Welt einen schönen Gruß von mir aus, in Ordnung? Sag ihm, dass er ein Genie ist – aber auch ein Irrer. Er soll künftig die Finger von seinen unausgegorenen Erfindungen lassen.« Nach einer Pause fügte er hinzu: »Andererseits gibt es im Multiversum unzählige Abbilder von mir – was macht es da schon, wenn nur ein oder zwei davon vernünftig werden, während der Rest weiter das Chaos heraufbeschwört?« Er seufzte.

»Heißt das, du empfiehlst mir, meine fünfzehn Millionen *nicht* bei dir zu investieren?«

»Ich schätze, ja. Genau das soll es heißen.« Er schenkte John ein letztes, aufmunterndes Lächeln, dann verließ er, gefolgt von Doktor Rawlings, den Raum. Die Kabinentür schloss sich. John wurde umgeben von absoluter Stille. Durch die abgedunkelte Verglasung sah er die Schemen der Wissenschaftler, die im Labor die letzten Vorkehrungen für seinen Weltentransfer trafen.

Gleich wird sich der Schlitten in Bewegung setzten, und ich fahre in die Röhre, dachte John, der bereits spürte, wie das Schmerzmittel zu wirken begann. Unwillkürlich wurde seine Atmung ruhiger, sein Körper entspannte sich. Angenehme Müdigkeit kroch durch seinen Körper.

Plötzlich unterbrach ein dumpfer Schlag die göttliche Stille. John zuckte zusammen und wollte sich aufrichten, doch die Klettbänder hielten ihn zurück. Nur den Kopf konnte er anheben, und was er sah, ließ ihn erstarren: Eine menschliche Gestalt war gegen die Dunkelglasscheibe geprallt und rutschte nun rücklings daran herunter, eine dicke, schmierige Blutspur hinterlassend, die aus einer Platzwunde am Kopf stammte. Die anderen Wissenschaftler rannten wie aufgeschreckte Hühner herum. John sah auch den Grund dafür: Inmitten des Labors tobte und wütete eine muskelbepackte, mit mächtigen Hörnern ausgestattete Kreatur. Sie stand aufrecht auf den Hinterbeinen, ihre Augen glühten, die Reißzähne ragten wie gebogene Säbel aus dem weit aufgerissenen Maul hervor. Das kurze, dunkle Fell war von dicken, pulsierenden Adern durchzogen.

Der Dämon aus dem Urwald!

Der *Uracai!*

Je mehr das Monster wütete, desto wilder schien es zu werden. Mit seinen mächtigen Pranken schlug es nach jedem, der in seine Reichweite gelangte. Zwei Techniker wurden von ihm regelrecht aufgeschlitzt. Andere schleuderte es mit solcher Wucht gegen Wände und Laboreinrichtung, dass sie in bizarren Verrenkungen liegen blieben, entweder bewusstlos oder tot.

Inmitten des Kampfgeschehens erkannte John auch Gordon. In seiner Verzweiflung hatte er sich mit einer Art Prügel bewaffnet – einem abgebrochenen Tischbein. Damit stürzte er sich nun wie ein Besessener auf den *Uracai*. Doch der drehte sich plötzlich in Gordons Richtung, als habe er den Angriff geahnt. Mit einem einzigen Prankenschlag setzte er ihn außer Gefecht. Aus Gordons Gesicht spritzte eine Blutfontäne, dann fiel er hinter eine Konsole und verschwand aus Johns Blickfeld.

Doktor Rawlings versuchte, sich in einem Nebenzimmer zu verschanzen, doch das Biest ließ es nicht zu. Mit zwei riesigen Sätzen sprang es dem Wissenschaftler hinterher, packte ihn an seinem Kittel und schlug ihm seine Zähne in den Hals. Der Biss brach dem Mann augenblicklich das Genick. Schlaff wie eine Stoffpuppe sank er in sich zusammen.

John sah dem grausamen Schauspiel wie in Trance zu. Die

Bestie krallte sich in willkürlicher Reihenfolge einen nach dem anderen. Niemand, der im Labor arbeitete, hatte auch nur den Hauch einer Überlebenschance.

Endlich fand das Gemetzel ein Ende, und ein unheimlicher Friede kehrte ins Labor ein – die Ruhe nach dem Sturm. Es sah aus wie auf einem Schlachtfeld. Überall lagen entstellte Leichen und abgerissene Gliedmaßen. Der *Uracai* stand reglos in der Mitte des Raums und schien sein Blutwerk still zu genießen.

Dann drehte er ganz langsam den Kopf und schaute zur Kabine herüber. Die glühenden Bernsteinaugen schienen das verdunkelte Glas mühelos zu durchbohren. Die Nüstern der Bestie blähten sich. Sie riss das Maul auf und brüllte so laut, dass John es trotz Schallisolation hören konnte. Er wusste: Der Dämon hatte sein letztes Opfer gefunden.

Ihn!

Hektisch zerrte er an seinen Manschetten, doch sie gaben keinen Millimeter nach. Er fühlte sich wie auf einem Opferaltar. Die Bestie kam immer näher, schon war sie an der Kabinentür. Mit ihren Pranken schlug sie dagegen – Gott sei Dank ohne etwas damit zu bewirken.

Die Kreatur änderte ihre Taktik. Sie bohrte ihre Krallen in den hauchdünnen Schlitz zwischen den beiden Türhälften und drückte sie gewaltsam auseinander, Zentimeter für Zentimeter. John begann zu schreien, hysterisch und heiser. Wenn er sich wenigstens hätte bewegen können! Nichts war schlimmer, als wehrlos auf den sicheren Tod zu warten.

Plötzlich erkannte er eine Gestalt, irgendwo hinter der Bestie. John traute seinen Augen kaum: Es war Gordon. Sichtlich benommen, zog er sich an einem Labortisch hoch. Mit zitternden Knien und blutüberströmtem Gesicht wankte er zur Schaltkonsole in der Mitte des Labors. Das Biest nahm von ihm keine Notiz. Erst, als er begann, Knöpfe zu drücken und Johns Liegeschlitten in Bewegung zu setzen, fuhr es herum.

Erneut stieß es ein infernalisches Gebrüll aus. Durch den offenen Türspalt klang es diesmal viel lauter und gefährlicher. John spürte, wie sich seine Nackenhaare sträubten. Das Letzte, was er von Gordon wahrnahm, bevor die Kreatur sich auf ihn stürzte, war ein Daumen-nach-oben-Zeichen. Er wusste, was das zu bedeuten hatte: Gordon hatte den Teleporter aktiviert. Mit etwas Glück war er in wenigen Sekunden in Sicherheit.

Doch die Bestie gab nicht auf. Schon war sie wieder an der Tür. Keifend und fauchend zerrte sie an den dicken Glasflügeln, während Johns Schlitten unerträglich langsam in den Zylinder fuhr. Als der Schlitten mit einem leichten Ruck in der richtigen Position einrastete, hatte das Biest die Tür bereits so weit geöffnet, dass eine komplette Pranke hindurchpasste.

Mach schon!, flehte John die Maschine an. Schneller, verdammt noch mal! Schneller!

Er erinnerte sich daran, dass das Teleportieren nur dann einwandfrei funktionierte, wenn er sich nicht bewegte. Also ließ er den Kopf zurücksinken und versuchte, den *Uracai* aus seinen Gedanken zu verbannen.

Die Röhre begann zu vibrieren. Dann erklang der vertraute Didgeridoo-Klang, der rasch zu einem lauten Dröhnen anschwoll und die Geräusche der Kreatur nun völlig übertönte.

Gleich hast du es geschafft, dachte John. Nur noch ein paar Sekunden …

Die Farbe der Röhre veränderte sich von chromfarben zu weiß. Es wurde deutlich wärmer, und Lichtblitze zuckten von allen Seiten von der Zylinderwand herab. John spürte ein angenehmes Prickeln auf der Haut und versuchte, sich weiter zu entspannen. Doch dann spürte er plötzlich eine Berührung an seinen Füßen und wusste, dass der *Uracai* bei ihm war.

Vater unser im Himmel …

Weiter kam er nicht, denn in diesem Moment verschwamm sein Gesichtsfeld zu einer einzigen grellgelben Explosion.

Kapitel 27

»Nehmt ihm die Elektroden ab! Und öffnet die Manschetten!«

Die Stimme klang verzerrt und gedämpft, als dringe sie aus großer Entfernung zu ihm vor.

»Macht schon! Und gebt ihm eine Dosis Adrenalin, damit er wieder auf die Beine kommt.«

John fühlte sich unendlich müde. Er spürte Berührungen an seinem Körper, Hände machten sich an ihm zu schaffen. Er ließ es willenlos geschehen, die Lider fest geschlossen.

»Mehr Adrenalin!«, forderte die Stimme. Dann: »Okay, ich denke, das ist genug.«

Er spürte, wie sich eine kühle Flüssigkeit in seinem linken Arm ausbreitete. Gleich darauf verflog die Müdigkeit, und seine Lebensgeister kehrten zurück. Er schlug die Augen auf, stellte fest, dass er wieder auf dem Schlitten des Teleporters lag, diesmal aber offensichtlich in seiner alten Welt. Um ihn herum sah er lauter bekannte Gesichter: Menschen, die er vor wenigen Sekunden hatte sterben sehen.

»Willkommen zu Hause!« Gordon beugte sich zu ihm herab und reichte ihm eine Hand. John richtete sich auf, setzte die Füße vorsichtig auf dem Boden ab. Tiefe Dankbarkeit erfüllte ihn – er schien die Katastrophe unbeschadet überstanden zu haben. Vor allem hatte er den Dämon abgehängt, alles andere war im Moment zweitrangig.

»Leg deinen Arm um meinen Hals«, forderte Gordon ihn auf. »Komm schon, ich bringe dich in die Küche. Dort bekommst du den besten Kaffee, den du dir vorstellen kannst. Und während du ihn trinkst und dich von deinem Abenteuer erholst, werde ich dir ein paar Dinge erklären. Ich verspreche dir, du wirst staunen.«

Gestützt von Gordon schlurfte John in die Küche, wo er den versprochenen Kaffee bekam. »Ich glaube, du wirst ebenfalls staunen, wenn ich dir von meiner Reise erzähle«, sagte er.

»Ich habe dir nicht zu viel versprochen, oder? Sie war ein Erlebnis! Leugne es nicht. Wir haben deine Körperfunktionen die ganze Zeit über aufgezeichnet und ausgewertet. Diese Reise war für dich spannender als alles, was du bisher erlebt hast!«

»Spannend ist möglicherweise nicht das richtige Wort dafür. Ich hatte eine *Scheißangst* – das trifft es denke ich eher. Und falls du glaubst, dass ich dir auch nur ein Pfund für deine weiteren Forschungen gebe, hast du dich geirrt. Übrigens bin ich nicht der Einzige, der so denkt. Du selbst hast es mir empfohlen.«

»Mein Pendant im Multiversum?«

»Genau.«

Gordon lächelte spitzbübisch. »Was wäre, wenn ich dir sage, dass das Multiversum gar nicht existiert? Dass du in keiner Parallelwelt warst – weder während der Südamerika-Expedition noch nach deiner vermeintlichen Rückkehr nach London?«

John runzelte die Stirn. »Ich habe keine Ahnung, was du damit meinst. Aber ich weiß, was ich erlebt habe. Und es hat mir nicht gefallen!«

Noch immer verzog Gordon das Gesicht zu seinem typisch breiten Grinsen, so, als habe er noch irgendeinen Trumpf in der Hinterhand, von dem John nichts ahnte. »Ich weiß, was du durchgemacht hast«, sagte Gordon. »Glaub mir, ich weiß es genau. Aber ich versichere dir: Du warst zu keinem Zeitpunkt in Gefahr. Nicht eine Sekunde lang. Alles, was du erlebt hast, spielte sich lediglich in deinem Kopf ab.« Er machte eine Kunstpause, damit John die Neuigkeit aufnehmen konnte. Dann fuhr er fort: »Du hast dieses Labor nie verlassen, John. Weder dein Körper noch dein Geist. Denn wir haben dich weder in eine andere Zeit geschickt noch in ein Paralleluniversum, sondern einzig und allein in die Welt der Träume.«

John hörte die Worte, glaubte sie aber nicht. Was versuchte Gordon ihm da einzureden? Dass er sich all das nur eingebildet hatte? »Ich *war* im Dschungel«, sagte er trotzig. »Und ich *war* in einem anderen London. Beides entpuppte sich als der absolute Wahnsinn …« Er stockte. Die Erinnerung an die vergangenen Gräueltaten schnürte ihm die Kehle zu. »Ich habe Dinge gesehen, von denen du nicht die geringste Ahnung hast, Gordon!«

»So? Dinge wie beispielsweise einen Baum voller Schrumpfköpfe, Bluthunde im Royal Naval College oder einen Dämon, der in meinem Labor wütet?« Er wusste, dass er jetzt Johns ungeteilte Aufmerksamkeit hatte. »Du warst die ganze Zeit über *hier*, angeschlossen an unsere Computer und unter ständiger medizinischer Überwachung. Du hast geschlafen wie ein Säugling.« Er warf einen Blick auf seine Armbanduhr. »Ziemlich genau zwei Stunden und fünfzehn Minuten.«

Noch immer weigerte John sich zu glauben, was Gordon ihm da erzählte. »Allein die Südamerika-Expedition hat Wochen gedauert.«

»Die Zeitwahrnehmung im Traum ist komplett anders als in der Realität«, sagte Gordon. »Ein Traum von wenigen Minuten kann dir das Gefühl vermitteln, Stunden oder gar Tage zu dauern. Diesen Umstand nutzen wir aus. Mithilfe unserer Infusionen schaffen wir es, die REM-Phasen während des Schlafs künstlich auszudehnen.«

»REM-Phasen?« John hatte den Begriff irgendwann schon einmal gehört, konnte ihn im Moment aber nicht zuordnen.

»Das sind die Schlaf-Phasen, in denen man hauptsächlich träumt. Dabei ist die Muskelspannung auf ein Minimum reduziert, aber die Hirnaktivitäten ähneln jenen im Wachzustand. Meist bewegen sich beim Träumen die Augäpfel rasant hin und her, daher der Name: *rapid eye movement* – REM. Während eines normalen Schlafzyklusses durchläuft man vier oder fünf REM-Phasen, die unterschiedlich lange dauern – zwischen fünf und fünfundvierzig Minuten. In unserem Experiment dehnen wir diese Phasen künstlich aus, während wir die Tiefschlaf-Phasen auf ein Minimum reduzieren.« Als er Johns Reaktion sah, machte er eine abwehrende Handbewegung. »Schau mich nicht so vorwurfsvoll an. Der künstliche Schlaf ist zwar weniger erholsam als der Normalschlaf, abgesehen davon jedoch unbedenklich. Außerdem geschieht alles, was wir hier machen, unter ärztlicher Kontrolle. Ein Glas Bier oder ein Aspirin schaden deinem Hirn mehr als eine Traum-Reise in unserem Labor. Das haben uns unabhängige medizinische Gutachter bestätigt.«

John schwieg. Er wusste noch immer nicht, was er davon halten sollte.

Gordon fuhr fort: »Noch einmal: In meinem Labor befindet sich keine Zeitmaschine und kein Teleporter. So schlau sind wir hier leider nicht. Die Maschine, an die wir dich angeschlossen haben, hat nur eine einzige Funktion: Während du dich im Dauerschlaf befindest, simuliert sie in deinem Gehirn eine von uns vorgegebene Traumwelt. Übrigens mit einer fantastischen Übertragungsrate von zwei Gigabyte pro Sekunde – wir speisen dir unsere Geschichte sozusagen im Zeitraffertempo ein. Dein Gehirn verarbeitet die Informationen im Traum aber so, dass der Zeitablauf für dich normal wirkt.« Er dachte einen Moment lang nach, bevor er seine Erklärungen fortsetzte. »Im Grunde handelt es sich bei unserer Technik nur um die konsequente Weiterentwicklung der neuesten Computerspiele-Generation – und die leistet bereits Beachtliches. Heute – gerade mal zwanzig Jahre nach Pacman – existieren Rollenspiele, die dich in eine komplett andere Welt entführen. Ein solches Spiel umfasst Tausende von Animationen und unzählige Soundeffekte. Es gibt Entwickler-Tools, die gewährleisten, dass in einer gigantischen Spielewelt kein Baum wie der andere aussieht. Und längst lassen sich Computerspiele-Firmen die Gesichter von Schauspielern oder Spitzensportlern lizenzieren, die sie dann digitalisiert für ihre Spiele verwenden. Das ist gängige Praxis. Sieh dir einmal die neueste Videospiel-Generation an, John. Du wirst staunen, welche Fähigkeiten bereits ein einfacher PC bietet. Und jetzt stell dir vor, was mit einem Dutzend parallel geschalteter Hochleistungsrechner möglich ist, die ein paar Zehnerpotenzen mehr Speicherkapazität haben und eine Datenverarbeitungsgeschwindigkeit vom x-fachen eines modernen Pentium-Computers.«

John schüttelte den Kopf. »Was ich erlebt habe, *war echt!*«

»Es sah echt aus, und es fühlte sich echt an, aber es spielte sich allein in deiner Fantasie ab«, wiederholte Gordon geduldig. »Bist du noch nie aus einem Traum erwacht, den du im ersten Moment für real gehalten hast?«

»Natürlich.«

»Nichts anderes ist in diesem Fall auch passiert – nur, dass wir den Traum in gewissem Rahmen vordefiniert und beeinflusst haben. Als Medium diente eine Elektrodenkappe, die wir dir im Schlaf aufgesetzt haben. Über sie erfolgte die komplette visuelle und akustische Datenübertragung vom Computer in deinen

Kopf. Andererseits warst du mit ihrer Hilfe auch in der Lage, Signale an den Computer zu senden, denn innerhalb der Rahmenhandlung konntest du kleinere Entscheidungen ja eigenständig treffen – mit wem du redest, was du sagst, welchen Weg du einschlägst und so weiter. Diese Entscheidungen hast du dem Computer über die Elektrodenkappe mitgeteilt. Durch deine Gehirnströme. Anders gesagt: Wir haben dich in eine Art interaktiven Traum versetzt. Um den nötigen Grad an Realität zu erreichen, mussten wir allerdings auch noch den Rest deines Körpers mit Elektroden versehen. Durch dosierte Stromstöße haben wir Berührungen oder gar Schmerzen simuliert. Gerüche hast du über einen Zerstäuber in der Röhre wahrgenommen. Und die Temperatur haben wir direkt in der Kabine reguliert. Du siehst, wir haben an alles gedacht.«

Allmählich begann John die Geschichte zu glauben, die Gordon ihm da erzählte. Er war nichts anderes gewesen als die Hauptfigur in einer Computersimulation. Allerdings in der realistischsten Simulation, die John sich vorstellen konnte. Er schüttelte den Kopf. »Es war eine perfekte Illusion«, gab er zu.

»Danke für die Blumen«, entgegnete Gordon. »Aber *perfekt* war sie nicht. Bei jedem Test finden wir leider noch Dutzende von Unstimmigkeiten. Fehler im Design der Landschaften oder Personen, logische Brüche, die wir bei der Programmierung nicht bedacht haben. Außerdem jede Menge Bugs, die wir beheben müssen.«

»Bugs?«

»Stellen im Spiel, die nicht reibungslos laufen. Dort bleiben Figuren dann zum Beispiel hängen und können sich plötzlich nicht mehr weiterbewegen. Erinnerst du dich an deine Flucht mit La Roqua? Als du vor der Amazone und den vier Indios weggerannt und auf diese undurchdringbare Blätterwand gestoßen bist? Das war ein solcher Bug. Wir haben schlicht vergessen, die Blätterwand als Gebüsch zu definieren und sie damit passierbar zu machen, weil bisher alle Testpersonen blindlings La Roqua nachrannten. Du warst der Erste, der den Fluchtweg über die Hochebene eingeschlagen und uns dadurch auf den Fehler aufmerksam gemacht hat. Wir haben ihn natürlich sofort behoben. Daher konnte die Expedition später mühelos durch die grüne Mauer marschieren.«

John seufzte innerlich auf. Er erinnerte sich noch allzu gut an das Gefühl, verfolgt zu werden und urplötzlich in der Falle zu sitzen, weil der grüne Vorhang ihm wie ein riesiger Steinblock den Weg versperrte. Später hatte Orellana den Zug dann ohne Probleme durch die Blätterwand führen können. Dieser kleine Programmierfehler, der mitten im Spiel korrigiert worden war, hatte John an seinem Verstand zweifeln lassen.

Etwas anderes kam ihm in den Sinn: Er erinnerte sich daran, dass die Gesichter der Konquistadoren anfangs eigenartig kantig und irgendwie unfertig ausgesehen hatten. Er fragte Gordon danach, ob sein Team diese Probleme auf ähnliche Weise behoben hatte.

»Die anfängliche Grobschlächtigkeit unserer Darstellungen ist eine andere Geschichte«, sagte Gordon. »An sie gewöhnt sich das Gehirn automatisch. Zwar dauert es eine Zeit lang, aber dann ist es in der Lage, fehlende Details in gewissem Umfang selbständig zu ersetzen. Warum das so ist, weiß niemand, aber irgendwie funktioniert es eben.« Er tippte sich mit zwei Fingern an die Schläfe. »Hier oben – hier liegt die wahre Terra incognita. Ein Labyrinth aus Nervensträngen und Synapsen, das wir Menschen nur zu einem Bruchteil überschauen. Eine Welt, über die wir weniger wissen als über den Mond.« Er schüttelte fasziniert den Kopf. »Wie dem auch sei. Jedenfalls kann das menschliche Gehirn Informationslücken zumindest teilweise durch seinen Erfahrungsschatz schließen. Es ergänzt fehlende Puzzlestücke zu einem vollständigen Gesamtbild. Beispiel: Jeder weiß, wie menschliches Haar oder Tierfell aussieht. Bei unserer Computersimulation müssen wir daher nicht jedes einzelne Körperhaar darstellen. Wir deuten es nur an – den Rest erledigen deine grauen Zellen. Dasselbe gilt für Bäume, Straßenzüge, den Himmel, deine Wohnung. Das Gehirn übernimmt die Feinarbeit bei allen Dingen, von denen man eine mehr oder weniger konkrete Vorstellung hat. In unserer Simulation wirken die Gesichter dadurch plötzlich geschmeidiger, die Blüten filigraner, und man erkennt Details in der Umgebung, die wir gar nicht programmiert haben. Das erleichtert uns die Arbeit erheblich.«

John bemerkte, dass er seinen Kaffee bereits ausgetrunken hatte. »Kann ich noch einen haben?«, fragte er.

Gordon goss ihm nach.

Gedankenversunken nippte John an der Tasse. Im Geist durchlebte er noch einmal den Tag, an dem seine Traumreise begonnen hatte. Den Tag nach der Eröffnung der Amazonas-Ausstellung im naturhistorischen Museum.

»Ab wann begann die Illusion?«, wollte er wissen. »Mit meiner Ankunft in Quito?«

»Schon vorher«, antwortete Gordon. »Als wir dir die Infusion gelegt haben. Es war kein Schmerzmittel, sondern wie bereits erwähnt eine harmlose Schlaf- und Traumdroge. Danach haben wir dir die Elektrodenkappe aufgesetzt und die Körper-Elektroden angebracht. Dein vermeintlicher Zeitsprung in der Röhre war also bereits simuliert.«

John spürte, wie sich seine innere Anspannung allmählich löste. Am liebsten hätte er gleichzeitig losgeheult und laut herausgelacht. Was hatte er alles durchlebt! Entbehrungen, Schmerzen, Ängste. Er hatte sogar schon geglaubt, den Verstand zu verlieren, dabei war alles nur eine Illusion gewesen! Er war voll und ganz auf Gordon hereingefallen. »Ich wünschte nur, du hättest auf Lauras Tod verzichtet«, sagte er. »Überhaupt hätte es für meinen Geschmack nicht ganz so blutrünstig sein müssen.«

»Manche Szenen mögen vielleicht ein wenig heftig gewesen sein«, gab Gordon zu, »aber seit ich dich kenne, warst du immer auf der Suche nach dem ultimativen Nervenkitzel. Den wollte ich dir bieten. Tut mir leid, wenn ich übers Ziel hinausgeschossen bin.«

Die Entschuldigung stimmte John versöhnlich. »Aber eines verstehe ich noch nicht«, sagte er. »*Wozu* das Ganze?«

»Liegt das nicht auf der Hand? Wir wollen den Menschen lebensechte virtuelle Abenteuer anbieten. Nicht nur Dschungel-Expeditionen im sechzehnten Jahrhundert oder Horror-Trips durch ein London voller Merkwürdigkeiten. Bei uns sind viele Module in der Umsetzung. Tiefsee-Abenteuer. Das alte Rom. Eine Reise zum Mars. Dazu natürlich eine Menge gewöhnlicher Urlaubssimulationen. Für jeden Geschmack soll das Richtige dabei sein. Was wir hier vorbereiten, ist der erste Schritt zum Cyber-Tourismus. Wir bieten jedem genau das an, was ihm am meisten zusagt. Ein paar Standard-Module für den kleineren Geldbeutel und die ruhigeren Gemüter, gegen Aufpreis aber auch ein individuell zusammengestelltes Abenteuer – so wie bei dir. Ich dachte mir, wenn ich fünfzehn Millionen Pfund von dir will, muss ich dir dafür schon etwas bieten.«

»Deshalb also die Pizarro-Expedition? Weil du wusstest, dass mich das Thema begeistert?«

»Nicht nur dich, sondern auch mich, wie du weißt. Der eigentliche Grund ist aber ein anderer: Urwald kann verhältnismäßig einfach realistisch dargestellt werden. Ein paar Pflanzen, ein paar Tiere und ein Flusslauf – mehr braucht man dazu nicht. Daher war eine Reise durch den Dschungel ohnehin das erste Modul, an dem wir vor Jahren zu arbeiten begannen. Später entstand daraus dann die Idee, eine Zeitreise zu simulieren. Auf diese Weise kann jeder, der will, selbst in die Rolle eines spanischen Eroberers schlüpfen. Für dich – und all jene, die es gerne nervenaufreibend haben – wandelten wir das ursprüngliche Abenteuer ein wenig ab, damit es spannender wird.« Er trank einen Schluck Kaffee. »Im Vergleich zum Dschungel stellte die Simulation Londons eine weit größere Herausforderung für uns dar. Aber mithilfe von Satelliten- und GPS-Technik haben wir auch das recht elegant hinbekommen, zumindest die Grobstruktur. Um die Feinheiten einzuarbeiten, sind wir wochenlang durch die Stadt gefahren. Wir haben alles fotografiert und gefilmt und das Material anschließend in den Computer eingespeist. Innenräume – Einkaufszentren, Museen, Restaurants und so weiter – haben wir per Laserscan vermessen und fotografiert. Dasselbe haben wir übrigens mit deinem Büro und deiner Wohnung gemacht, ein paar Tage vor deinem Trip. Laura hat uns dazu die Erlaubnis erteilt. Leider sind uns beim Scannen ein paar Details entgangen, daher hatte zum Beispiel deine Zahnbürste eine andere Farbe. Und alles, was sich nach dem Scan in deiner Wohnung verändert hat, konnten wir in unserer Simulation natürlich nicht mehr berücksichtigen.«

»Weshalb das Pollock-Gemälde plötzlich wieder an der Wand hing und der bereits entsorgte Ficus wieder im Wohnzimmer stand«, ergänzte John, für den allmählich alles einen Sinn ergab.

Gordon nickte. Nach einer kurzen Pause führte er seine Erläuterungen fort: »Wie gesagt – die realistische Simulation einer Großstadt stellte uns vor gewisse Herausforderungen. Wir sind auch längst noch nicht damit fertig – wir haben London bislang nur in Teilen rekonstruiert. Das ist der Grund, weshalb du immer wieder das Gefühl hattest, an bestimmten Stellen nicht weiterzukommen. In diesem Fall handelte es sich nicht um Bugs, sondern um gewollte Barrieren – Verkehrsstaus, Straßenabsperrungen für die Queen und so weiter –, damit du das von uns vorgegebene Areal nicht verlassen kannst. Die Teile, die wir noch nicht programmiert haben, kommen in den nächsten Wochen und Monaten dazu. Unser Ziel ist es, über kurz oder lang den kompletten Süden Englands darzustellen, in dem man sich völlig frei bewegen kann. Wer Lust hat, darf sich dort virtuelle Autorennen liefern, an einer Straßenschlacht am Buckingham Palace teilnehmen oder ganz einfach mal in Soho so richtig die Sau rauslassen – eben Dinge tun, die man sich im echten Leben nicht getrauen würde. Genau dafür gibt es uns. Sämtliche Marktforschungen belegen, dass die Nachfrage gewaltig ist.«

John begann allmählich zu erfassen, welches Potenzial in Gordons Technologie steckte. Die Möglichkeiten waren enorm, das lag auf der Hand.

»Mit ausreichender Rechenkapazität können wir jede erdenkliche Art von Nervenkitzel darstellen«, sagte Gordon. »Gleichzeitig müssen unsere Kunden keinerlei Risiko für Leib und Leben eingehen, das ist der entscheidende Vorteil. Man kann sogar zwischen zwei unterschiedlichen Intensitätsgraden wählen. Wer will, unternimmt seine Reise im vollen Bewusstsein, dass es sich nur um einen Cyber-Traum handelt. Das lässt manches erträglicher erscheinen. Wer es *hundertprozentig* realistisch mag, bekommt von uns für die Dauer seines Traums chemische Blocker verabreicht – dann hält er sein Abenteuer für ebenso echt, wie du es getan hast.«

Gordon schien wirklich an alles gedacht zu haben. Für jeden Wunsch gab es das passende Angebot, wodurch die Anzahl potenzieller Interessenten natürlich gigantisch sein musste – ebenso der zu erwartende Gewinn.

»Wie ihr Landschaften und Städte darstellt, weiß ich jetzt«, sagte John. »Aber wie sieht es mit den Menschen aus?«

»Für die Körperdarstellung haben wir Schauspieler genommen. Meist Laiendarsteller, Profis sind zu teuer. Sie mussten vor laufender Kamera alle möglichen Bewegungen vollführen, die wir eingescannt und dadurch digitalisiert haben. Im Spiel können wir situationsgerecht darauf zurückgreifen – aus allen denkbaren Perspektiven. Wir können die Körper auch digital verändern, sie beispielsweise größer oder kleiner, dicker oder dünner machen. Nur die Gesichter bleiben zunächst frei. Dafür verwenden wir meist Porträtfotos aus diversen Internet-Bildarchiven. Wir bereiten sie 3-D-mäßig auf und modifizieren sie so, dass keine Persönlichkeitsrechte verletzt werden. Diese 3-D-Masken heften wir dann gewissermaßen auf die noch unbearbeiteten Gesichter – fertig sind die Spielfiguren. Von den Personen aus deinem unmittelbaren Umfeld haben wir separate Fotos geschossen – von Laura, von Chester, von deinen Kollegen im Büro und natürlich von meinem Team und mir. Auf diese Weise konnten wir mit relativ wenig Zusatzaufwand ein individuell auf dich zugeschnittenes Szenario zusammenstellen.« Er hielt einen Moment inne. »Du warst übrigens erst der zweite Außenstehende, der in den Genuss unserer Simulation gekommen ist«, sagte er schließlich.

»Wer war der erste?«

»Deine Frau. Während du auf Caldwell Island warst. Ich habe

euch einen Besuch abstatten wollen, um mit dir zu sprechen, fand aber nur Laura vor. Ich dachte, es sei kein schlechter Ansatz, sie von meiner Geschäftsidee zu überzeugen. Deshalb habe ich sie ein paar Sequenzen aus dem Programm durchleben lassen, damit sie mir hilft, dich zu ködern – was ja auch funktioniert hat. Sie hält nicht viel von deiner mittelalterlichen Insel. Dafür ist sie umso überzeugter davon, dass sich eine Investition in mein Projekt lohnt. Hör auf deine Frau, John! Du weißt, dass sie hundertmal mehr Geschäftssinn besitzt als wir beide zusammen.«

Da war etwas Wahres dran, dennoch wollte John sich heute noch nicht festlegen. Zuerst musste er das Erlebte in Ruhe verarbeiten, bevor er seine Entscheidung traf. Im Vergleich zu Gordons Abenteuerangebot nahm sich das, was er seinen Urlaubern auf Caldwell Island bot, natürlich armselig und langweilig aus, gleichzeitig waren die Gefahren ungleich höher. Wie schnell konnte sich jemand eine Schramme, eine Platzwunde oder gar einen Beinbruch zuziehen? Selbst, wenn John noch so viel ausgebildetes Personal einstellte – ein Restrisiko würde immer bleiben. Gleichwohl war ihm Caldwell Island aus irgendeinem Grund sympathischer, vielleicht gerade *weil* es nicht ganz so perfekt war wie Gordons virtuelle Welt.

»Ich sehe, du zögerst noch«, stellte Gordon fest.

»Momentan stehe ich noch zu sehr unter dem Einfluss der Reise. Ich will keine voreilige Entscheidung treffen. Immerhin geht es um einen ordentlichen Batzen Geld.« Selbst wenn er Gordons Projekt letztlich befürworten würde, benötigte er für eine Investition dieser Größenordnung die Zustimmung des Firmen-Treuhandgremiums. Er konnte Gordon zum momentanen Zeitpunkt also ohnehin nichts versprechen. »Lass mir ein paar Tage, damit ich über alles nachdenken kann.«

Gordon willigte ein. »Aber überlege es dir nicht zu lange«, sagte er. »Es gibt noch andere Interessenten, die sich mein Projekt ansehen wollen. Falls sie ihr Geld bei mir anlegen, wünschen sie keine weiteren Investoren, das haben sie schon durchblicken lassen. Sie wollen den Kreis der Entscheider so klein wie möglich halten.« Er zuckte mit den Schultern. »Ich würde gerne mit dir zusammenarbeiten, John, aber ich muss auf Nummer sicher gehen. Wenn ich von anderer Seite zuerst ein Angebot bekomme, werde ich es annehmen. Ich kann es mir nicht leisten, am Ende ohne Kapital dazustehen. Wer zuerst kommt, mahlt zuerst.«

John nickte. Ihm fiel ein, dass Gordon in Kontakt mit den Ljuganow-Brüdern stand, so wie er selbst, und er fragte sich, wie die beiden Russen sich entscheiden würden, wenn sie die Simulation erst miterlebt hatten. Würden sie ihr Geld für Gordons virtuelles Reiseprogramm lockermachen oder doch lieber für den Ausbau von Caldwell Island? John seufzte. Tief im Innern wusste er, dass die Zukunft den Computern gehörte. Dennoch widerstrebte ihm die Vorstellung, dass echte Abenteuer mit Menschen aus Fleisch und Blut nicht mehr zeitgemäß waren.

Er ließ sich von Gordon durch die unterirdischen Gänge zum Aufzug führen. Gordon begleitete ihn auch noch ein Stockwerk höher in die Tiefgarage. Dort wartete bereits Dwight, der Fahrer, der ihn hierhergebracht hatte. Er saß hinter dem Steuer und blätterte in einer Zeitung. Als er die Neuankömmlinge sah, faltete er die Zeitung zusammen, stieg aus und öffnete John eine der Hintertüren.

»Diesmal muss ich also nicht in den Kofferraum?«, fragte John.

Gordon schüttelte den Kopf. »Natürlich nicht. Als ich dich herbringen ließ, wollte ich es nur ein bisschen spannender machen. Ich wollte dir doch weismachen, dass wir hier an einem streng geheimen Zeitreise-Projekt arbeiten.«

Was ihm tatsächlich gelungen war, musste John zugeben. Er reichte Gordon zum Abschied die Hand und stieg in den Wagen. Ein seltsames Gefühl innerer Leere stellte sich bei ihm ein. Das Abenteuer war nun endgültig vorbei. Er war darüber froh und enttäuscht zugleich.

Dwight ließ den Motor an, legte den Gang ein und fuhr los. Obwohl er ein langsames Tempo anschlug, quietschten die Reifen auf dem glatten Bodenbelag der Tiefgarage. Während sie sich der Ausfahrt-Rampe näherten, fiel John ein kleiner, weißer Gegenstand in der Ritze zwischen dem Sitzpolster und der Rückenlehne auf. Er griff danach. Es war ein Rubinohrring – von exakt derselben Art, wie Laura sie besaß.

Plötzlich fühlte er sich unwohl. Dumpf erinnerte er sich an jenen Abend, als er mit Laura die Eröffnung der Amazonas-Ausstellung im naturhistorischen Museum besucht hatte. In seiner Erinnerung war das zwar schon Monate her, aber damals – da war er sich plötzlich ziemlich sicher – hatte sie einen der beiden Ohrringe vermisst und sich schließlich für den Perlenschmuck entschieden. Jetzt wusste John, wo der fehlende Rubin-Ohrring steckte – auf dem Rücksitz von Gordons BMW.

Er versuchte, seine aufkommende Eifersucht zu unterdrücken. Was hatte der Ohrring schon zu bedeuten? Gordon hatte selbst gesagt, dass er Laura zu sich ins Labor eingeladen hatte, um ihr die Simulation vorzuführen. Vermutlich war sie mit diesem Wagen abgeholt worden, und durch irgendeinen dummen Zufall hatte sie eben den Ohrring verloren.

Er wollte den Gedanken schon wieder fallen lassen, als es ihm plötzlich wie Schuppen von den Augen fiel: Nicht der Ohrring bewies, dass Laura und Gordon ein Verhältnis hatten, sondern die Computersimulation! Durch den Anspruch, seine Traumwelt so realistisch wie möglich zu gestalten, hatte Gordon sich verraten.

»Fahren Sie zurück, Dwight!«, sagte John.

»Wie bitte, Sir?«

»Sie sollen zurückfahren – sofort! Ich muss noch etwas mit Mister Cox besprechen. Etwas Wichtiges!«

Dwight zuckte gleichgültig mit den Schultern, drehte das Lenkrad bis zum Anschlag und fuhr in einer engen Kurve zwischen den Trägersäulen der Tiefgarage zurück. Gordon stand noch immer am Aufzug.

John sprang aus dem Wagen. Wie ein angeschossener Büffel stürzte er auf Gordon zu, packte ihn am Hemdkragen und drückte ihn grob gegen die Betonwand. »Du verdammter Mistkerl!«, zischte er. »Hast dich wohl unbedingt an Laura heranmachen müssen!«

»An Laura?« Gordon keuchte, leistete aber kaum Widerstand.

»Stell dich nicht blöder, als du bist. In deiner Simulation hatte Laura ihr Muttermal genau an der richtigen Stelle. Und als ich mit ihr schlief, flüsterte sie mir all die Dinge ins Ohr, die sie sonst auch sagt. Woher zum Teufel weißt du davon?«

Gordons Keuchen ging schlagartig über in Gelächter, was John nur noch mehr provozierte. Er packte Gordon härter an. »Keine Ahnung, was daran so komisch ist«, presste er hervor. »Ich hätte große Lust, dir sämtliche Knochen zu brechen!« Er warf einen raschen Blick über die Schulter und sah, dass Dwight aus dem Wagen stieg. »Halten Sie sich da raus!«, rief John ihm zu. »Das geht nur ihn und mich etwas an! Privatangelegenheit.«

Offenbar gelangte Dwight zu dem Schluss, dass es nicht ratsam war, sich in den Streit zweier liebestoller Streithähne einzumischen. Er blieb auf Abstand.

Gordon lachte unterdessen ungeniert weiter, obwohl er kaum noch Luft bekam. »Ich habe mich schon gefragt, wann dir das auffällt«, keuchte er.

»Herzlichen Dank! Dann wolltest du mich also absichtlich demütigen.«

»Demütigen nicht. Eher ärgern. Dir einen Dämpfer verpassen. Aber es ist nicht so, wie du denkst.« Sein Kopf war mittlerweile puterrot. »Lass mich los, dann erkläre ich es dir.«

John ließ von ihm ab. »Ich hoffe für dich, dass deine Erklärung gut ist, sonst garantiere ich für nichts!«

Gordon hustete, fing sich aber gleich wieder. »Im Grunde kennst du die Geschichte. Laura und ich hatten damals diese kurze Affäre. Du kamst dahinter, und noch am selben Tag ging unsere Freundschaft in die Brüche. Das ist alles. Ich habe sie seit damals nicht mehr gesehen oder mit ihr gesprochen – bis zu dem Zeitpunkt, an dem ich dich wegen meines Projekts besuchen wollte, du aber auf Caldwell Island warst. Ich habe ihr von meiner Arbeit erzählt und sie ins Labor eingeladen. Ich schwöre, das war alles, John. Dass ich das Muttermal und ihr – nun, nennen wir es *Liebesvokabular* – in die Simulation einprogrammiert habe, sollte wohl so etwas sein wie eine späte Rache, weil du mir damals Laura genommen und unsere Freundschaft quittiert hast.«

John blickte Gordon starr in die Augen. Also hatte er all die Jahre recht gehabt. Seine Frau war eine Affäre mit seinem besten Freund eingegangen, wenn auch nur für kurze Zeit. Obwohl es schon eine Ewigkeit her war, fühlte er sich jetzt, da er es definitiv wusste, als sei er erst gestern betrogen worden. Wortlos wandte er sich von Gordon ab und stieg wieder in den Wagen ein.

»Fahren Sie los, Dwight«, murmelte er.

»Wohin, Sir?«

»Egal wohin. Fahren Sie einfach drauflos.«

Es war bereits halb sieben, als sie aus der Tiefgarage hinaus ins Freie fuhren. Die Sonne neigte sich allmählich zum Horizont und überflutete den Himmel mit verschwenderischem Goldgelb. Ein Abend, wie er schöner nicht hätte sein können.

Sie verließen das Industrieviertel in Catford und fuhren in nördlicher Richtung zurück nach London. John bekam von der Fahrt nur wenig mit. Zwar hatte er den Blick aus dem Fenster gerichtet, doch er war tief in Gedanken versunken. Die Stadt rauschte an ihm vorbei wie in einem Film, dem er keine Beachtung schenkte.

Noch bevor sie den Millennium Dome erreichten, bogen sie nach Westen ab und fuhren am Südufer der Themse entlang in Richtung Stadtzentrum, wo der Feierabendverkehr rasch dichter wurde. Kurz nachdem sie die Westminster Bridge passiert hatten, geriet der Verkehrsstrom komplett ins Stocken. Der allabendliche Pendler-Wahnsinn.

John bedankte sich bei Dwight und stieg aus. Von hier aus waren es nur noch ein paar Häuserblocks bis nach Hause, doch schon nach wenigen Schritten verspürte er das dringende Bedürfnis, mit seiner Stadt auf Tuchfühlung zu gehen, sich in die Menschenmenge zu stürzen, den geschäftigen Lärm in sich aufzusaugen, das Londoner Leben zu atmen – das *echte* Londoner Leben. Also schlug er einen Umweg ein und lief kreuz und quer durch die Straßen.

Nach einer Weile kam er am St. Jame's Park vorbei und beschloss, einen Abstecher ins Grüne zu machen. Die Motorengeräusche drangen nur noch gedämpft bis hierher, es herrschte eine geradezu paradiesische Idylle. Menschen aller Nationen bummelten über die hübsch angelegten Wege, andere ruhten sich auf den Sitzbänken im Schatten der Bäume aus, und wieder andere zogen es vor, auf dem Rasen zu liegen und die wärmende Sonne zu genießen.

John bemerkte plötzlich, dass er einfach nur dastand und das friedliche Bild betrachtete. Nie hätte er es für möglich gehalten, dass diese gediegene Langeweile ihn einmal glücklich machen würde. Überschattet wurde seine Freude nur von der Tatsache, dass Laura und Gordon ihn betrogen hatten. Vor allem war er enttäuscht, dass Laura ihm die ganze Zeit über nichts gesagt hatte. Weshalb hatte sie ihm nicht einfach die Wahrheit erzählt? Wusste sie nicht, wie sehr er sie liebte? Gleichzeitig war ihm klar, dass er ihr auch diesen Fehler verzeihen würde. Sie war ihm wichtiger als alles andere, das war ihm in jenem Moment bewusst geworden, als er sie für tot gehalten hatte.

Wieder wanderte sein Blick durch die Parkanlage, und während er die Fußgänger und Fahrradfahrer, die Skateboarder, die Jogger, die Walker, die Mütter mit Kindern, die spazierenden Alten und die vielen Händchen haltenden Liebespärchen beobachtete, kam ihm plötzlich ein seltsamer Gedanke: Woher nahm er überhaupt die Gewissheit, dass er sich tatsächlich wieder in seiner alten Welt befand? Gordons Erklärung einer schlichten Computersimulation klang zwar plausibel, aber ebenso gut war es doch möglich, dass er tatsächlich das Multiversum bereist hatte und jetzt wieder nur in irgendeiner Parallelwelt gelandet war.

Je mehr er darüber nachdachte, desto klarer wurde ihm, dass beide Möglichkeiten in Betracht kamen. Er warf einen Blick auf seinen linken Unterarm. Dort war kein Mikrochip implantiert. Eine Narbe konnte John ebenfalls nicht erkennen. Aber war das Beweis genug?

Er seufzte. Wahrscheinlich wäre es besser gewesen, wenn er sich nie auf Gordons Experiment eingelassen hätte. Aber er hatte es getan. Jetzt konnte ihm nur noch die Zukunft zeigen, ob dies seine vertraute Welt, seine Heimat, war.

Danksagung

Dieses Buch wäre nicht geworden, was es ist, hätten nicht mehrere »kritische Geister« es auf Herz und Nieren geprüft, um mich auf unlogische Brüche, Längen im Text, Mängel im Spannungsaufbau oder ungewollte Stilblüten aufmerksam zu machen. Für wertvolle Anmerkungen, Ratschläge und Hinweise danke ich daher meinem Agenten Bastian Schlück, meiner Frau Sonja sowie meinen Lektorinnen Sabine Cramer und Andrea Kalbe.

Wenn die Evolution außer Kontrolle gerät, zeigt die Natur, was in ihr schlummert …

Boris von Smercek
R_EVOLUTION
Thriller
352 Seiten
ISBN 978-3-404-15595-8

Reporterin Julie Carlton wittert die Story ihres Lebens: Vor der Küste von Queensland ist ein riesiger Fischschwarm aufgetaucht. Über 400 verschiedene Arten sind gemeinsam auf der Flucht vor einer Gruppe merkwürdig mordgieriger Delfine. Wer oder was hat aus den sanftmütigen Tieren hochagressive Jäger gemacht? Während ihrer Recherchen trifft Julie auf Dr. Scott. Der Wissenschaftler lädt sie zu einem Besuch seines geheimen Forschungslabors tief im australischen Urwald ein. Zu spät wird Julie klar, dass sie in eine Falle geraten ist. Denn im Dschungel lauert eine absolut tödliche Gefahr …